10
18

92, AVENUE DE FRANCE, PARIS XIIIe

Sur l'auteur

Jean d'Aillon, né en 1948, vit à Aix-en-Provence. Docteur d'État en sciences économiques, il a fait une grande partie de sa carrière à l'université en tant qu'enseignant en histoire économique et en macroéconomie, puis dans l'administration des Finances, avant de démissionner en 2007 pour se consacrer à l'écriture. Il a reçu en 2011 le Grand prix littéraire de Provence pour l'ensemble de son œuvre.

JEAN D'AILLON

LA VILLE DE LA PEUR

Les chroniques d'Edward Holmes
sous la régence du duc de Bedford
et durant la cruelle et sanglante guerre
entre les Armagnacs et les Bourguignons

INÉDIT

10
18

Grands détectives

créé par Jean-Claude Zylberstein

ISBN 978-2-264-07061-6

QUELQUES PERSONNAGES

Amaury, jeune orphelin

Gentillette Audeloncourt, fille d'un chancelier du duc de Bourgogne

Isabeau de Bavière, reine de France

Constance Bonacieux, riche veuve

Enguerrand Chabridel, serviteur d'Isabeau de Bavière

Guyot de Champdivers, conseiller du roi, premier secrétaire de la reine Isabeau

Jean Chuffart, chanoine de Notre-Dame et chancelier de la reine Isabeau

Gilles de Clamecy, ancien prévôt de Paris, conseiller de Jean de Bedford

John Fastolf, grand maître de la maison de Lancastre auprès du duc de Bedford, gouverneur de la Bastille

Clément de Fauquembergue, conseiller à la Chambre des enquêtes et greffier en chef du parlement

Gracieux, chien

Hugonin de Guisay, gentilhomme

Edward Holmes, clerc anglais

Jean L'Archer, lieutenant criminel de la vicomté de Paris

Jean de Lancastre, duc de Bedford, frère puîné de feu Henry V, régent du royaume de France

Martial L'Escot, garde des tapisseries et de la garde-robe du régent Bedford

Grégoire Lestrade, commissaire examinateur au Châtelet

Thomas Montacute, comte de Salisbury, lieutenant capitaine de Normandie

Droinus Montgeron, dresseur de loups

Simon Morhier, ancien maître d'hôtel d'Isabeau de Bavière, prévôt de Paris

James Murtagh, barbier astrologue

Étienne et Popin Poitevin, fidèles d'Edward Holmes

Germain Rapine, lieutenant civil de la vicomté de Paris

Robert le Diable, voleur et comédien

Pierre Le Rougeau, louvetier de la vicomté de Paris

Nicaise Roussel, notaire

Marie de Savoisy, chambellane d'Isabeau de Bavière

Jean de Serquigny, ancien chambellan de Jean sans Peur, maître de l'hôtel du duc de Bedford

Thomassin, jeune orphelin

Gower Watson, archer anglais

LA MAUDITE GUERRE ENTRE LES ARMAGNACS ET LES BOURGUIGNONS

Le roi de France Charles VI était fou depuis trente ans. Trente ans de malheurs pour le royaume des lys. Au début, son frère Louis d'Orléans et ses oncles Louis d'Anjou, Jean de Berry et Philippe de Bourgogne avaient gouverné le royaume durant ses crises de démence. Mais l'ambitieux Jean sans Peur, le fils du duc de Bourgogne, s'était heurté à Louis d'Orléans dont on disait qu'il était l'amant de la reine, Isabeau de Bavière. Pour assurer son pouvoir, Jean sans Peur avait fait assassiner Louis d'Orléans en 1407. Après ce meurtre, le duc de Bourgogne s'était emparé du pouvoir d'autant plus facilement que, dans ses accès de lucidité, Charles VI l'approuvait.

Le duc de Berry et le fils du duc d'Orléans, Charles, qui avait épousé la fille du comte Bernard d'Armagnac, avaient alors constitué une ligue contre Jean sans Peur. Le dauphin les ayant rejoints, on nomma ce parti les Armagnacs car Bernard d'Armagnac, seigneur féodal violent et brutal, s'était imposé comme chef. Dès lors, deux factions s'affrontèrent dans le royaume de France : les Bourguignons contre les Armagnacs, ces derniers réclamant vengeance pour la mort de Louis d'Orléans.

À Paris, avec la complicité de la confrérie bouchère menée par Simon le Coutelier, dit Caboche[1], Jean sans Peur avait laissé massacrer les Armagnacs en 1413. Mais après ces violences, il avait été banni par le Conseil du roi et les Armagnacs étaient revenus.

C'est dans ce grand désordre que le nouveau roi d'Angleterre, Henri V, avait envahi la Normandie avec l'aval de Jean sans Peur, même si nombre de Bourguignons avaient combattu les Anglais à Azincourt, en 1415, au côté des Armagnacs.

Vainqueurs, les Anglais s'étaient alliés à Jean sans Peur tandis que les partisans du dauphin conservaient Paris.

Cependant, le roi fou retrouvait de moins en moins souvent la raison. Son épouse Isabeau avait plusieurs fois ouvertement marqué sa préférence pour les Bourguignons, aussi le comte d'Armagnac l'avait fait enfermer sous le prétexte d'adultère. On racontait qu'après avoir été la maîtresse du duc d'Orléans Isabeau avait été celle du duc de Bourgogne, et qu'elle aurait même demandé à Jean sans Peur de tuer son amant avant de se donner à lui.

En 1418, à la suite d'une félonie, le capitaine bourguignon L'Isle-Adam avait pénétré dans la capitale avec ses troupes. De nouveau, les bouchers parisiens avaient massacré les Armagnacs, dont Bernard d'Armagnac. Le dauphin Charles était parvenu à s'enfuir et à se réfugier à Bourges, protégé par le prévôt de Paris Tanneguy du Châtel.

L'année suivante, ce même Tanneguy du Châtel avait assassiné Jean sans Peur lors d'une conférence de paix avec le dauphin.

1. Chef de la révolte des bouchers ; voir *Une étude en écarlate*, 10/18, n° 4889.

Depuis, le fils de Jean sans Peur, Philippe le Bon, s'était définitivement allié aux Anglais. La reine Isabeau, désormais seule à régner, avait signé à Troyes un traité avec lui et le roi d'Angleterre par lequel Henri V, époux de la fille d'Isabeau et du roi de France, devenait régent du royaume et serait le prochain roi. Quant à Charles, le dauphin réfugié à Bourges, il perdait tout droit à la couronne pour avoir commandité l'assassinat de Jean sans Peur. D'ailleurs, il se murmurait que ce onzième rejeton d'Isabeau de Bavière n'était qu'un bâtard tant sa mère jouait du serre-croupière avec tous les hommes qui lui plaisaient.

Mais ce traité ne réglait rien. Le dauphin n'était nullement vaincu et pouvait compter sur la moitié sud du royaume qui reconnaissait sa légitimité. Il était surtout entouré de redoutables capitaines qui guerroyaient pour leur compte : La Hire, Harcourt, le Bâtard d'Orléans, Poton de Xaintrailles étaient les plus redoutés de ces barons qui ravageaient le Parisis, l'Orléanais, la Picardie et la Champagne avec des mercenaires écossais, aragonais ou espagnols.

Pendant ce temps, dans Paris devenu ville anglaise, vivaient un clerc et un archer : Edward Holmes et Gower Watson…

PROLOGUE

Vendredi 31 janvier 1393

Trois jours s'étaient écoulés depuis le funeste bal masqué à l'hôtel Saint-Pol. En apprenant la terrible nouvelle, le peuple avait menacé de tuer les courtisans aux mœurs les plus dépravées et s'était retourné contre les Juifs, qui avaient été pillés et battus. Puis l'agitation s'était calmée. Certes, les Parisiens restaient courroucés par le danger auquel leur monarque avait été exposé, mais celui-ci s'était montré à son peuple à Notre-Dame. Il vivait et cela seul comptait.

Les responsables étaient morts, tous rôtis comme des sorciers lors de l'incendie du bal des Ardents. Une divine punition, assurait-on, même si le premier coupable, le frère du roi, le duc d'Orléans, celui qui avait allumé le brasier avec sa torche par mégarde, n'avait pas subi de châtiment. Personne ne comprenait pourquoi Charles VI avait, par ordonnance, confié la régence à « son cher et très aimé frère Louis duc d'Orléans, pour la très singulière, parfaite loyale et vraie amour qu'il a toujours eue à nous et à nos enfants ».

Dans la rue Saint-Denis, une poignée de cavaliers armés s'arrêta devant la maison à l'enseigne des Trois-Rois et pénétra dans la cour, le portail étant ouvert.

Délaissant l'ouvroir de l'échoppe du tailleur construite dans un angle de la clôture, Guillaume Martel de Basqueville descendit de sa monture pour aller frapper à la porte du corps de logis. Personne ne répondit. Il appuya sur le pouçoir et l'huis s'écarta. Aucune fermeture. Qu'est-ce que cela signifiait ?

Le chevalier pénétra dans la grande salle basse, vide de tout meuble. Face à la cheminée, le mur noirci par les fumées révélait un rectangle clair à l'endroit où se trouvait auparavant une tapisserie représentant une scène de chasse.

— Holà ! Quelqu'un ?

Seul le silence lui répondit.

L'hôtel était-il donc abandonné ? L'infâme avait-il vidé les lieux ?

Basqueville ressortit et s'adressa au jeune homme dont la monture était couverte d'un drap brodé aux armes d'Orléans.

— Il semble qu'il n'y ait personne, monseigneur. Je vais me renseigner auprès du tailleur.

Après un instant de réflexion, Louis d'Orléans mit pied à terre.

— Braquemont[1], Barbazan[2], Garancières[3], ordonna-t-il à ses compagnons, fouillez cet hôtel et n'oubliez pas la tour !

Le corps de logis possédait une tour qui communiquait, à l'arrière, avec la rue du Cygne.

Les gentilshommes obtempérèrent. Tous proches du duc, ils faisaient ce que le frère du roi leur ordonnait, sans état d'âme. Ne venaient-ils pas d'achever Yvain de Foix et Aymard de Poitiers qui agonisaient de leurs brûlures ?

1. Guillaume de Braquemont, chambellan.
2. Arnault de Barbazan, chambellan.
3. Jean de Garancières, chambellan.

Le comte de Joigny était mort dans la salle du bal, transformé en torche. Certes, Ogier de Nantouillet s'en était tiré, mais il paierait plus tard. Le duc d'Orléans avait dit à ses hommes : « Pas de témoins, pas de problème. »

Restait Hugonin. Le dernier des amis du roi, celui qui savait tout.

Le tailleur cousait dans l'ouvroir à la lueur d'une chandelle. Les yeux baissés, le vieil homme paraissait terrorisé.

Par l'étal, Basqueville l'interrogea rudement :

— Où sont les gens de l'hôtel ?

— Partis, seigneur. Messire de Guisay est mort et dame Perrenelle[1] a quitté la maison avec les meubles aussitôt après, sans même attendre la messe et la mise en terre.

Basqueville n'avait pas besoin d'en savoir plus, il rejoignit le frère du roi dans la salle. Le duc se retourna en l'entendant entrer.

— Son épouse aurait quitté la ville avec le mobilier après son trépas… rapporta Basqueville.

Il fut interrompu par un cri venant de l'étage :

— Il est ici, monseigneur !

Louis d'Orléans et Martel se précipitèrent. En haut, Braquemont les attendait.

— Il est couché dans la chambre du fond, monseigneur.

Ils le suivirent et traversèrent une première salle vide et démeublée, puis une autre et entrèrent dans la troisième. Barbazan et Garancières s'y trouvaient, le premier ayant déjà tiré son épée du fourreau. Sur un lit sans courtine, simple grabat, on distinguait un corps sous un linceul blanc. Au pied du lit, sur un escabeau, se tenait un moine en robe de bure, chapelet à la main.

1. Perrenelle de Groux-Boust.

— C'est Guisay ? gronda Louis d'Orléans en s'adressant au religieux et désignant le drap.

— Oui, messire.

Le duc s'approcha du linceul qu'il souleva au niveau de la tête. Ses traits se décomposèrent devant l'horreur qu'il découvrit. Le favori de son frère, ce beau jeune homme vaniteux et débauché que beaucoup méprisaient à la Cour à cause de ses mœurs corrompues, ressemblait à un tronc d'arbre calciné. Noircie, sa peau était couverte de grosses cloques rouges et purulentes avec par endroits des restes d'étoffe, de plumes, de poils d'étoupe et de poix brûlés. Les résidus de son déguisement pour le bal. Ce qui avait été un visage ressemblait à un masque diabolique : plus de nez, plus d'oreilles, plus de cheveux, un œil disparu, l'autre blanc et vide, des joues ressemblant à de la toile avec quelques poils noircis.

L'homme était mort et bien mort. Il devait maintenant finir de rôtir en enfer. Le duc lâcha le drap et laissa tomber :

— Partons. Dieu l'a puni et le Démon l'a pris.

Il se tourna vers le moine :

— A-t-il parlé avant de passer ?

Si Guisay avait révélé que c'était lui, Orléans, qui avait suggéré les déguisements, le duc aurait tué le religieux, mais ce dernier déclara seulement :

— Il a maudit et injurié son entourage et ne s'est pas confessé.

LA CHUTE D'EDWARD HOLMES

1

Dimanche 3 janvier 1423, château de Rouen

— Quel est ton nom, mon compère ?

— Colin Loriot, messire.

— Quand as-tu quitté Bézancourt ? poursuivit Thomas Montacute.

Lieutenant général de Normandie, Montacute, comte de Salisbury, avait longtemps été l'âme damnée du duc de Gloucester[1] avant de se rapprocher d'Henri V qui lui avait confié le gouvernement de la Normandie. Le duc de Bedford, régent du royaume de France à la mort du roi, l'avait naturellement laissé à ce poste.

Grand, imberbe, cheveux foncés coupés au bol, épaules larges, mains noueuses, mâchoire volontaire dans un visage couperosé par la vie au grand air, Montacute était un chevalier anglais de belle race. Il s'était distingué à Azincourt, massacrant à lui tout seul bien plus de piétons français que les autres nobles anglais ; même si beaucoup de ses victimes, déjà blessées par les archers, étaient incapables de se défendre. Vêtu d'une houppelande couleur crème, à manches évasées avec col et revers en fourrure de renard, coiffé d'un chaperon à large cornette, il plantait son regard dans celui du colporteur comme s'il

1. Frère puîné du roi Henri V.

voulait lire dans son esprit. Sur sa robe étaient brodées les aigles de sinople et les macles de gueules des armes de sa famille.

Le nommé Loriot baissa les yeux vers sa main gauche, comme pour vérifier qu'il avait encore tous ses doigts, opération peut-être pas inutile puisqu'il gardait la main droite entourée d'un linge. Habillé d'une jaque matelassée en peau de loup mitée, avec d'épaisses chausses de laine et une sorte de bonnet fourré qui, bien que couvrant son front, laissait dépasser une chevelure hirsute, pouilleuse et grisonnante, il paraissait mal à l'aise.

— Quatre jours, messire, dit-il en montrant autant de doigts de sa main gauche dont il avait replié le pouce. Je ne vais pas vite à pied, la neige était épaisse et ma hotte lourde.

Il désigna la caisse de bois avec de larges lanières servant à l'attacher sur le dos. Le chevalier qui l'avait conduit auprès du comte lui avait ordonné de la laisser dehors, mais il avait refusé : la hotte contenait toute sa fortune. Aussi l'avait-il déposée près de la porte quand il était entré dans la chambre.

Montacute échangea un regard interrogatif avec le chevalier en gambison[1] matelassé et courte cotte de mailles. De petite taille, replet, son crâne se montrait déjà bien dégarni, mais l'homme conservait des sourcils noirs et broussailleux. Il tenait sa salade à la main. Une épée à la large garde couverte d'une bande de cuir pendait à son baudrier. Lieutenant du capitaine du château de Rouen, il se nommait Guillaume Durnfort. Ayant écouté les informations transmises par le colporteur, c'était lui qui l'avait conduit au comte de Salisbury.

1. Vêtement porté sous le haubert de mailles fait de peau ou d'étoffe épaisse.

Il approuva les dires du marchand ambulant d'un hochement du chef.

— Que faisais-tu à Bézancourt ? s'enquit Montacute.

— Je venais de Neufchâtel, messire. Je vends des aiguilles, des clous et des fermoirs. Je comptais me rendre à Évreux, mais un chevalier rencontré à Bézancourt m'a donné un esterlin pour venir à Rouen et prévenir le château de la présence des troupes armagnaques.

Il fit silence un instant, hésitant, puis ajouta :

— Il m'a dit que vous me donneriez deux autres esterlins pour la commission, monseigneur.

— Voilà quelqu'un qui ne fait guère cas de mon argent, persifla Montacute en s'adressant à un quatrième individu en retrait près d'une fenêtre.

Ce dernier, plutôt âgé, affichait un air soucieux en regardant vaguement la neige qui tombait. Blond avec quelques fils gris autour de sa calvitie, il avait le nez large et de grandes oreilles qui dépassaient sous son chapeau rond à haute calotte. Plutôt maigre, mais vigoureux, il portait un gippon[1] de velours noir matelassé et ajusté, marqué à la taille, avec des manches étroites et boutonnées sur l'avant-bras et un collet droit. Par-dessus, il avait revêtu une pelisse sans manches. Une dague à lame effilée pendait à son ceinturon. Son visage autoritaire gratifia le colporteur d'une expression méfiante. Il n'aimait pas le regard de cet homme, ses yeux, profondément enfoncés dans le visage, lui faisaient penser à quelqu'un qu'il détestait.

Il se trouvait avec le comte quand Guillaume Durnfort les avait abordés. Des herpailles[2] d'Armagnacs s'approchaient de Rouen, leur avait annoncé le lieutenant. Si on ajoutait à cette inquiétante nouvelle

1. Sorte de pourpoint.
2. Troupes de coquins.

la neige qui ne cessait de tomber, tout se liguait contre sa mission.

— Le nom de ce chevalier ? demanda Montacute.

— Je ne sais, seigneur. Je n'ai pas osé poser de questions.

Le comte de Salisbury fit la moue.

— Répète exactement ce qu'il t'a dit, ordonna-t-il.

— Que deux arroirs[1] armagnacs de plus de cinq cents guerriers chacun se dirigeaient vers Rouen. L'un était commandé par Jean de Graville et l'autre par Yvonnet de Garencières.

— À cheval ? À pied ?

— Je ne sais, messire.

— Tu les as vus ?

— Non, messire.

Le capitaine lieutenant de Normandie lâcha un soupir.

— Je n'ai rien entendu de tel jusqu'ici. Et toi, Robert ?

Robert le Bègue était le cinquième homme présent dans la chambre. De son vrai nom Robert de Harford, on le surnommait le Bègue car, quand il se battait, il répétait plusieurs fois ses coups d'épée ou de hache. Chevalier dans la quarantaine, Harford courait après la fortune depuis vingt ans sans parvenir à la saisir. Pourtant, il s'était montré courageux tant à Azincourt qu'à Baugé, mais à cause de ses frappes à coups redoublés, il ne parvenait jamais à faire de prisonnier et n'obtenait donc jamais de rançon. S'il se trouvait là, ce matin, c'était parce que Montacute l'avait désigné comme capitaine des cinquante hommes qu'il envoyait à Paris afin de renforcer les garnisons du duc de Bedford. Le Bègue était persuadé que cette fois la chance allait lui sourire. En Normandie, les chevaliers étaient nombreux, et

1. Troupes d'hommes d'armes.

faibles les possibilités de se distinguer car les Armagnacs ne se livraient qu'à des escarmouches. En revanche, à Paris et dans le Parisis, les bourgs et les châteaux à conquérir ou à défendre étaient innombrables. Quand les Armagnacs s'emparaient d'une ville, ils passaient la garnison anglaise au fil de l'épée, aussi les volontaires pour se rendre là-bas ne se pressaient-ils pas. Tenir un bourg assiégé et l'emporter sur les gens du roi de Bourges lui permettraient d'obtenir un fief et surtout l'estime du régent.

C'est à sa fortune prochaine que Robert songeait quand Montacute l'avait questionné sur la présence des guerriers armagnacs.

— Moi non plus, seigneur, répondit-il.

Peu lui importaient ces troupes, puisque demain il aurait quitté Rouen.

— Quand je suis parti de Paris, on parlait de la malemaisnie[1] de Jean de Graville, intervint l'homme au pourpoint de velours. Mais elle se trouvait encore loin de la Seine et rien n'indiquait qu'elle s'apprêtait à la traverser. Ces dires me surprennent…

Il avait quitté la capitale cinq jours plus tôt, la veille de la Saint-Sylvestre. Le duc de Bedford tenait à ce que ce soit lui qui s'occupe du transport de son or.

— La rivière est gelée par places, expliqua le colporteur. Ils ont pu facilement trouver un passage.

Robert le Bègue écarquilla ostensiblement les yeux pour afficher son incrédulité. Il faisait terriblement froid mais la Seine n'était pas prise par les glaces à Rouen.

— Tu ne sais rien d'autre ? interrogea Montacute d'un ton rogue.

— Rien, messire, répliqua Loriot, visiblement embarrassé.

1. Bande de mauvais hommes.

— Guillaume, conduis-le à la cuisine basse, qu'on lui serve une soupe.

Il s'adressa ensuite au colporteur :

— L'ami, peut-être dis-tu vrai, mais peut-être non. Tu auras tes deux esterlins dimanche prochain, si tu n'as pas menti. Sinon, tu danseras la giguedouille pendu à un merlon.

— Je n'ai pas menti, messire. La benoîte Vierge le sait et me protège.

Il fit un signe de croix et s'inclina très bas, puis, sur un geste du comte, alla reprendre sa hotte et sortit avec le lieutenant.

— Tout cela est bien fâcheux, observa Montacute en chassant de la main une bouffée de fumée refoulée par le foyer.

Malgré le feu ronflant, il faisait froid dans la chambre de parement et, en hiver, les émanations de bois brûlé et de suie empuantissaient tout. Le château avait été construit par Philippe Auguste, après que le roi de France eut détruit le donjon de Guillaume le Conquérant, et la forteresse était sombre, humide et inconfortable. Mal bâties, les cheminées ne tiraient pas suffisamment et provoquaient des courants d'air glacials à l'ouverture d'une porte ou d'une fenêtre. Les seules pièces vivables, la chambre de retrait et la grande chambre du roi, étaient toutes deux réservées au duc de Bedford. Salisbury s'était attribué les appartements du grand chambellan avec cette chambre de parement confortablement meublée de deux beaux huchiers sculptés, d'une fourme à dossier taillé, d'un lit de parade sur estrade avec pavillon en drap de Damas et d'un dressoir portant des aiguières et un reliquaire. Mais, malgré les tapisseries murales, les tapis de jonc tressé et les feux d'enfer dans l'âtre, la salle restait froide. Le comte aurait donné cher pour loger dans la demeure d'un riche marchand rouennais, une de ces maisons en bois, bien chauffées par des poêles flamands qui fumaient à peine.

L'homme au gippon de velours manœuvra la clenche de la fenêtre et l'ouvrit, faisant sortir la fumée mais également pénétrer un vent mordant.

— Qu'en dites-vous, messire de Clamecy ? demanda le comte en l'observant.

— Dit-il la vérité ? interrogea dubitativement le nommé Clamecy.

— Pourquoi mentirait-il ?

— Pour deux esterlins !

— Il ne les a pas reçus.

— Vous auriez pu le garder prisonnier, ou l'interroger plus rudement, suggéra Clamecy d'un ton où perçait le reproche.

« Voilà bien une remarque de prévôt ! » se retint de dire Montacute.

— J'aurais pu, concéda-t-il. Mais, voyez-vous, avec le froid et la neige, peu de patrouilles sortent de Rouen. À part les messagers venant de Caen, de Paris et d'Évreux, et en ce moment ils sont rares, je n'ai d'information que par les voyageurs, les colporteurs et ceux qui battent la campagne. Tous savent que je les reçois aimablement et que je sais les récompenser. En maltraiter un me couperait de mes sources de renseignement.

Son interlocuteur hocha du chef, reconnaissant la justesse des paroles du comte. La situation à Rouen n'était pas la même qu'à Paris.

Bien que chevalier et sachant manier l'épée, Gilles de Clamecy n'était pas un guerrier. Licencié ès lois, il avait été reçu en 1406 conseiller en la Chambre des enquêtes à la place de son oncle. Fidèle de Jean sans Peur, il était devenu maître des comptes et chevalier. D'une grande efficacité dans l'approvisionnement de la capitale après l'arrivée des troupes bourguignonnes, il avait été fait prévôt de Paris par le duc de Bourgogne, mais évincé plus tard dans cette charge par Henri V qui voulait un homme à lui. Il avait cependant été largement indemnisé en recevant plusieurs châtellenies et hôtels dans Paris. Reconnaissant ses talents, le duc de Bedford l'avait appelé près de lui dès qu'il avait obtenu la régence de son neveu Henri VI.

— La présence de ces Armagnacs remet en question l'expédition de demain, soupira Montacute.

— Impossible de retarder le départ de cette compagnie ! répliqua sèchement Clamecy. Je vous l'ai dit, la situation devient intenable à Paris. Les conseillers du parlement ne reçoivent plus de gages depuis deux ans. Les réclamations sont incessantes. Trop d'entre eux ont déjà abandonné la capitale pour rejoindre le duc de Touraine. Que je revienne les mains vides et ce sera l'exode. Comment monseigneur le régent pourrait-il gouverner sans parlement ?

Après un instant, il ajouta dans un soupir :

— Ce n'est pas pour rien qu'il a décidé de payer ces gages sur sa cassette.

— Je sais ! s'emporta le capitaine de Normandie, mais je dois aussi veiller sur Rouen qu'il m'a confiée. Vous savez ce que disait notre feu roi Henri : « La Normandie est le patrimoine des Plantagenêts. Elle appartient aux Lancastre pour l'éternité. » J'ai juré, j'ai donné ma foi et je suis garant.

Montacute avait répondu avec vivacité parce que son père, Jean Montaigu, avait été exécuté après avoir comploté contre Henri IV. Or son fils, Henri V, lui avait fait confiance et rendu ses titres et ses biens. Il ferait son possible, et même l'impossible, pour défendre l'héritage normand du jeune Henri VI.

Clamecy n'ignorait rien de tout cela et comprenait parfaitement le comte de Salisbury, aussi ne répondit-il pas sur-le-champ. D'ailleurs, il n'avait aucune envie de s'opposer au comte. En vérité, si tout allait si mal, c'était uniquement parce que la charge du royaume de France se révélait trop lourde pour l'Angleterre. Le pays était ruiné et les impôts ne rentraient plus. En pénétrant en France, huit ans auparavant, Henri V avait cru que le royaume des lys serait facile à saisir. La victoire d'Azincourt l'avait conforté, mais il s'était bercé d'illusions. Le duc de Touraine, qui se disait dauphin – et maintenant roi –, Charles le bâtard, disposait de nombreuses compagnies, même si elles ne pratiquaient que le pillage, et l'Angleterre ne pouvait aligner autant de troupes mercenaires, manquant d'argent pour les payer.

— Messire Fastolf attend ces hommes, insista-t-il. Savez-vous qu'il ne dispose que de huit soldats anglais et de dix-sept archers pour défendre la bastille Saint-Antoine ? Le mois dernier, un nouveau complot a été déjoué qui visait à ouvrir la porte Saint-Jacques. Imaginez que les maudits Armagnacs entrent dans Paris, on ne tiendra pas la ville !

— Et moi, je dois tenir Rouen ! Si les gens de Graville et de Garencières se dirigent vers nous, j'ai besoin de tous mes archers et chevaliers.

— Je ne vous demande que cinquante hommes d'armes pour escorter ces cent marcs d'or[1] !

— Cinquante guerriers peuvent faire la différence, fit le comte de Salisbury d'un ton buté.

Aucun des deux ne voulait céder et un silence hostile s'installa. Robert le Bègue avait suivi l'affrontement

1. Ce qui représentait vingt-quatre kilos d'or. Le marc d'or fin valait très approximativement quatre-vingts livres.

sans oser intervenir, mais avec une inquiétude grandissante. Si son départ était annulé, il pouvait dire adieu à sa fortune !

Clamecy fit quelques pas vers Montacute. Même anobli, il était d'origine roturière alors que les comtes de Salisbury appartenaient à une vieille lignée. Le fossé était donc immense entre eux. Mais lui avait la confiance du régent. Il avait promis de ramener les cent marcs d'or ainsi que des hommes d'armes, et il le ferait. Une idée lui était venue afin de sortir de ce mauvais pas.

— Peut-on parler discrètement ? demanda-t-il à mi-voix.

Thomas Montacute hocha du chef.

— Robert, je te ferai appeler quand j'aurai pris ma décision, dit-il au chevalier.

Le Bègue s'en alla, priant sans mot dire pour que le comte de Salisbury cède à l'ancien prévôt.

Ce dernier revint à la fenêtre, qu'il ferma, et se retourna.

— Donnez-moi uniquement trente hommes, proposa-t-il.

Montacute grimaça et secoua la tête.

— Pas plus de dix.

De nouveau, le silence s'installa. Seuls le craquement des bûches et le pétillement du foyer se faisaient entendre.

— Entendu ! lâcha finalement Clamecy en devinant que le lieutenant de Normandie n'en démordrait pas. Mais alors, faisons autrement…

Il savait que, parfois, mieux valait changer ses plans plutôt que s'obstiner. Il exposa son idée…

Cependant, quand il eut terminé, le comte secoua la tête pour marquer son désaccord.

— C'est folie !

— Je suis comme vous, messire, j'ai promis et je tiendrai parole. Monseigneur le duc a besoin de cet or et je vais le lui apporter. En ce qui concerne les soldats, nous pourrons attendre une semaine, et à ce moment-là, vous saurez si ce colporteur a menti ou non.

— Les risques sont énormes.

— C'est moi qui les prends, vous serez déchargé de tout.

— D'accord. Advienne que pourra !

2

Lundi 4 janvier 1423

L'aurore n'apparaîtrait pas avant une grosse heure et les torches enfoncées dans des anneaux scellés aux murs du corps de logis ducal faisaient danser les ombres de façon inquiétante. Malgré leur lueur, la neige qui tombait en un épais rideau empêchait toute vision au-delà de quelques pas. Au contact des flambeaux, les flocons se transformaient en une obscure vapeur.

Surveillés par Guillaume Durnfort, les cavaliers montaient en selle. Onze, finalement, plus Robert le Bègue et l'un des écuyers de messire de Clamecy. Aux dix prévus s'ajoutait un valet de cuisine qui conduirait deux roussins en longe transportant vivres et tente au cas où la troupe serait contrainte de faire une halte nocturne.

Les montures, toutes protégées d'un drap de laine, étaient particulièrement chargées. Hache d'armes et seconde épée pendaient aux selles, attachées à l'arçon par des passants de cuir ou des chaînes. Les écus ou les pavois étaient maintenus derrière le siège. Un écuyer brandissait une bannière dont la toile était plaquée par les flocons contre la hampe. Quatre hommes tenaient des flambeaux, les autres brandissaient des lances.

Les cavaliers étaient revêtus de casaques de cuir lacées recouvertes de toiles rembourrées avec, par-dessus, des cottes de mailles, parfois des plates de métal aux épaules et sur les cuisses, et un épais et long manteau à capuchon. Leurs mains étaient protégées par des gantelets de cuir renforcés de mailles. Les archers gardaient leurs carquois enveloppés dans des peaux huilées, arc attaché dans leur dos avec une lanière, cordes bien à l'abri dans une escarcelle.

Robert le Bègue, seul en armure, attendait à pied que son maître, le lieutenant général de Normandie, apparaisse. Sa figure chiffonnée ne cachait pas sa contrariété.

Lors du dîner dans la grand-salle, après que le comte de Salisbury et l'ancien prévôt de Paris eurent fini leur entretien, le premier lui avait annoncé qu'il partirait le lundi comme convenu, mais qu'il n'aurait que dix soldats avec lui, et non cinquante.

Pour le rasséréner, Montacute s'était engagé à lui envoyer plus tard des renforts à Paris, mais la promesse était restée vague. Il lui avait aussi assuré qu'il n'aurait que des gens à cheval, ce qui permettrait d'avancer rapidement et avec plus de sûreté.

Peut-être le duc de Bedford lui confierait-il quand même une garnison, espérait le Bègue tandis que son regard s'égarait vers la silhouette des tours en poivrière du château.

Enfin la porte s'ouvrit et un valet apparut, flambeau à la main. Le serviteur s'écarta, laissant s'avancer messires Montacute et Clamecy. En robe et enveloppé dans une épaisse houppelande, ce dernier montrait une face encore plus sombre que la veille.

Robert le Bègue avait observé qu'on ne lui avait pas préparé de cheval. Le fait qu'il ne s'était pas équipé pour un départ confirma ses soupçons : l'ancien prévôt ne chevaucherait pas avec eux, bien que l'un de ses écuyers fût en selle.

— Êtes-vous prêt, messire le Bègue ? s'enquit le comte de Salisbury d'un ton bourru, après avoir parcouru du regard la troupe en selle, les valets qui attendaient, et salué Durnfort.

— Autant qu'on puisse l'être avec cette neige, monseigneur.

— Vous devriez quand même arriver à Pont-de-l'Arche ce soir.

Il se retourna pour donner un ordre aux domestiques à l'intérieur. Voyant ces derniers sortir, Durnfort fit approcher des palefreniers qui tenaient un roussin sellé d'un bât de bois et de cuir. Les valets transportaient une lourde caissette de fer fermée par un imposant cadenas. Ils la donnèrent aux garçons d'écurie qui la hissèrent sur le bât, puis l'attachèrent solidement à l'aide de cordes.

Le Bègue se risqua à poser la question qui le tracassait :

— Messire de Clamecy, ne venez-vous point avec nous ?

— Non, j'ai d'autres obligations. Pierre Chanteprime, mon écuyer, me remplacera. Pierre est le petit-fils de mon oncle. C'est un autre moi-même. À Paris, il vous conduira à la Bastille où vous remettrez le coffre à messire Fastolf.

— Ne prenez aucun risque, le Bègue, recommanda Montacute. Ne recherchez jamais l'affrontement. Si on vous avise de la présence de troupes armagnaques, attendez là où vous êtes, quitte à passer plusieurs jours sur place.

— Oui, monseigneur.

Ils avaient longuement parlé de leur itinéraire avant le souper de la veille, mais, à ce moment-là, Clamecy n'avait fait aucune allusion à son absence. Après Pont-de-l'Arche, la troupe ferait halte à Louviers ou à Gaillon, selon l'état des chemins, puis à Vernon. Le Bègue connaissait la route, s'étant déjà rendu à Paris par deux fois.

Il s'inclina devant le lieutenant général et l'ancien prévôt, puis gagna son cheval. Un valet d'armes nettoya sa selle de la main et l'aida à monter, un autre lui donna son bassinet et attacha sa hache à l'arçon. Il ne conservait que son épée et sa dague à la taille.

Vérifiant du regard que tout le monde était prêt, le Bègue fit un geste au sergent d'armes qui donna un ordre. La troupe s'ébranla et traversa la cour vers la porte devers les champs et le pont-levis jeté sur un fossé.

— J'espère que vous avez eu raison, maugréa Montacute en proposant à Clamecy de rentrer.

Ils venaient de quitter Vernon. Il ne neigeait plus, mais le froid restait cuisant et la couche blanche épaisse. Cependant, sur le chemin qu'ils suivaient, les cavaliers et les charrettes qui l'avaient déjà emprunté avaient laissé un passage facile à suivre.

Ils n'avaient rencontré aucune troupe hostile durant les trois jours précédents et, lors des haltes, on ne leur avait jamais signalé d'Armagnacs, même s'ils avaient constaté les exploits des écorcheurs : maisons et fermes incendiées, vilains pendus aux branches après avoir été démembrés, femmes et enfants crucifiés sur les troncs. Mais le Bègue savait qu'il avait seulement accompli la partie la plus facile du voyage. C'est autour de Paris que sévissaient les grandes compagnies rebelles.

En revanche, ils avaient sans cesse entendu les loups hurler et, à Vernon, on leur avait raconté que les bêtes diaboliques étaient tellement affamées qu'elles déterraient les cadavres dans les cimetières, quand elles n'arrivaient pas à saisir de pauvres femmes ou des enfants pour les dévorer crus.

Le Bègue et ses hommes affirmaient ne pas craindre ces carnassiers. Jamais on ne les avait vus s'attaquer à une troupe à cheval bien équipée, assurait le chevalier.

Et quand bien même les fauves s'y risqueraient, ils finiraient percés et détranchés[1].

L'écuyer de Gilles de Clamecy n'éprouvait pas la même assurance. Quand il avait quitté Paris, des meutes de loups entrées dans la ville en passant par la Seine gelée rôdaient la nuit dans les rues obscures. Les bêtes s'en prenaient à n'importe qui, quand elles avaient faim. Elles avaient étranglé et meurtri plus de soixante personnes en décembre, assurait-on.

Après avoir longé des champs, des prairies et des vergers abandonnés, et aperçu bien des maisons brûlées, œuvres des Armagnacs, ils pénétrèrent dans la forêt au milieu de la matinée. Le Bègue et Pierre Chanteprime marchaient en tête. Derrière suivait le cheval portant le coffret, puis l'écuyer du chevalier qui tenait sa bannière. Derrière encore chevauchaient quelques archers et sergents, ensuite le valet et les provisions, et, enfin, un sergent vétéran avec un jeune soldat venu du Kent, un gamin qui n'avait pas encore de poil au menton.

Les hommes d'armes aperçurent plusieurs cerfs et quelques biches à la recherche de maigre pitance, mais il était exclu de tuer du gibier. Ils n'avaient pas de temps à perdre et, surtout, ces bois appartenaient au seigneur de Gournay ou à celui de Douains ; le Bègue ne voulait pas de conflit avec les gardes-chasse, s'ils en rencontraient.

Le chevalier parlait peu, ne ressentant guère d'affinités avec l'écuyer de Clamecy depuis que ce dernier avait montré ses appréhensions envers les loups. Chanteprime essayait pourtant de nouer une relation courtoise avec lui. Croyant satisfaire son compagnon de route, il lui décrivit la situation à Paris, mais celle-ci était si effroyable que son exposé n'incita pas le Bègue à demander des précisions. L'Anglais comprenait que, contrairement aux

1. Taillés en pièces.

Rouennais qui ne souffraient guère du conflit, la faim et le froid torturaient les Parisiens. Il s'inquiétait des conditions de vie qu'il allait connaître. Dans le château ducal, il partageait avec un autre chevalier une chambre mal chauffée, mais qui ne lui coûtait rien. Surtout, il bénéficiait du vivre et de la boisson à la table du comte. À Paris, aurait-il les mêmes conditions dans la bastille Saint-Antoine ? Il serait peut-être plus agréable de loger en ville, mais, avec ses gages, y parviendrait-il ?

— On m'a dit que beaucoup de demeures restent vides dans la capitale, coupa-t-il Chanteprime qui racontait quelques anecdotes sur des débats inintéressants auxquels il avait assisté au parlement.

— Pour ça oui, messire. À coup sûr la moitié des maisons de Paris sont désertes. Mais les plus commodes sont habitées. En particulier les logis confisqués à des partisans armagnacs et offerts par monseigneur le régent.

— Voilà qui me conviendrait !

— On trouve cependant facilement à louer, ou même à acheter, pour des sommes dérisoires, car les dépenses les plus lourdes demeurent celles du chauffage, de la nourriture…

Il s'interrompit quand un grognement s'éleva, provenant de l'épais taillis de houx qu'ils longeaient.

— Des loups nous observent, annonça le Bègue.

— Croyez-vous ?

— J'en ai assez chassé pour ne pas me tromper, rétorqua le chevalier avec fatuité. Regardez là-bas dans la neige. Les traces… Une meute est passée voilà peu. Je suis persuadé qu'ils nous suivent. Avez-vous remarqué que nous n'avons presque pas entendu de hurlements ce matin ?

— En effet, est-ce inquiétant, messire ?

— Hier, les meutes se rassemblaient, maintenant elles nous entourent, affirma le chevalier.

— Pensez-vous que ces loups envisagent de s'en prendre à nous ? s'enquit craintivement l'écuyer.

— Je le souhaite de tout cœur ! Ce voyage est mortellement ennuyeux et mes hommes aimeraient chasser. De surcroît, nous pourrions revendre les peaux un bon prix.

— C'est juste, fit Chanteprime avec un sourire forcé. À Paris, pour chaque loup capturé, la Chambre des comptes alloue une prime de vingt sols parisis.

Il allait poursuivre mais se retint car cette récompense avait été instituée par Michel de Lallier, lequel venait de s'enfuir après la découverte d'un complot qu'il manigançait pour livrer une porte de la ville aux Armagnacs[1].

— Je n'envisageais pas de les capturer et de faire le boutiquier, déclara le Bègue avec superbe. Si nous avions du temps, nous pourrions plutôt jouer aux louvetiers. Savez-vous que ceux-ci sont en droit d'exiger deux deniers parisis par tête de loup, et même quatre pour celles des louves, sur chaque feu situé à deux lieues de l'endroit où la bête a été tuée ?

— Oui, c'est notre bon roi Charles VI qui avait pris cette décision par lettre patente en 1404.

Le silence s'installa à nouveau. Chanteprime éprouvait un certain malaise en constatant qu'il n'avait plus vu d'animaux depuis un moment. Même les oiseaux s'étaient faits rares. Brusquement, le Bègue désigna une piste traversant leur chemin.

— Regardez ces empreintes ! D'autres loups ont rejoint la meute principale. C'était il y a peu, je vois une crotte encore fumante.

L'écuyer ne dit mot. En se rendant à Rouen, une semaine auparavant, avec son seigneur, ils n'avaient point vu de loups. Pourquoi ces bêtes se rassemblaient-elles ici ? Leur en voulaient-elles ?

1. Voir *Cinq médailles d'argent*, du même auteur.

Soudain, des hurlements très proches retentirent.

— Dieu me damne, mais ils vont nous suivre jusqu'à Mantes ! plaisanta le chevalier anglais d'un ton guilleret.

Il se retourna pour ordonner une halte :

— Des loups approchent, préparez vos arcs !

Il regrettait de ne pas avoir d'arbalétriers dans sa troupe. Les arbalètes étaient plus faciles à utiliser à courte distance, surtout si les carnassiers attaquaient les chevaux. Mais en quittant Rouen, il craignait d'avoir à combattre des hommes, pas des fauves.

Les archers descendirent de cheval afin de placer la corde sur leur arc. Ils pouvaient le faire en selle, mais c'était malcommode. Ils échangeaient des regards soucieux. Les hurlements ne cessaient pas. Les loups semblaient nombreux. Très nombreux.

Ils reprirent la route, flèches engagées dans les cordes et, pour les sergents, couteau ou dague au poing. Ils avaient avancé encore d'une demi-lieue quand les hurlements se rapprochèrent, provenant maintenant de tous côtés.

— Ces méchants sont autour de nous, observa Chanteprime avec de plus en plus d'inquiétude.

— Qu'ils se rapprochent encore et nous offrirons les plus audacieux en franche repue[1] à leurs frères ! ricana le Bègue.

Ils poursuivirent désormais en silence, chacun sur le qui-vive. Chanteprime ne cessait de scruter les fourrés alentour, s'attendant à tout instant à voir surgir un carnassier. Lui aussi tenait fermement sa dague à la main.

Un hurlement plus violent que les autres provoqua l'effroi des chevaux ombrageux. Les bêtes hennirent et tentèrent de s'éloigner du chemin. L'une d'elles rua, entraînant la chute de son cavalier. La troupe s'immobilisa.

1. Repas qui ne coûte rien.

Heureusement, l'archer tombé dans la neige se releva sans blessure et parvint à retenir sa monture.

— Que ceux qui ont des chevaux apeurés mettent pied à terre et marchent en les agrippant par le mors ! ordonna le Bègue. Guillaume – c'était un des sergents –, le tien est docile, laisse-le en longe derrière celui qui porte la cassette et marche à côté en le tenant serré. Il ne manquerait plus qu'il s'emballe !

— Là-bas ! Un loup ! cria le garçon en fin de troupe.

Les regards se tournèrent vers l'endroit indiqué et un archer fit partir son trait, sans atteindre la bête qui avait disparu.

Les hurlements se poursuivirent tandis que plusieurs hommes descendaient de leur monture en ronchonnant. S'ils risquaient gros en cas d'emballement de leur cheval, ils devenaient des proies faciles en étant à pied.

L'arroir allait repartir quand Chanteprime suggéra :

— Plus loin, à senestre, un chemin conduit à la rivière. À un quart de lieue se trouve un village protégé par des palissades… On pourrait s'y réfugier.

— Vous avez peur des loups ? le gourmanda le Bègue.

L'écuyer détourna la tête sans répondre, songeant que leur capitaine n'était qu'un sottard falourdeur[1].

Le chevalier se mit à rire à gueule bec, se moquant de l'attitude contrite de son compagnon. Mais cette hilarité tourna court quand un énorme loup sauta sur le dernier de la troupe, qui avançait à pied. Immédiatement le désordre saisit l'escorte. Les chevaux s'affolèrent et plusieurs montures s'échappèrent.

Le garçon se débattait pour empêcher le carnassier de l'égorger. Une énorme bête de couleur grise, au moins aussi lourde qu'un homme. Le sergent, voisin du damelot, se jeta dans la mêlée, mais comme il s'apprêtait à frapper

1. Prétentieux.

l'animal, un autre loup, mufle terrible et yeux écarlates, lui bondit sur la nuque.

Alors toute la meute surgit des taillis. Les hommes à pied furent les premières victimes. Pris d'effroi, quelques cavaliers s'ensauvèrent et, parmi eux, Chanteprime, l'écuyer. Voyant sa lâcheté, le Bègue lui hurla de combattre, mais il avait maintenant à défendre sa vie, les démons s'en prenant aux jarrets de son destrier. Ayant dégainé, il les frappa de taille jusqu'à en être débarrassé, puis découvrit la scène d'horreur derrière lui : un enchevêtrement de carnassiers furieux et d'hommes se défendant à la hache, à l'épée, au couteau ou parfois avec les mains. Des chevaux ruaient, d'autres tombaient, des cavaliers s'écroulaient et, quand ils se relevaient, un nouveau loup leur sautait à la nuque. Les victimes hurlaient, pleuraient ou maudissaient tandis que les fauves les déchiraient tout vifs. Un tumulte d'enfer animait l'estourmie[1], mélange de jurons, de gémissements et de grognements.

Le Bègue frappa de sa lame un animal qui s'en prenait à son écuyer, lequel avait abandonné sa bannière et se défendait au couteau. Libéré du fauve, le jeune homme se releva, visage en sang et joue arrachée. Il hurla à la mort mais son cri cessa quand un gros loup gris lui brisa la nuque.

Le cœur battant et la gorge haletante, le chevalier anglais vint au secours d'un archer sur lequel s'acharnaient deux carnassiers. Alors qu'il en férissait un, un choc violent lui coupa la respiration et il cracha un flot de sang.

Un vireton venait de le frapper à la gorge.

Seuls trois cavaliers faisaient encore face. Chacun d'eux reçut alors un trait d'arbalète et ils s'écroulèrent, aussitôt meurtris et achevés par les loups.

1. Estourmir : combattre, s'agiter.

En quelques instants, les cris et les gémissements cessèrent. Il ne resta que les grognements sourds des bêtes affamées qui déchiquetaient leurs victimes.

Si un témoin avait été présent, il aurait alors entendu des cavaliers lancés à la poursuite des fuyards.

3

Jeudi 7 janvier 1423, lendemain de l'Épiphanie

Il faisait quasiment nuit quand Martial L'Escot, garde des tapisseries et de la garde-robe du régent, sortit du palais des Tournelles[1] par la poterne située en face du couvent Sainte-Catherine-des-Écoliers, dont l'église avait été construite par les Templiers.

Si seulement quelques flocons blancs voletaient, la couche de neige était épaisse sur le sol. Le froid brûlait le visage de l'officier du duc de Bedford et, bien qu'il soit dehors depuis peu, il ne sentait déjà plus ses pieds. Jamais un pareil froid n'avait frappé Paris, songeait-il. Jamais la rivière n'avait été prise par les glaces si longtemps et si complètement. Cela faisait maintenant une semaine que l'on pouvait passer d'une rive à l'autre à pied, pour ceux qui ne craignaient pas de chuter et de se briser un membre.

Habituellement, maître L'Escot se faisait accompagner par son valet Jacques, mais celui-ci était souffrant. En ce moment, la peste, le mal ardent, la suette, les fièvres purulentes et le mal de Saint-Firmin emportaient chaque jour son lot de Parisiens. Le serviteur du duc de Bedford

1. L'hôtel des Tournelles se situait sur le côté nord de l'actuelle place des Vosges.

murmura une patenôtre en y pensant. Pourvu que Jacques ne contamine pas les autres serviteurs de sa maisonnée !

En général, maître L'Escot rentrait chez lui bien plus tôt, et toujours avant la nuit, seulement, il avait dû surveiller les couturiers qui raccommodaient une robe d'apparat à laquelle le régent avait fait un accroc. En se pressant, il longea l'enceinte ponctuée de petites tours, qui avaient donné son nom au palais, puis fila par le chemin qui bordait le couvent Sainte-Catherine. L'endroit était désert, ce qui ne le rassura point. Comme tout le monde, il savait des loups maraudant dans la culture Sainte-Catherine, ces vergers et ces jardins abandonnés qui appartenaient au couvent. Taillis et ronciers offraient un gîte aux carnassiers qui, de là, poussaient des incursions dans les rues environnantes, croquant une poule ou un porcelet sans surveillance, parfois un enfant ou une fraîche donzelle quand ils avaient de la chance. Le prévôt de Paris assurait ne pas avoir assez d'archers pour les déloger, aussi le régent envisageait-il d'organiser une battue. Il était temps ! songeait le garde des tapisseries, car, tôt ou tard, un serviteur du palais se ferait attaquer. Pouvait-on accepter que des bêtes féroces rôdent devant les murailles de la demeure du duc ?

Arrivé à l'extrémité du mur du couvent, Martial L'Escot s'engagea dans un sentier. Devant lui se dressait la silhouette d'une tour carrée, reste de la vieille enceinte de Philippe Auguste. À son pied se trouvait une poterne dans l'ancienne muraille pas encore entièrement mise à bas. Une fois franchi ce passage, il arriverait à l'hôtel du Roi-de-Sicile et à sa maison, mitoyenne.

Il pensa alors à la détestable discussion tenue le matin même avec l'un de ses créanciers à qui il avait refusé un nouveau prêt, puisque l'emprunteur ne s'était pas encore acquitté de la moitié du précédent. Son activité de banquier rapportait gros mais il devait se montrer intransigeant sur les remboursements, y compris pour les plus proches de l'entourage du duc. Au demeurant, on connaissait sa fermeté et on savait qu'il n'hésitait pas à plaider devant le parlement afin de saisir les biens de ses débiteurs. Peut-être devrait-il agir ainsi avec cet emprunteur. Le duc ne pourrait que l'approuver quand il lui montrerait l'acte notarié.

Un bruit dans son dos attira son attention. Un crissement sur la neige. Quelqu'un ?

Il s'arrêta, se retourna et tira la dague portée à sa taille, prêt à affronter le loup.

Martial L'Escot approchait de la quarantaine, mais il n'avait jamais eu de grave maladie et était en bonne forme, car on était bien nourri au service du duc.

Plus de bruit. Rien en vue. Il attendit un instant et reprit sa route. Sans doute de la neige avait-elle glissé d'un toit.

Il arrivait à la poterne quand il distingua des bruissements derrière lui. De nouveau, il s'arrêta et se retourna, sa dague à la main. À cause de la muraille proche, ce passage du chemin se trouvait quasiment dans l'obscurité, mais il entendit distinctement un glissement de pas.

— Qui va là ?

Pas de réponse, sinon un sourd halètement.

— Montrez-vous ! glapit le serviteur du duc.

Cette fois, ce fut un grognement. L'Escot frissonna. Un chien peut-être ? Difficile à imaginer, car il n'y en avait plus beaucoup à Paris.

— Je suis armé, n'approchez pas !

Le grognement recommença, plus fort, agressif. La terreur gagna le garde de la garde-robe. Il jeta un regard affolé vers la poterne, à peine à une dizaine de pas. Dès qu'il l'aurait franchie, il appellerait à l'aide. Il y avait du monde à l'hôtel du Roi-de-Sicile et des gardiens à l'hôtel des évêques d'Évreux, juste à côté.

De nouveau, des pas étouffés. Un loup ? Scrutant l'ombre, et ne voyant toujours rien, il se décida et détala vers la poterne.

Il l'avait presque atteinte quand il sentit une horrible douleur dans le dos. Il glissa dans la neige et s'affala en hurlant. Des griffes lui pénétrèrent dans la gorge et ses cris se transformèrent en râles d'agonie.

L'homme introduisit la clef dans la serrure et ouvrit la solide porte ferrée de la maison en colombes et torchis. Dans l'ostevent[1], il poussa les verrous puis écarta légèrement la lourde tenture et risqua un œil dans la salle basse. La table était dressée avec quatre écuelles. Il aperçut un clerc assis sur un petit banc, penché sur une écritoire. Il l'avait déjà vu au palais : c'est lui qui s'occupait des actes de prêt. Devant la cheminée, une grosse femme sur une escabelle surveillait une marmite. Elle l'avait entendu, car elle lança, sans se retourner :

— Vous attendions, monsor ! Jacques va un peu mieux, il est là-haut avec Jeannette.

Il fallait agir vite. Il pénétra dans la salle et le clerc copiste tourna la tête. La stupeur envahit son visage. Le visiteur s'avança en souriant et, à deux pas, tira sa dague pour la lui enfoncer en bas du torse. L'autre émit un gargouillis mêlé d'un son rauque. La cuisinière se retourna et écarquilla les yeux d'émotion. Alors, le visiteur contourna la table et, comme elle hurlait, il la poignarda dans un sein.

— Fernande ! cria une voix affolée à l'étage. Que se passe-t-il ?

Il grimpa l'escalier de bois quatre à quatre, laissant ses deux victimes agoniser. La nommée Fernande poussait de rauques et bruyants gémissements. En haut, il vit

1. Petit vestibule pour empêcher le froid d'entrer.

une jeune femme devant l'unique porte. Elle hurla à son tour en le découvrant, tenant la dague sanglante. Elle se réfugia dans la pièce et poussa l'huis mais il n'eut aucun mal à l'enfoncer. L'attrapant par un bras, il lui trancha la gorge d'un seul geste, puis il la repoussa pour éviter d'être aspergé de sang. La pièce était celle du maître et il distingua une porte au fond. Il y courut. Un homme, le valet forcément, avait sauté du lit et saisi un bâton. Lui non plus ne résista guère. Qu'aurait-il pu faire, malade, devant une lame acérée ?

Le visiteur vérifia qu'ils étaient tous deux morts et les tira jusqu'à l'escalier, les précipitant sans ménagement à bas des marches. Puis il envoya derrière eux les draps et les couettes des lits, les courtines et les rideaux. Tout ce qui pouvait brûler. Avisant un coffre, il l'ouvrit. Il était empli de sacs de papiers. Eux aussi dévalèrent l'escalier.

Il descendit à son tour, repoussant du pied ce qui encombrait les marches.

Dans la salle basse, il alla vérifier que ses premières victimes étaient bien mortes. Ce n'était pas le cas et il leur coupa la gorge. Puis il déplaça les deux autres corps devant la cheminée et y jeta l'escabelle. Dès que les flammes furent hautes, il sortit le meuble et précipita dessus les sacs contenant les papiers, puis tout ce qu'il avait descendu et qui pouvait se consumer.

Le brasier se propagea et la chaleur devint insupportable. Il lança encore dans le feu le mobilier de bois autour de lui, en particulier l'écritoire, et arracha la tenture de l'ostevent qui finit également dans la fournaise.

La table s'enflamma et la fumée envahit la pièce. Il parvint encore à ouvrir les volets et à briser la fenêtre avec un tabouret, provoquant un appel d'air qui amplifia le bûcher et les fumées. Il courut alors à la porte et hurla en s'enfuyant :

— Au feu ! Au feu !

Bien plus loin dans Paris, dans la rue Pierre-au-Let qui conduisait à l'église Saint-Jacques-de-la-Boucherie, un pèlerin, revêtu du long manteau des jacquets et s'appuyant sur son bourdon[1], avançait en boitillant, arrivant depuis la rue des Écrivains.

Chaque pas était pour lui un supplice. Il avait quitté la maladrerie de Saint-Maur à l'aube et avait marché toute la journée jusqu'à la capitale. On lui avait assuré que la rivière était prise, enfin l'occasion qu'il attendait. D'ailleurs, il n'avait pas le choix. Il était le dernier occupant de la léproserie, laquelle ne recevait plus aucune rente depuis l'été. Lui seul pouvait demander des explications au notaire chargé du paiement.

Évidemment, il n'avait pu passer par la porte Saint-Antoine, puisqu'il ne possédait ni laissez-passer ni passeport. D'ailleurs, même avec un sauf-conduit, qui l'aurait laissé entrer en voyant son visage ? Il avait donc fait comme bien d'autres, longé la rive et marché sur l'eau gelée pour atteindre l'île Louviers, puis l'île aux Vaches et l'île Notre-Dame. L'enceinte fortifiée se terminait à l'Ave-Maria et il avait alors gagné la rive au port au Foin. Finalement, entrer dans Paris par la rivière n'avait pas été difficile. À cause du temps, les sentinelles restaient en haut des tours, surveillant seulement que des troupes armées ne s'approchent pas. Pourquoi auraient-elles empêché les gueux d'entrer ? Avec le froid, la famine et les maladies, les miséreux trouveraient la mort bien plus rapidement que si on les confiait à l'exécuteur de la haute justice.

Il avait cru sa fin certaine quand les loups s'étaient approchés de lui. Mais les bêtes, pourtant affamées, l'avaient dédaigné. Comme lui, elles cherchaient juste un

1. Bâton du pèlerin.

moyen pour rejoindre la ville. En vérité, elles savaient qu'elles trouveraient une bien meilleure chair humaine dans les rues de la capitale.

Ayant abandonné Paris depuis trente ans, il avait eu du mal à retrouver la maison de maître Nicaise Roussel, son notaire, bien qu'il y soit venu plusieurs fois.

Le crépuscule s'étendait, et on y voyait à peine, même si quelques habitants charitables avaient posé devant leur porte une coupelle de suif afin d'aider passant ou visiteur à trouver leur chemin.

La demeure du notaire, à l'enseigne de la Fleur-de-Lys, possédait un soubassement de pierre et deux étages à pans de bois en encorbellement dont les corbeaux étaient sculptés de médaillons et de têtes humaines. En bas se trouvait l'échoppe d'un cordonnier. Avec ses volets clos, impossible de savoir si la boutique n'était pas abandonnée.

Le notaire avait son étude et sa chambre à l'étage. Un peu de lumière filtrait entre le volet et le mur.

Il s'approcha de la porte et frappa avec le heurtoir, une sorte de marteau mobile incorporé dans une ferrure. Au bout d'un instant, il entendit, depuis une grille scellée dans le mur :

— Qui êtes-vous ?

— Un pèlerin. Je viens rencontrer maître Roussel.

— Revenez demain quand il fera jour.

— Impossible. J'ai un pli du maître de la maladrerie de Saint-Maur. C'est important. Je dois parler à maître Roussel, sinon il sera traité au parlement.

Un instant de silence, puis :

— Faites passer le pli par la grille.

Il hésita. Allait-on lui rendre le précieux document ? Malgré ses craintes, il farfouilla à l'intérieur de sa besace et en sortit un papier grossier plié en quatre qu'il glissa entre les barreaux.

Le portier le lut-il ? Le visiteur l'ignora mais il entendit qu'on faisait tourner une clef dans la serrure et l'huis s'écarta.

Il s'avança, gardant la tête baissée sous son capuchon. Le concierge avait la quarantaine et ne le reconnut pas. Sans doute n'était-il pas là, trente ans plus tôt. C'était un homme sec et noueux, au visage long et marqué, coiffé en rondi. Il plissa le front en découvrant ce pèlerin en chape de gros drap de laine, borgne et visage protégé d'un touret, ces carrés de toile que l'on attachait au chaperon et qui protégeaient la face par grand froid. Un individu inquiétant. Cependant, s'appuyant sur un bâton, l'inconnu paraissait bien frêle. Certainement était-il inoffensif. Que diable voulait-il à son maître ?

— Montez ! intima-t-il en lui rendant le papier.

Toujours boitillant, le pèlerin grimpa les degrés de pierre, tandis que le concierge refermait à clef la porte d'entrée. En haut, après deux portes sur le palier, les marches étaient en bois, plus étroites. Il attendit, bien qu'il sache parfaitement où aller.

Le portier passa devant lui et gratta à la première porte en déclarant :

— Un visiteur, mon maître. Un jacquet qui arrive de Saint-Maur.

— Par ce temps ? Qu'il entre !

Le portier s'effaça et l'homme à la pèlerine pénétra dans la pièce.

La chambre était confortable mais obscure, à peine éclairée par trois gros bougeoirs. Sur un côté se dressait un lit à courtines. En face trônait un poêle en terre qui ne fumait presque pas. Sur le troisième mur se dressait une armoire ouverte dans laquelle étaient pendus, par des crochets, des sacs de dossiers de différentes tailles, la plupart en toile ordinaire. Une desserte formant table, un dressoir avec de belles pièces d'orfèvrerie, un bahut et une huche complétaient l'ameublement.

Devant une écritoire travaillait un clerc qui s'était interrompu en le voyant entrer. Le notaire, debout face à l'armoire, avait vieilli, mais le visiteur le reconnut facilement à cause de son nez crochu soutenant des bésicles et de son menton en galoche désormais ridé comme une prune sèche. L'homme de loi n'avait plus que quelques cheveux blancs clairsemés. Il était habillé d'une épaisse robe noire avec une houppelande fourrée par-dessus.

— Qui êtes-vous, monsor ? s'enquit-il en penchant la tête pour essayer de distinguer le visage sous le capuchon.

— Le maître de la léproserie de Saint-Maur m'a remis ceci pour vous, répondit l'inconnu d'une voix rauque et déplaisante.

L'homme de loi fronça les sourcils et saisit le papier, avant d'aller le lire près du bougeoir sur la desserte, à côté de l'écritoire.

Quand il eut terminé, il déclara :

— Le maître me demande de vous recevoir, mais pour quelle raison ? Qui êtes-vous ?

— Il s'agit de la rente que vous devez payer à la léproserie. Elle n'a point été versée depuis six mois.

— La rente… En effet… mais je ne dois rien, je me contente de la faire porter. Cette somme m'était versée par une dame qui est décédée. Pas d'argent, pas de paiement. En quoi cela vous concerne-t-il ? Vous ne m'avez pas dit qui vous étiez. Montrez-vous donc !

Le visiteur obtempéra, redressa la tête et abaissa son capuchon.

Le notaire eut un mouvement de recul en découvrant l'orbite creuse et boursouflée. De plus, le reste du visage était masqué d'un tissu.

— Enlevez ce touret, j'aime savoir à qui je parle ! intima maître Roussel d'une voix mal assurée.

Le visiteur hésita. Mais après tout, si ce tabellion voulait le voir… Il ne souhaitait plus se cacher. Il avait payé le prix, et bien au-delà, et il payait toujours. Quant à ceux qui auraient voulu se venger, ils étaient tous trépassés… sauf la reine Isabeau, mais son époux le roi n'était plus, alors pourquoi lui en aurait-elle voulu ?

Il ôta ses moufles. Le notaire s'aperçut qu'il portait des gants de soie par-dessous et que ses mains étaient aussi étroites que celles d'une fillette. On distinguait les os sous la fine étoffe. Qui diable était ce singulier individu ?

Le chaperon n'était qu'un bonnet de lainage, sans cornette. Appuyant son bourdon contre un coffre, le visiteur dénoua les brides du touret et l'abaissa.

Le secrétaire, qui regardait la scène avec curiosité, se mit à hurler. Le notaire se raidit devant ce spectacle d'horreur. La Mort ! Il avait la Mort sous les yeux ! La Camarde venait le prendre ! Il émit une sorte de croassement, cherchant vainement à remplir d'air ses poumons alors que – il l'ignorait – son cœur avait cessé de battre. Puis il chancela et s'écroula.

Le secrétaire, lui, avait disparu par la porte du fond.

S'il s'attendait au cri d'horreur, le visiteur n'imaginait pas que la vue de sa face puisse provoquer le trépas. Il resta immobile, ne sachant que faire. Les serviteurs allaient arriver. Comment s'expliquerait-il ? N'allait-on pas l'enfermer ? Le conduire à l'échafaud après de nouveaux tourments ? Balayant la pièce d'un regard affolé, il vit le coffret de fer sur un dressoir, la clef dans le cadenas ! Il s'y précipita et l'ouvrit : des pièces d'or et d'argent !

Il en prit des poignées qu'il jeta dans sa besace, puis attrapa la dague au pommeau ciselé posée à côté du coffre et se rua sur la porte lorsque le concierge apparut.

Le domestique entrouvrit la bouche, incapable d'émettre un son devant la vision d'épouvante. Était-ce la Mort qu'il avait sous les yeux ou un démon arrivé de l'enfer ? Il recula, terrorisé, et le borgne en profita pour descendre l'escalier en boitillant, se rendant compte qu'il avait oublié son bâton de marche et ses moufles. Il se retourna, craignant qu'on ne le poursuive, mais le concierge avait disparu. En bas, la porte était close avec la clef dans la serrure. Il lui fit faire deux tours et se précipita dans le froid.

Tandis qu'il replaçait fébrilement son capuchon et son touret, il s'aperçut qu'il avait conservé la clef à la main. Sa première idée fut de s'en débarrasser, mais sans s'expliquer pourquoi, il la rangea dans sa besace.

Où aller ? se demandait-il en marchant aussi vite que lui permettait sa jambe affaiblie. Il disposait de clicailles maintenant, mais qui l'accueillerait ? Qui lui offrirait l'hospitalité ?

Il fila vers la rue de la Savonnerie, puis gagna la rue Saint-Jacques, espérant pouvoir se réfugier dans la vallée de la Misère. Il distingua alors une ruelle à main droite, enneigée et déserte. Et s'il trouvait là un logis abandonné ? Il avait vu beaucoup de maisons closes et sans feu en chemin. Avec un peu de chance, il découvrirait une demeure pillée avec la porte brisée.

Il s'engagea dans la voie, tenant fermement la dague au cas où il rencontrerait quelque gueux agressif. À chaque porte, il s'arrêtait pour la pousser, en vain. Il arrivait au bout de la ruelle quand il aperçut une ouverture. Il pénétra dans une salle obscure et sentit l'odeur d'un foyer. Un feu ! Il grelottait, quel bonheur s'il pouvait se réchauffer ! Mais que faire ? Appeler ? Se faire connaître ? Si c'étaient des truands qui vivaient là, ils lui feraient un mauvais sort. Il avait beau n'avoir plus grand-chose d'humain, il tenait à la vie. Tant pis ! Il avait trop froid !

Il sortit une pièce d'argent qu'il reconnut au toucher et héla d'une voix sourde :

— Je suis un jacquet en route pour Compostelle ! J'ai froid !

Il entendit des pas au-dessus. Puis entrevit une lueur. Enfin un garçon apparut. Décharné, il devait avoir la quinzaine. Il tenait un minuscule morceau de chandelle de suif à la main.

— Vous pouvez venir devant mon feu, proposa-t-il. Je n'ai rien, mais je le partage volontiers au nom du Seigneur.

— Dieu te le rendra, remercia l'inconnu en tendant la main. On m'a donné un petit blanc[1], je te l'offre de bon cœur.

Le garçon prit la monnaie, surpris d'une générosité qu'il ne connaissait pas. La pièce n'avait plus cours depuis quelques mois, étant remplacée par les niquets, mais bien des marchands les acceptaient quand même.

— Montez, monsor, dit-il.

Il le suivit. La salle au-dessus n'avait pas de porte, ou plus exactement celle-ci était brisée et des morceaux se consumaient dans un foyer. Une couverture sale était étalée sur le sol. Le garçon posa la bougie et le borgne se mit devant le feu, s'efforçant de calmer ses tremblements.

— Mon nom est Hugonin, dit-il.

— Moi, c'est Guyot.

Le pèlerin sortit un morceau de pain noir de sa besace et le partagea avec le garçon qui se jeta dessus, révélant qu'il ne se nourrissait que de racines depuis plusieurs jours.

— J'ai un grand blanc[2], lui dit Hugonin. Demain tu iras acheter de quoi manger avec.

1. Pièce d'argent de six deniers.
2. Dix deniers.

— Allez-vous rester, monsor ?

— Un peu, j'ai été malade et je dois me reposer quelques jours. J'aimerais demeurer ici.

Le garçon lui avait timidement souri et avait mis un des derniers morceaux de bois dans le feu.

Après avoir rongé le pain et bu de l'eau provenant de neige fondue dans un pot de terre ébréché, le prétendu pèlerin s'allongea près du foyer, sa besace sous le ventre pour qu'on ne le vole pas. Malgré le feu, il grelottait et ne parvenait pas à trouver le sommeil.

Il avait toujours pensé finir ses jours à la léproserie de Saint-Maur. Sa vie n'avait rien à voir avec celle qu'il avait connue mais on lui servait une soupe chaude chaque jour. Au début, il avait craint la proximité des lépreux et évité de les approcher, puis, avec la guerre, il n'en était plus venu. Depuis trois ans, il était le seul habitant de la léproserie, avec le père Alixet, le maître de la maladrerie.

Il avait compris que sa vie allait changer quand, à l'automne, le maître lui avait dit que sa rente n'avait pas été payée. Deux fois par an, à Noël et à la Saint-Jean, un commis du notaire Nicaise Roussel apportait soixante livres et soixante sols parisis. Il y avait parfois du retard, mais jamais de plusieurs mois. Le maître était vieux et se déplaçait difficilement. Il lui avait annoncé qu'il allait rejoindre l'abbaye de Saint-Maur et que, sans les ressources de la rente, la léproserie serait abandonnée.

Il devrait donc s'en aller. Il avait attendu le dernier moment et c'est le gel de la rivière qui l'avait décidé. Il pourrait ainsi pénétrer dans Paris sans s'expliquer aux portes, et sans qu'on voie son visage.

En se faisant connaître du notaire, il voulait que ce dernier lui verse la rente due, ce qui lui aurait permis de trouver un logis. Mais ses espoirs s'étaient envolés après ce qui venait d'arriver… Car il ne doutait pas que Nicaise Roussel était mort, mort de peur.

Heureusement qu'il avait eu la présence d'esprit de dérober ces pièces. Il pourrait vivre plusieurs mois avec, quelques années même, mais il lui fallait trouver une demeure. Il songea alors à la sienne, rue Saint-Denis.

4

Vendredi 8 janvier 1423

Le feu s'était éteint et le froid le ramena à la réalité. Le corps engourdi et douloureux, il eut du mal à se lever. Il avait gardé chaperon et touret pour sommeiller et, à tâtons, il vérifia qu'on ne pouvait voir sa face.

En l'entendant bouger, Guyot ouvrit les yeux.

— Je sors ! annonça le faux pèlerin après avoir tenté de boire l'eau du pot qui avait gelé. Trouve du bois et de quoi manger, je reviendrai plus tard.

Il s'en alla sans attendre la réponse.

Si le logis de fortune était glacial, c'était pire à l'extérieur. Tout était figé dans un silence terrifiant, des cierges de glace pendaient des toitures. Craignant de glisser sur le sol dur comme de la pierre, il avançait en s'appuyant sur les façades et gagna ainsi la Grande Boucherie. À l'une des rares bauves[1] ouvertes, dont la marchande lançait le cri : « Pâtés chauds ! Gâteaux chauds ! », il acheta un pâté. Comme la boutiquière lui demandait six sols, il se fit répéter la somme, persuadé qu'elle se trompait. Mais elle le lui confirma. Ignorait-il que le setier de bon blé dépassait les quarante livres ? railla-t-elle.

1. Édicules abrités par des auvents autour de la Grande Boucherie.

Sa fortune serait vite écornée avec de telles dépenses, s'inquiéta-t-il, s'offrant malgré tout un pot de bouillon chaud.

Contraint qu'il était de soulever son touret pour manger et boire, le peu que l'on voyait de son visage attirait les regards et il s'efforça de rester tête baissée sous son capuchon. Il repartit donc rapidement, les doigts gourds. Ses pauvres gants de soie ne le protégeaient guère. Heureusement, dans ce quartier de mégissiers il découvrit une échoppe où il put acheter d'épaisses moufles en peau de mouton. Il acquit également un nouveau bourdon, ce qui le soulagea pour marcher.

La rue Saint-Denis, plus animée que le quartier des bouchers, avait été partiellement nettoyée de la neige. Il la trouva peu changée, bien que beaucoup de boutiques soient fermées. Les mendiants étaient nombreux et, certains, allongés et recouverts par la neige, paraissaient trépassés. Quelques colporteurs lançaient leurs cris pour attirer les chalands :

— Bûches ! Bûches à deux oboles ! hurlait un porteur de bois.

— Lardons grillés ! vociférait un autre qui tenait un panier dans lequel vagabondaient de pauvres morceaux de lard.

— Rapiéceur de vêtements ! criait un troisième dont le manteau, mal recousu, ne signalait guère son talent.

Une procession entre l'église du Sépulcre et Sainte-Catherine l'obligea à faire un détour et il arriva enfin devant le portail de son ancien logis, juste après Saint-Leu-Saint-Gilles et la rue du Cygne. La maison paraissait close. L'échoppe du tailleur, située à l'angle, était aussi fermée. Il chercha du regard une boutique à l'étal ouvert et s'arrêta sur celle d'un regrattier. Il s'approcha.

— J'ai connu le tailleur, là-bas, dit-il au marchand qui pesait du sel.

— Il est mort voilà cinq ans, fit l'autre sans s'interrompre.

— Personne n'a repris l'échoppe ?

— Qui le voudrait ? Il n'y a plus de client ni d'argent à Paris.

— La maison des Trois-Rois semble pareillement abandonnée.

— Elle l'est depuis dix ans.

— Personne ne veut l'acheter ?

— Qui le ferait ? Tout le monde quitte la maudite ville ! Si je le pouvais, je m'en irais également, mais les Anglais l'interdisent. Se faire attraper, c'est finir au pilori ou dans un sac en Seine.

— C'est vrai, répéta tristement le faux pèlerin. Je connais pourtant un homme d'Église qui pourrait être intéressé.

Cette fois, le marchand s'arrêta dans sa besogne. Les religieux avaient toujours des clicailles, et que l'un d'eux devienne son voisin serait une bonne chose pour son commerce.

— Dites-lui que c'est un notaire de la rue Pierre-au-Let qui est chargé de la vendre.

— Je le ferai, promit Hugonin, devinant qu'il s'agissait de maître Roussel.

Il revint à son bouge en méditant sur sa maison. En chemin, il s'arrêta chez un fripier afin d'acheter des chausses de laine, puis chez un savetier à qui il prit des socques de bois permettant de marcher plus facilement dans la neige.

Guyot n'était pas là, mais le garçon avait apporté du bois, laissé un morceau de pain et rempli le cruchon d'eau. Il parvint à allumer le feu avec le briquet sorti de sa besace et entreprit de compter la somme volée au notaire. Il y avait beaucoup de pièces étrangères, en particulier anglaises, dont il ne connaissait pas l'exacte valeur, mais il jugea avoir pour une quarantaine de livres. Quant à la dague, il pourrait sans doute la vendre trois à quatre livres.

En rongeant le quignon de pain, il médita sur ce qu'il allait raconter au garçon.

Celui-ci revint après haute none[1]. Guyot parut soulagé de retrouver son nouveau compagnon, qui l'inquiétait pourtant depuis qu'il avait aperçu le haut de son visage.

— Tu te demandes qui je suis, lui fit Hugonin.

— Il me suffit de savoir que vous êtes bon, monsor.

— Bon ? Certainement pas ! Sache qu'il y a très longtemps j'ai vécu à Paris, puis j'ai été malade et j'ai failli mourir. La suette m'a pris un œil, mais j'ai guéri. Je suis cependant défiguré, j'ai une jambe folle et peu de chair aux bras. J'ai besoin d'un serviteur, veux-tu rester à mon service ? Si je réussis, j'aurai une maison plus confortable, et je te garderai avec moi.

— Je ne possède rien, monsor. Si je peux manger et avoir chaud près de vous, je veux bien être votre serviteur.

— Voici deux autres grands blancs. Je me suis aperçu que le pain est bien plus cher que je ne croyais.

— Un gros pain blanc est à vingt-cinq deniers, monsor, mais je trouverai du pain de seigle à quinze deniers tout aussi savoureux.

Hugonin lui donna trois autres pièces d'argent.

— Va chez un fripier et trouve-toi des chausses, des socques et une chape.

Ému et ne sachant que dire, le garçon prit les pièces.

— Il y a un notaire dans la rue Pierre-au-Let, poursuivit Hugonin. Nicaise Roussel.

1. Midi.

— Oui, monsor, il vient de trépasser. On m'a dit que la Mort est venue le chercher hier. Il y avait des archers en hoqueton devant la porte, mais ils ont pas voulu entrer ! Tout le monde a peur dans la rue.

— La Mort ? Diable, qui l'a vue ?

— Les serviteurs du notaire, monsor.

— Possible… Je l'ai connue également, voilà bien des années, déclara Hugonin d'un ton qui fit frémir le garçon. Mais, peu importe, car ce n'est pas avec ce tabellion que j'ai affaire. Comment s'appelle le lieutenant civil en ce moment ?

— Messire Germain Rapine, il habite rue de la Verrerie.

— Bien. Voici ce que je veux que tu fasses : demain, nous irons à la maison de maître Roussel, tu frapperas à la porte pendant que j'attendrai plus loin.

— On ne m'ouvrira pas…

— Je le sais. Mais un domestique te demandera ce que tu veux et tu répondras que messire Rapine veut entendre tous les serviteurs du logis. Que c'est lui qui t'a envoyé.

— Ce sera un mensonge, monsor !

— Évidemment ! Si on t'interroge, tu répondras que tu fais seulement la commission et tu fileras. Tu reviendras ici.

— C'est tout ?

— Oui. Et je ne veux pas écouter tes questions.

Le gamin comprenait que cet être difforme et repoussant n'était pas un pèlerin, qu'il poursuivait un dessein secret, peut-être inavouable. Mais il n'avait pas envie de chercher à en savoir plus. Deux jours plus tôt, après des semaines de misère, de froid et de faim, il se savait à l'orée de la mort, comme des centaines de malheureux dans cette ville. Cet inconnu l'avait sauvé et lui offrait l'espoir d'une vie meilleure. Il ne laisserait pas passer cette chance.

Samedi 9 janvier 1423

Le lendemain, la neige s'était remise à tomber. Étant allé se renseigner, le gamin avait appris que le corps du notaire devait être porté dans la matinée par ses serviteurs aux Saints-Innocents. Aussi Hugonin décida-t-il de se rendre à l'étude dans l'après-midi.

Son plan était simple. Grâce au subterfuge qu'il avait imaginé, les domestiques allaient s'éloigner. La voie étant libre, il entrerait dans la maison dont il possédait la clef, fouillerait les affaires du notaire et découvrirait forcément un sac contenant les documents nécessaires à la vente de son ancien logis, ainsi que ses clefs. Il les prendrait et irait habiter là-bas avec Guyot.

Il neigeait toujours. Le couple s'arrêta à quelques pas de la maison à l'enseigne de la Fleur-de-Lys et seul Guyot s'approcha de la porte. Saisissant le heurtoir, il s'apprêtait à frapper quand l'huis s'entrouvrit seul. La porte n'était pas fermée ! Stupéfait, il se tourna vers le prétendu pèlerin, l'interrogeant du regard sur ce qu'il devait faire. Par chance, la rue était quasiment déserte et personne ne parut s'intéresser à leur manège. Le borgne fit signe à son serviteur de s'en aller et s'approcha à son tour.

Il pénétra dans la maison et heurta un corps au pied des marches, tête en bas et cou de travers. Du sang s'était répandu sur la pierre. Hugonin heurta la dépouille du pied pour vérifier son état, mais il s'agissait bien d'un cadavre.

Devinant que des marauds s'étaient introduits, il resta immobile, en alerte, afin de percevoir le moindre son. Mais tout demeurait silencieux. Repoussant l'huis derrière lui, Hugonin engagea un des verrous afin de ne pas être dérangé. Un peu de lumière provenait du haut de l'escalier. Il se baissa pour examiner le corps et reconnut le concierge. On lui avait percé le ventre.

Que faire ? Le silence durait. Les voleurs avaient dû partir.

S'il s'en allait maintenant, il perdrait tout espoir de revenir, il décida donc d'explorer l'étude. Abandonnant son bourdon contre le mur, il monta lentement les marches de pierre. Les deux portes du palier étaient ouvertes. Il se rendit à la seconde et découvrit le cadavre d'une femme égorgée, tête tranchée ou peu s'en fallait. Elle avait dû se débattre car les murs étaient couverts d'un sang à peine séché. À coup sûr ces meurtres avaient eu lieu voilà moins de deux heures, quand les domestiques étaient revenus du cimetière des Saints-Innocents. Il retourna à la première porte et, comme il s'y attendait, il aperçut la dépouille sanglante du secrétaire.

Ainsi on avait tué tous les serviteurs. Il devait y en avoir d'autres à l'étage supérieur, mais il ne s'y rendit pas pour vérifier. À quoi bon ?

La pièce se trouvait dans un grand désordre. Des sacs éventrés, sortis de l'armoire aux portes béantes, traînaient partout. Leur contenu jonchait le sol, souillé par le sang du cadavre.

Ignorant le corps, il s'avança jusqu'au lit et ôta moufles, chaperon et touret qui le gênaient. Après quoi, il s'accroupit et ramassa quelques-uns des papiers éparpillés avant de s'asseoir sur le lit pour les parcourir. Le premier feuillet était un contrat de mariage, les autres, des testaments, des reconnaissances de dette, des actes de bon voisinage et des accords d'association commerciale. Aucun ne présentait d'intérêt. Que cherchaient les voleurs ? De l'or, à l'évidence.

Son regard se porta sur le dressoir où le coffret avait disparu. Ils l'avaient donc emporté. Mais pourquoi fouiller les sacs ? De plus, ceux-ci n'avaient pas tous été vidés puisque plusieurs restaient suspendus dans l'armoire. Les maraudeurs cherchaient-ils quelque chose de particulier ? Certainement… Auquel cas, ils l'avaient trouvé puisque les derniers sacs paraissaient intacts.

Mais il n'était pas venu pour conduire une enquête, se morigéna-t-il. Les clefs de sa maison se trouvaient sans doute dans l'armoire, à l'intérieur d'une des trousses. Il examina celles encore accrochées. Leur contenu était indiqué à l'encre, soit sur une étiquette cousue sur la toile, soit sur une planchette nouée avec une cordelette.

De son œil valide, il lut les inscriptions. Les écriteaux de bois portaient le nom d'enseignes de maisons : la Rose Blanche, le Chêne Vert, les Deux Anges, l'Aigle Noir, l'Image de Notre-Dame, les Trois-Rois…

Le cœur battant, il prit ce dernier sac et défit le cordon, vidant fébrilement ce qu'il contenait sur le lit. Un trousseau de clefs en tomba ! Les siennes.

Il l'attacha à sa ceinture et se résolut à partir. Dommage qu'il n'ait pas trouvé d'argent ou d'objets de valeur. Il décida quand même de fouiller les meubles. Il y avait un coffre, la partie basse du dressoir et un bahut. Le premier contenait des vêtements, dont une belle pelisse qu'il s'attribua, ainsi qu'un gilet fourré. Le bas du dressoir était fermé à clef et les portes ferrées semblaient solides. Où diable pouvaient se trouver les clefs ? Il parcourut la pièce des yeux et son regard s'arrêta sur le secrétaire. Pourquoi pas lui ? Il s'accroupit devant le corps et le fouilla, tachant ses mains de sang à demi sec. Un trousseau était attaché à la taille du mort. Il le défit et revint au dressoir où il essaya les clavelles. La troisième ouvrit le meuble. La cassette se trouvait à l'intérieur ainsi que plusieurs pièces d'orfèvrerie. Le secrétaire avait donc mis à l'abri tout ce qui avait de la valeur, sans doute pour protéger la succession, et les voleurs n'avaient dû emporter qu'un médiocre butin.

Mais, cette fois, le coffret était fermé. Il utilisa à nouveau les clefs et trouva la bonne. Les pièces d'or et d'argent étaient toujours là. Il retira sa gibecière pour la remplir, puis chercha un sac ou une autre besace afin d'emporter l'orfèvrerie. Il s'approchait du bahut pour en examiner le contenu quand retentit un bruit de verre brisé dans la pièce d'à côté.

Il se figea et saisit la dague posée sur le lit. Était-ce le froid ? Un récipient de verre se brisait quand son contenu gelait. Mais il entendit d'autres bruits, des frôlements et même un halètement. Quelqu'un était entré dans la pièce, sans doute par la fenêtre depuis le jardin. À coup sûr les voleurs qui revenaient. Il n'avait pas le temps de fuir. Affolé, il chercha un endroit où se cacher, mais, ne voyant rien, il décida de faire face. Après tout, il avait été un bon guerrier, jadis. Et peut-être allait-il avoir la satisfaction de mourir en combattant.

La poignée de la dague fermement serrée, il ne trembla pas quand la porte séparant les deux pièces s'ouvrit. Un homme apparut. Grand, mince, avec un front bombé proéminent et des globes oculaires profondément enfoncés dans un visage blafard.

L'individu le vit, écarquilla les yeux et ne put retenir un hurlement. Il tourna les talons et disparut par où il était entré.

Le faux pèlerin comprit qu'une nouvelle fois son visage avait provoqué la terreur. Il en ressentit un mélange d'horreur et de soulagement. Il avança prudemment vers l'autre chambre. Elle était vide. Un air glacial et un peu de neige pénétraient par la fenêtre brisée. L'homme avait fui par là.

S'approchant de l'ouverture, il aperçut l'inconnu qui traversait le jardin vers un portillon, détalant comme s'il avait le diable à ses trousses.

Qui était ce visiteur ? Certainement l'assassin des domestiques du notaire, le voleur – ou l'un des voleurs – qui voulait poursuivre la fouille de la maison.

Mais peu importait. Hugonin savait qu'il avait trop demandé à la chance. Cet inconnu pouvait donner l'alerte, ou revenir avec des complices. Il devait filer au plus vite.

Il revint dans la chambre, rengaina la dague, retira sa pèlerine et mit le gilet, puis enfila la pelisse, se recoiffa du chaperon sans prendre le temps d'attacher le touret, remit ses moufles et saisit sa gibecière. Tant pis pour l'orfèvrerie, décida-t-il.

Son regard tomba sur le trousseau de clefs déposé sur le lit et il choisit de l'emporter. Peut-être aurait-il l'occasion de revenir et ces clavelles lui permettraient de fouiller plus complètement les meubles.

Il quitta la pièce et descendit l'escalier. En bas, il récupéra son bourdon et ouvrit la porte. Il neigeait toujours, le ciel était blanc et l'obscurité s'étendait bien qu'il soit encore tôt.

Il allait sortir quand il se trouva face à face avec une femme d'âge mûr portant un panier d'osier. Le visage de la matrone s'affaissa en découvrant l'épouvantable figure surgie devant elle. Elle se plaqua contre le mur tandis qu'il passait en l'ignorant. Heureusement, il y avait peu de monde dans la rue. De la main qui ne tenait pas le bourdon, il remonta le touret contre son visage et se pressa vers la rue de la Savonnerie. Il n'avait pas fait vingt pas qu'il entendit un hurlement.

— La Mort ! Je viens de voir la Mort ! s'égosilla la femme.

Les regards convergèrent vers la femme. Stupéfaits, les rares passants s'approchèrent d'elle tandis qu'elle continuait à hurler.

Il se hâta, espérant se fondre dans le rideau de flocons qui ne cessait de s'épaissir. Personne ne s'intéressa à lui et il atteignit sans encombre la rue de la Savonnerie. Les clameurs retentissaient depuis la rue Pierre-au-Let mais furent brusquement couvertes par le carillon des cloches sonnant vêpres.

Il déboucha enfin dans la rue Saint-Jacques-de-la-Boucherie et gagna l'impasse du logis de Guyot.

5

C'est au palais des Tournelles qu'il avait appris le décès de maître Nicaise Roussel. Il y avait prêté l'oreille uniquement à cause des étranges circonstances du trépas : la Mort en personne s'était, disait-on, présentée chez le notaire. Les domestiques l'avaient vue. La Camarde avait un long corps décharné, tenait une faux et son visage était celui d'un cadavre, sans nez et sans yeux, malgré un regard de braise jaillissant de profonds trous dans sa face. Elle avait touché le notaire de sa faux, ce dernier avait hurlé et s'était écroulé, d'aucuns disaient qu'il s'était embrasé. Puis la Mort avait disparu en emportant l'âme du défunt en enfer.

Cela s'était produit le jeudi, un jour décidément funeste puisque, pendant que la Mort se rendait rue Pierre-au-Let, des loups féroces meurtrissaient le garde des tapisseries et de la garde-robe du régent alors qu'il rentrait chez lui. Pire, toujours au même moment, la maison de ce malheureux Martial L'Escot prenait feu, consumant en quelques instants ses serviteurs.

Un froid qu'on n'avait jamais connu, une peste virulente et une famine qui depuis des semaines fauchaient les Parisiens, tant d'infortunes ne pouvaient être le fruit du hasard, assuraient quelques oiseaux de malheur, du ton de ceux qui sont bien informés. Si on ajoutait à ces fléaux l'extermination d'une troupe d'hommes d'armes partie de Rouen, tous dévorés par des loups, et le fait que ces bêtes diaboliques terrorisaient la ville en croquant les pauvres gens, il semblait évident que le démon s'en prenait aux soutiens des Armagnacs et de l'imposteur Charles VII.

Certes, cela prouvait que Dieu appuyait le roi d'Angleterre, affirmaient les religieux. Mais le Seigneur laissait aussi agir le diable pour punir ceux qui ne l'honoraient pas suffisamment. Aux Parisiens de faire contrition afin d'éloigner Satan et ses créatures.

Convaincu par ce raisonnement, le duc de Bedford avait ordonné pour le vendredi des messes dans toutes les chapelles du palais, des prières sincères, un jeûne d'une journée et une procession le dimanche, assortie de pénitences et de flagellations.

Celui qui avait mis le feu à la maison de Martial L'Escot savait bien que le diable n'était pour rien dans ces calamités, cependant, l'apparition de la Mort l'intriguait et l'inquiétait. Il avait consulté les astres, qui ne lui avaient pourtant rien révélé.

Le samedi matin, aux aurores, il avait appris, par un secrétaire du chancelier venu porter des actes au duc de Bedford, que maître Nicaise Roussel était notaire de nombreuses personnes de qualité. Tabellion du roi Charles, de feu le duc de Berry ou encore de Michel de Lallier, ce notable proche de la reine Isabeau qui venait de s'enfuir après avoir été mis en cause dans une conspiration, Roussel était également l'homme de loi de plusieurs officiers du régent, entre autres de Martial L'Escot, ce garde des tapisseries et de la garde-robe que des loups avaient meurtri deux jours auparavant.

Dès le lundi, lui avait confié le secrétaire de la chancellerie, deux notaires du Châtelet seraient chargés de l'inventaire des biens et des actes de maître Roussel.

Il se pourrait fort qu'ils trouvent dans ses papiers des documents surprenants, avait assuré le rédacteur d'un ton confidentiel.

Une déclaration inquiétante. En boutant le feu à la maison de Martial L'Escot, l'assassin était persuadé que les preuves du prêt qui lui avait été accordé avaient disparu. Certes, il se doutait de l'existence d'une copie de l'acte chez un homme de loi, mais il s'était convaincu qu'elle y resterait jusqu'à la fin des temps puisque personne ne la réclamerait. Seulement, si des notaires du Châtelet la découvraient lors de l'inventaire, ce serait une catastrophe pour lui. Il devait impérativement récupérer ce document avant lundi.

Il était parti aussitôt pour la rue Pierre-au-Let, méditant sur le prétexte à invoquer afin de pénétrer chez le tabellion et se faire remettre le précieux papier.

Mais la maison du notaire était vide. En se renseignant auprès d'un voisin qui tenait échoppe de coiffes, il avait appris que les serviteurs étaient partis pour l'église Saint-Jacques-de-la-Boucherie où devait se tenir la messe mortuaire. Le corps serait ensuite transporté aux Saints-Innocents et mis en terre après le dégel, avait expliqué le boutiquier, intarissable. En attendant, il serait conservé avec d'autres dépouilles, dans une remise, avait-il poursuivi ; mais déjà son interlocuteur partait pour l'église.

Il était arrivé alors que le service divin se terminait. La nef dégorgeait de monde car le notaire était fort respecté dans le quartier. Interrogeant plusieurs fidèles à la sortie de la messe, il était parvenu à se faire désigner les domestiques du tabellion, restés près du curé. Ils étaient cinq, lui avait-on dit : un portier, un valet, deux servantes et un secrétaire.

Il avait attendu qu'ils aient terminé leur discussion et, quand ils étaient sortis, il avait abordé le secrétaire :

— Mon nom est Cardo, examinateur[1] au Châtelet, avait-il dit en se faisant passer pour un commissaire qu'il connaissait. Messire Rapine m'a demandé de vous interroger.

— Mais j'ai déjà tout dit à messire Rapine, avait objecté craintivement le secrétaire.

— J'ai besoin de précisions. Le lieutenant civil croit avoir identifié celui qui a tué votre maître.

— Mais… C'était la Mort, monsor…

— Peut-être, peut-être pas… Connaissiez-vous toutes les affaires de maître Nicaise Roussel ?

— Je pense, messire.

— Saviez-vous qu'il préparait une association avec maître Martial L'Escot, le garde des tapisseries et de la garde-robe du régent ?

— Non…

— Ce Martial L'Escot est mort également, voilà quelques jours. Or maître Roussel était son notaire.

— C'est vrai, messire.

— Je dois consulter les actes paraphés entre votre maître et maître L'Escot. Le nom de l'assassin y figure certainement.

Le secrétaire était resté irrésolu, mais la demande était naturelle, et cet homme était un examinateur au Châtelet. Il avait acquiescé.

Il était donc revenu avec les domestiques et avait accompagné le secrétaire dans la chambre du notaire. Mais comme le serviteur ouvrait l'armoire contenant les sacs de documents, ce dernier s'était soudain montré hésitant.

— Tous les actes rangés ici sont confidentiels, avait-il dit. Je ne sais si je peux vous les montrer. Je préférerais

1. Les examinateurs du Grand Châtelet étaient également nommés commissaires.

que vous attendiez la venue des notaires du Châtelet. Ils viendront lundi.

— Je n'ai pas le temps ! avait-il rétorqué abruptement.

Était-ce son ton brusque, ou simplement la fidélité à son maître qui exigeait une discrétion absolue, mais le secrétaire avait finalement secoué la tête, refusant d'obtempérer.

Cette opposition l'avait condamné à mort. Le visiteur l'avait saisi par le col et lui avait plaqué la main sur le visage pour l'empêcher de crier. En grognant, l'autre s'était débattu et une lutte presque silencieuse s'était engagée. Mais le secrétaire était bien plus frêle que son agresseur et le combat inégal.

D'une main, le secrétaire griffait son assaillant et de l'autre il le frappait au ventre. Le faux commissaire était parvenu à lui cogner la tête contre la porte de l'armoire. Étourdie, sa victime avait cessé de se débattre et il l'avait frappée jusqu'à ce qu'elle perde connaissance, puis avait tiré sa dague et la lui avait enfoncée dans le ventre.

— Misérable, que faites-vous ?

Ces paroles avaient été suivies d'un hurlement.

Attirée par le bruit, une des domestiques était apparue depuis la pièce mitoyenne. Il avait lâché le secrétaire et s'était précipité sur elle. Comprenant quel allait être son sort, elle avait tenté de s'enfuir mais il l'avait rattrapée et lui avait plongé la fine lame dans le dos.

Dans cette seconde chambre se trouvait également le concierge. Terrorisé, le portier avait couru vers l'escalier pour fuir la maison mais avait été à son tour meurtri avant d'atteindre la première marche. Il avait roulé jusqu'en bas dans un vacarme d'enfer.

L'agresseur avait grimpé quatre à quatre au deuxième étage où logeaient la seconde servante et le valet. Attirés par le vacarme et les cris, tous deux avaient hurlé en voyant l'assassin se ruer sur eux, dague sanglante en main et visage en fureur. Nul refuge et nulle issue possibles. La femme s'était jetée à genoux en suppliant, ce qui ne lui avait pas évité le premier coup de lame dans la nuque. L'homme avait fui dans une autre chambre afin de se barricader, mais l'assassin avait brisé la porte d'un coup d'épaule et l'avait poignardé.

Après avoir achevé la servante qui geignait, l'homme était descendu s'assurer que ses premières victimes étaient bien trépassées. Il s'était nettoyé avec une bassine d'eau et un linge et avait recouvré son calme, puis récité une brève prière pour ceux qu'il avait expédiés dans l'au-delà.

Revenu dans la chambre du notaire, il avait entrepris de fouiller l'armoire.

Il avait négligé les sacs contenant des papiers sur des maisons et s'était attaché seulement aux contrats. Il avait éventré de sa dague un premier sac et en avait vidé le contenu sur le lit, à la recherche de l'acte de prêt le concernant. Rien ! Il avait jeté les papiers sur le sol et saccagé plusieurs autres sacs avant de trouver les prêts accordés par Martial L'Escot. En les consultant, l'assassin avait découvert d'autres emprunteurs qu'il connaissait et en avait été surpris. Ils auraient été ses amis, il aurait détruit ces papiers. Mais il ne l'avait pas fait, sauf pour l'un d'eux.

Ayant glissé les documents dans son pourpoint, il avait remis son manteau, déposé sur la huche lors de son arrivée, et balayé la pièce des yeux, songeant qu'il devait y avoir quelques objets de valeur à larronner. Il avait aperçu ainsi sur une desserte un plat d'argent et un gobelet qu'il avait serrés sous ses vêtements. Une fouille plus approfondie aurait certainement donné des résultats, mais il avait hâte de quitter la maison qui commençait à puer la mort.

Il avait descendu l'escalier, repoussé le cadavre du portier qui le gênait et entrebâillé la porte. Il neigeait toujours. Dès qu'il n'y avait plus eu personne en vue, il était parti dans la direction opposée de l'échoppe de coiffes.

La porte ne serait pas fermée à clef, mais quelle importance ?

Peu après son départ étaient arrivés le faux jacquet et le jeune Guyot.

C'est dans sa chambre du château des Tournelles, alors qu'il enlevait son pourpoint et ses chausses tachés de sang, qu'il remarqua la perte de son cachet. Il le portait à la ceinture, avec sa bourse et ses clefs. D'abord, il le chercha partout, persuadé de l'avoir oublié, puis il se souvint qu'il l'avait lors de sa rencontre avec les domestiques du notaire. Où l'avait-il perdu ? L'attache de la chaîne avait été brisée, constata-t-il. Comment cela se pouvait-il ? Un voleur ? Impossible, la chaîne se trouvait sous son manteau, inaccessible. Alors un frisson le parcourut : chez Roussel, il avait ôté son vêtement pour le secouer de la neige et l'avait posé sur une huche. Ensuite, le secrétaire avait refusé de lui montrer les documents qu'il demandait. Ils s'étaient battus, et dans la lutte, ce dernier avait dû lui arracher la chaîne.

Son cachet était resté là-bas. L'objet l'accuserait si on l'identifiait. Il devait le retrouver. Il repartit immédiatement sous la neige.

Arrivé rue Pierre-au-Let, il attendit que les abords de la maison notariale soient déserts avant de pousser la porte. Elle résista. Il ne l'avait pourtant pas fermée, n'ayant pas emporté les clefs.

Quelqu'un était venu et était encore à l'intérieur ! Un voleur ? Que faire ?

Il se souvint alors que la chambre dans laquelle il avait tué la servante et le concierge disposait d'une fenêtre sur l'arrière de la maison et que les volets étaient ouverts. S'il parvenait à grimper, il briserait les carreaux et entrerait. Il portait sa fidèle dague et, s'il croisait un larron, il lui ferait un sort. Mieux, les examinateurs de la prévôté penseraient que ce voleur, ou ses complices, étaient responsables du carnage.

Encore fallait-il parvenir à l'arrière de la demeure. Il chercha un de ces passages qu'on laissait entre les maisons pour éviter la propagation d'incendies et qui conduisaient dans les jardins et les vergers. Il s'engagea dans le premier qu'il vit et découvrit un sentier longeant les enclos. Ayant repéré la maison du notaire et sa clôture, il enfonça d'un coup d'épaule la porte d'un petit verger enneigé.

La fenêtre de la chambre n'était pas haute et il y avait un appentis au-dessous pour garder à l'abri les outils de jardinage. En s'aidant d'un tonnelet, il grimpa sur l'appentis et atteignit un colombage d'encorbellement. Il s'y hissa pour arriver au niveau de la fenêtre. Tirant sa dague, il détacha doucement un des carreaux de verre mais celui-ci lui échappa et tomba de l'autre côté en se brisant. Il arracha alors rapidement le reste des carreaux enserrés dans le plomb et jeta le tout dans la neige, puis pénétra dans la pièce.

Le cadavre de la servante le regardait de ses yeux vitreux ; il détourna la tête. Aucun bruit. Les voleurs étaient-ils partis ? Mais par où ? Il se rendit à la porte, poussa l'huis entièrement et vit la Mort en personne.

Ainsi c'était vrai ! La Mort se trouvait dans cette maudite maison ! Persuadé qu'elle allait le prendre et l'emporter en enfer, il hurla et se précipita jusqu'à la fenêtre qu'il franchit d'un bond. Incapable de se maîtriser tant la terreur le dominait, il roula sur la pente du petit toit de l'appentis jusque dans le jardin. L'épais tapis de neige amortit sa chute. Il se releva, contusionné mais sans os brisé, et détala vers la clôture.

6

Assis sur le coffre de bois dans lequel il rangeait ses vêtements, face à son lit fermé par des panneaux ciselés et un lourd rideau, Edward Holmes nettoyait soigneusement sa haquebute[1] avec une étoffe de laine. La veille, avec son compagnon d'aventures Gower Watson, ils s'étaient rendus à Ville l'Évêque pour chasser des loups.

Tout avait commencé au début de la semaine, quand Jean Chuffart était venu à la maison de la Corne-de-Cerf.

Maître Chuffart, chanoine de Paris, chancelier de Notre-Dame et de la reine Isabeau, venait apporter une lettre de grâce de cette dernière en faveur de Michelette d'Auxerre, veuve de Guyot le Bossu, qui venait de subir une journée d'exposition au pilori pour avoir comploté avec les Armagnacs. Par l'intercession de Holmes, sa condamnation au bannissement était transformée en un emprisonnement d'un mois dans un couvent[2].

À cette occasion, maître Chuffart avait aussi transmis une requête de l'intendant de Ville l'Évêque. Ce petit village hors de l'enceinte de Paris était un fief de l'évêché composé d'une maison de plaisance, de granges, de fermes et d'un abreuvoir. L'ensemble formait une

1. Sorte de petite bombarde.
2. Voir *Cinq médailles d'argent*, *op. cit.*

paroisse clôturée d'une enceinte avec une église dédiée à sainte Marie Madeleine.

Le terrible froid qui y régnait avait attiré des loups affamés et les vilains ne pouvaient plus sortir de chez eux sans risquer de se faire surprendre par une meute. Déjà, quatre femmes avaient été dévorées et l'intendant ne savait que faire. Des sergents du Châtelet étaient venus mener une battue, mais les carnassiers se montraient trop malins pour se laisser prendre. Certes, le serviteur de l'évêque aurait pu appeler la compagnie des louvetiers royaux, mais ces hommes étaient encore plus craints que les loups : sous prétexte de protection, ils s'installaient dans les maisons et prenaient sans payer tout ce qu'ils jugeaient nécessaire pour eux, leurs valets et leurs chevaux.

En parlant avec l'intendant, maître Chuffart lui avait dit connaître un clerc anglais possédant une haquebute. Cette arme faisait un bruit effroyable et, utilisée contre les loups, elle pourrait fort les effrayer au point de les éloigner définitivement.

« Seriez-vous prêt à aider les habitants de Ville l'Évêque ? avait demandé le chancelier à Holmes. L'intendant vous offrirait cinq livres parisis pour quelques tirs contre la meute. »

Edward avait accepté, mais point contre pécunes. Il demandait plutôt à pouvoir ramasser du bois dans les taillis et forêts du fief et d'en charger le cheval de Watson et sa mule. Avec le froid chaque jour plus cuisant, le chauffage était la première des préoccupations.

L'intendant avait donné son accord. Ils étaient donc partis le vendredi avec les montures, Mathurin – l'intendant de la maison –, son fils Bertrand, le jeune Robin, et les deux orphelins Amaury et Thomassin que Holmes et Watson avaient pris à leur service[1]. Tandis que les

1. Voir *Le Chien des Basqueville*, 10/18, n° 5033.

serviteurs ramassaient des branches mortes, les deux Anglais, aidés d'un vilain du village qui connaissait bien les loups, avaient recherché la meute. L'ayant aperçue de loin, Edward avait tiré à plusieurs reprises sur les bêtes, les faisant fuir mais sans les atteindre. Watson avait aussi fait usage de son arc, sans plus de succès. Il avait toutefois abattu un gros lièvre qui avait fait leurs délices au souper.

L'expédition n'avait pas été un franc succès, même si les loups, effrayés, s'étaient éloignés. Cependant, à la maison de la Corne-de-Cerf, on avait désormais du chauffage pour une dizaine de jours, ce qui tombait bien car, à leur retour, les chutes de neige avaient recommencé et n'avaient plus cessé.

Ayant fini de nettoyer le canon de son arme, Holmes se rendit à la fenêtre pour regarder les flocons voleter avant de se déposer sur les glaçons coulant des arcatures de la façade. Frissonnant, il avait la conviction de n'avoir jamais connu un froid si âpre. La rivière était entièrement prise et même le vinaigre gelait dans le cellier.

Les valets avaient beau alimenter en bois les quatre cheminées de la maison, tout le monde grelottait. Lui-même portait pelisse de fourrure et mitaines dans sa chambre. Mais il n'avait pas lieu de se plaindre : même glacial, le logis restait confortable et chacun mangeait à sa faim, contrairement à la plupart des Parisiens. Plongé dans ses souvenirs, Edward songea une nouvelle fois à son cher frère John, baron de Roos et maréchal d'Angleterre, trépassé deux ans plus tôt en combattant les Français. En vérité, John était son demi-frère, puisque lui-même était fils d'une servante. Il avait été son intendant et c'est pour lui qu'avait été louée cette maison à l'enseigne de la Corne-de-Cerf, rue du Coq, à quelques pas du Louvre. Une belle demeure à la façade à clochetons, pignons et statues de saints. À la mort de John, il en avait été chassé par le fils de l'intendant du nouveau baron. Il avait alors trouvé refuge chez un ami, l'archer Gower Watson, qui louait une chambre chez les époux Bonacieux. Puis maître Bonacieux avait été navré par une faction complotant contre le roi Henri V. Holmes avait déjoué la cabale et contraint les conspirateurs à offrir la maison de la Corne-de-Cerf à Mme Bonacieux[1] en dédommagement. Ainsi, il logeait à nouveau dans ce vaste et beau logis à trois corps d'habitation, avec étages, cuisine, chapelle, jardin et écuries. Quant à Watson, devenu l'amant de Mme Bonacieux, jamais il n'avait connu pareil contentement.

Ayant rangé la haquebute, Edward s'interrogea sur sa journée. Après la mort de son frère, il avait dû gagner sa vie en utilisant ses compétences de clerc et ses talents de déduction. Il avait ainsi sauvé de la hart ou du pilori nombre de personnes iniquement accusées par la prévôté en leur obtenant des lettres de rémission, ces actes royaux qui arrêtaient le cours de la justice.

Sa réputation d'homme de loi désormais établie, il ne s'écoulait guère de jours sans qu'on vienne lui demander son aide, même s'il s'agissait souvent d'affaires de peu d'intérêt. La froidure qui régnait n'incitait personne à sortir et il lui paraissait impensable qu'on vienne le consulter aujourd'hui.

Il donnerait donc une leçon de latin à Thomassin et Amaury, décida-t-il. Ensuite, il jouerait un peu de la viole. Bref, il allait mortellement s'ennuyer. Son regard fut alors attiré par un mouvement dans la rue. Des chevaux approchaient. Un groupe de cavaliers dont l'un tenait la hampe d'une bannière collée par la neige. On pouvait cependant distinguer le léopard d'Angleterre. Une visite ?

1. Voir *Une étude en écarlate*, *op. cit.*

La troupe s'arrêta effectivement devant son porche, sous lequel plusieurs chevaux disparurent. Il entendit la cloche tinter et décida de descendre.

Toute la mesnie de la maison de la Corne-de-Cerf était réunie dans la salle basse quand Michel, le concierge, s'approcha du fenestron grillagé du vestibule permettant d'identifier les visiteurs. Il découvrit un sergent à verges du Châtelet avec, derrière lui, le quartenier Jean Augier et plusieurs personnes richement vêtues.

Michel annonça à messire Watson et à dame Constance qu'il s'agissait de gens de qualité venus à cheval. Aussitôt, ils lui ordonnèrent d'ouvrir et demandèrent à Bertrand et à Robin de s'occuper des montures.

Les verrous tirés, le portier s'écarta et pénétrèrent un gentilhomme de haute charpente, un magistrat, le quartenier et un greffier avec une sacoche en bandoulière. Le premier portait une pelisse de laine brune semée de fleurs rouges avec de larges manches fendues en leur milieu qui révélaient un pourpoint matelassé de couleur violette. Il était coiffé d'un chaperon écarlate blanchi de neige et de givre et on devinait l'épée à sa taille. Le second, moins grand et dans la cinquantaine, était vêtu d'un ample manteau noir à capuchon, ouvert sur l'épaule droite afin de laisser libres les mouvements du bras. Il était coiffé de la toque des officiers du parlement.

Holmes arriva à cet instant, sa chambre se trouvant au deuxième étage, et reconnut dans le gentilhomme Walter de Hungerford, baron de Homet, ancien compagnon d'armes de son frère John et proche du roi Henri V. Hungerford était venu à Paris avec le régent qui lui avait donné, rue Barbette, un hôtel confisqué à un partisan armagnac.

— Votre Grâce, fit Edward en s'inclinant et ôtant bonnet. Loué soit Jésus-Christ de vous conduire dans cette maison que vous honorez de votre présence.

— Ah, maître Holmes, quel plaisir de vous voir, répliqua le gentilhomme d'un ton nonchalant. Que Dieu soit également avec vous ! Je viens pour une formalité et je laisse maître Barrière, notaire et secrétaire à la Court du roi, vous en dire plus.

Barrière, l'officier au manteau noir, gonfla le torse de suffisance en déclarant :

— Vous le savez, des hérauts l'ayant proclamé depuis une semaine à tous les carrefours, notre glorieux et vénéré sire, Sa Grâce le régent du royaume, a demandé à tous les habitants de Paris, bourgeois ou ecclésiastiques, tant grands que petits, jusqu'aux servantes et aux gens de peu, de jurer de lui obéir en tout et pour tout, et de nuire de tous leurs pouvoirs aux complices ou alliés de Charles de Valois qui se dit de façon fallacieuse roi de France.

— Voilà un serment qui ne nous pose aucun cas de conscience, affirma Watson avec un air bonhomme.

Holmes avait appris par Chuffart que, dès le 4 janvier, les chanoines de Notre-Dame et le clergé des églises avaient prêté le serment exigé entre les mains de Simon de Champluisant[1].

— Tous les serviteurs de dame Bonacieux sont présents ici, déclara Holmes. Ils jureront sincèrement devant vous. Cependant, je suppose qu'un tel serment est inutile pour les enfants : Loyset, notre marmiton, et Amaury et Thomassin, nos valets, sont de fidèles sujets du duc, comme moi-même, mais ils n'ont que treize et douze ans et ignorent ce que jurer fidélité veut dire.

Walter de Hungerford haussa un sourcil interrogateur. Le plus âgé des garçons désignés par maître Holmes était d'une taille bien supérieure à beaucoup d'hommes d'armes. Treize ans ? Il en doutait mais, ne voulant pas

1. Champluisant, ancien prévôt de Paris, venait d'être nommé quatrième président au parlement.

contrarier Holmes, du frère duquel il avait été l'ami, il se tourna vers le notaire et le quartenier, les questionnant du regard.

Jean Augier ne tenait pas plus à mécontenter les Anglais de la maison de la Corne-de-Cerf dont il savait qu'ils avaient les faveurs de la reine, aussi opina-t-il avec un sourire conciliant. Quant à maître Barrière, il n'était peut-être pas du même avis mais, sentant le regard agressif de Watson posé sur lui, il approuva également d'un signe de tête, donnant ensuite ordre au greffier d'enregistrer les serments des adultes.

Celui-ci déposa sa sacoche sur la table, toujours dressée depuis la soupe du matin, et en sortit un gros livre, un registre et un nécessaire d'écriture.

— Vous passerez à tour de rôle devant maître Bouchard, annonça le notaire à l'assistance. Face aux Saints Évangiles, vous répéterez le serment que je vais vous dicter après avoir donné votre nom qui sera inscrit sur le registre.

Holmes se présenta le premier, soulagé qu'Amaury et Thomassin n'aient pas à jurer. Leurs parents et leur sœur avaient été abominablement assassinés par les Bourguignons et, même s'ils ne se déclaraient plus ouvertement Armagnacs, comme ils l'avaient fait la première fois qu'ils avaient rencontré Watson, ils auraient peut-être hésité à prêter serment au régent.

Pour les autres serviteurs, le clerc anglais n'avait aucune crainte. Constance Bonacieux était bourguignonne dans l'âme et Catherine et Anne, respectivement cuisinière et chambrière, même si elles restaient persuadées que Charles VI était leur roi légitime, feraient ce que lui et Watson demanderaient.

Tout le monde jura donc, certains de bon cœur, d'autres avec indifférence. En vérité ils auraient tout autant été capables de jurer d'obéir en tout et pour tout à Charles de Valois si demain ce dernier apportait paix et prospérité aux Parisiens. Finalement, seuls Holmes et Watson furent sincères, au moins en ce qui concernait leur obéissance envers le duc de Bedford. Car pour ce qui était de leur engagement à nuire de tous leurs pouvoirs aux complices ou alliés de Charles de Valois, ils savaient qu'ils auraient du mal à le respecter, tant la situation était confuse dans ce ralliement englobant partisans d'une guerre conduite pour assouvir des besoins de pillages et tenants d'une réconciliation entre les Français.

7

Les gens du régent avaient à peine vidé les lieux que la cloche du porche d'entrée tinta de nouveau.

— Décidément, c'est le jour des visites ! Qui l'aurait parié avec ce froid ? grommela Watson en claudiquant jusqu'au fenestron du vestibule.

Sa blessure reçue à Azincourt le faisait souffrir depuis qu'il était rentré de Ville l'Évêque à pied, son destrier étant chargé de fagots.

Par la petite ouverture, il distingua deux femmes, l'une en touaille[1] entourant le bas de son visage et l'autre coiffée en truffeaux[2], toutes deux couvertes de chapeaux en feutre. Derrière elles se tenaient des valets d'escorte.

Il tira les verrous. La femme en touaille portait une épaisse houppelande de laine verte garnie de fourrure de renard. Elle le toisa de bas en haut, s'attardant sur sa chevelure rousse, avant de déclarer avec un sourire ironique :

— Je suis venue pour maître Holmes. On m'a dit qu'il était clerc, ce n'est donc pas vous !

— Voilà une juste déduction, gente dame ! plaisanta Gower. Mais entrez, il fait un froid de gueux.

1. Étoffe enroulée autour de la tête et couvrant les oreilles.
2. Chevelure rassemblée en deux lobes sur les tempes.

— Mes valets ont besoin de mettre nos mules à l'abri, observa-t-elle.

— Bien sûr ! Bertrand, occupe-t'en !

Pendant que le garçon d'écurie sortait rejoindre les serviteurs, les visiteuses pénétrèrent dans la salle en croisée d'ogives. Edward, qui avait entendu la conversation, s'avança.

— Je suis maître Holmes, noble dame. Approchez donc de la cheminée et asseyez-vous sur les coussins de cette banquette. Je vais vous faire servir une boisson chaude pour vous réchauffer.

— Volontiers, mon maître. Je crois n'avoir jamais eu si froid !

Elle prit place, sa compagne près d'elle. Holmes, appuyé contre la cheminée, ne les avait pas quittées du regard. Les ridules autour des yeux et de la bouche de celle qui avait parlé révélaient son âge, la cinquantaine certainement. Elle était blonde, avec de nombreux fils gris. À sa vêture de qualité, le clerc avait conclu qu'il s'agissait d'une noble personne. La seconde femme, plus jeune, se montrait réservée. Sa chape était fort simple avec un fermoir en cuivre. À coup sûr une dame de compagnie.

Comme Constance apportait deux gobelets d'argent contenant un mélange de miel, de cidre chaud et de gingembre, la plus âgée, peut-être indisposée par la chaleur du foyer, retira ses gants et défit les fermoirs de sa houppelande, révélant une lourde et ample robe décorée de broderies, de passementeries et doublée de petit-gris.

Les dames ayant porté leur boisson aux lèvres, Constance demanda aux domestiques de l'accompagner dans la cuisine, car elle devinait que les visiteuses ne tenaient pas à ce que des oreilles inconnues entendent les raisons de leur présence.

— Je suppute que vous vous posez des questions sur ma venue, maître Holmes, fit celle en touaille quand elle fut effectivement assurée que seuls les Anglais demeuraient dans la salle.

Le molosse qui dormait devant l'âtre ne comptait pas.

— Je m'interroge en effet sur les raisons pour lesquelles une dame habitant le quartier de Saint-André-des-Arts et proche de feu monseigneur le duc Philippe le Hardi[1] vient rendre visite à un pauvre clerc anglais.

Watson et la dame de compagnie écarquillèrent les yeux de surprise tandis que la femme en touaille changeait de visage, l'amabilité faisant place à une moue de contrariété. Seul Gracieux restait impassible, ronflant doucement la tête entre les pattes, comme si les déductions de son maître étaient incontestables et sans intérêt.

— Vous me connaissez, maître Holmes ? s'enquit la visiteuse.

— Point du tout. J'ignorais votre existence jusqu'à ce que vous entriez dans cette pièce.

— D'où tenez-vous alors que j'ai été proche de monseigneur le duc ? interrogea-t-elle sèchement.

Edward écarta les mains dans un geste d'évidence.

— J'ai peur que mes explications ne vous déçoivent, noble dame. Vous connaissez le proverbe : *Omne ignotum pro magnifico*[2], et ma pauvre réputation sombrera si je suis trop franc, répondit-il avec un sourire.

— Comment diable pouvez-vous connaître le quartier où loge cette noble visiteuse, mon ami ? déclara Watson. J'ai beau me torturer l'esprit, je ne trouve aucune explication !

— La vie d'un être humain n'est qu'une longue chaîne dont il suffit de connaître un seul anneau pour

1. Qui était le fils de Charles V.
2. « Tout ce qui est inconnu est fascinant. »

reconstituer les autres, fit sentencieusement Edward en ne s'adressant à personne en particulier. Un coup d'œil peut suffire à révéler son histoire. Certes, l'erreur reste possible, mais j'ai toujours pratiqué cet exercice qui aiguise les facultés d'observation, et je me suis rarement trompé.

Il se tourna vers la femme en touaille.

— Votre ceinture d'argent est décorée de croix de Saint-André[1], vous êtes donc une fidèle du duc de Bourgogne. À la qualité de votre manteau et de vos atours, j'ai jugé que vous vivez dans une honnête prospérité. Pourtant, vous arborez une aumônière brodée aux couleurs passées. Vous pourriez posséder une boursette plus somptueuse, j'en déduis que vous tenez particulièrement à celle-là. En l'observant, j'ai remarqué qu'elle porte les fleurs de lys du duc Philippe le Hardi. Il est aisé d'en présumer qu'il s'agit d'un cadeau qu'il vous a fait et dont vous ne voulez pas vous séparer. À moins que cette escarcelle ne vienne de votre mère.

Elle hocha lentement la tête, lui opposant un visage sans expression.

— Monseigneur me l'a offerte pour mon mariage, maître Holmes. J'avais seize ans et suis veuve désormais. Vous êtes effectivement fort observateur, mais comment savez-vous où je loge ?

— Sur le pendentif en or et vermeil que vous portez au cou figurent un évêque et un missel. J'accompagne souvent mon ami Watson au Jardin des Archers, entre la porte de Buci et l'hôtel de Nesle, où il retrouve ses compagnons de la guilde des Archers pour s'entraîner. Nous passons par la rue Saint-André, qui conduisait à l'abbaye Saint-Germain avant que l'on ne terrasse la porte de l'enceinte. Il reste dans cette voie quelques bijoutiers

1. Le signe de ralliement du parti bourguignon.

et orfèvres qui proposent ces pendentifs représentant saint Germain. J'en ai conclu que vous l'aviez acheté là-bas, et donc que vous habitiez ce quartier.

Elle resta silencieuse un instant, lèvres serrées pour cacher son trouble, avant de se détendre et de lui octroyer un sourire.

— Rien ne vous échappe, maître Holmes !

— Hélas, si ! J'ignore par exemple pourquoi vous venez me consulter !

— Je vais vous le révéler.

Elle s'interrompit tandis que revenaient Bertrand et les deux serviteurs. Watson les envoya dans la cuisine et leur visiteuse reprit :

— Mon père était chancelier de monseigneur le duc Philippe le Hardi. Je me nomme Gentillette Audeloncourt. Voilà trois jours, j'ai rencontré le fils d'un ami de mon père à l'hôtel de Bourgogne. Il se nomme Baudouin Le Blanc et était chambellan du duc Jean sans Peur[1]. Il est maintenant au service de son fils. C'est lui qui m'a parlé de vous.

— J'ai en effet reçu ici même messire Baudouin Le Blanc, fit Holmes avec un sourire amusé.

Il se souvenait du bailli qui avait menacé de lui faire rendre gorge et de lui couper les oreilles, et qu'il avait dompté uniquement par la parole.

— Bien que vous soyez anglais, messire Baudouin vous tient en grande estime et je comprends maintenant pourquoi. Il m'a dit que vous étiez homme de loi fort perspicace et que vous aviez résolu une délicate affaire en découvrant un faquin qui menaçait monseigneur le duc.

Holmes hocha la tête en rassemblant les extrémités de ses dix doigts comme quelqu'un s'apprêtant à savou-

1. Fils aîné de Philippe le Hardi et père de Philippe le Bon.

rer une conversation. Avec l'apparition de Baudouin Le Blanc, il devinait une affaire peu commune et s'en réjouissait. Pour occuper son esprit et l'empêcher de tomber dans la mélancolie, il avait besoin qu'on lui propose des problèmes singuliers et il s'attendait maintenant à en entendre un.

— Ma famille a toujours servi les ducs de Bourgogne. Comme vous l'avez remarquablement déduit, j'habite dans la grand-rue Saint-Germain-des-Prés, à côté d'un orfèvre chez qui j'ai acheté mon pendentif. Ma maison, à l'enseigne de Notre-Dame, est aussi contiguë à l'hôtel d'Arras qui appartenait à monseigneur Courtecuisse et qui vient de lui être confisqué par monseigneur le régent[1]. On dit qu'il veut la donner à messire Montacute.

Elle prononça ces paroles sur un ton pincé, franchement réprobateur.

— Cela pour vous dire qu'à l'endroit où je loge je n'imaginais pas voir des truands pénétrer chez moi. C'est pourtant arrivé le soir de la Saint-Sylvestre. Ils étaient deux et sont passés par les toitures de l'hôtel d'Arras en utilisant une corde. Malgré la neige, ils ont arraché des ardoises et ont pénétré dans les combles. J'ai peu de serviteurs, et le grenier était vide. Ils devaient le savoir. Ils ont gagné ma chambre où je dormais avec Jeanne.

D'un mouvement du menton, elle désigna sa compagne silencieuse.

— Ils nous ont bâillonnées sans nous laisser le loisir de réagir ou d'appeler. Ils ont ensuite exigé la clef de ma cassette que je leur ai remise mais qu'ils auraient trouvée facilement puisqu'elle était attachée à la ceinture de ma

1. Sur les démêlés entre monseigneur Courtecuisse, ancien évêque de Paris, et les Anglais, on peut lire *Le Chanoine à la lèvre tordue*, du même auteur.

robe. Ils ont ensuite fait main basse sur mon orfèvrerie : une aiguière en vermeil, une coupe en argent à deux anses que m'avait offerte monseigneur le duc pour mon mariage, un flacon doré ciselé et deux hanaps. Ils ont également emporté une robe de brocart, une coiffe de soie, des ceintures cloutées, une paire de chaussures vermeilles et trois saucières dont une en argent avec des anges sur les poignées.

Elle se tut un instant avant d'ajouter :

— Nous nous attendions au pire, mais ils ont été fort galants et sont partis en nous laissant seulement entravées, utilisant même la porte principale.

— Combien y avait-il dans votre cassette ? s'enquit Watson.

— Quelques centaines de pièces d'argent. Je venais de recevoir les rentes que l'on me verse. J'ai été libérée au matin par mes serviteurs qui n'avaient rien entendu. Messire Rapine, le lieutenant civil, est venu et a fait enquêter des sergents et un examinateur, mais celui-ci n'a apparemment obtenu aucun résultat. Voyez-vous, maître Holmes, la perte de mes rentes est gênante, tout comme celle de mon orfèvrerie, car je ne suis pas fortunée, mais je peux surmonter ces déboires. En revanche, je veux retrouver la coupe que m'a offerte le duc. Je m'attache au passé, et c'est un morceau de ma vie qu'on m'a enlevé. Acceptez-vous de m'aider ?

— Difficile… Je ne saurais par où commencer… Pouvez-vous nous décrire vos voleurs ?

— Non, il faisait nuit, l'obscurité les cachait, bien qu'ils aient eu une chandelle. L'un devait avoir la trentaine, il avait une barbe rousse, et l'autre était bien plus jeune. Celui-là portait un bonnet, mais j'ai cru voir des mèches longues. Surtout, le plus vieux a laissé échapper son nom : Robert.

— On rencontre beaucoup de Robert à Paris, remarqua benoîtement Watson.

— Hélas, je ne sais rien d'autre. Maître Holmes, cette coupe vaut plus de cinquante livres, et j'en offre dix à qui me la rendra. Quant à la cassette, si vous la retrouvez, vous en aurez le denier dix[1].

— Je vais essayer, promit Edward après quelques instants de réflexion. Seulement le froid ne va pas favoriser mon enquête. Dites-m'en plus sur votre orfèvrerie et vos vêtements disparus.

— J'ai déjà tout écrit.

Elle se tourna vers la dame de compagnie.

— Jeanne, donne le papier à maître Holmes.

La jeune femme ouvrit son escarcelle et en sortit un feuillet soigneusement plié qu'elle tendit au clerc.

Il le prit, le déplia et le lut avec attention. Il s'agissait de la description des objets volés. L'aiguière en vermeil possédait une anse en forme de serpent tandis que celles de la coupe de mariage du duc représentaient des dauphins. Parmi ses poinçons, cette dernière portait celui d'un maître orfèvre de Dijon. Le flacon doré était ciselé de feuillages, d'arbrisseaux et de cerfs et les hanaps, décorés de têtes, étaient émaillés à l'intérieur d'un homme sauvage assis sur un lion, une lance à la main. La robe de brocart, écarlate, avait des manches tailladées et un galon d'argent, la coiffe de soie était tissée d'or, les ceintures ciselées avec des dragons.

Edward hocha la tête.

— Votre liste me sera utile, reconnut-il.

— Vous êtes mon seul espoir, dit Gentillette en se levant, imitée par sa suivante, toujours mutique. J'ai aussi remarqué autre chose, maître Holmes, mais je ne sais si cela peut vous être utile…

1. Dix pour cent.

— Quoi donc ?

— Ils sentaient fort mauvais. Plus exactement, ils empestaient le chenil. Mon mari chassait et je détestais cette odeur.

— Une odeur de chien… fit Holmes, songeur.

Il n'y avait plus beaucoup de chiens dans Paris, sinon chez les gentilshommes.

— De chien mouillé, mais beaucoup plus forte. J'ai pensé à des effluves de loup.

— Des chasseurs ? médita le clerc. Un nommé Robert, aux cheveux longs et un barbu. Voilà un début de piste.

Watson alla chercher les serviteurs à la cuisine et Bertrand les accompagna à l'écurie. Holmes s'inclina devant la veuve et lui promit qu'il viendrait la voir s'il découvrait quelque fait.

— Eh bien, Watson, dit-il lorsque les visiteuses furent parties, qu'en penses-tu ?

— Je ne vois pas comment nous pourrions retrouver ces fripouilles, répondit l'archer avec sincérité.

— C'est un crime commun, or les voleurs agissent souvent de la même manière. Je vais procéder à une petite enquête de mon cru. Que dirais-tu de rendre visite à quelques orfèvres de notre connaissance après le dîner ?

— Tu penses que les voleurs ont revendu ce qu'ils ont volé ?

— C'est ce qu'ils font, en général.

À la relevée[1], ils s'habillèrent encore plus chaudement afin d'affronter le froid. Sous sa chape, Watson enfila un pourpoint fourré en velours rouge et se coiffa d'un

1. Après le dîner.

bonnet qu'il couvrit du capuchon. Holmes revêtit un gilet matelassé à manches épaisses sous sa robe noire en drap de laine et se couvrit de sa houppelande au col de petit-gris. Il se coiffa d'un chapeau de feutre au bord relevé pourvu d'un bec à l'avant.

8

Samedi 9 janvier

Au premier étage de l'hôtel de la Reine, dans l'hôtel Saint-Pol ou encore des Grands Ébattements comme l'avait nommé Charles V, les appartements privés d'Isabeau de Bavière comprenaient antichambres, chambre de parade, chambre à coucher privée, cabinet de retrait, garde-robes, oratoire, chapelles et galeries ainsi qu'un chauffe-doux. Cette dernière pièce était une vaste salle lambrissée de panneaux sculptés sur lesquels s'étalaient de lourdes tapisseries. Depuis le début des grands froids, survenus au mois de décembre, la reine Isabeau avait abandonné sa chambre pour s'installer dans ce lieu particulièrement bien chauffé au moyen de deux énormes poêles de faïence. Partout ailleurs dans l'hôtel, malgré les feux allumés dans les cheminées et des braseros venus de Bavière, elle ne parvenait pas à se sentir à son aise.

Isabeau avait encore grossi et ne pouvait plus se déplacer sans cannes, aussi restait-elle généralement assise dans un fauteuil que ses serviteurs transportaient dans l'hôtel et ses jardins, quand le temps le permettait. Elle se murait le plus souvent dans le silence, écoutant à peine ce que lui racontaient ses dames de compagnie, se laissant seulement bercer par leurs chants ou le son des violes et des luths.

Ce samedi matin, en épaisse robe pourpre foncé garnie d'hermine au col et aux manches, avec sur les épaules un lourd manteau doublé retenu par un cordon d'or orné de perles, la reine de France, coiffée d'un escoffion[1], se tenait devant une fenêtre, près d'un poêle. Un pot de tisane de mélisse à la main, elle regardait la neige tomber en songeant au passé, aux belles choses et aux abominations qu'elle avait connues, à son époux trépassé, aux cinq enfants qui lui restaient, sur les douze qu'elle avait mis au monde. Charles, son dernier fils, était désormais son ennemi. Catherine, sa fille aînée, veuve d'Henri V, était retournée en Angleterre avec son fils, l'actuel roi de France, elle ne voyait plus Jeanne, mariée au duc de Bretagne, ni Marie, abbesse à Poissy. Restait Jeanne, la bâtarde, qu'elle n'avait jamais revue depuis sa naissance. Celle-là devait avoir onze ans. Comment était-elle ? s'interrogeait-elle souvent. Lui ressemblait-elle ou tenait-elle de son père ? Le dernier qui lui avait donné des nouvelles d'elle était son frère, le duc de Bavière, qui avait envoyé un gentilhomme lui rendre visite, deux ans auparavant.

Femmette de Fresnoy, une des demoiselles[2] de compagnie, jouait doucement du luth sur un siège bas. Proche d'elle, la chambellane Marie de Savoisy, en robe verte garnie de fourrure, papotait avec Marguerite de Grémonville, une autre des demoiselles d'honneur. Plus loin dans le chauffe-doux, des serviteurs en livrée dressaient une table pour le dîner.

1. Sorte de coussin enveloppant la chevelure maintenu par une résille de joailleries.

2. Le terme « demoiselle » n'avait pas le sens actuel. Le mot venait de *domnicella*, diminutif de *domina*, un titre de noblesse.

La reine pensait aux tristes changements survenus dans sa vie depuis les trépas de son époux et de son gendre Henri V, le roi d'Angleterre. Si elle avait noué de courtoises relations avec ce dernier, qui la traitait comme la reine de France bien qu'il ne lui versât qu'une modeste pension, il n'en était pas de même avec le duc de Bedford. Le régent s'occupait seul des affaires du royaume et ne lui attribuait qu'une maigre rente, justifiant sa pingrerie par la pauvreté du pays. Sans être dans un complet dénuement, Isabeau vivait désormais chichement, avec une domesticité réduite, contrainte de rationner sa consommation de vin et de bois au point de ne plus allumer de feu dans toutes les cheminées. Mais le plus éprouvant pour elle était l'ignorance des affaires de France dans laquelle elle se trouvait, car de moins en moins d'officiers et de parlementaires venaient la consulter. La perte de Michel de Lallier, le plus influent des bourgeois de Paris – un homme qu'elle croyait fidèle et qui avait pourtant comploté dans son dos pour livrer une porte de la capitale aux Armagnacs –, avait accentué sa réclusion. Sans Lallier, elle ignorait tout des débats qui agitaient l'hôtel de ville[1], même si son premier secrétaire Guyot de Champdivers lui rapportait ce qu'il apprenait.

Cependant, bien qu'imposant son autorité sur la Cour et le parlement, le régent de France ne voulait pas s'aliéner celle qui était encore reine. Il lui avait donc accordé une faveur en choisissant messire Simon Morhier, son ancien maître d'hôtel, comme prévôt de Paris[2] à la place de Simon de Champluisant, démis de sa charge pour devenir quatrième président au parlement. Ainsi Isabeau

1. Situé dans la maison aux Piliers, place de Grève.
2. Le mardi 1er décembre 1422. Il conserva ces fonctions pendant toute la durée de la domination anglaise.

gardait-elle quelqu'un qui l'informerait sur les événements de la capitale.

En cette matinée d'hiver, elle attendait Morhier et Champdivers. Elle avait invité ces deux fidèles à partager son dîner afin de les entretenir sur les loups qui ravageaient Paris. On en avait aperçu dans les jardins du palais et plusieurs biches avaient été croquées.

La porte de la salle s'ouvrit et le capitaine des gardes fit signe à la chambellane qui mit fin à sa conversation pour aller le trouver. L'officier voulait l'informer de l'arrivée des invités. Marie de Savoisy passa dans la chambre d'apparat afin de les recevoir.

Après quelques échanges de courtoisie, Marie donna des ordres pour que les suites des gentilshommes, venus en mule à cause de la neige, soient installées dans la salle Thésée où on leur servirait à dîner. Ensuite elle accompagna les visiteurs auprès de dame Isabeau.

Le chevalier Simon Morhier, seigneur de Houdan et de Villiers-le-Morhier, avait trente-deux ans et avait toujours été au service de la reine jusqu'à ce qu'il devienne garde de la prévôté de Paris. Il habitait depuis peu l'ancien hôtel du connétable Bernard d'Armagnac, à l'angle du chemin des Bons-Enfants et de la grand-rue Saint-Louis[1]. Un logis octroyé par le duc de Bedford.

Guyot de Champdivers, lui, était issu d'une longue lignée bourguignonne fidèle au roi de France et au duc de Bourgogne. D'abord au service de la reine comme page, il avait rejoint Jean sans Peur et son fils Philippe le Bon. Sa sœur Odette avait été la maîtresse du roi Charles VI, aussi connaissait-il la plupart des secrets de la famille royale. Depuis quelques années, comme premier secrétaire d'Isabeau, il s'occupait de ses affaires

1. Appelée ainsi à cause de l'hôpital des Quinze-Vingts établi par saint Louis et situé devant la porte Saint-Honoré.

les plus confidentielles. Cependant la reine se gardait de tout lui dire. Si elle le savait loyal, elle n'ignorait pas qu'il se montrait trop confiant. N'avait-il pas introduit près de lui cette petite garce de Margot qui s'était fait passer pour la veuve de Nicolas de Basqueville ? Une maladresse qui aurait pu la conduire à la prison et à la mort si ce clerc anglais n'avait pas déjoué la manigance[1].

Coiffe à la main, les deux gentilshommes s'agenouillèrent sur le tapis en poil de chèvre, devant la reine. Morhier tenait un chapeau noir surmonté d'une plume blanche et Champdivers un feutre rond vert olive au bord enneigé.

— J'ai grand plaisir à vous recevoir, mes fidèles amis, dit Isabeau d'une voix sourde et fatiguée. Marie, faites donc corner l'eau.

Cette dernière se rendit auprès du nouveau maître d'hôtel qui se trouvait près de la table. Il s'agissait d'un jeune chevalier, fils d'un maître d'hôtel de Charles VI, que la reine venait de prendre à son service. Auprès de lui se tenaient le chapelain et les officiers de bouche qui surveillaient l'arrivée des plats. Le dîner étant prêt, il ordonna au héraut de sonner du cor.

Morhier et Champdivers aidèrent la reine à se lever et l'accompagnèrent. Des valets avaient déposé des bassines de faïence sur une longue desserte et chacun des convives se fit verser de l'eau de rose sur les mains avant de s'essuyer dans des linges parfumés.

Les poêles ayant été regarnis de bûches, la chaleur devint telle que les deux gentilshommes dénouèrent les cordons de leurs manteaux. Sur son pourpoint de laine bouton-d'or, Champdivers était vêtu d'une soubreveste de velours bistre avec des taillades laçées. Morhier arborait

1. Voir *Le Chien des Basqueville*, *op. cit.*

une robe couleur de plomb doublée de fourrure brune, et si le secrétaire n'avait qu'une dague à son baudrier de cuir noir, le prévôt portait une lourde épée à la poignée gainée de fils d'argent.

Le maître d'hôtel désigna leurs places aux deux hommes, à droite du chapelain, tandis que Marie de Savoisy, Femmette de Fresnoy et Marguerite de Grémonville s'installaient à gauche de la reine, celle-ci trônant au milieu, près du religieux. Les convives n'occupaient qu'un côté de la table afin de permettre aux pages de servir facilement.

Le panetier déposa le pain marqué aux armes de la Bavière et les valets placèrent couteaux, cuillères et assiettes d'argent tandis qu'on disposait les plats recouverts.

Le chapelain dit le bénédicité, après quoi tous s'assirent et l'échanson emplit les coupes d'un vin de Bourgogne sorti d'un tonneau mis en perce pour l'occasion, pendant que le panetier tranchait le pain.

Du potage de volaille et une tourte à la courge constituaient le premier service. Quand les assiettes furent pleines et que la reine eut dégusté quelques cuillerées, elle s'adressa à son ancien maître d'hôtel qui arrosait sa soupe de vin :

— Messire Morhier, on a vu des loups dans le palais, voilà trois jours. Je sais qu'ils rôdent dans la ville. Qu'allez-vous faire ?

Le jeune prévôt prit un air soucieux :

— J'ai rencontré monseigneur de Bedford ce matin aux aurores. Il m'avait convoqué à ce sujet. Je n'ai pas assez d'archers et de sergents au Châtelet pour organiser des battues. D'ailleurs, comment s'y prendre ? Ces diaboliques bêtes se cachent dans les coutures, les jardins et les maisons abandonnées. Il m'a assuré que le louvetier de la vicomté, Pierre Le Rougeau, préparait une chasse dans la couture Sainte-Catherine où les fauves seraient nombreux.

— Notre régent s'est décidé à agir depuis que le garde de sa garde-robe a été assailli par un loup, persifla Champdivers.

— Que s'est-il passé ? interrogea la reine, surprise par cette nouvelle.

Morhier raconta donc la triste fin de L'Escot.

— N'est-ce pas lui dont la maison a brûlé ? s'enquit alors Marie de Savoisy.

— C'est cela même, une affreuse coïncidence.

— On voyait la fumée et les flammes depuis les fenêtres du palais, ajouta la chambellane.

— La neige a heureusement permis d'éteindre rapidement ce feu, conclut le prévôt.

Ils échangèrent ensuite d'autres anecdotes sur la férocité des carnassiers et leurs exploits tant en ville qu'en banlieue, où femmes et nourrissons étaient dévorés chaque jour.

— Monseigneur a d'autres soucis avec eux, intervint Champdivers, tandis que le nouveau maître d'hôtel présentait le second service qu'il s'apprêtait à découper : une grue faisandée entourée de cailles grasses.

Il raconta ce que l'on savait de l'attaque de la troupe venant de Rouen, dont tous les hommes d'armes avaient succombé sous les morsures des loups.

— Messire de Clamecy, arrivé hier à la Cour, a appris la mort de son petit-cousin. Il s'est promis d'exterminer le plus sauvagement possible tous les fauves qu'il dénicherait à l'occasion des battues.

Un écuyer tranchant servit les morceaux de grue, la première cuisse allant à la reine qui se jeta dessus avec gloutonnerie. Au palais, les repas étaient devenus frugaux à cause du manque de clicaille, mais, ce samedi, Isabeau avait voulu faire honneur à son ancien maître d'hôtel et décidé d'un repas exceptionnel.

En saisissant à pleine main la seconde cuisse qu'on venait de lui servir, Morhier expliqua :

— Hélas, les loups ne sont pas les seules calamités que supportent les Parisiens. Avez-vous connu un froid si rude, Majesté ?

— Jamais, répondit Isabeau, même en Bavière où pourtant l'hiver est âpre.

— L'approvisionnement de Paris en bois et en nourriture devient difficile, impossible, même, poursuivit le prévôt en plissant le front. Plus aucune barque n'arrive aux quais et les chariots sont rares à cause de la neige. Je crains de grandes difficultés, peut-être une famine.

— Même si on trouvait des vivres en abondance, les gens n'ont plus d'argent ! Et le régent les pressure encore avec la grosse taille, gronda Champdivers. Sans compter les changements dans la valeur des monnaies. J'espère que le duc Philippe[1] viendra au printemps et qu'il convaincra Bedford d'appliquer une autre politique.

Isabeau resta muette. Si Bedford imposait tant les Parisiens et modifiait les monnaies, c'était pour conduire la guerre contre Charles, son fils. Car si Charles l'emportait, sa situation empirerait. Elle préférait mille fois les Anglais aux Armagnacs. De surcroît, elle doutait que Philippe le Bon agisse. Tout se passait comme si le régent lui abandonnait un royaume de la Bourgogne à la Flandre en échange de son soutien. Peu importait le sort des Parisiens pour le fils de Jean sans Peur.

— Il devient également difficile de trouver du fourrage, intervint le chapelain.

Les deux gentilshommes approuvèrent d'un signe de tête tout en dévorant leur succulente portion de volaille.

1. Philippe le Bon, duc de Bourgogne.

Un silence inquiet s'installa jusqu'au troisième service que présenta le maître d'hôtel en soulevant les couvercles des plats. Il s'agissait de brochets de Châlons dont la chair avait été modelée en forme d'oiseau avec une décoration de plumes. Les exclamations d'admiration fusèrent, au grand plaisir d'Isabeau. Ces faux oiseaux, accompagnés d'œufs à la broche, étaient garnis de farce cuisinée avec des tanches d'Estampes. Le sommelier emplit les verres d'hypocras blanc.

Chacun étant servi, ce fut le chapelain qui reprit la parole :

— Ce qui nous arrive, c'est un châtiment divin. Le Seigneur punit les Parisiens qui l'ont abandonné, annonça-t-il d'un ton de reproche. N'est-il pas dit dans la Bible : « Pour compte de vos fautes, vous serez tous massacrés, j'ai parlé et vous n'avez pas écouté. J'agirai dans ma colère et je n'aurai pas de pitié » ?

Comme il ne précisait pas les raisons pour lesquelles Dieu châtiait les habitants de Paris, chacun songea à ses propres péchés en baissant les yeux. Les dames d'honneur se signèrent, imitées par Champdivers. De nouveau, ce fut le silence, à peine troublé par le ronflement des poêles.

— Le Seigneur… déclara alors Morhier d'un ton songeur. Si nous pouvions en être certains, nous calmerions Son courroux par des messes et des processions, mais est-ce bien Lui qui Se manifeste ?

— En doutez-vous, messire ? gronda le chapelain.

— Sincèrement, oui, car, jusqu'à présent, Dieu S'est toujours affirmé contre les Armagnacs. Mais ce qui s'est passé avant-hier ne ressemble guère à Sa façon d'agir, encore que vous Le connaissiez mieux que moi, mon père, puisque vous dialoguez chaque jour avec Lui.

— Qu'est-il arrivé ? demanda Isabeau, troublée.

— Un notaire a trépassé dans des circonstances… effroyables. La Mort, en personne, est venue le chercher.

Femmette de Fresnoy étouffa un gémissement en portant la main devant sa bouche et en écarquillant les yeux.

Le prévôt ignora son émoi et saisit un œuf qu'il goba prestement.

— Oui, la Mort, dit-il quand il l'eut avalé. La Grande Faucheuse. Les domestiques l'ont vue. Longiligne et décharnée, elle n'avait ni nez ni yeux.

L'effroi s'afficha sur les visages des dames d'honneur et Marguerite de Grémonville entama à voix basse un Ave Maria. Isabeau échangea un regard de crainte avec Marie de Savoisy, puis avec le chapelain qui devait être dans l'ignorance de cette nouvelle, d'après son expression hagarde, mélange de terreur et de stupéfaction.

Seul Champdivers paraissait être au courant de la présence de la Mort car il ne se montra pas surpris.

Simon Morhier poursuivit :

— La Camarde a touché ce notaire de sa faux et il s'est écroulé. Alors, elle a poussé un effroyable ricanement et a voulu emporter également les domestiques, mais ceux-ci s'étaient enfuis, aussi est-elle ressortie de la maison pour disparaître.

On le voit, le prévôt avait un peu altéré la vérité, mais il ne faisait que répéter ce qu'il avait entendu.

Un oppressant silence s'installa. Les convives avaient cessé de manger, sauf Morhier.

— Ce notaire était certainement un grand pécheur, affirma le chapelain d'une voix réduite à un murmure étranglé.

— Je ne sais, mon père. Messire Rapine m'en apprendra plus ce soir.

— Où cela a-t-il eu lieu ? interrogea Isabeau.

— Rue Pierre-au-Let, à quelques pas de l'église de Saint-Jacques-de-la-Boucherie.

Marie de Savoisy, qui s'était penchée en avant pour mieux écouter, remarqua l'ombre qui brouilla brusquement les traits de la reine. Elle en resta mal à l'aise.

— La Mort… Peut-être… Mais pour ma part, je crois plutôt au démon, observa Champdivers. Ce ne serait pas la première fois qu'il se manifeste : souvenez-vous de la fontaine d'où jaillissait du sang à la porte Saint-Honoré, voilà deux ans[1].

Le visage d'Isabeau se contracta tandis qu'elle fermait les yeux, sans doute pour prier.

Les loups, les châtiments de Dieu, la Mort et le démon, décidément rien n'était épargné aux Parisiens, songeait Marie avec effroi. Elle éprouva l'envie d'en parler avec Edward Holmes, et se promit d'aller le voir dès que le froid serait moins vif.

Ces révélations et l'allusion à la présence de Satan avaient provoqué un profond désarroi. Isabeau, ayant terminé sa prière, picora encore un peu dans son assiette mais ses dames d'honneur avaient cessé de manger. Même le chapelain ne termina pas sa portion de poisson. Le maître d'hôtel fit donc retirer les plats et proposa du massepain de pistache, d'amande et de sucre, des dragées et de l'anis confit.

C'est à ce moment que la reine demanda à Simon Morhier :

— Vous ne m'avez pas dit le nom de ce notaire.

— Maître Nicaise Roussel, Majesté.

Isabeau resta impavide et Marie de Savoisy en déduisit qu'elle ignorait qui était cet homme.

Les douceurs présentées sur la table n'eurent guère de succès, pas plus que l'hypocras rouge que l'échan-

1. Voir *Une étude en écarlate*, *op. cit.*

son servit avec, aussi le repas se termina, le chapelain prononça les grâces et chacun se leva de table.

Simon Morhier annonça alors son départ. Du travail l'attendait au Grand Châtelet, se justifia-t-il, où il devait rencontrer ses lieutenants. La reine Isabeau, toujours silencieuse, ne fit rien pour le retenir. Quant à Guyot de Champdivers, il devait examiner les comptes des clercs qui s'occupaient des arrérages dus à la reine. Beaucoup étaient en retard et, sitôt que le froid cesserait, il ferait le tour des fermiers et des débiteurs afin d'encaisser ces rentes. Il se retira dans le scriptorium où travaillaient les commis.

Isabeau demanda à Marie de Savoisy de rester près d'elle tandis que deux serviteurs l'aidaient à regagner son siège devant la fenêtre. Une fois assise, la reine fit éloigner les domestiques et les dames d'honneur.

9

— Marie, choisis un page, un archer ou un sergent, n'importe qui pourvu qu'il soit futé, ordonna Isabeau. Qu'il se rende tout de suite au marché aux Pourceaux. À la maison à l'image de la Madeleine, dans l'impasse de la Fosse-aux-Chiens, il demandera Enguerrand Chabridel. S'il n'est pas chez lui, que ton messager fasse le tour des cabarets jusqu'à ce qu'il le déniche. Chabridel m'a dit une fois qu'il allait souvent à *La Tête-Noire* ou à *La Barbe d'Or*. Que ton homme ne revienne pas ici sans lui ! Et s'il le ramène avant vêpres, il recevra un esterlin.

— Si monsor Chabridel boit dans une taverne, il pourrait refuser d'obéir à mon messager. Il serait préférable que celui-ci présente une lettre de vous le sommant de venir.

Marie se refusait à nommer « messire » cet ancien valet de chambre devenu sicaire et qui avait été l'un des assassins du duc d'Orléans. Certes, les Savoisy s'étaient rangés dans le parti bourguignon, mais, si elle se savait adversaire des Armagnacs, et des Orléanistes, elle était avant tout de vieille race et n'avait que mépris pour le meurtrier d'un prince de sang royal.

— Pas le temps ! Chabridel est en dette avec moi, il ne barchaignera[1] pas !

1. Marchander.

La chambellane n'insista pas, bien que les interrogations se bousculassent dans son esprit. Ayant déjà fait chercher l'estafier, elle n'ignorait pas que la reine ne faisait appel à lui que dans des circonstances gravissimes et surtout inavouables. Or, avant le dîner, sa maîtresse n'avait fait aucune allusion à l'aventurier. Quelque chose à table avait donc motivé cette décision. Elle songea alors à l'expression de dame Isabeau quand elle avait appris que la Mort était venue rue Pierre-au-Let. Chez le notaire Nicaise Roussel.

— Quand Chabridel sera là, fais-le attendre dans le cabinet de retrait et viens me prévenir.

— Oui, Majesté.

Marie partit vers la salle des gardes, méditant sur celui qu'elle allait envoyer.

Enguerrand Chabridel était un homme de peu, de bas « estat », comme on disait alors. Fils d'un serf affranchi sous Charles V, il était devenu valet de chambre de Raoulet d'Octonville, un écuyer de Philippe le Hardi, puis de Jean sans Peur, ancien conseiller des Finances destitué de son office par le duc d'Orléans qui lui avait pris sa femme pour la mettre dans son lit.

Connaissant la haine qui animait l'ancien officier, quand le duc Jean avait décidé d'assassiner son cousin Orléans, c'est à Octonville qu'il s'était adressé. L'écuyer avait volontiers accepté et rassemblé des hommes de main, dont Enguerrand Chabridel. Le crime avait eu lieu le 23 novembre 1407, dans la vieille rue du Temple, à quelques pas de l'hôtel Barbette.

L'officier et son valet étaient ensuite restés au service du duc de Bourgogne et, quand Caboche avait fomenté les sanglantes émeutes des bouchers, menaçant même la vie d'Isabeau, Jean les avait envoyés pour la protéger. Plus tard, Chabridel avait rejoint la compagnie de messire de

L'Isle-Adam, également fidèle de Jean sans Peur. Revenu ensuite à Paris, il avait juré fidélité à Isabeau en échange d'une petite pension. Elle faisait appel à lui pour de ténébreuses entreprises que personne n'avait à connaître.

Marie partie, la reine se mura dans ses pensées. La fin de ce notaire était fort contrariante. Elle ne connaissait pas Nicaise Roussel mais le savait homme de loi de feu le duc du Berry[1]. Surtout, Berry lui avait confié, peu avant sa mort, que ce serait Roussel qui verserait une rente aux parents adoptifs de Jeanne.

Donc devaient exister des documents. Que révélaient-ils ? La mettaient-ils en cause ? Elle ne le pensait pas, car le duc s'était toujours comporté en gentilhomme. Néanmoins, l'examen des papiers de l'étude par des inconnus pouvait se révéler fâcheux. Chabridel aurait la fin de la journée et le dimanche pour régler ce problème.

Le page le trouva à *La Tête-Noire*. Comme la reine l'avait prévu, le sicaire ne discuta pas et suivit le messager. À cause de la glace et de la neige, il leur fallut près d'une heure pour atteindre l'hôtel Saint-Pol où ils arrivèrent à hautes vêpres.

Le page abandonna Chabridel dans la salle Thésée afin de prévenir la chambellane. Les gardes et les serviteurs de l'hôtel s'étaient rassemblés devant une cheminée et l'homme de main les rejoignit. Muni de souliers de cuir, d'épaisses chausses de laine et d'un manteau à capuchon, il n'avait pas vraiment froid mais il profita de l'occasion pour écouter les conversations, escomptant qu'elles puissent lui apprendre les raisons pour lesquelles la reine le faisait venir.

1. L'un des oncles de Charles VI, adversaire de Jean sans Peur et l'un des fondateurs du parti armagnac. Il avait épousé la fille du comte d'Armagnac.

Cela explique pourquoi il ne s'aperçut pas tout de suite que Marie de Savoisy venait d'arriver.

Du haut de l'escalier, la chambellane l'examinait avec une évidente répugnance. Le mercenaire ne cherchait ni à être élégant ni à passer pour un gentilhomme. Il avait ouvert son manteau, révélant des chausses tachées, un pourpoint matelassé rapiécé en deux, trois places et, surtout, une lourde épée de fer dans un fourreau d'acier ainsi qu'une longue dague pendue de l'autre côté du baudrier. Il était coiffé d'un bonnet écarlate marqué d'une enseigne à la croix de Saint-André, affichant ainsi ses opinions bourguignonnes.

Pour la première fois, Marie de Savoisy remarqua l'air narquois de l'aventurier tandis qu'il écoutait les parlotes. Avec son visage rond et sa bouche aux lèvres épaisses, le tueur paraissait affable et bienveillant. Il dut sentir qu'on l'observait car il tourna la tête, révélant une balafre qui lui donna soudain un air féroce. Était-ce les deux facettes de sa personnalité ? se demanda-t-elle.

Elle descendit les degrés et s'approcha tandis qu'il s'abîmait dans une révérence de circonstance.

— Sa Majesté vous attend, monsor, fit-elle sans lui donner aucun titre.

Il la dévisagea alors avec dureté et hocha très lentement la tête, se jurant de lui faire payer sa morgue. Elle l'ignora et lui tourna le dos, reprenant l'escalier.

Ils traversèrent la chambre d'apparat au sol couvert de tapis de jonc tressé. Un petit feu se consumait dans la cheminée, avec quelques domestiques autour. La chambellane ouvrit alors la porte du cabinet de retrait.

— Veuillez patienter ici, dit-elle, je vais prévenir Sa Majesté.

Il entra dans la salle glaciale. Pas de feu, ce qui le contraria fort. La reine ne lui montrait donc aucun égard. En vérité, il en devinait les raisons : neuf mois auparavant, dame Isabeau avait fait appel à lui et il avait échoué à la satisfaire. Il ne l'avait plus rencontrée depuis et ignorait si elle avait réussi à récupérer certains papiers auxquels elle tenait fort. Après cet échec, il était persuadé qu'elle ne lui verserait plus sa pension, pourtant elle avait poursuivi. Il s'agissait d'une somme modique, mais sans elle il serait peut-être mort, aussi refoula-t-il son dépit. Il se promit que, cette fois, elle serait satisfaite. De plus, un succès lui ferait peut-être gagner l'estime de la prétentieuse chambellane.

Il en était là de ses réflexions quand Isabeau entra avec Marie de Savoisy qui l'assistait pour marcher. La reine lui demanda de l'aider à s'asseoir sur un grand fauteuil, puis la chambellane sortit pour faire pénétrer deux valets poussant un brasero à charbon de bois. Après quoi les serviteurs se retirèrent.

Durant un moment, Isabeau de Bavière dévisagea en silence celui qui, seize ans plus tôt, avait assassiné son amant le duc d'Orléans, père de plusieurs de ses enfants. Elle était belle alors, et la douleur du temps passé l'étreignit.

Lui s'était s'agenouillé en ôtant son bonnet.

— Levez-vous, et écoutez-moi, intima-t-elle brusquement.

Il obtempéra.

— Vous connaissez la rue Pierre-au-Let…

— C'est près de mon logis, Majesté.

— Je sais. Il y avait là un notaire. Il se nommait Nicaise Roussel et la Mort est venue le chercher voilà deux jours.

— Tout ce qui vit doit mourir et la Grande Faucheuse ne nous oublie jamais, hélas.

— Certes, mais ce jour-là, ses serviteurs l'ont vue, en personne.

— En personne ? La Mort ? s'enquit-il dans un mélange de surprise et d'inquiétude.

— Ils l'assurent. Mais peu m'importe qu'il s'agisse de la Mort, du démon ou d'un mauvais plaisant. Ce notaire gardait un ou plusieurs actes paraphés par le duc de Berry. Je veux que vous les récupériez avant lundi.

— Ce ne sera pas facile, objecta-t-il.

— Si c'était facile, je ne ferais pas appel à vous, répliqua-t-elle sèchement. Agissez à votre guise. Je saurai vous protéger, si cela s'avère nécessaire.

Il hocha lentement la tête.

— Même si je dois utiliser la force ?

— Je vous paie pour cela, sinon je m'adresserais à une femme de chambre, ironisa Isabeau.

Cette fois, il opina avec un sourire cruel, la main sur la garde de son épée.

— Puis-je en savoir plus sur ces papiers ?

— À dire vrai, j'ignore ce que vous dénicherez, mais le duc de Berry a assigné une rente sur une enfant nommée Jeanne. C'est ce document que vous devez me rapporter. Marie de Savoisy vous remettra cent livres, payez les domestiques du notaire pour commencer. Si vous n'arrivez à rien, mettez le feu à la maison.

C'est l'incendie chez le garde de la garde-robe du régent qui lui avait donné cette idée.

— Cela pourrait provoquer l'embrasement du quartier et entraîner bien des trépas, remarqua-t-il.

— Je le sais. Mais ces papiers ne doivent pas tomber en de mauvaises mains.

« L'obligation du crime est cruelle, lui avait un jour confié Jean sans Peur, mais elle est souvent nécessaire[1]. »

Elle appela :

1. Cette affirmation est rapportée par le marquis de Sade dans sa vie d'Isabeau de Bavière.

— Marie !

La chambellane devait se tenir de l'autre côté de la porte car elle entra aussitôt.

— Tu remettras cent livres à messire Chabridel ainsi qu'un jeton.

Isabeau fit signe au sicaire de l'aider à se lever. Il s'exécuta et l'accompagna à la porte où Marie lui donna ses cannes. Des valets attendaient. La chambellane se retourna pour lui dire :

— Patientez un instant, monsor.

Elle sortit à son tour et ferma la porte. Il en profita pour se mettre contre le brasero afin de sécher son manteau, ses chausses et de réchauffer ses mains glacées. Cependant l'attente fut brève et Marie de Savoisy réapparut. Elle lui tendit un sachet de toile et lui demanda de la suivre jusqu'à la salle Thésée.

— Vous trouverez un jeton dans la boursette, lui dit-elle en chemin. Vous en connaissez l'usage.

— Oui, noble dame.

Il s'agissait d'une pièce émaillée de la taille d'un double tournoi qui portait les armes de la Bavière. La reine les remettait à ceux qui auraient du mal à l'approcher et dont elle attendait la visite, car il suffisait de les montrer à la garde du palais pour être conduit auprès d'elle. Mais elle octroyait rarement ce jeton, et le reprenait toujours une fois la besogne demandée terminée. C'était une marque de grande confiance dont il bénéficiait pour la troisième fois.

10

À peine réchauffé, muni de deux douzaines de pièces d'or et d'argent, Chabridel repartit en méditant sur la façon dont il allait s'y prendre. Ce notaire devait avoir au moins un serviteur de confiance pour copier les actes de l'étude. Il devrait être possible de le soudoyer. En cas de refus, il le menacerait de causer du mal à ses parents et à ses proches. Cela devrait suffire à le décider sans qu'il s'avère nécessaire de mettre le feu au quartier et causer de grands malheurs.

Chabridel se montrait toujours économe des vies humaines.

Il faisait nuit et vêpres sonnait quand il arriva rue Pierre-au-Let. Apercevant des torches et un attroupement devant une maison, il devina quelque incident. Il s'approcha, feignant la curiosité, et découvrit nombre de badauds, mais aussi des sergents à verge en hoqueton et des valets d'armes porteurs de flambeaux. La neige couvrait cette foultitude d'un manteau blanc.

S'adressant à un colosse en tablier taché de rouge – un boucher apparemment –, Chabridel lui demanda ce qui se passait.

— La Mort a pénétré dans cette maison ! lui répondit l'autre après l'avoir dévisagé et remarqué qu'il portait une épée.

— Je le sais, on m'a dit hier que maître Roussel était trépassé. Mais pourquoi ces sergents, maintenant ?

— Pas seulement maître Nicaise, messire. À la relevée, la Mort est revenue !

— Revenue ? répéta Chabridel, intrigué.

— Personne ne sait comment elle est entrée… Mais la Mort passe partout, ce ne sont pas les portes qui l'arrêtent, pas vrai ?

— Pour sûr ! intervint une matrone en houppelande rapiécée et cheveux emmêlés hors de sa coiffe.

— La Mort a pris les cinq domestiques de maître Roussel alors même qu'ils revenaient de la messe, n'est-ce pas impie ? déclara le boucher.

— Impie et diabolique ! glapit la matrone en se signant plusieurs fois.

— Mais comment sait-on qu'il s'agit de la Mort ? questionna Chabridel.

— Messire Rapine sort ! cria une voix.

Tout le monde se haussa sur la pointe des pieds pour mieux voir, Chabridel comme les autres. Un homme de petite taille au visage sombre et sévère, coiffé d'un chaperon à cornette enroulée sur un bourrelet, et revêtu d'un manteau à larges emmanchures et col fourré de petit-gris, apparut devant la porte. Sous cette vêture, on apercevait des guêtres de cuir, des souliers ferrés et surtout le fourreau d'une longue épée. Avocat au Châtelet, le lieutenant civil était certes un juriste, mais il était également chevalier et issu d'une famille de gentilshommes. Derrière lui, Chabridel reconnut Jean L'Archer, le lieutenant criminel… Ces deux-là ne s'aimaient guère. L'affaire devait être particulièrement grave pour qu'ils soient présents en même temps. L'homme d'Isabeau s'interrogea : tous ces morts avaient-ils un rapport avec ce papier que recherchait la reine ? Et si Rapine l'avait trouvé ?

Le lieutenant civil dit quelques mots à un sergent à verge qui lança ensuite à la foule :

— Faites place ! On enlève les corps pour les conduire à Saint-Jacques.

D'autres sergents balancèrent quelques coups de bâton et les gens s'écartèrent, non sans précipitation : plusieurs glissèrent et tombèrent dans la neige. On vit sortir de la maison du notaire le curé de Saint-Jacques, son vicaire, le clerc de l'œuvre et le sacristain.

Décidément, tout le monde s'était déplacé, observa Chabridel.

Des moines et des clercs apparurent alors. Par deux, chacun tenait l'extrémité d'un linceul, simple drap dans lequel on devinait la forme d'un corps. Accompagnés par le sacristain et le clerc de l'œuvre, ces religieux s'éloignèrent vers Saint-Jacques-de-la-Boucherie tandis que la foule entamait doucement un Notre Père.

L'Archer et Rapine demeurèrent sur le seuil à parler à mi-voix avec le curé. Chabridel essaya de s'approcher pour entendre leur discussion mais fut repoussé par un sergent d'armes. Ces décès arrivaient on ne peut mieux, se félicitait-il. Dans une heure, il n'y aurait plus personne et la maison serait vide. Restait à savoir comment la porte allait être fermée. Il chercha du regard le boucher qui l'avait renseigné et s'aperçut qu'il bavardait avec le sacristain de Saint-Jacques et quelques badauds près du parvis de l'église. Il les rejoignit.

Le voyant approcher, l'homme l'interpella :

— Vous vouliez savoir si c'était vraiment la Mort qui était venue ici, messire ?

Il avait posé la question d'un ton imbu d'importance.

— Oui-da.

— Dites-lui, Madeleine !

La nommée Madeleine était la seule femme du groupe.

— C'est moi qui l'ai vue, messire ! clama-t-elle d'une voix stridente.

— La Mort ? Comment était-elle ? demanda le sicaire, plutôt sceptique.

— Je rentrais chez moi. La porte de maître Roussel s'est ouverte et elle est sortie. J'ai vu son visage comme je vois le vôtre, messire !

Elle tendit l'index et Chabridel recula brusquement pour éviter d'être éborgné.

— Elle n'avait pas de nez ! Des trous à la place des yeux, et pourtant elle m'a vue ! Elle a brandi sa faux vers moi mais j'ai été plus rapide et j'ai couru en appelant au secours.

Tout le monde se signa sauf Chabridel.

— Où est-elle allée ? s'enquit-il.

— Envolée ! Elle a disparu. Mais rien d'étonnant, c'était la Mort ! conclut-elle avec fatalité.

Son ton témoignait de sa satisfaction d'avoir échappé à la Grande Faucheuse.

Chabridel ne savait que penser. S'il n'y avait eu les domestiques trépassés, il n'aurait rien cru de cette histoire. Il revint vers la maison. L'attroupement diminuait car la neige tombait de plus en plus dru. Les deux lieutenants du prévôt et le curé s'étaient mis à l'abri à l'intérieur. Qu'attendaient-ils ? Il resta ainsi immobile sous les flocons, prêtant l'oreille aux conversations. Il enrageait d'impatience en songeant que les papiers recherchés par dame Isabeau se trouvaient à quelques pas sans qu'il puisse s'en approcher. En même temps, il se demandait comment il les dénicherait en l'absence d'un clerc pour l'aider. Il devrait certainement faire de longues recherches.

Arrivèrent alors, depuis la rue de la Savonnerie, trois hommes en manteau et capuchon accompagnés d'un sergent en casaque aux armes de la ville. Deux des nouveaux venus portaient de grosses boîtes en bois en bandoulière.

— Voici maître Guyard, un des marguilliers à Saint-Jacques, fit le boucher en revenant vers Chabridel. Il est allé chercher maître Poret, le serrurier de la place Maubert.

— Pourquoi ?

— C'est le sacristain qui me l'a dit. Les lieutenants du prévôt n'ont pas trouvé la moindre clef de la maison, alors que le notaire et son secrétaire, qui était aussi l'intendant, en portaient toujours à leur ceinture. Ils ont donc fait venir un serrurier afin qu'il pose une autre fermeture, pour qu'on ne pille pas la maison durant la nuit.

— Mais si les domestiques se trouvaient à l'intérieur quand la Mort est arrivée, ils avaient forcément les clefs.

Le boucher haussa les épaules, faisant comprendre qu'il n'avait pas de réponse.

Intrigué, Chabridel chercha à nouveau à s'approcher et, cette fois, parvint à entendre les propos du lieutenant :

— … Nous avons fouillé partout, assurait Rapine. Incroyable qu'on n'ait rien trouvé.

— À croire que la Mort aime détenir des clefs ! ricana L'Archer.

— Ne blasphémez pas, messire ! intervint le curé.

— En quoi ai-je blasphémé, mon père ?

Rapine leur fit signe de cesser leur chicane et interrogea l'artisan :

— Il faut monter une autre serrure à la place de celle-là. Avez-vous le nécessaire ?

— Oui, messire. J'en ai apporté plusieurs. Laissez-moi voir.

Il déposa sa boîte tandis que son ouvrier tenait une lanterne pour l'éclairer.

— J'en ai pour un bon moment ! fit-il avec une grimace, après avoir examiné la fermeture. Il vaudrait mieux que je revienne demain, il fait trop froid et on n'y voit rien ! Vous n'avez qu'à placer des hommes d'armes ici pour empêcher qu'on entre.

— Impossible ! répliqua Rapine. Personne ne veut passer la nuit ici. Je vous laisse quatre sergents. Pour vous réchauffer, ils allumeront un feu dans la rue avec les braises de la cheminée. Mais attention, vous ne partirez que quand vous aurez terminé ! Vous leur laisserez alors la clef.

L'artisan soupira, comprenant qu'il n'avait pas le choix. Le lieutenant du prévôt pouvant l'enchartrer[1] en cas de refus.

— Bertrand, sors les clavettes des tiges ! ordonna-t-il à son ouvrier.

En ce temps-là, les serrures étaient souvent fixées par des tringles de fer munies d'une tête arrondie à une extrémité et d'une clavette à l'autre. La tête se plaçait à l'extérieur et les tiges tenaient la serrure qui était bloquée par les clavettes. Il suffisait de les retirer pour enlever la fermeture.

Rapine s'adressa à L'Archer :

— Avez-vous vérifié que le volet devant le carreau cassé a bien été fermé ?

— Bien sûr ! Toutes les fenêtres sont maintenant rembarrées.

Il ajouta, en regardant l'artisan essayer une serrure pour laquelle il devrait creuser le bois :

— Qui diable a pu causer ce massacre…

— Celui qui a répandu le contenu des sacs partout ! Il cherchait quelque chose, répondit Rapine.

— Croyez-vous que la Mort soit vraiment venue ?

— Vous avez vu les lieux comme moi ! répliqua le lieutenant civil d'un ton excédé.

1. Emprisonner.

Transi, il avait hâte de partir et se demandait ce qu'il allait raconter au prévôt. Mais il fallait rassurer les sergents et les badauds, aussi ajouta-t-il :

— Je pense que des voleurs ont profité de l'absence des domestiques, qui étaient à la messe mortuaire, pour entrer par la fenêtre dont ils ont brisé le carreau. Quand les serviteurs sont revenus, la bande des larrons les a meurtris.

— Mais pourquoi la porte d'entrée n'était-elle pas fermée à clef ?

— Les domestiques n'ont pas eu le temps de le faire, ou les voleurs sont partis en emportant la clef.

— Et la Mort, alors ? interrogea le curé. On l'a vue ! L'oubliez-vous ?

— *Testis unus, testis nullus*[1], martela Rapine.

— La femme aurait menti ?

— Elle a pu avoir été abusée.

— Je ne vais avoir que deux trous à faire avec cette serrure, intervint l'ouvrier.

— Combien de temps ?

— Moins d'une heure, messire.

— Gérald, fit le lieutenant civil en s'adressant à un sergent, tu vérifieras la fermeture et tu me porteras la clef. Je vais chez messire Morhier lui raconter tout.

Chabridel n'avait rien perdu du dialogue. Il était glacé et la neige couvrait son bonnet et son manteau. Inutile de s'attarder, jugea-t-il. Il décida de rentrer chez lui se changer, puis d'aller souper dans un cabaret. Il avait au moins appris que des voleurs étaient venus, avaient causé du désordre et que les volets étaient fermés. Ce ne serait pas facile d'entrer dans la maison. Mais pourquoi les larrons avaient-ils vidé des sacs ? Cherchaient-ils également les documents du duc de Berry ?

1. « Témoin unique, témoin nul. »

Après avoir mis des guêtres et des chausses plus épaisses, Chabridel alla souper à *La Tête-Noire.* Son repas terminé, il se fit prêter une lanterne par le cabaretier qu'il connaissait bien.

Il revint à la maison du notaire. La rue était déserte et la porte close. Il fit le tour par les jardins, s'enfonçant dans la neige jusqu'aux genoux. En examinant l'arrière de la maison, il ne découvrit aucun moyen de l'incendier.

Le lendemain dimanche, la neige ayant cessé mais le froid étant encore plus vif, il partit tôt pour l'hôtel Saint-Pol. Il avait longuement médité sur la façon de pénétrer chez le notaire et n'en avait trouvé qu'une : attendre que quelqu'un vienne et ouvre avec la nouvelle clef, puis essayer de se faire recevoir, quitte à meurtrir le ou les occupants. Mais pour cela, il devrait sans cesse surveiller les lieux.

Il dut attendre deux longues heures dans le cabinet de l'hôtel de la reine où Marie de Savoisy l'avait conduit, Isabeau entendant la messe. Quand enfin cette dernière arriva, il lui exposa ce qu'il avait appris.

— Je n'aime guère messire Rapine, dit la reine après un moment de réflexion, mais il doit avoir raison : des truands ont profité de l'absence des domestiques pour mettre à sac la maison vide et ont été surpris à leur retour. Craignant que les gens du notaire ne donnent l'alerte, ils les ont tués.

— Et la femme qui a vu la Mort sortir ?

— À coup sûr un des détrousseurs qui lui a fait peur.

Le portail de l'église Saint-Jacques-de-la-Boucherie se trouvait sous un porche voûté, au pied du clocher. Nicolas Flamel l'avait fait construire quelques années auparavant en échange de l'érection de son tombeau à l'intérieur de l'édifice. Ce porche débouchait sur la rue des Écrivains qui se prolongeait par la rue Pierre-au-Let. Quand on s'y trouvait, on apercevait, à une trentaine de toises, la maison à l'enseigne de la Fleur-de-Lys.

En revenant de l'hôtel de la Reine, Chabridel s'y arrêta. Comme toujours, un mendiant était assis sur le banc de pierre du porche. Le mercenaire avait préparé un blanc qu'il lui montra.

— Veux-tu le gagner ?

Le gueux écarquilla les yeux et tendit une main tremblante, protégée du froid par une étoffe de laine crasseuse.

— Oui, messire.

— Alors, écoute-moi. Tu vois la maison à l'enseigne de la Fleur-de-Lys ? C'est celle d'un notaire, maître Roussel.

— Celui que la Mort est venue chercher… bafouilla l'autre en retirant sa main avec un regard terrifié.

— Peut-être. En tout cas, il est trépassé.

— Ses serviteurs aussi, messire. J'étais là hier, je suis allé voir, ils avaient tous été meurtris !

— Je sais, mais je ne te demande pas d'y aller. Veux-tu cette pièce ou non ?

— Pour faire quoi ? interrogea l'autre avec méfiance, n'ayant aucune envie de rencontrer la Mort, malgré son état misérable.

— Des gens vont se rendre dans cette maison. Je ne sais pas quand. Peut-être lundi, ou plus tard… Je veux le savoir. Je te donne un blanc par jour pour la surveiller. Si tu vois quelqu'un entrer, tu viendras me prévenir. Je serai au cabaret de *La Galère*, dans la rue de la Savonnerie. Tu le connais ?

— Oui, messire.

— Quand tu me préviendras, tu recevras un gros blanc.

— Mais ces pièces sont interdites, seigneur…

— Entendu, alors ce sera deux blancs par jour, et deux gros blancs, quand tu viendras.

— D'accord, messire.

La main du mendiant réapparut comme par enchantement. Chabridel y déposa la pièce et fouilla son escarcelle pour en sortir une autre. Après quoi, il se rendit à *La Galère*. Il n'avait plus qu'à attendre au chaud.

11

Apprenant que leurs maîtres sortaient, Amaury et Thomassin avaient demandé à les suivre avec Gracieux. La neige était trop abondante pour un chien, avait répondu Holmes, ce à quoi Amaury avait objecté que les loups, eux, la supportaient. Watson avait donc proposé aux orphelins qu'ils les accompagnent jusqu'à la Croix du Trahoir, et reviennent ensuite.

Les deux frères avaient bien changé en quelques mois. Ils s'étaient remplumés, avaient grandi et, à quatorze ans passés, Amaury se montrait fort robuste. Quant à Thomassin, doté des mêmes yeux bleus et cheveux blonds, il marchait dans ses pas. Holmes leur enseignait un peu de latin et de calcul, ils avaient repris l'écriture et Watson les entraînait aux armes. Au printemps, il avait été convenu qu'ils suivraient l'enseignement d'un collège et, peut-être dans quelques années, pourraient-ils acheter une charge au Châtelet ou au parlement, à moins qu'ils ne deviennent clercs. Les deux Anglais espéraient surtout qu'ils ne décident pas de rejoindre le soi-disant roi de Bourges.

Heureusement, pour l'heure, ils n'y pensaient nullement. Ils se comportaient en bons serviteurs, déneigeant la rue, la cour devant l'écurie, aidant le palefrenier, vidant les pots dans la fosse à retrait et s'occupant d'approvisionner les cheminées en bois.

Les Anglais, les orphelins et le molosse filèrent par la rue du Coq vers le grand chemin Saint-Louis jusqu'à la Croix du Trahoir. Amaury et Thomassin galopaient en tête, se poursuivant et se lançant des boules de neige tandis que Gracieux gambadait autour d'eux, ses poils blanchis par les flocons.

À la croix, ils découvrirent un corps sans vie suspendu à la potence. Le supplicié avait eu les lèvres découpées au fer chaud. Le froid n'avait pas interrompu les jugements et les exécutions.

C'est là qu'ils se séparèrent. Dame Bonacieux avait demandé aux garçons de se rendre chez un regrattier acheter une douzaine de pots de suif pour l'éclairage. Elle leur avait remis un petit blanc de six deniers. La monnaie n'avait plus cours, mais on l'acceptait toujours à une moindre valeur. Quelques années plus tôt, les douze pots coûtaient un denier et Constance s'offrait même de temps en temps des bougies de cire qui éclairaient mieux, brûlaient plus lentement et ne sentaient pas mauvais. Mais cet heureux temps était terminé. Désormais, tout était rare et hors de prix et seul maître Holmes avait droit aux cierges quand il lisait dans sa chambre.

Après avoir longé les Halles, les deux Anglais arrivèrent à la rue Saint-Denis. Watson ne cessait de grommeler contre les habitants qui ne nettoyaient pas devant leur porte, contrairement à leurs obligations. L'épaisseur de neige atteignait parfois près d'un pied et soliers et chausses étaient trempés.

— Par les cornes de Belzébuth ! jura-t-il une nouvelle fois en basculant dans un trou dissimulé par la neige.

Edward l'aida à en sortir.

— Il me faudra des heures pour me réchauffer, pesta l'archer.

— On est presque arrivés, et à partir d'ici la rue est plus propre.

— Mais on n'est pas encore revenus ! Et peut-être aura-t-on fait ce chemin pour rien s'il est fermé !

Ils débouchèrent sur la Grande Boucherie. Pour confirmer les craintes de Watson, la plupart des étals étaient clos, tout comme ceux des bauves où l'on vendait des plats chauds. La neige tombait toujours et il n'y avait presque personne sur la placette devant le Grand Châtelet. Ils s'approchèrent de la vieille fortification érigée par Charles le Chauve pour défendre le Grand Pont. Philippe le Bel en avait fait le siège de la prévôté de Paris, l'administration chargée de la police, d'exercer la justice et de réglementer les métiers de Paris et de la banlieue.

Flanqué de deux tourelles en encorbellement, un étroit passage voûté en plein cintre traversait le bâtiment de part en part et permettait d'accéder aux cours de la forteresse, à la rivière et au pont aux Meuniers, une passerelle sous laquelle tournaient habituellement les moulins, lesquels étaient pour l'heure soit relevés soit pris dans les glaces. Holmes et Watson envisageaient de rejoindre le pont aux Changeurs, attenant au pont aux Meuniers, mais, alors qu'ils s'approchaient du porche, un des sergents de garde, à l'abri sous la voûte, leur demanda s'ils se rendaient dans la Cité.

— Seulement sur le pont au Change, répondit Holmes.

— Passez par la rue de la Joaillerie car la ruelle après Saint-Leufroy est encombrée de tas de neige que les meuniers ont repoussés afin de dégager leur passage.

Holmes le remercia tandis que Watson maugréait maintenant contre ceux qui en prenaient à leur aise et ne se souciaient pas de gêner les autres. Ils contournèrent le Châtelet et débouchèrent directement au début du pont.

Edward s'arrêta un instant devant l'impressionnant spectacle de la Seine prise par les glaces, songeant qu'à la débâcle les piles pourraient bien s'effondrer. Quant à Watson, qui n'avait pas un caractère propice à la contemplation, il signala à son ami que la boutique d'orfèvrerie à l'enseigne des Trois-Coquilles – la première du pont – n'était pas fermée puisque le volet supérieur, large d'une petite toise, était relevé. En revanche, la plupart des autres échoppes du pont étaient closes.

Deux ans auparavant, Watson avait fait la connaissance de l'orfèvre des Trois-Coquilles en lui vendant des plats d'argent gagnés au tournoi des archers. Quelques mois plus tard, Holmes était venu demander à l'artisan des conseils au sujet de vases d'or volés dans le trésor de la Sainte-Chapelle[1]. Ayant résolu cette affaire, il l'avait remercié en lui achetant un coquetier en argent pour dame Bonacieux. Le marchand, qui avait aussi entendu parler de Holmes et Watson par maître Pigache, un des plus riches changeurs du pont, considérait désormais les deux Anglais comme des gens de confiance.

Coiffé d'un grand chaperon, dont la cornette lui protégeait le cou, et vêtu d'une houppelande fourrée et de mitaines, l'orfèvre faisait briller un drageoir d'argent doré à l'aide d'une étoffe de laine. C'était un homme vigoureux, au visage triangulaire, à la bouche fine et au regard pénétrant. Reconnaissant les nouveaux venus, il abandonna le drageoir pour les saluer avec un sourire commercial.

— Que Dieu vous garde, messires, je ne m'attendais plus à une visite ! Voyez comme le pont est tristement désert ! Entre le froid et la misère, presque tous mes confrères ont fermé.

— Dieu vous salue aussi, maître orfèvre, dit Watson. Mon ami Holmes souhaite vous consulter, est-ce possible ?

1. Voir *Le Chanoine à la lèvre tordue*, *op. cit.*

Le marchand ne cacha pas sa déception car il espérait faire une vente, mais il savait le clerc anglais proche de la reine, et s'il pouvait lui rendre un service sans qu'il lui coûte, il en percevrait certainement plus tard les bénéfices.

— Entrez donc, j'allais fermer à mon tour, j'ai les doigts gelés. Nous bavarderons devant l'âtre.

Cette proposition suscita un sourire ravi sur le visage de l'archer.

Le marchand ouvrit la porte attenante à l'étal et fit entrer ses visiteurs, puis sortit et, à l'aide d'une petite perche, décrocha le volet du haut et le rabattit avant de faire de même avec celui du bas.

Le clerc et l'archer s'étaient avancés dans l'ouvroir, au fond de la boutique, attirés par quelques braises qui rougissaient dans un foyer. C'était à la fois l'atelier et la cuisine du changeur. La petite pièce, meublée d'une table et d'étagères sur lesquelles trônaient des taste-vin et des plateaux en argent ou en étain, était construite en partie en saillie au-dessus de la rivière, avec une fenêtre aux carreaux de verre translucide obstrués par la neige.

L'artisan rentra dans sa boutique et verrouilla solidement les deux volets de bois, puis rejoignit les Anglais et les invita à s'asseoir sur une bancelle devant l'âtre, dans lequel il déposa un morceau de bois.

— Mon épouse fait de la couture dans la chambre, dit-il en désignant le plafond, je vais l'appeler pour qu'elle vienne vous saluer et vous servir un verre de cidre chaud.

— Inutile, gentil maître, fit Holmes avec un sourire de circonstance. Vous lui donnerez notre bonjour. Nous n'allons pas rester. Comme messire Watson vous l'a dit, j'ai juste besoin d'un renseignement.

— Je vous écoute et je vous répondrai volontiers, si je le peux.

— Une dame de qualité a été rapinée de plusieurs pièces d'orfèvrerie. Les larrons ont sans doute tenté de les vendre, mais je sais que les orfèvres sont prudents quand ils achètent des articles dont ils ignorent la provenance, surtout s'il s'agit d'objets de valeur.

— En effet. Il est fait défense de vendre pièces d'or, pierreries et orfèvrerie si l'on n'est du corps de ce métier, sauf si ces objets vous appartiennent et que vous les cédez à un marchand ayant pignon sur rue. Le lieutenant civil n'est guère vigilant, mais les receleurs qui sont pris risquent le pilori, et par ce temps, ce peut être mortel ou rendre invalide. Cependant, quand il s'agit de gobelets ou de plats ordinaires, un orfèvre ou un changeur les achètent au poids du métal afin de les fondre.

— J'ai par-devers moi une liste, dit Holmes en fouillant sous sa houppelande. L'une des coupes vaudrait plus de cinquante livres, selon la dame.

Il tendit à l'artisan le papier remis par Gentillette Audeloncourt et le marchand s'approcha de la fenêtre pour le lire.

Le silence s'installa jusqu'à ce que l'artisan lève les yeux vers les Anglais.

— Je n'ai pas vu ces objets, si vous voulez le savoir, et ils me paraissent d'une telle qualité que je ne les aurais pas achetés.

— Maître Simon de Martroy, dont vous m'aviez donné l'adresse, m'avait dit qu'il était rare qu'un orfèvre acquière des pièces de valeur.

— C'est exact, ils préfèrent les fabriquer.

— Qui pourrait donc accepter ces articles ?

— Encore une fois, je doute qu'un membre de ma corporation s'y risque…

Il croisa les bras, tandis que sa main gauche soutenait son menton, réfléchissant à la façon de présenter ce qu'il savait sans faire de tort :

— Il reste possible que les voleurs ne les aient pas vendus… Tout en récoltant quelque argent.

— Comment cela ?

— Les prêteurs de la rue des Lombards sont moins scrupuleux que nous. Ils acceptent en garantie des objets de déposants qui mentent sur leur origine. Évidemment, ils ne remettent qu'une somme infime par rapport à la valeur du gage, sans compter leur taux usuraire. Mais cela suffit pour des gens sans aveu qui ne reviendront jamais. Au bout de quelques années, le Lombard peut alors librement revendre l'article chapardé, qui lui appartient légalement.

— Et si l'objet est réclamé par son véritable propriétaire ?

— Encore faut-il que celui-ci puisse prouver que le prêteur le possède.

— Il peut y avoir perquisition, remarqua Watson en étendant ses pieds vers le foyer pour les sécher.

— Bien sûr, mais en ce qui concerne les Lombards les plus considérables, le prévôt doit disposer de faits justificatifs pour entamer une perquisition. De plus, nombre de ces étrangers ne possèdent pas une petite maison comme la mienne.

D'un geste de la main, il désigna les lieux.

— Ils logent dans de vastes demeures où les cachettes sont innombrables. Il est donc difficile de les prendre sur le fait. Et, si cela arrive, ils rendent toujours le bien volé sans barguigner, jurant de leur bonne foi. Certes, ils perdent le paiement du gage, mais la menace reste infime en face de gains immenses.

— Intéressant, fit Holmes en joignant l'extrémité de ses doigts. Rue des Lombards, dites-vous ?

— Oui, les deux plus riches sont Nicolas Benzelin et Senestre Trente, qui est lucquois. La maison du premier est à l'enseigne d'une escoufle[1] et celle du second aux Trois Sacs d'Or. Mais, faites attention, ce sont des gens importants. Ils prêtaient souvent à feu notre roi qui leur a laissé en gage une partie de l'orfèvrerie royale. Dans la même rue, Jean Maugeant, à l'enseigne des Cœurs Joyeux, est un orfèvre qui pratique aussi le prêt sur gages. Ces trois-là pourraient vous renseigner.

Holmes se leva et fouilla dans son escarcelle. Il tira deux esterlins qu'il déposa sur la table sans que le changeur proteste.

— Watson, te sens-tu prêt à te rendre rue des Lombards ?

— Nous trouverons sans doute porte close, objecta l'archer.

— Peut-être, mais cela ne nous rallongera guère pour rentrer rue du Coq. Battons le fer pendant qu'il est chaud !

— Entendu, marmonna Watson.

L'orfèvre les raccompagna à la porte de son échoppe.

1. Oiseau de proie.

12

Une fois qu'ils furent revenus sur le pont, une bise glaciale les gifla douloureusement tandis que les flocons, toujours plus épais, les aveuglaient en tourbillonnant. Penchés en avant pour affronter les rafales, ils prirent la direction de la Grande Boucherie et Watson recommença à grommeler.

Rue Saint-Denis, la plupart des échoppes étaient closes, les passants rares et les crieurs absents. Ils tournèrent rue des Lombards.

L'enseigne aux Trois Sacs d'Or se balançait sous le vent, devant eux. Holmes en avait vu de similaires à Londres, dans Lombard Street. L'image faisait référence à la légende de saint Nicolas qui avait donné trois sacs de pièces d'or à un père afin qu'il dote ses filles, réduites à la misère.

Le panneau de bois peint était suspendu par des chaînes à l'angle d'une maison à pignon aux colombages bleus. La bâtisse s'élevait sur deux étages avec un grenier en encorbellement. De massives colonnes de pierre soutenaient les sablières hautes du rez-de-chaussée et le poteau cornier du premier étage représentait saint Nicolas. En s'approchant, les Anglais constatèrent qu'une seule des quatre devantures était ouverte.

Assis face à un lutrin, une chaufferette garnie de braises incandescentes à ses pieds, un jeune homme en robe épaisse, coiffé d'un calot rouge avec des oreillettes capitonnées descendant jusqu'au cou, écrivait sur un registre. La salle en boiseries était meublée de deux autres lutrins, inoccupés, d'une table sur laquelle trônaient une balance et une boîte de poids de différentes tailles, et de vitrines grillagées contenant des pièces d'orfèvrerie, principalement des tasses et des coffrets d'argent.

— Dieu vous garde, monsor, dit Holmes. Êtes-vous maître Trente ?

Edward devinait n'avoir affaire qu'à un commis, mais il savait que les plumitifs appréciaient qu'on les confonde avec leur maître.

— Je suis son neveu Cosimo, répondit le garçon avec un fort accent lombard.

— Maître Trente est-il présent ? On m'a conseillé de m'adresser à lui.

Le jeune Italien dévisagea longuement le clerc dans sa houppelande, puis l'homme armé qui l'accompagnait. L'examen fut-il satisfaisant ? En tout cas, il se leva pour s'approcher de l'escalier de bois à balustres d'où il héla :

— Mon oncle, vous avez des visiteurs !

Le garçon revint à son pupitre et reprit ses écritures sans inviter personne à entrer.

Un homme de petite taille apparut en haut des marches. En chaude pelisse couleur lie-de-vin, il portait des bagues aux mains et un chaperon écarlate à cornette. Son regard méfiant se posa sur Holmes et Watson qui attendaient à l'étal, puis il se décida à descendre.

— Maître Trente, commença le clerc alors que le banquier approchait, on m'a dit du bien de vous dans l'entourage de notre vénéré seigneur, le régent du royaume de France. Mon nom est Holmes, je suis anglais et frère de feu le maréchal d'Angleterre, le baron de Roos.

— Quel honneur pour moi de vous recevoir, maître Holmes, fit poliment le Lucquois sans se départir de sa réserve.

— Voici ce qui m'amène, mon maître. Vous savez que le duc de Bedford va se marier…

Le Lucquois hocha lentement la tête, il l'ignorait mais ne tenait pas à faire état de cette lacune. Pourtant, il n'aurait eu aucune honte à le reconnaître car peu de monde connaissait la nouvelle, Holmes l'ayant appris par le chancelier Chuffart aux premiers jours de janvier.

— Dans quelques mois, Anne de Bourgogne, fille de votre bien-aimé duc Jean sans Peur et sœur de messire le Bon, épousera monseigneur[1]. Compte tenu de ma position à la Cour, je me dois de faire un cadeau exceptionnel. Or, on m'a dit que vous disposiez parfois de très belles pièces.

— Cela arrive, que recherchez-vous ?

— J'ai appris que l'usage en Bourgogne, pour les mariages, était d'offrir une coupe avec de belles anses ciselées. Si vous aviez un joli modèle, marqué du poinçon d'un orfèvre de Dijon, cela ferait mon affaire. Sinon, je pourrai me contenter d'un flacon décoré, ou d'une saucière.

Le Lucquois se gratta l'oreille un instant, s'interrogeant sur la véracité des dires de cet individu. Ce clerc était correctement vêtu et disposait d'un garde du corps. À moins qu'il ne soit un falourdeur, il s'agissait de quelqu'un de qualité. Mais il ne l'avait jamais vu. La cupidité l'emporta sur la prudence et il proposa :

— Je vais vous montrer ce que j'ai, messire.

Allant à la porte d'entrée, il ôta une barre et tira le battant. Watson se dirigea vers la chaufferette en dissimulant un sourire d'admiration devant la façon dont Edward était parvenu à tromper le méfiant prêteur.

1. Les noces auront lieu en juin.

— Patientez un instant, mes seigneurs, je vais vous descendre deux magnifiques coupes que je possède.

Il reprit l'escalier et disparut tandis que les faux clients restaient près du petit poêle. D'un ton désabusé, Holmes raconta alors à Watson une anecdote au sujet du régent pour faire état, auprès du commis, de sa grande proximité avec le maître du royaume de France.

Le prêteur réapparut rapidement, une coupe dans chaque main. Les vasques possédaient des anses : l'une représentant des têtes de biche et l'autre des dauphins. Il les déposa sur une desserte et entreprit de les faire briller à l'aide d'une étoffe de laine, tout en affirmant :

— Elles possèdent les poinçons de la ville de Dijon.

De l'index, il désigna une marque sous la coupe aux dauphins et ajouta :

— Vous pouvez vérifier !

Holmes s'intéressa d'abord au vase à têtes de biche, bien qu'il fût convaincu que le second était celui volé à Gentillette Audeloncourt. Ce qui ouvrait des perspectives intéressantes. Examinant ensuite la pièce aux dauphins, il déclara :

— Combien en voulez-vous ?

— Pour les biches quarante livres parisis, et pour les dauphins un peu plus, je le crains.

— Combien ?

— Soixante-dix.

— Coquette somme, en effet, mais rien n'est trop beau pour la sœur du duc, n'est-il pas vrai, messire Watson ?

— Absolument ! renchérit l'ancien archer d'Azincourt, entré dans le jeu.

— Cette union marquera définitivement l'alliance entre les Lancastre et la Bourgogne, et n'a donc pas de prix. Je suppose que vous-même ferez un effort pour de si glorieuses noces, maître Trente ? poursuivit Holmes.

— Je peux vous rabattre de deux livres sur la première et de quatre sur la seconde.

— Hum… J'hésite encore, mais je pense prendre celle aux dauphins. Je viendrai lundi avec la somme, gardez-la-moi.

Le Lucquois baissa les yeux pour que les Anglais n'y lisent pas la lueur de satisfaction qui s'y était allumée. Il avait payé trois livres la mise en gage de la coupe apportée par un homme du néant, un larron qu'il connaissait à peine ! Quelle magnifique affaire !

Il raccompagna ses deux visiteurs à la porte, leur répétant qu'ils seraient toujours les bienvenus chez lui. Holmes le salua cordialement tout en gardant la distance nécessaire entre le frère d'un maréchal d'Angleterre et un banquier lombard.

Il neigeait toujours et Watson espérait qu'ils allaient enfin rentrer mais, après quelques pas dans la rue pour s'éloigner de la maison du Lucquois, Holmes désigna à son compagnon, à une vingtaine de toises sur le même revers, la grande enseigne représentant une escoufle rousse et brune dressée sur le poing d'un fauconnier. On devinait le double jeu de mots : l'escoufle était un rapace, surnom qu'on donnait aux usuriers, et son nom occitan était milan, ville d'où venait Nicolas Benzelin.

— Il ne nous ouvrira pas, et s'il le fait, quel intérêt d'y jouer la même comédie ? grommela Watson.

— La première comédie, comme tu le dis, visait à savoir si le Lucquois avait acheté quelque objet aux voleurs de dame Audeloncourt. Maintenant qu'on le sait, on peut supposer que le larron a proposé les autres pièces aux prêteurs de la rue…

— Allons-nous tous les visiter ? s'inquiéta Watson.

— Non, celui-là devrait suffire si ce que j'ai en tête réussit. Nous rentrerons rue du Coq après.

Soulagé, Watson suivit son ami en claudiquant, sa jambe blessée le faisant souffrir. Habituellement, il était difficile de circuler dans la rue étroite encombrée de passants et d'étalages qui débordaient sur la chaussée, mais, ce samedi, la plupart des échoppes étaient closes.

La maison du Lombard, entièrement en pierre avec un double étal voûté de part et d'autre de la porte ferrée, possédait deux étages aux élégantes fenêtres en croisées d'ogives et colonnettes. Toutes ces ouvertures étaient solidement grillagées.

Le clerc frappa avec le heurtoir. Pas de réponse. La rue restait déserte et la neige tombait toujours, silencieuse et épaisse.

Nouveaux coups plus énergiques, cette fois portés par Watson.

— Passez votre chemin, la boutique est fermée ! cria soudain une voix depuis l'étage.

— J'ai besoin de parler à maître Nicolas Benzelin, répliqua Holmes en se reculant pour distinguer son interlocuteur.

Par une fenêtre ouverte, il aperçut une ombre. D'après son bonnet et la robe sombre, il s'agissait d'un domestique. Le maître d'hôtel, peut-être.

— Qui êtes-vous ? s'enquit l'homme.

— Maître Holmes, je traite d'affaires criminelles. Je me suis occupé récemment de maître Oudart Muschetto.

Bref silence suivi de cette réplique, lancée d'un ton incertain :

— Maître La Mouche est trépassé !

— Je le sais, je l'ai fait pendre après l'avoir fait tirer par quatre chevaux.

Holmes attendit un moment avant d'ajouter, venimeux :

— Ce serait dommage pour vous et les gens de votre maison que maître Nicolas Benzelin finisse comme lui.

La menace porta.

— Attendez, je vais parler au maître, fit la voix.

— Je n'aurais jamais pensé à ça ! murmura Watson.

— Il faut utiliser ce que l'on a appris. La Mouche était connu dans cette rue où vivait son père. Sa fin, inexplicable, a dû inquiéter tous les prêteurs.

Un bruit de verrou retentit et la porte s'ouvrit.

— Entrez, messires.

Ils pénétrèrent dans une sombre salle voûtée, étroite, avec deux massives écritoires à lutrin, pupitre et banc, une table d'exposition vide, et un dressoir grillagé dont on ne pouvait distinguer le contenu. Au fond, un escalier de pierre sans rampe et, en bas des marches carrelées, se tenait un individu grassouillet en robe turquoise, entouré de deux gardes de haute taille sanglés dans des pourpoints de cuir avec longue dague au flanc ; l'un s'appuyait sur une courte lance, l'autre brandissait une lanterne.

— Mon nom est Edward Holmes, maître Benzelin. Messire Watson m'assiste dans les enquêtes que je conduis, annonça le clerc d'un ton insouciant.

Gower avait pris un air féroce et laissait percevoir la forme de son épée sous son manteau.

— Je viens vous parler de maître La Mouche, poursuivit le clerc. N'avez-vous pas un endroit plus agréable pour en discuter ?

— Discuter de quoi ? Mon intendant m'a déclaré que vous l'auriez fait pendre, fit le grassouillet.

— Pas moi directement. J'ai dénoncé ses crimes au bailli du duc de Bourgogne qui s'est chargé de le faire avouer et de le châtier. Savez-vous qu'il a été écartelé avant d'être pendu ? Une fin douloureuse, très douloureuse.

Après un bref silence, l'usurier demanda d'une voix peu assurée :

— Quel crime avait commis maître La Mouche ?

— Il s'est cru plus puissant que monseigneur le duc… tout comme vous…

— Comme moi ?

Holmes fouilla dans sa houppelande et sortit le papier décrivant la liste des objets volés.

— Vous avez accepté en gage une ou plusieurs de ces pièces, dit-il en s'approchant de son interlocuteur.

Le Lombard prit la liste et demanda au garde de lever sa lanterne afin qu'il puisse lire. Au bout d'un instant, il secoua lentement la tête.

— Pas du tout.

— Ce n'était pas la bonne réponse. Voyez-vous, je suis sûr du contraire. Comprenez-moi bien, maître Benzelin, deux chemins s'ouvrent devant vous : vous me dites quelles pièces de cette liste vous avez acceptées en gage, et l'affaire s'arrête là en ce qui vous concerne. Certes, vous devrez rendre les objets, mais vous avez dû offrir une somme infime par rapport à leur valeur, donc ce ne sera pas une grosse perte. L'autre chemin est de persister à nier. Je vous livrerai alors au bailli qui s'est occupé de maître Oudart et vous finirez comme La Mouche. Monseigneur de Bourgogne ne tolère pas qu'on vole les siens.

— Qu'a le duc à voir avec cette liste ? s'enquit prudemment le Lombard.

Il avait cessé de nier, observa Watson avec intérêt.

— Il s'agit d'objets rapinés chez la fille de son chancelier. Les voleurs seront pris et finiront sur l'échafaud, certainement le ventre ouvert. Les receleurs aussi, sauf ceux de bonne foi. Ces derniers pourraient même gagner l'estime de monseigneur qui apprécie l'honnêteté.

Après les menaces, il était temps de suggérer les avantages d'une collaboration.

— Montez dans ma chambre, proposa le prêteur après avoir balancé la tête à plusieurs reprises.

Il prit l'escalier, les Anglais sur ses pas, les gardes et l'intendant fermant la marche.

La demeure devait s'étendre en longueur car l'escalier desservait une galerie lambrissée éclairée par deux flambeaux. Le banquier ouvrit la seconde porte et fit entrer ses visiteurs dans une vaste pièce au sol carrelé couvert d'un tapis de soie et au plafond à poutres peintes en ciel étoilé. Deux femmes filaient devant une cheminée. Deux enfants jouaient avec un chien. Une servante changeait les bougies des chandeliers.

Holmes balaya la salle des yeux. Le Lombard vivait dans une douce prospérité : au fond, sur une estrade, un grand lit à dais et custode fermé. Un banc à dossier se logeait entre les embrasures de fenêtres aux volets décorés. Plusieurs fourmes de différentes tailles, un bahut et une armoire aux portes closes meublaient le reste du lieu.

— Mathilde, Amanda, allez dans l'autre chambre, ordonna leur hôte.

Il se tourna vers les gardes et l'intendant :

— Attendez devant la porte, je vous appellerai si j'ai besoin de vous.

Resté avec les visiteurs, il leur proposa de s'asseoir près du feu, ce que Watson fit immédiatement, puis se saisit de deux coupes d'argent sur le bahut et les emplit avec un cruchon qui chauffait devant le foyer. Il tendit aimablement les pots aux Anglais.

Holmes porta la coupe à ses lèvres : du vin chaud à la muscade. Il afficha un sourire de gratitude.

— Imaginons que je possède une de ces pièces, fit maître Benzelin en plissant les yeux. Je suppose que vous demanderiez que je vous la remette.

— Point. Vous ne nous connaissez pas, et nous pourrions être des aigrefins…

L'Italien opina avec un fin sourire approbateur.

— Il vous suffit de me montrer ce que vous avez accepté en gage. Je préviendrai messire Rapine, votre voisin rue de la Verrerie, et il viendra chercher les objets lundi. C'est lui également qui les rendra à sa propriétaire. Pour ma part, je ne veux que le nom des voleurs.

L'Italien hocha plusieurs fois du chef avant de dire :

— Attendez-moi un instant.

Il s'éclipsa par la porte utilisée par les femmes et les enfants pour quitter la salle.

— On dirait que c'est gagné, murmura Watson en savourant son vin, les pieds au bord de l'âtre.

Holmes ne lui répondit pas, continuant à examiner les lieux. Tout avait été un peu trop facile, jugeait-il.

L'attente se poursuivit. Watson se resservit du vin et il avait fini le second pot quand le prêteur revint avec trois objets qu'il déposa sur une étroite table de chêne aux tréteaux à entretoise. Les Anglais se levèrent.

Il s'agissait d'un flacon doré ciselé de feuillages et de cerfs et de deux hanaps décorés avec des têtes. Holmes en prit un : l'émail intérieur représentait un homme assis sur un lion, une lance à la main.

— J'ignorais que ces pièces avaient été volées, insista l'Italien. Je les remettrai volontiers à messire Rapine, et vous lui ferez part de ma bonne foi.

— Certainement ! Parlons maintenant du vendeur…

— Je ne le connais pas, mais je peux vous le décrire : un homme entre vingt et trente ans, le nez busqué, visage grêlé, cheveux bruns tombant aux épaules.

Cela correspondait à la description du fameux Robert fait par dame Audeloncourt, songea Holmes.

— A-t-il dit son nom ?

— Nenni.

— Vous ne l'aviez jamais vu ?

— Si. Voilà un mois, au bout du pont Notre-Dame. Il discutait avec un dresseur de loups. Tous deux semblaient se connaître.

— Comment cela ? s'enquit Watson. On dresse les loups, maintenant ?

— Je passais seulement, étant allé proposer un plat à un orfèvre. Ce dresseur se voit souvent dans le quartier des Halles. Il s'agit d'un louvetier qui propose d'éradiquer les fauves dans une rue ou des jardins. Son animal serait capable de menacer les chefs de meute et de les faire partir. Il demande une livre pour intervenir.

— Et où vont les loups, après ? questionna encore Watson.

— Dans un autre quartier, bien sûr ! En vérité, il n'a guère de clients, aussi pour quelques sols fait-il des tours avec son animal.

À coup sûr, ces deux-là sont les voleurs, conclut Holmes, se souvenant de l'affirmation de dame Audeloncourt au sujet de l'odeur de bête qu'elle avait sentie. Il ne devrait pas être difficile de les retrouver, et si celui aux cheveux longs s'appelait Robert…

— Je loge rue du Coq, la maison de la Corne-de-Cerf, intervint alors Edward. Si vous en apprenez plus sur celui qui vous a proposé ces pièces, prévenez-moi. Il y aura même une récompense. Lundi matin, je rencontrerai messire Rapine et vous aurez ensuite sa visite. Je lui ferai part de votre contribution à l'arrestation de ces marauds.

Satisfait, le Lombard les raccompagna et leur assura qu'il restait leur serviteur.

13

De retour rue du Coq, Holmes fit venir les deux orphelins pour leur expliquer ce qu'il attendait d'eux :

— Demain, rendez-vous sur le pont Notre-Dame et trouvez-moi un saltimbanque qui fait des tours avec un loup. Quand vous l'aurez découvert, essayez d'en apprendre plus sur lui et tâchez de savoir s'il fréquente un homme aux cheveux longs et au visage grêlé nommé Robert. Si le dresseur de loups n'est pas aux alentours du pont, il peut se trouver rue des Arcis, rue Saint-Denis ou même aux Halles. D'ailleurs, vous l'avez peut-être déjà vu ?

— Voilà une semaine, près du pilori des Halles, il y avait quelqu'un avec un loup. Il proposait aux gens de faire partir les fauves de leur quartier.

— Certainement lui.

— On peut y aller maintenant, maître.

— Non, la nuit approche et le temps est trop mauvais. Il n'y a personne dehors et ce dresseur est sûrement resté chez lui.

Le lendemain dimanche, la maisonnée se rendit à la messe à Saint-Honoré, après quoi Thomassin et Amaury partirent pour le pont Notre-Dame. Dame Bonacieux leur avait remis un morceau de pain et du lard pour leur dîner.

Au retour de l'église, Holmes demeura un moment avec Watson dans la salle basse. L'affaire de Gentillette Audeloncourt se terminait, lui assura-t-il. Il préparerait une lettre pour la dame dans laquelle il lui raconterait ses découvertes, mais ne la ferait porter qu'après la restitution des objets volés par messire Rapine. Inutile de vendre la peau de l'ours trop tôt.

Cependant, la suite ne présentait plus guère d'intérêt. En interrogeant les Lombards de la rue, le lieutenant civil découvrirait à coup sûr les autres pièces d'orfèvrerie, et quand Thomassin et Amaury reviendraient, ils en sauraient plus sur les voleurs. Là encore, ce serait à messire Rapine d'intervenir.

Watson opina sur tout. Certes, il appréciait les enquêtes que conduisait son ami, mais, avec le froid et la neige, il goûtait encore plus de rester devant la cheminée avec un bouillon brûlant entre les mains, en compagnie de dame Constance.

À table, on ne parla que des conséquences du gel, du vinaigre qui se figeait dans le cellier de la cuisine, des arbres qui éclataient et tombaient dans le verger, des soins à donner aux animaux pour qu'ils ne souffrent pas trop et des problèmes de latrines. Celles au fond du jardin se révélaient inutilisables à cause du froid, aussi les habitants de la maison utilisaient-ils les chaises percées. Comme il n'y en avait pas assez, Mathurin et son fils en avaient fabriqué deux pour les domestiques et la discussion porta sur les pièces dans lesquelles elles seraient placées.

Le dîner terminé, Gower accompagna Edward dans sa chambre afin de connaître ses projets pour le lendemain.

— Nous commencerons par une visite chez messire Rapine, et si Amaury et son frère ont trouvé nos voleurs, nous irons voir de quel genre de coquins il s'agit, mais nous ne pourrons faire plus. Je crains ensuite de me morfondre dans cette oisiveté que je déteste et qui me plonge dans la mélancolie.

— Une autre affaire se présentera peut-être, avança Watson sans le souhaiter, tant il se trouvait bien chez lui.

— Crois-tu ? répondit Edward en s'affalant sur sa chaise à bras garnie de coussins. Avec la froidure qui empire, qui viendra me soumettre un problème ? Donne-moi plutôt ma viole, mon ami. En vérité, le seul problème que je vais avoir à traiter sera de savoir comment tuer le temps.

Gower lui apporta l'instrument et le laissa pour rejoindre Constance. À peine se trouvait-il dans la galerie que retentirent les gémissements de la viole. Holmes en jouait singulièrement depuis quelque temps : il utilisait une sorte de petit arc qu'il frottait sur les cordes pour en tirer des sortes de miaulements. Il avait vu un musicien de rue pratiquer ainsi et avait décidé de l'imiter. Pour y parvenir, il avait demandé à son ami de lui confectionner un archet, mais le résultat n'était pas celui espéré. Soit Gower ne s'était pas montré adroit artisan, soit Holmes n'était pas bon musicien, car les mélodies tirées de l'instrument provoquaient des grincements insupportables et les jappements craintifs de Gracieux.

Holmes sortit de son intermède musical quelques heures plus tard, alors qu'une bise glaciale sifflait entre les pinacles de la façade et faisait trembler les ardoises du toit. Cependant, ce ne furent pas ces bruits qui le poussèrent à délaisser sa viole mais le vacarme dans la galerie : Thomassin et Amaury arrivaient. Accompagnés de Watson, ils entrèrent dans la chambre et, à leur mine déconfite, Edward sut qu'ils n'avaient pas trouvé l'homme au loup.

Ils avaient parcouru toutes les rues des quartiers de la Grève, des Halles et de Saint-Jacques-de-la-Boucherie sans rencontrer le dresseur, assurèrent-ils.

— Nous sommes rentrés à cause du froid, se justifia Thomassin, mais nous repartirons demain.

Lundi 11 janvier

Le jour suivant, la neige avait cessé, mais le froid n'avait jamais été si cuisant. Les orphelins étaient déjà partis quand, sous un ciel d'un bleu métallique, Holmes et Watson se mirent en route pour la rue de la Verrerie, Edward revêtu de sa houppelande au col de petit-gris et coiffé de son habituel chapeau de feutre rond avec un bec, Gower en chaude pelisse sur sa casaque matelassée avec un épais bonnet de laine à deux cornettes enroulées.

Avant de s'en aller, lui et Bertrand, le valet d'écurie, avaient longuement examiné l'état de la rue du Coq, la remontant jusqu'au grand chemin Saint-Louis. L'archer souhaitait monter son destrier, ou même la mule, mais il dut reconnaître que ce serait impossible : le sol des chemins était si gelé et si crevassé que les montures se seraient blessées.

Les Anglais mirent près d'une heure pour gagner leur destination tant ils marchèrent lentement, ce qui n'empêcha pas de nombreuses chutes, provoquant chaque fois chez l'archer des « Tripes de Dieu ! » et des « Par les cornes de Belzébuth » rageurs.

Le clerc, lui, resta silencieux, espérant bien trouver le lieutenant civil rue de la Verrerie. À l'enseigne du Soleil, la maison de Germain Rapine était un bel hôtel au soubassement et au premier étage en pierre et dont les niveaux supérieurs étaient en colombages richement décorés. La demeure avait été confisquée à un trésorier du roi passé au parti du dauphin et le lieutenant civil la louait trente-deux livres parisis par an, ce qui n'était pas cher pour une si vaste demeure.

On y pénétrait par une tour renfermant l'escalier qui desservait les étages. Watson frappa à l'huis solidement ferré et un portier ouvrit après l'avoir examiné à travers un judas grillagé et demandé qui ils étaient. Ils entrèrent. Le portier se trouvait en compagnie de l'intendant qui, connaissant les deux Anglais, les fit pénétrer dans la salle basse meublée de coffres et de bancs, mais sans feu. Holmes expliqua vouloir rencontrer le lieutenant civil.

— Plusieurs meurtres gravissimes ont eu lieu samedi, messires. Mon maître confère avec ses écuyers et des examinateurs du Châtelet. Je ne sais si je peux le déranger.

Au nombre de seize, les examinateurs au Châtelet de Paris, qu'on appelait déjà commissaires de quartier, étaient des auditeurs, comme les conseillers, que les lieutenants du prévôt chargeaient d'entendre les suspects et les témoins des crimes. Magistrats, ils jugeaient en audience chaque jour.

— Je n'en aurai pas pour longtemps, il s'agit d'une affaire importante concernant monseigneur le duc de Bourgogne.

Mot magique. La première fois que Rapine, avocat au Châtelet, avait été choisi comme lieutenant civil, c'était par une décision de Jean sans Peur, après le massacre des Armagnacs. Puis il avait été démis et n'était revenu dans cette charge que l'année précédente, nommé cette fois par Henri V, contre l'avis d'Isabeau de Bavière qui le jugeait trop sensible à la cause de son fils, le soi-disant Charles VII. Avec l'arrivée au pouvoir du régent, Rapine craignait pour sa charge car il n'avait plus aucun soutien, auquel cas il perdrait sa belle maison. Tout cela, l'intendant le savait et le redoutait. Il devinait également que si son maître rendait un service au duc de Bourgogne, ce dernier ferait pression pour qu'il conserve son office[1], et sa maison !

— Messire Rapine se trouve dans la salle haute, dit-il. Suivez-moi, je vais lui demander s'il peut vous recevoir un instant.

Ils prirent l'escalier et grimpèrent au premier étage. L'intendant gratta à une porte, entra, dit quelques mots et introduisit les visiteurs dans une salle aux murs tendus de tapisseries et meublée de quelques coffres à dossier couverts de coussins, d'un dressoir avec des pièces d'orfèvrerie, d'un lutrin et d'une table à tréteaux démontée.

Germain Rapine était assis sur une haute chaire, près de la grande cheminée dans laquelle se consumaient de longues bûches. Coiffé d'un chaperon à cornette en drap de Hollande, il portait un pourpoint vert olive matelassé de boudins verticaux, serré à la taille et au torse, avec des manches écarlates boutonnées sur les avant-bras. Par-dessus, il gardait un mantelet à larges emmanchures au col fourré de vair. Une dague de belle taille et une boursette avec des clefs pendaient à sa ceinture. Près de lui, Holmes reconnut l'un de ses écuyers. Sur un banc à coussins se tenaient un clerc et un prêtre. Les autres hommes étaient debout. L'un était Grégoire Lestrade, un examinateur au Châtelet qu'Edward avait déjà rencontré. Un garçon jeune et énergique, pourvu d'une mâchoire carrée, plutôt tenace mais à l'esprit lourd et peu fertile.

Tous les regards se tournèrent vers les arrivants. Le clerc anglais fut frappé par leurs expressions sombres et inquiètes.

— Maître Holmes ! Dieu vous donne bonne matinée, ainsi qu'à messire Watson ! Si je m'attendais à vous

1. Il deviendra maître d'hôtel du roi Charles VII, avocat à la cour du Trésor et ambassadeur.

voir ! lança Rapine d'un ton presque chaleureux, chose qui n'était point dans ses habitudes. Soyez les bienvenus !

— Que Dieu vous garde, très honoré seigneur, fit Edward en s'inclinant avec sa coiffe à la main, puis en saluant l'assistance, tandis que Gower se contentait d'une inclinaison de tête. J'avoue être confus de vous déranger alors que vous conférez. Je ne serai donc pas long, il s'agit de dame Audeloncourt, poursuivit-il.

— Est-elle venue vous consulter ? s'enquit Rapine, soudain contrarié.

— Cette noble dame m'a demandé mon aide, en effet. J'ai retrouvé samedi plusieurs pièces de son orfèvrerie et la suite n'est plus de ma partie. Je souhaiterais que vous les récupériez et les lui rendiez.

Rapine échangea un regard de biais avec Lestrade. Ce diable de clerc disait-il vrai ? Lui laissait-il le bénéfice de son enquête ?

— Avez-vous découvert les voleurs ? demanda-t-il.

— Pas encore. Pour l'heure, je sais seulement où se trouve leur butin.

— Où donc ? s'enquit Lestrade.

— La coupe de mariage de dame Audeloncourt a été mise en gage chez le Lucquois Senestre Trente, d'autres pièces sont chez maître Nicolas Benzelin. Vous n'aurez aucun mal à dénicher le reste chez les autres Lombards de la rue.

L'assistance écoutait, sans vraiment comprendre. La plupart avaient entendu parler de ce clerc anglais qui avait l'oreille de la reine Isabeau. Mais comment avait-il fait pour découvrir des objets volés ? Rapine, lui, comprenait que Holmes lui faisait une faveur, mais aussi qu'il n'avait pu aller plus loin, ne disposant pas de la force publique.

— Je vous suis reconnaissant de votre aide, maître Holmes, fit-il. Lestrade, partez sur-le-champ me chercher cette orfèvrerie. Prenez le sergent Lancelet avec vous. Si un Lombard proteste, conduisez-le au Châtelet et jetez-le dans la Fin d'aise, ces gens-là ne méritent pas mieux ! Faites-leur aussi savoir que ceux qui conserveront les objets volés seront pendus. Cette affaire doit être réglée au plus vite.

Il s'adressa à Edward :

— Maître Holmes, aurez-vous l'obligeance de dire au commissaire Lestrade exactement ce que vous avez appris, avant qu'il ne parte ?

— Bien sûr. Je vais d'ailleurs l'accompagner jusqu'à la rue des Lombards.

— Attendez, avant de vous en aller, j'aurais aimé connaître votre sentiment. Êtes-vous au courant de ce qui s'est passé rue Pierre-au-Let ?

— Non, messire.

— Laissez-moi vous le dire en quelques mots…

Germain Rapine raconta donc les événements que nous avons relatés et conclut :

— Messire le régent m'a ordonné d'éclaircir au plus tôt cette affaire. Trop de malheurs accablent les Parisiens, et si la Mort vient elle-même chercher ses victimes, la peur submergera les esprits et tout pourrait arriver.

Holmes réfléchit à ce qu'il venait d'entendre avant d'intervenir :

— Vous dites que les sacs de documents de ce tabellion étaient ouverts et éventrés. La Mort s'intéresserait-elle aux actes notariaux ?

Le prêtre se signa, tandis que plusieurs des participants qui désapprouvaient le persiflage du clerc fronçaient les sourcils.

— Je vous rejoins, maître Holmes, fit Rapine en ignorant ces attitudes. Le samedi, ce sont des voleurs qui ont tué les domestiques et fouillé la maison, à la recherche d'or ou d'argent.

— Mais un témoin a vu la Mort, messire, observa le clerc qui était conseiller au Châtelet.

— Qui d'autre l'a vue ? s'enquit Holmes.

— Personne.

— *Testis unus, testis nullus*, déclara Edward en haussant les épaules.

— Tout à fait ! approuva Rapine avec un sourire satisfait. Seulement, le jeudi, les domestiques du notaire l'ont décrite, et eux étaient plusieurs à l'avoir vue. Que feriez-vous à ma place, maître Holmes ?

— À votre place… Hum… Je pense que j'interrogerais le voisinage. Quelqu'un a pu voir les larrons, et si vous remontez jusqu'à eux, vous aurez les explications de cette singulière affaire.

— C'est ce que je m'apprêtais à faire.

Le clerc réfléchit un instant avant d'interroger à nouveau :

— Quels genres de plaies portaient les victimes ? Des coups de couteau, de serpette, de hachette ?

— Plutôt de dague. Des lames fines et bien aiguisées.

— Intéressant.

Holmes ne demanda rien de plus. Rapine s'attendait-il à d'autres remarques ? En tout cas, il ne montra ni déception ni satisfaction. Lestrade tapa sur l'épaule du sergent à verge qui devait l'accompagner et les Anglais saluèrent l'assistance.

Ils sortirent. Dans l'escalier, Holmes relata à l'examinateur ses entretiens avec les Lombards, précisant qu'il devrait se montrer menaçant afin d'obtenir des aveux des autres prêteurs de la rue. Le commissaire examinateur lui répondit, avec un sourire féroce, qu'il saurait les faire parler.

Ils suivirent la rue de la Verrerie avant de se séparer au carrefour avec la rue des Arcis. Lestrade promit à Holmes de lui faire savoir quand il aurait récupéré toutes les pièces de dame Audeloncourt, mais Edward ne lui parla pas des suspects qu'il pourchassait. Si l'examinateur était habile, il poserait aux Lombards des questions sur celui qui avait mis les objets en gage et parviendrait tout seul à l'identifier.

Holmes proposa ensuite à Watson de descendre la rue des Arcis jusqu'au pont Notre-Dame. Peut-être y apercevraient-ils le dresseur de loups.

Ils se trouvaient à proximité de Saint-Jacques-de-la-Boucherie quand Thomassin déboula devant eux :

— Maître ! Seigneur Watson ! On l'a trouvé ! Il est au début du pont ! s'exclama-t-il d'une voix essoufflée.

— Vous nous avez vus arriver ? demanda Gower, étonné.

— C'est Amaury qui a aperçu maître Holmes… Il l'a reconnu…

Il n'osa ajouter que les six pieds de haut de son maître étaient visibles de loin et que sa silhouette était inimitable : avec sa houppelande sombre, son chapeau de feutre rond à bec en pointe, il avait tout d'un rapace dressé sur ses pattes. Une ressemblance accentuée par son nez crochu, son visage hâve et ses yeux sombres sous d'épais sourcils.

— Séparons-nous, Thomassin ! décida Holmes. Rejoins ton frère discrètement, il ne faut pas qu'on vous remarque.

Les deux Anglais poursuivirent leur chemin vers un petit attroupement au début du pont.

Sanglé dans un manteau en peau de loup, un homme haranguait les badauds. Grand, une barbe rousse en désordre et une tignasse pouilleuse curieusement plus foncée, le bateleur était borgne, balafré et en partie édenté. Devant lui, un gros loup gris sommeillait, la tête entre les pattes. Derrière, posées sur un trépied de trois branches à peine dégrossies, pendaient deux peaux de loup auxquelles la tête, ou ce qu'il en restait, était encore rattachée, gueule ouverte et crocs menaçants. Dans une cage en bois, trois rats couinaient en passant désespérément leurs pattes à travers les barreaux.

— Depuis le début de l'année, deux douzaines de pauvres gens ont été étranglées dans la rue Montmartre et les chemins avoisinants. Presque autant rue Saint-Antoine ! Tout le monde a aperçu des loups dans son quartier et même son jardin ! vociférait le barbu borgne.

— C'est juste ! déclara un maigrelet à la tête cachée sous un capuchon. Voilà trois jours, j'en ai vu une dizaine dans le jardin de mon voisin !

— Et qu'as-tu fait, l'ami ?

— J'ai fermé mes volets ! répondit l'autre.

Des rires éclatèrent, mais sans aucune gaieté.

— Tordez-vous la panse, si cela vous soulage, menaça le bateleur, mais en ne faisant rien, vous les avez encouragés à revenir ! Ils l'ont dit à leurs compères et n'ont plus peur de vous. Dans quelques jours, ils seront une centaine !

— Les loups ne parlent pas, rétorqua une matrone elle aussi encapuchonnée.

— Croyez-vous ? Vous seriez étonnés de comprendre ce qu'ils disent.

— Et que disent-ils ? interrogea une voix craintive.

— Ils s'appellent, ils discutent… Si l'un d'eux repère un passage dans une grange, il prévient les autres, qui s'y rassemblent, et quand un enfant ou une femme entre dans la grange, ils lui sautent à la nuque ! gronda le borgne d'un ton effrayant. Ils ont mangé plusieurs gamins aux Saints-Innocents, la semaine dernière, ils s'étaient postés à chacune des portes du cimetière pour les empêcher de s'enfuir !

L'attroupement avait grossi. Holmes cherchait des yeux un homme au nez busqué, aux cheveux longs et au visage grêlé. Il ne semblait pas être là, cependant plusieurs badauds ayant un capuchon sur la tête, Edward se déplaça afin de voir leurs visages.

Aux dernières paroles du bateleur, le silence s'était fait. Tout le monde avait connaissance, au moins par la rumeur, de femmes ou d'enfants dévorés dans Paris.

— J'ai jamais entendu des loups parler ! déclara la matrone d'une voix peu assurée.

Le dresseur la dévisagea avec un sourire ambigu, posa un doigt devant sa bouche et se mit à émettre des grondements depuis le fond de sa gorge, puis les alterna avec de petits hurlements. Immédiatement, le loup se dressa, la nuque hérissée, et commença à grogner. L'assistance recula, effrayée.

— J'ai capturé Ysengrin quand il était louveteau, il est comme un fils pour moi et comprend tout ce que je lui dis.

Il émit un grognement rauque et le loup se recoucha. Alors le bateleur sortit une écuelle de bois de sa besace et la posa par terre.

— Quand trois deniers se trouveront à l'intérieur, je vous montrerai avec ces rats (il désigna la cage) comment se comporte un loup.

Les gens s'entre-regardèrent. Trois deniers ! Diable ! Voilà une somme ! Une journée de salaire pour un ouvrier.

— J'accepte les deniers noirs[1], ajouta-t-il.

Quelqu'un jeta alors une maille d'un demi-denier.

Les autres attendaient, persuadés de pouvoir assister au spectacle gratuitement. Désireux de savoir ce qui allait se passer et ne voulant pas attendre trop longtemps (le froid lui brûlait le visage), Holmes fouilla dans son escarcelle pour en sortir un ancien blanc de dix deniers, de ceux qui

1. Denier en billon, un alliage d'argent et de cuivre.

n'en valaient plus que deux sur décision d'Henri V. Il le lança dans l'écuelle.

Un autre badaud envoya une pièce de cuivre, puis une seconde en billon. Ensuite, personne ne parut désireux de poursuivre. Le bateleur borgne ramassa ses gains avec un sourire satisfait, les mit dans sa bourse, puis s'adressa au fauve avec de nouveaux bruits de gorge. L'animal se leva, poils hérissés. L'assistance, qui dépassait la vingtaine de personnes, s'écarta craintivement.

Alors le dresseur prit la cage et souleva la porte, laissant les rats s'enfuir en couinant. Ils ne partirent pas loin car, avec une incroyable rapidité, le loup en saisit un dans la gueule, puis en assomma un autre de sa patte et s'élança à la poursuite du troisième. Le rat détalait aussi vite qu'il le pouvait mais le carnassier fut plus agile que lui, il lâcha la proie serrée entre ses mâchoires, saisit le fuyard et l'estourbit en le frappant contre le mur d'une échoppe close. Quelques vivats éclatèrent tandis que le tueur commençait son repas.

Près de la boutique, un homme n'avait pas bougé. Il se tenait derrière le pilier d'un encorbellement et Holmes ne le découvrit qu'en suivant le loup des yeux. Il s'écarta pour mieux le distinguer et sut qu'il avait trouvé le complice : l'âge, la chevelure et le visage correspondaient. Le clerc se tourna vers Watson qui avait également repéré le larron. Ce dernier ne s'intéressait pas au loup dévorant le rat, mais jetait des regards furtifs à la maison d'en face : un orfèvre à l'enseigne de saint Pierre.

Le borgne avait repris sa harangue :

— Maintenant, écoutez-moi bien. Mon nom est Droinus Montgeron et j'ai été louvetier. Si des loups rôdent autour de chez vous, je peux vous en débarrasser avec l'aide d'Ysengrin. Je ne prends que trois deniers pour cette besogne.

— La Chambre des comptes donne un denier par loup tué, fit une voix.

— Je ne tue pas les loups, ni Ysengrin. Je m'engage seulement à les faire partir.

— Mais il faut les tuer, sinon ils reviennent ! s'écria la matrone.

— Avec moi, ils ne reviennent jamais. Ysengrin le leur ordonne et ils lui obéissent. Les loups sont comme nous, ils ont faim et ils tuent pour manger. On ne peut les en empêcher. Moi, je m'engage à en débarrasser votre voisinage.

— Les loups vous obéiraient-ils ? s'enquit Watson, dubitatif.

— Ils obéissent.

— Et s'ils refusent ?

— Ça n'est jamais arrivé. Aucun loup ne résiste à Ysengrin.

— Tout ça est diabolique, gronda une voix caverneuse.

C'était un moine qui se signa.

— Les loups sont des créatures du Seigneur, mon père, comme vous, répliqua le borgne.

— Non ! Du démon ! glapit la matrone.

Plusieurs voix approuvèrent, ce qui laissa deviner à Holmes que Droinus Montgeron ne devait pas avoir beaucoup de clients. Mais en vérité, en recherchait-il ? Son petit spectacle n'était certainement qu'un prétexte pour repérer de prochains maraudages. Avec ce qu'il avait dérobé chez dame Audeloncourt, il n'avait certainement pas besoin de gagner quelques deniers. Jugeant qu'il n'en apprendrait pas plus, il s'éloigna en faisant signe aux deux orphelins de le rejoindre, Watson demeurant dans ses pas.

Hors de vue de Droinus Montgeron, les Anglais attendirent que Thomassin et son frère arrivent pour leur dire :

— Restez par là et suivez-le quand il rentrera chez lui. Surveillez aussi celui qui attend devant l'enseigne de saint Pierre. C'est son complice. Tâchez d'apprendre où ils logent.

14

Les deux frères revinrent après vêpres. Le repas était terminé et c'est devant une soupe servie par dame Constance qu'ils racontèrent la fin de leur journée.

— Quand les badauds se sont faits rares, le dresseur et celui que vous nous avez décrit sont partis ensemble, messire. Nous les avons suivis de loin. Ils se dirigeaient vers l'abbaye Saint-Martin lorsque leur loup s'est arrêté. Il s'était déjà retourné à plusieurs reprises et avait dû nous repérer. Cette fois, il s'est mis à grogner, puis à hurler, tandis que les deux compères poursuivaient leur chemin comme si de rien n'était. Alors, on a vu d'autres loups sortir d'une traverse. On a eu peur, et on a pris nos jambes à notre cou.

— Vous avez bien fait, approuva Holmes. Ce loup est peut-être capable de commander aux meutes…

— La prochaine fois, c'est moi qui les suivrai, et si ces carnassiers se montrent, je ramènerai leurs peaux pour en faire un manteau, assura Watson.

— Mais cela ne nous dira pas où logent nos larrons. On ira plutôt faire un tour demain à l'endroit où vous les avez vus, décida Holmes. En posant quelques questions, on devrait apprendre où se terrent nos larrons. Ils doivent être connus dans le quartier.

— Nous allons manquer de bois, mon sire, conclut Constance.

Son ravissant visage, entouré d'une touaille, était consterné. Ses yeux bleus aux longs cils n'affichaient que de l'inquiétude.

Dans la nuit, des maraudeurs s'étaient introduits dans le jardin en passant par-dessus le mur de clôture, pourtant haut de deux toises. Certainement à l'aide de paniers, ils avaient emporté près de la moitié de la réserve de bûches entreposée dans un cellier mitoyen de l'écurie. Holmes et Watson n'avaient pu que constater le désastre.

— Il reste tout de même de quoi chauffer la maison pendant deux semaines, ma mie, lui répondit Gower ; et nous pouvons également faire moins de feu dans les chambres.

Outre un foyer dans la cuisine, la maison disposait de sept cheminées dont quatre étaient alimentées : celle de la salle basse, une chez Watson et une troisième chez Constance au premier étage. Enfin une dernière chez Edward, au second niveau. Les autres pièces n'étaient chauffées que par les conduits.

— Mais l'hiver peut durer encore deux gros mois. Avec la Seine gelée, aucune barque n'arrive au port au bois. Que ferons-nous si le froid empire, ou si on nous vole à nouveau ?

— Je vais faire poser une solide serrure au cellier, décida Holmes.

Le logis était pourtant déjà bien fortifié. De l'extérieur, l'unique entrée était le porche avec un portail de bois fermé la nuit. Quand on le franchissait, on ne pouvait pénétrer dans le corps de logis que par une porte qui, elle-même, ne communiquait qu'avec l'antichambre. Quant au porche, à son extrémité des vantaux fermaient le passage vers le jardin et les écuries.

— Tous les jours, j'enverrai Bertrand, Robin, Thomassin et Amaury aux portes de la ville qui n'ont pas été murées. On y voit toujours quelques marchands de fagots venus des faubourgs.

— Mais qui vendent leur bois à prix d'or ! La petite bûche coûte un denier et il en faut vingt à trente pour chauffer la maison. Cela représente une dépense de deux livres par jour, au moins !

— On n'aura pas le choix, décida Holmes. Et dès que la mule pourra sortir, on retournera à Ville l'Évêque pour obtenir quelques chargements de bois.

La cloche sous le porche tinta et le portier se rendit dans l'antichambre afin de voir qui se présentait à cette heure matinale. Ayant ouvert la portière du fenestron grillagé, il décrivit à son maître le visiteur qu'il ne connaissait pas : un homme de grande taille habillé d'une houppelande, avec des cheveux grisonnants coupés court sous un chaperon. Holmes s'approcha à son tour et interrogea le nouveau venu.

— Mon nom est Clément de Fauquembergue. Je suis conseiller à la Chambre des enquêtes et greffier en chef du parlement. Maître Chuffart m'a suggéré de m'adresser à maître Holmes pour une difficulté concernant le parlement.

Holmes se souvint avoir déjà entendu parler de Clément de Fauquembergue. C'était lui qui avait cédé la funeste maison à l'enseigne de Mélusine à maître Bonacieux[1]. Le chancelier Chuffart lui avait parlé de ce greffier en chef rigoureux et honorable, universellement apprécié des autres magistrats. Fauquembergue avait cependant un défaut aux yeux de maître Chuffart : jugeant la loi salique inviolable, il désapprouvait le traité de Troyes et considérait le jeune Charles VII comme seul héritier du royaume des lys.

1. Voir *Une étude en écarlate*, *op. cit.*

— Tirez les verrous, Michel ! ordonna Edward.

Le visiteur entra.

— Maître Holmes ? s'enquit-il en faisant machinalement quelques pas vers la cheminée tant il était transi.

— C'est moi, répliqua Edward en s'inclinant légèrement devant lui.

Le greffier émit un sourire satisfait et avança ses mains pour les réchauffer. Il parcourut la salle du regard, passant en revue ses occupants avant de s'arrêter un instant sur Gracieux, qui gardait les yeux fermés, puis sur Constance Bonacieux.

— Que Notre-Seigneur vous conserve dans Sa sainte Grâce. Noble et gente dame, que Dieu vous donne bon jour et bonne encontre, dit-il.

— Je ne suis pas noble, mon maître, plaisanta Constance, malgré tout flattée, mais je vous souhaite également bon matin.

Tous les serviteurs s'inclinèrent avec déférence devant le magistrat. Celui-ci hocha du chef et s'adressa à Edward :

— Maître Holmes, pourrions-nous parler un instant en tête à tête ?

— Certes ! Allons dans ma chambre. Laissez-moi vous présenter messire Watson qui m'assiste dans ma besogne d'homme de loi.

— Maître Chuffart m'a aussi parlé de vous, sire Watson, fit le greffier avec un sourire convenu.

— En bien, j'espère ! ironisa Gower.

— Rassurez-vous, en bien ! plaisanta cette fois plus chaleureusement Fauquembergue.

— Amaury, monte une bûche pour la cheminée de ma chambre. Thomassin, apporte-nous du posset[1] bien chaud.

1. Mélange de lait, de noix muscade et de bière qui se présentait comme une sorte de lait caillé. Les Anglais raffolaient de cette boisson censée soigner tous les maux.

Les deux frères se précipitèrent, l'un vers le bûcher et l'autre vers la cuisine. Holmes désigna ensuite le grand escalier de pierre, au bout de la salle, et s'y dirigea, suivi du parlementaire et de Watson.

Arrivé dans la galerie du deuxième étage, le clerc ouvrit sa porte et fit pénétrer le greffier, lui proposant la chaise haute, le siège le plus honorable. Lui-même s'installa sur une chaise à coussins garnie de bras et Watson sur le lit, après avoir écarté le rideau.

Amaury et Thomassin arrivèrent presque immédiatement et le premier déposa la bûche dans les braises de la cheminée tandis que le second servait trois hanaps de posset et les distribuait. Après quoi, ils se retirèrent sur un signe de Gower.

En portant la coupe de crème à ses lèvres, Fauquembergue examina la salle à la dérobée. Chuffart lui avait dit que ce clerc vivait confortablement et il constatait combien il avait dit vrai. La chambre était toute lambrissée de bois sculpté et son ameublement richement ciselé. Une grande armoire présentait des panneaux peints de scènes bibliques. Sur une huche se trouvaient une viole et une sorte de longue et fine bombarde de fer.

— Voici ce qui m'amène, maître Holmes. Feu notre bon roi Charles a laissé six mille livres en legs et dons à ses serviteurs et officiers. Comme exécuteur testamentaire, maître Michel de Lallier était venu chercher à mon greffe le rôle énumérant les bénéficiaires et les sommes que chacun devait recevoir. Il avait commencé à préparer des ordres de paiement au contrôleur de la chambre aux deniers quand il a dû… précipitamment quitter Paris.

Ignorant ce que Fauquembergue savait, Holmes hocha la tête, imperscrutable. C'était lui qui, un mois auparavant, avait prévenu Michel de Lallier que son complot était découvert et qu'il avait juste le temps de fuir la capitale.

— Pourquoi maître Lallier aurait-il emporté cette liste ? interrogea Watson.

— Je l'ignore. Peut-être se trouve-t-elle quelque part mais on ne l'a pas dénichée chez lui. Or ma responsabilité est engagée car c'est au greffe qu'étaient conservés le testament et les codicilles enregistrés. En principe, le greffe ne délivre que des copies avec la mention *Collacio facta est*, mais, soit par négligence, ou croyant qu'il pouvait le faire, le clerc en charge a remis l'original à maître Lallier.

» Bref, vendredi 8 janvier, le chancelier est venu au parlement annoncer que messire le duc de Bedford maintiendrait chacun en son office, pour autant qu'il fasse diligence et bonne justice. Après son discours, plusieurs serviteurs du feu roi sont intervenus pour expliquer que si certains avaient reçu leur gratification, la plupart n'avaient toujours rien. À ma grande honte, j'ai dû m'expliquer et reconnaître que maître Lallier avait gardé le rôle qu'on lui avait remis par erreur et que je m'efforçais d'en trouver une copie.

» Un conseil a eu lieu le lendemain à ce sujet. Parmi les plus importants des réclamants se trouvaient le grand fauconnier, le panetier, l'échanson, plusieurs chambellans et le chapelain, mais aussi beaucoup de simples commis et valets. Me tenant pour responsable de la perte du rôle, le garde des Sceaux m'a ordonné de le récupérer. Heureusement, une copie des testaments les plus importants enregistrés au greffe est conservée chez un notaire. Après consultation des registres, j'ai découvert qu'un exemplaire des actes de succession était gardé chez maître Nicaise Roussel. Fâcheusement, ce dernier est trépassé jeudi dernier. J'ai donc nommé hier deux notaires au Châtelet pour collationner les documents de l'étude afin de mettre la main sur cette liste, mais ils ont refusé de s'y rendre.

— Ce notaire habitait-il rue Pierre-au-Let ? s'enquit Holmes.

En vérité la question était une affirmation et Fauquembergue le comprit.

— Vous savez ce qui s'est passé ? interrogea le greffier, d'un ton légèrement ému.

— Ayant rencontré hier messire Rapine pour une affaire dont je m'occupe, il m'a parlé du singulier trépas d'un notaire rue Pierre-au-Let, soi-disant touché par la Mort en personne, et de la fin affreuse de sa domesticité.

Fauquembergue hocha la tête en serrant les lèvres.

— Dans ce cas, nous allons gagner du temps. Aucun homme de loi ne veut se rendre dans cette maison, craignant que la Camarde ne revienne. Or le chancelier me presse d'agir sans délai. Ceux persuadés d'être sur le rôle sont nombreux et importants. Ne pas les satisfaire, c'est provoquer leur courroux, et peut-être leur départ vers la cour de Bourges.

— Que n'allez-vous vous-même examiner les papiers de ce notaire, maître Fauquembergue ? persifla Watson.

Le greffier déglutit avant de déclarer, avec un regard anxieux :

— Je suis bon chrétien, messire, et je crains la mort comme chacun de nous. Pour rien au monde, et même si je devais perdre ma charge, je ne me rendrais dans cette maison maudite. J'ai parlé de mon dilemme hier à maître Chuffart et il m'a suggéré de faire appel à vous.

— Et pourquoi donc ? s'enquit Holmes en joignant l'extrémité de ses doigts.

— Selon lui, vous et messire Watson n'auriez peur de rien…

— De rien ? C'est abusif ! Cependant je dois reconnaître que j'ai un certain courage, fit Watson en bombant le torse.

— Pour ce que m'a raconté messire Rapine, les faits qui se sont produits rue Pierre-au-Let sont certes extraordinaires, mais il faudrait épuiser toutes les explications naturelles avant de se rabattre sur le surnaturel, observa Edward.

— Entendons-nous bien, maître Holmes, je ne vous demande pas de découvrir si la Mort est vraiment venue punir maître Roussel, si elle a aussi navré ses domestiques, ou si ce sont des voleurs qui ont commis ces meurtres, comme l'affirme messire Rapine. Je souhaite seulement que vous examiniez les papiers du notaire, ses actes et ses registres, et que vous retrouviez parmi ceux-ci la liste des bénéficiaires des gratifications décidées par le roi. Seul un clerc habitué aux actes juridiques peut réaliser ce travail, et avec messire Watson, vous saurez certainement faire face à quiconque tenterait de nouvelles actions délictueuses dans cette maison.

Comme Holmes hochait la tête, plutôt séduit par la proposition, le greffier ajouta :

— Évidemment, vous recevrez des gages. Il y aura soixante livres pour cette besogne, et cent supplémentaires si vous m'apportez le rôle.

— Entendu ! décida Edward, après avoir échangé un regard complice avec Gower. Préparez un accord que nous parapherons. Ajoutez-y cependant autre chose : maître Roussel n'aura plus besoin du bois qu'il conservait pour se chauffer. Je veux le récupérer.

— Ce bois apparaîtra dans la succession…

— On l'aura volé d'ici là ! ricana Watson.

Fauquembergue médita un instant en silence, mais en vérité qu'importaient quelques fagots face aux exigences du garde des Sceaux ? Il accepta d'un signe de tête.

— Quand voulez-vous que nous nous rendions là-bas ?

— Le plus tôt possible.

Le greffier se leva et alla poser sa coupe sur la table, puis ouvrit sa houppelande et saisit une clef attachée par un cordon à sa ceinture d'où pendaient également un trousseau, une bourse, une sacoche et un couteau. Il entreprit de défaire le nœud et donna la clavelle à Edward.

— Elle ouvre la porte de la rue. Maître Rapine me l'a remise hier. Toutes les clefs de la maisonnée ont disparu, sans doute emportées par les voleurs, et le lieutenant a dû faire changer la serrure.

— Fâcheux ! Il y aura des armoires et des coffres fermés.

— Voici une autorisation de les faire ouvrir par un serrurier. L'acte est paraphé de messire Philippe de Morvilliers. Notre premier président mandate aussi le tenant de faire toutes les recherches nécessaires chez maître Roussel, ceci au cas où vous auriez la visite du quartenier, ou d'autres autorités.

Il avait ouvert sa sacoche dont il sortit un quareignon[1] noué par un cordon.

— Vous aviez tout prévu, maître greffier, observa Holmes d'une voix égale.

Il se leva pour prendre le document cacheté d'un sceau vert.

— Vous êtes mon seul recours, mon maître, s'excusa Fauquembergue d'une voix émue. Si vous n'aviez pas accepté, je n'avais aucune autre solution et je pouvais même craindre pour ma charge.

— Je ne suis nullement certain de réussir.

— Au moins, j'aurai tout tenté.

— Que sont devenus les corps des domestiques meurtris ? s'enquit Watson.

— Des religieux de Saint-Jacques s'en sont occupés.

1. Feuille de parchemin pliée en quatre.

— Admettons que je mette la main sur le document que vous cherchez, que devrai-je faire des autres actes que je découvrirai ?

Apparemment, le greffier n'y avait pas songé. Il resta hésitant un moment avant de répondre :

— Rassemblez-les. J'enverrai des clercs pour les porter au Châtelet.

— Si je déniche ce rôle, comment vous le faire parvenir ? Voulez-vous que je le remette au greffe ?

— Je suis chanoine de Notre-Dame, comme beaucoup de gens du parlement, et j'ai ma maison au cloître. Vous m'y trouverez si je ne suis pas au greffe ou à la tour de l'Horloge où je me suis installé.

Les deux Anglais raccompagnèrent leur hôte et partirent à leur tour peu après pour la rue Pierre-au-Let. Watson prévint Constance qu'ils ne savaient pas quand ils rentreraient et qu'ils ne seraient pas présents pour le dîner.

15

Devant la maison à l'enseigne de la Fleur-de-Lys, Holmes demeura un moment à examiner les deux étages aux volets clos, son regard s'attardant sur les consoles des encorbellements sculptés de têtes humaines. En bas, l'échoppe d'un cordonnier était fermée. Pas grand monde dans la rue enneigée et silencieuse. Aucune boutique ouverte. Il aperçut la silhouette d'un mendiant sous le porche de Saint-Jacques-de-la-Boucherie. L'endroit paraissait serein.

Gower observait aussi les alentours et ne remarqua rien ni personne d'inquiétant.

— Difficile d'imaginer la Mort s'introduisant ici pour punir un notaire, et encore moins une bande de fredains venue assassiner toute une maisonnée, fit-il.

— Allons-y ! décida Edward en s'approchant de la porte.

Il introduisit la clef dans la serrure, la fit tourner et ils entrèrent. L'âcre odeur du sang et de la mort les prit à la gorge. Les marches de bois présentaient des traînées sombres. Edward se pencha et passa son doigt sur l'une d'elles. Sa peau garda une trace brune qu'il approcha de son nez. Il hocha la tête et fit signe à Gower de monter pendant qu'il refermait la porte.

L'archer, qui avait dégainé son épée, grimpa prudemment dans l'obscurité. Au palier, il pénétra dans la première pièce toute en longueur. On n'y voyait quasiment rien et il se rendit à l'unique fenêtre dont il écarta les volets intérieurs. La lumière se fit et les deux amis découvrirent le fouillis : sacs éventrés, feuillets éparpillés, du sang séché partout, y compris sur le lit aux courtines ouvertes. À droite de l'entrée, une grande armoire béait. On distinguait deux rangées de sacs suspendus, d'autres, éventrés, traînaient sur le carrelage. À côté de la fenêtre, une écritoire avec un banc. À gauche, un coffre et un bahut. Sur le mur d'en face se trouvaient un dressoir, une desserte et un poêle en carreaux de terre.

— Commençons par visiter, décida Holmes après avoir balayé la salle des yeux.

Entre le poêle et le lit se trouvait une autre porte entrebâillée. Ils pénétrèrent dans une chambre plus petite, également souillée de sang. Edward s'arrêta devant une bassine pleine d'eau rougie dans laquelle trempait un linge.

— L'assassin s'est nettoyé, dit-il.

Il poussa le volet de la fenêtre et vit les carreaux brisés. Passant la tête à l'extérieur, il aperçut l'échelle, l'appentis enneigé et examina le verger immaculé.

— Ils sont passés par là.

Ils revinrent à l'escalier pour monter à l'étage. Les murs étaient tachés de sang, une porte était brisée. Un domestique avait dû se réfugier dans la pièce sans cependant pouvoir échapper aux assassins.

Ils redescendirent, mal à l'aise.

— Ils n'ont vraiment fouillé que la chambre du notaire, déclara Edward. Ils cherchaient quelque chose qu'ils ont trouvé puisqu'ils n'ont pas mis à sac le reste de l'habitation.

— Ou ils ont été dérangés, observa judicieusement Gower.

Comme le clerc n'aimait pas qu'on le contrarie, il ne répliqua pas, tout en sachant que son ami pouvait avoir raison.

— Déniche du bois et allume un feu dans le poêle, on gèle.

Il revint dans la grande chambre et ramassa les papiers pour les poser sur le lit en s'efforçant de les regrouper suivant les noms des signataires. Il s'agissait principalement de contrats de mariage et de testaments de bourgeois et de gentilshommes du quartier.

C'est en récupérant une feuille glissée sous l'armoire qu'il aperçut une chaînette d'argent. Il la ramassa. Le dernier maillon avait été brisé. Un cachet représentant en creux une comète avec ses rayons était attaché à l'autre bout.

Il s'assit sur le lit et examina l'objet avant de le porter à son nez. Il était en cuivre avec un petit manche en bois de rose. Depuis quand gisait-il sous l'armoire ? Regardant le meuble, il aperçut une tache sombre et épaisse sur une ferrure. Il passa un doigt dessus : du sang.

Il se leva pour se rendre à l'écritoire, un lutrin incliné avec un feuillet vierge posé dessus, et farfouilla dans le coffret situé sur le flanc du meuble, à côté des cornes d'encre. S'y trouvaient le cachet du notaire et un bâton de cire. Il demeura alors méditatif, assis sur le banc du meuble, la chaîne suspendue entre le pouce et l'index.

Watson entra, les bras chargés de bûches et d'un fagot.

— Qu'est-ce que c'est ? demanda-t-il en désignant le cachet.

— Je viens de le découvrir sous l'armoire.

— Le notaire rangeait son cachet sous l'armoire ? plaisanta l'archer.

— Ce n'est pas le sien. Une lutte a eu lieu entre un des visiteurs qui ont commis le carnage et un serviteur du notaire. À coup sûr son secrétaire. Ce dernier a eu le dessous… (Holmes montra le sang devant l'armoire) mais il a arraché ceci à la ceinture de celui qui l'a tué.

Watson alla poser le bois devant le poêle, puis revint et attrapa l'objet pour le regarder.

— Un truand qui possédait un cachet ? Il devait l'avoir volé.

— Je ne crois pas, la marque est en cuivre, sans véritable valeur. De plus l'agresseur le portait avec la chaînette. Donc, il l'utilisait. D'ailleurs, on distingue des résidus de cire et on peut encore en percevoir l'odeur.

— Et s'il s'agissait de celui du secrétaire ?

Holmes secoua la tête.

— Maître Roussel utilisait une cire verte. Or, les résidus dans le cachet sont jaunes. Donc, nous n'avons pas affaire à un larron ordinaire. Peut-être un gentilhomme. Souviens-toi que Rapine nous a parlé de coups de dague.

Il soupira.

— Mais nous sommes là pour autre chose. Allume le feu pendant que je regarde ces documents.

Le poêle était un fourneau en terre cuite noircie adossé au mur et dont le foyer était alimenté depuis la pièce mitoyenne. Gower s'y rendit, ouvrit la porte de fonte, plaça le petit bois du fagot, un peu d'étoupe et battit son briquet. Les branchettes s'enflammèrent.

Pendant ce temps, Edward avait ramassé les papiers souillés de sang. Certains étaient encore assemblés en paquets maintenus par des cordons. Ils n'avaient donc pas été consultés. Le clerc réunit ensuite les sacs ouverts et examina les étiquettes qui indiquaient leur teneur. Trois avaient contenu des contrats, des donations, des testaments, des actes de bon voisinage et des créations d'associations commerciales. Aucun intérêt, jugea Holmes.

Le poêle commençait à réchauffer la pièce tout en fumant à travers la hotte de terre cuite qui passait par le plafond.

Afin de laisser pénétrer de l'air frais, Gower alla entrebâiller la fenêtre. Edward empilait maintenant des actes de prêts, tous accordés par un nommé Martial L'Escot. L'étiquette du sac portait d'ailleurs son nom. Le prêteur était garde des tapisseries du régent et devait être fortuné, car parmi ses débiteurs se trouvait John Fastolf, le grand maître de la maison de Lancastre auprès du duc de Bedford, pour l'heure gouverneur de la bastille Saint-Antoine, qui avait de gros besoins d'argent puisqu'il avait emprunté cinq cents francs. Un autre débiteur, pour deux prêts, était Gilles de Clamecy. Holmes ne le connaissait pas mais il se souvenait que feu son frère, le baron de Roos, lui en avait parlé. Fidèle de Jean sans Peur et de Philippe le Bon, Clamecy était prévôt de Paris quand Henri V avait pris le pouvoir. Il n'avait pas été jugé assez dévoué au nouveau maître de Paris qui l'avait déposé, en le gardant tout de même près de lui comme conseiller.

Le dernier sac ouvert ne possédait pas d'étiquette mais y était attachée une tablette de bois portant la mention : Maison des Trois-Rois. Holmes rassembla facilement les pièces concernant cette demeure située rue Saint-Denis car toutes les feuilles étaient encore serrées par des cordelettes.

Ayant terminé ces premiers classements, il resta méditatif. Pourquoi le voleur avait-il fouillé seulement ces sacs-là ? Recherchait-il un document précis ?

Il jeta un regard vers Watson installé sur une chaise, pieds contre le poêle, et qui affichait un sourire béat.

— Gower, n'as-tu pas faim ?

— Maintenant que tu me le demandes, je me rends compte combien mon ventre souffre !

— Rapporte-nous quelques plats préparés aux bauves de la Grande Boucherie.

À cet instant, on frappa à la porte de la maison. Watson se dressa d'un bond et saisit son épée posée sur le coffre.

— Allons voir ! décida Holmes.

Était-ce un visiteur qui ignorait que le notaire était mort ? Ils descendirent l'escalier. On secouait toujours le heurtoir.

Edward fit tourner la clef dans la serrure. Il tira l'huis et se trouva face à face avec un inconnu. La quarantaine dépassée, le visiteur affichait un visage rond et un regard rieur, mais une cicatrice sur une joue lui donnait un air farouche. Une houppelande cachait son habit et un chaperon sa chevelure.

— Remplacez-vous maître Roussel ? s'enquit-il d'un ton rogue.

— Non, messire, répondit Holmes.

L'homme le dévisagea avec attention, puis son regard plongea vers l'escalier et, dans la pénombre, il aperçut Watson tenant son épée. Il frémit imperceptiblement.

— Maître Roussel était mon notaire. J'ai appris sa fin. Qui va s'occuper de l'étude ?

— Des notaires du Châtelet.

— Ah… Maître Roussel conservait des actes importants pour moi, cela m'ennuie que d'autres les examinent.

— Vous devrez en parler à ceux qui traiteront de la succession.

L'inconnu eut alors une expression déplaisante et demanda, dans une politesse de pure forme :

— Excusez ma curiosité, mais qui êtes-vous, maître ?

— Edward Holmes, mandaté par le président du parlement pour consulter les documents de l'étude.

— Du président… ? Dans quel but ?

— Et vous-même, mon sire, qui êtes-vous ? s'enquit Watson avec irritation en passant devant son ami, lame à la main.

L'homme à la cicatrice l'évalua froidement et Holmes eut la certitude qu'il s'apprêtait à s'en prendre à eux. Sa main droite écartait déjà l'ouverture de sa houppelande.

— Vous feriez mieux de passer votre chemin, messire, conseilla Edward. Vous n'entrerez pas de force ici.

L'individu ne broncha pas, mais sentant d'autres regards portés sur lui, il tourna la tête et constata que des badauds s'étaient approchés, intrigués par la présence de ces inconnus dans la maison maudite.

Sans explication, le balafré fila vers l'église. Watson fit un mouvement pour le rattraper ; Holmes l'arrêta d'un geste.

— Inutile !

— C'est peut-être un des voleurs ?

— Possible, bien que j'en doute, pourquoi serait-il revenu ? Tout a été fouillé. Mais je te rappelle que nous ne sommes pas là pour découvrir ce qui s'est passé. Voici la clef pour rentrer. Va acheter de quoi manger et ferme soigneusement la porte derrière toi.

Watson partit et Holmes remonta, de plus en plus pensif. S'il n'avait rien trouvé au sujet des gratifications de Charles VI, sa tête dégorgeait de questions sur ce qui s'était passé dans cette maison. Maintenant, la présence de ce sicaire – car nul doute qu'il s'agissait d'un aventurier sachant manier les armes – ajoutait de nouvelles interrogations. Holmes était persuadé que l'inconnu se sentait suffisamment sûr de lui pour tenter une entrée en force. Que conservait donc de si important ce notaire ?

En attendant le retour de Watson, il décida de consulter les autres documents dans l'armoire. Peut-être dénicherait-il ce qu'il cherchait.

Installé devant le meuble, il constata rapidement que les sacs contenant des contrats et des actes notariaux portaient des étiquettes de toile, tandis que ceux rassemblant des pièces sur des maisons étaient noués par un lien auquel était attachée une planchette portant le nom de l'enseigne. Il sortit les premiers sacs et commença à en examiner le contenu, les vidant les uns après les autres sur la desserte.

Il eut rapidement la certitude qu'aucun sac ne comprenait la liste des libéralités du feu roi. Il s'attacha alors aux sacs des maisons. Il y en avait cinq : la Rose Blanche, le Chêne Vert, les Deux Anges, l'Aigle Noir, l'Image de Notre-Dame. Dans chacun se trouvaient rassemblés toutes sortes de documents sur ces demeures : leurs descriptions, les droits dus à la censive, les actes de vente, les servitudes, les noms des précédents propriétaires, quelquefois des jugements de procès et toujours les clefs de la maisonnée réunies par un lien.

Il entendit la porte de la rue s'ouvrir et se leva, la main sur sa dague.

— Ce n'est que moi ! cria Watson pour le rassurer.

Quelques instants plus tard, l'ancien archer apparaissait avec un panier contenant un poêlon de tripes, une tourte de poissons, des saucisses grillées, des oublies et une gourde de bière. Il déposa le tout sur une huche et secoua les flocons de ses vêtements. La neige recommençait à tomber.

— Le faquin est-il revenu ? s'enquit-il.

— Non, répondit Holmes en utilisant sa dague pour piquer une saucisse.

Après l'avoir mastiquée un moment, il ajouta :

— Je n'ai toujours pas déniché le document de maître Fauquembergue.

— Et si c'était ce que cherchaient les voleurs ? Auquel cas ils l'auront tout simplement emporté.

— Ce rôle n'a de valeur que pour ceux qui se trouvent inscrits dessus. Qui viendrait tuer des domestiques pour empêcher quelqu'un de recevoir une centaine de livres ?

Il prit une autre saucisse.

— Mais tu poses une bonne question : la mise à sac de ces lieux et les meurtres ont-ils un rapport avec le testament royal ? Je n'ai rien découvert en ce sens et ce que j'observe provoque plus d'interrogations que de réponses. Je vais te dire ce que j'ai remarqué et peut-être me suggéreras-tu des explications auxquelles je n'ai pas songé.

— Enfin tu reconnais mon solide bon sens ! s'exclama Watson d'un ton satisfait.

Assis sur une escabelle, il picorait avec son couteau des morceaux de tripes.

— Parmi les sacs fouillés, il y en a un qui contient uniquement des actes de prêts réalisés par une même personne, un nommé Martial L'Escot, garde des tapisseries du régent.

— Jamais entendu parler de lui !

— Dans ses débiteurs, j'ai vu les noms de John Fastolf et d'un ancien prévôt de Paris. On peut imaginer qu'un des voleurs cherchait un document qui l'engageait.

— J'espère que tu ne soupçonnes pas messire Fastolf ! Même s'il n'était pas à Azincourt, c'est un capitaine courageux que j'admire. Impossible de l'imaginer venir massacrer toute la maisonnée afin de dérober un contrat de prêt pour ne pas rembourser sa dette. De plus, je connais ses armes et aucune comète n'y figure.

— Si c'était lui, il aurait justement emporté les papiers le concernant, or j'en ai retrouvé plusieurs. Mais surtout, quel serait l'intérêt de subtiliser des conventions de prêts ? Ce Martial L'Escot en conserve certainement des doubles contresignés. Non, nos voleurs désiraient d'autres documents, et, comme ils ont disparu, j'ignore ce qu'ils contenaient.

Watson mâchonna un moment avant de dire :

— Et la Mort, qu'en fais-tu ? Une comète pourrait bien être ses armes. J'aime assez l'idée qu'elle ait perdu son cachet dans cette pièce. S'il lui servait à sceller ses décisions, elle ne pourra plus désormais emporter personne !

Amusé par sa propre plaisanterie, il faillit s'étouffer de rire mais s'arrêta quand il vit que son ami le regardait avec attention.

— Tu te surpasses, Watson, fit Holmes avec un curieux sourire. Une fois de plus, tu auras été l'aiguillon qui me met sur la bonne piste…

— Qu'ai-je dit ? fit l'archer en écarquillant les yeux.

— L'étude a reçu plusieurs visiteurs : d'abord la Mort qui a tué le notaire. Ensuite, le surlendemain, d'autres individus qui n'étaient pas tous des larrons. Certains cherchaient un acte notarial précis, les autres s'intéressaient aux maisons, à une maison en particulier. Les crimes ont été commis par celui qui a perdu son cachet en se battant avec un domestique.

— Pourquoi lui ?

— Si des serviteurs avaient été tués avant son arrivée, les survivants ne lui auraient pas ouvert. Donc il est venu en premier. Il a d'abord occis le secrétaire mais l'échauffourée a alerté un autre domestique, que notre homme a meurtri à son tour avant de s'occuper des derniers, à l'étage.

— Pourquoi y aurait-il eu d'autres visiteurs ?

— Oublies-tu l'échelle du jardin et les carreaux brisés ? Ceux qui sont passés par là sont venus après. Tout le monde était déjà mort dans la maisonnée, et ils ont trouvé ce qu'ils désiraient. Reste à savoir qui est venu pour un document notarial et qui pour la maison. Les uns ou les autres ont volé les objets de valeur. Dommage que je n'aie pu être là avec messire Rapine pour constater l'état des lieux avant qu'on ne déplace les corps.

— Mais de quelle maison parles-tu ? interrogea Watson en se grattant les cheveux.

— Plusieurs des sacs dans l'armoire concernent des demeures que le notaire cherchait à vendre. On y trouve les actes se rapportant à la bâtisse ainsi que les clefs…

Il s'arrêta brusquement et retourna jusqu'au lit sur lequel était étalé le contenu de chaque sac assorti de son étiquette. Il considéra alors le tas de documents concernant la maison des Trois-Rois et annonça avec solennité :

— On peut tirer de grandes déductions de petits faits.

— Quel genre de déductions ? s'enquit Watson en attaquant la tourte.

— Les sacs des maisons disposent tous d'un trousseau de clefs, sauf celui qui a été ouvert. De surcroît, les documents contenus dans ce sac n'ont même pas été consultés puisqu'ils sont toujours attachés par leurs cordons.

Watson abandonna également son repas et s'approcha du lit, regardant le tas que lui désignait Holmes, celui se rapportant à la maison des Trois-Rois.

— Peut-être n'y en a-t-il jamais eu…

— Impossible ! répliqua son ami qui avait saisi un feuillet, le premier d'un paquet. Dans cette lettre, dame Perrenelle de Groux-Boust mande maître Roussel pour qu'il vende l'hôtel de son mari trépassé : la maison à l'enseigne des Trois-Rois. Le notaire disposait donc forcément des clefs.

Il se tut un instant avant de conclure dans un sourire vainqueur :

— Voilà ce qu'est venu prendre le voleur : les clefs.

— Où se trouve cette maison ?

— Rue Saint-Denis, avec une seconde entrée rue du Cygne.

— Nous pourrions aller la voir, mais quel rapport a-t-elle avec la liste des gratifications destinées aux serviteurs du roi ?

— Aucun, je le crains. Cela ne fait qu'ajouter de la confusion à ce qui s'est passé ici ! Vois-tu, les crimes communs, les simples assassinats, sont parfois les plus énigmatiques.

— As-tu fouillé les autres meubles ?

— J'ai ouvert le couvercle de la huche et regardé rapidement à l'intérieur. Elle semble ne contenir que des vêtements. En revanche, le bahut est cadenassé et les vantaux du bas du dressoir sont ferrés et verrouillés par des serrures. Pour les ouvrir, il faudra faire venir un artisan.

Watson alla prendre la dernière saucisse, qu'il engloutit, puis se rendit au dressoir, sa dague à la main, décidé à forcer les fermetures. Il s'accroupit devant une serrure et glissa sa lame entre le dormant et la porte, mais celle-ci s'écarta sans effort.

— Même pas verrouillée ! s'exclama-t-il en ouvrant en grand le premier battant, puis le second.

Holmes se précipita. Le meuble contenait uniquement une cassette en cuivre ciselée qu'il sortit et ouvrit sans difficulté. Elle était vide.

— Les voleurs disposaient des clefs, conclut-il. Ils ont emporté le contenu de ce meuble.

— Reste le bahut et la huche, observa Watson.

Tous deux s'attachèrent d'abord à vider complètement la huche, un meuble plat qui ne contenait que des vêtements. Quant au bahut ferré de bandes de fer forgé, un coffre haut posé sur quatre pieds, son couvercle ciselé était tenu au moyen de larges pentures en forme de rameaux reliés aux parois, avec trois solides cadenas qui empêchaient toute effraction.

— Crois-tu pouvoir les ouvrir ? demanda Edward.

Gower s'y attela. Sa dague était solide mais, après avoir bataillé un long moment, il ne parvint qu'à ébrécher le bois.

— Nous allons chercher un serrurier, décida Holmes, comprenant qu'ils perdaient leur temps.

— Je peux me procurer un marteau et une scie à la rue de la Ferronnerie. Tu es bien parvenu à briser le coffre de maître Bonacieux[1].

— Il était autrement moins bien ferré. De plus, cela m'a pris quasiment une journée et les deux cadenas étaient moins gros que ces trois-là.

Watson en convint et jeta un coup d'œil à la fenêtre : la neige tombait maintenant avec abondance. Il ouvrit le battant et découvrit la rue blanche, sans âme qui vive.

— Les seuls serruriers capables de forcer ce meuble ont boutique dans l'Outre-Petit-Pont[2]. Impossible d'y aller maintenant. Nous allons déjà avoir du mal à rentrer rue du Coq.

1. Voir *Une étude en écarlate*, *op. cit.*
2. La rive gauche.

16

13 janvier

Le lendemain mercredi, la neige avait occulté les laideurs de la ville. Plus de boue ni de détritus, plus de dépouilles mortes de froid, plus de cadavres déchiquetés par les loups. Toutes les abominations étaient dissimulées sous un étincelant manteau blanc.

Il ne neigeait plus, aussi Holmes était-il sorti dès les premières lueurs de l'aube afin de s'assurer qu'ils pourraient se rendre place Maubert, à la boutique de Caisin Poret, l'un des derniers serruriers de Paris.

La couche de neige encore molle lui parut suffisante pour permettre à la mule de progresser. Rassuré, il rentra s'attabler devant la collation matinale.

Tous les serviteurs étaient rassemblés et Watson prononçait une brève action de grâce quand retentit un tapage provenant de la rue. Gower saisit son épée, le portier prit un épieu et tous deux se précipitèrent à la porte. Edward, s'il s'était levé également, préféra écouter. Il distingua des éclats de voix impétueux : on donnait des ordres. Il s'agissait d'une troupe.

On frappa à la porte et Watson regarda par le fenestron qu'il venait d'entrebâiller. Avec stupéfaction, il reconnut, serré dans une huve sous un escoffion de fourrure, le beau et sévère visage de Marie de Savoisy.

Marie, maîtresse supposée d'Edward, car en vérité le clerc ne révélait rien de sa relation avec la chambellane d'Isabeau de Bavière, n'était plus venue rue du Coq depuis presque trois semaines. Avec le froid, elle ne pouvait quitter l'hôtel des Grands Ébattements, s'était-elle justifiée dans une épître que Holmes avait reçue le 31 décembre.

Watson tira les verrous et la fit entrer, lui souhaitant chaleureusement la bienvenue. Si, lors des premières rencontres avec la jeune femme, il s'était montré ombrageux à cause de l'arrogance qu'elle affichait, il avait changé d'attitude en constatant combien son ami lui était attaché. De plus, il avait compris que la morgue de Marie de Savoisy s'expliquait non seulement par sa charge auprès de la reine mais aussi par son lignage : son père, le baron de Seignelay, ayant été un très honorable chevalier, proche ami du roi de France.

Holmes s'approcha et baisa les mains de sa bien-aimée, puis lui proposa de venir se réchauffer et de participer à leur collation avec son escorte, une dizaine de valets d'armes aux cottes peintes de fleurs de lys et de léopards.

— Ce serait volontiers si je n'étais en mission, dit-elle fort sérieusement. En vérité, mon ami, je viens vous chercher afin de vous conduire auprès de monseigneur le duc de Bedford, au château des Tournelles.

— Maintenant ? s'étonna Edward.

— Il vous mande au plus vite, et je dois vous avouer que je suis à l'origine de ce commandement.

Comprenant qu'ils ne pouvaient faire attendre le régent, Holmes demanda à Amaury et à Thomassin d'aller chercher leurs soliers à épaisses semelles, leurs guêtres de cuir, leurs manteaux, leurs bonnets et leurs gants, tandis que dame Constance proposait un bol de bouillon de poule à la chambellane.

— Expliquez-moi, ma mie, demanda Edward quand elle se fut assise.

— Hier, monseigneur le régent avait invité la reine à dîner. Durant le repas, il a fait allusion à une méchante entreprise qui causait du tort à l'Angleterre et au roi de France. Bien que dame Isabeau ait voulu en savoir plus, car après tout le roi est son petit-fils[1], il n'a rien révélé, expliquant laconiquement qu'il s'agissait d'une ténébreuse malaventure. Mon parrain, messire Jean de Serquigny, maître d'hôtel du duc, était présent et s'est levé au cours du dîner pour prendre de mes nouvelles. Je lui ai alors glissé que je connaissais un clerc anglais capable de résoudre les problèmes les plus difficiles, et que monseigneur devrait faire appel à lui.

— Vous vous êtes peut-être imprudemment avancée, ma mie, fit Edward en haussant les sourcils, tandis que Marie prenait le bol des mains de Constance Bonacieux.

— Ne m'avez-vous pas dit que votre esprit avait besoin de travailler ? plaisanta-t-elle. En vérité, je ne pensais pas que ma remarque aurait des conséquences. Seulement, le duc a observé notre conciliabule et a demandé de quoi nous parlions. Vous savez combien il est méfiant…

Elle se tut en remarquant que les domestiques, restés debout, écoutaient. Watson leur fit aussitôt signe de se rendre dans la cuisine.

Marie reprit dès qu'ils furent partis.

— Je lui ai donc répété ce que je venais de dire à mon parrain. Monseigneur de Bedford m'a alors demandé de qui il s'agissait, et je vous ai nommé. « Ce Holmes n'est-il pas le frère du baron de Roos ? s'est-il enquis. — C'est lui, a répondu dame Isabeau qui écoutait aussi. Il s'agit d'un clerc d'une grande perspicacité. Il a conduit

1. Henri VI.

quelques recherches pour mon compte, avec son compagnon, un archer du nom de Watson. — Anglais aussi ? a demandé le duc de Bedford. — Oui, monseigneur, il a combattu à Azincourt », a répondu notre reine. Puis le duc s'est plongé dans le silence mais, après le repas, il nous a fait venir près de lui, mon parrain et moi, et lui a dit : « Serquigny, demain matin, vous enverrez votre filleule chercher maître Holmes et ce Watson. Elle saura les convaincre de venir au plus vite. Nous tiendrons conseil à neuf heures avec eux. »

— Et avant que l'aurore ne paraisse, un chariot du duc est venu vous chercher pour vous conduire ici, conclut Edward en la gratifiant d'un sourire.

— Vous m'avez vue arriver ! l'accusa-t-elle dans un petit rire surpris.

— Nenni, mais vos soliers, votre manteau et le bas de votre robe sont parfaitement secs.

— J'aurais pu venir en mule, proposa-t-elle d'un ton espiègle.

— Vous auriez des éclaboussures de neige et de boue, et des poils sur votre manteau. De plus, les casaques des gens de votre escorte ne sont pas aux armes d'Isabeau de Bavière.

— Vous êtes toujours aussi observateur, Edward ! Oui, je suis venue en chariot avec des gardes du régent, reconnut-elle après avoir bu une nouvelle gorgée de bouillon. Vous verrez, ce véhicule est fort confortable, même s'il avance très lentement.

Les deux frères arrivèrent avec les vêtements demandés, essoufflés d'avoir couru pour satisfaire au plus vite leurs maîtres. Les deux Anglais se couvrirent rapidement, tandis que Marie échangeait quelques paroles avec Constance.

Une fois dans la rue, Edward et Gower découvrirent un chariot aux roues pleines, bâché de cuir peint de léopards d'Angleterre. Des sergents d'armes sanglés dans des casaques fleurdelisées, guisarme ou arbalète sur l'épaule, attendaient autour. Six énormes mules noires étaient attelées à la voiture, tenues aux brides par des valets d'écurie.

Un jeune écuyer ouvrit l'arrière du chariot et aida Marie à monter. Ce fut au tour de Holmes et Watson, puis le damoiseau donna l'ordre du départ.

Le véhicule disposait de deux banquettes couvertes de coussins. Les Anglais s'installèrent côte à côte, en face d'eux la chambellane. L'écuyer prit place à l'autre bout du banc afin de surveiller les valets.

La voiture se mit lentement en branle. La neige crissait sous les roues qui patinaient et les mules peinaient. L'escorte suivait à pied. Le convoi emprunta la rue du Coq jusqu'aux jardins du Louvre puis tourna afin de revenir au grand chemin Saint-Louis par la rue Champfleuri.

Une fois le véhicule en mouvement, Marie demanda à Edward s'il s'occupait en ce moment d'une affaire intéressante.

Holmes ne répondit pas tout de suite, hésitant à parler du notaire saisi par la Mort. Il cachait peu de choses à la jeune femme, mais elle était chambellane de la reine et si dame Isabeau l'interrogeait, Marie répondrait sans mentir. Cependant, la mission dont l'avait chargé le greffier du parlement était parfaitement officielle, se dit-il, et la reine la connaissait peut-être déjà puisqu'il s'agissait du testament de son époux, donc il choisit de répondre franchement.

— Un notaire est mort dans de singulières circonstances, rue Pierre-au-Let. Le surlendemain, ses serviteurs ont tous été assassinés. Il se dit que c'est la Mort en personne qui serait venue les prendre. Or cet homme de loi possédait une copie du testament royal nécessaire au parlement de Paris. Comme aucun clerc n'a voulu fouiller l'étude pour trouver ce document, le greffier en chef m'a demandé de le faire.

Ayant écouté avec attention, elle déclara :

— Messire Morhier, le nouveau prévôt de Paris, est venu dîner chez la reine la semaine dernière et nous a parlé du trépas de ce tabellion. Cependant, j'ignorais que ses domestiques avaient été occis.

Elle ne poursuivit pas, songeant à Chabridel. Elle demeurait persuadée que l'estafier était chargé par sa maîtresse d'une obscure mission en rapport avec la mort de maître Roussel.

Edward se tut également. Pour l'instant, il ne pouvait avancer que des conjectures sur ce qui s'était passé dans la maison à l'enseigne de la Fleur-de-Lys et jugeait inutile d'en faire état. Le silence s'installa donc jusqu'à ce que Watson prenne à son tour la parole.

— Nous nous sommes aussi occupés de voleurs, des ribauds qui ont dérobé son orfèvrerie à une noble dame. Nous les avons retrouvés avant messire Rapine !

Elle le regarda distraitement, nullement intéressée par les larronages de truands et s'interrogeant sur la façon de prévenir maître Holmes de l'existence de Chabridel, cela sans trahir la confiance de la reine.

— Ont-ils été saisis ? demanda-t-elle en s'efforçant de témoigner un peu de curiosité.

— Pas encore, répondit Holmes. J'ai interrompu cette enquête pour m'occuper des papiers du notaire Roussel.

Il esquissa un sourire insatisfait.

— Et maintenant, je repousse cette recherche pour vous suivre.

— Le regrettez-vous ?

— Non, j'avais hâte de vous revoir, ma mie.

— Qu'avez-vous découvert chez ce tabellion ? Est-ce vraiment la Mort qui l'a condamné ?

— Je ne sais, et je me trouve face à plus de questions que de réponses. Il semble que beaucoup s'intéressent à la maison à la Fleur-de-Lys.

— C'est-à-dire ?

— Je vous l'ai dit, des visiteurs ont tué les domestiques et mis à sac l'étude. S'ils ont emporté ce qui avait de la valeur, ils cherchaient aussi d'autres choses.

— Les avez-vous identifiés ? s'enquit-elle en pensant à Chabridel.

— Non, hélas. Cependant, hier, alors que nous étions chez maître Roussel, un homme a frappé à la porte. Il voulait entrer et j'ai eu l'impression qu'il était prêt à forcer le passage. Il ne l'a pas fait uniquement à cause de gens dans la rue.

— Il aurait dû essayer ! grommela Watson, la main sur la garde de son épée.

— Comment était cet individu ?

— Un homme d'armes au visage rond avec une cicatrice sur la joue. Je le qualifierais volontiers d'agressivement jovial !

Chabridel ! devina-t-elle. Devait-elle parler de lui ? Ne sachant que décider, elle se composa un visage indifférent et changea de sujet :

— Êtes-vous déjà venu à l'hôtel des Tournelles ?

— Jamais, ma mie.

— C'est un palais aussi grand que l'hôtel des Grands Ébattements. Le premier bâtiment a été construit par le chancelier Pierre d'Orgemont, voilà une cinquantaine d'années. Cet hôtel lui permettait d'être près du roi qui venait de s'installer de l'autre côté de la rue Saint-Antoine. Il comprenait de vastes jardins ceints d'un mur doté de tourelles, d'où son nom. À sa mort, son fils l'a vendu au duc Jean de Berry qui l'a cédé à Louis d'Orléans. Après l'assassinat de ce malheureux prince, l'hôtel est revenu au roi de France et le duc de Bedford se l'est attribué. Le régent a ajouté des jardins et fait quantité de travaux pour y loger ses proches et ses serviteurs.

Marie de Savoisy conta ensuite quelques anecdotes sur la cour d'Isabeau. Ils parlèrent aussi de Michel de Lallier qui avait écrit à la reine, depuis son lieu d'exil, pour l'assurer de son innocence.

Quant à Holmes, qui brûlait de savoir ce que Bedford lui voulait, il l'interrogea sur son parrain.

— Je vous ai déjà raconté la vie de mon père, gentil Edward. Vous savez qu'il avait été élevé avec le roi Charles VI, qu'il était proche du duc d'Orléans, mais qu'il avait le sang chaud, ce qui lui a causé de grands malheurs. Voilà une vingtaine d'années, je n'étais qu'un nourrisson, il s'est querellé avec des écoliers. Il y a eu une sanglante bataille entre ses gens et les bacheliers. L'Université a exigé des punitions et le roi n'a pas pu protéger mon père qui a été condamné à la démolition de son hôtel, à verser deux cents livres parisis de rente et à la privation de tous ses offices. Abandonné également par le duc d'Orléans, il a quitté la France et a refait fortune comme mercenaire. À son retour, il a été approché par mon parrain, alors chambellan du duc de Bourgogne, et est entré au service de Jean sans Peur.

Elle n'en dit pas plus à ce sujet, mais Edward, qui s'était renseigné, avait appris que Charles d'Orléans, fils du duc assassiné, avait désigné Charles de Savoisy comme un de ceux ayant consenti au meurtre du frère du roi.

— Bien que fort lié à mon parrain, mon père a cependant eu un profond désaccord avec lui, ayant choisi de combattre contre les Anglais à Azincourt – où il a d'ailleurs été fait prisonnier – tandis que Jean de Serquigny se ralliait à Henri V. Mais tous deux se sont réconciliés et ont entériné le traité de Troyes[1].

» À la mort de mon père, Jean de Serquigny, devenu panetier et échanson de Philippe le Hardi, a été choisi comme maître de son hôtel par le duc de Bedford.

Soudain, alors que la rue Saint-Antoine s'élargissait, Watson aperçut la forêt de tourelles du palais. Une véritable futaie de flèches, de clochetons, de cheminées, de fuseaux de diverses formes et hauteurs. Couvertes de neige glacée, elles étincelaient comme du diamant. Gower les avait déjà vues des dizaines de fois, mais il n'y avait guère prêté attention puisqu'il n'imaginait pas y pénétrer un jour.

Constatant son intérêt, Marie écarta la bâche de cuir coulissante et leur désigna quelques-uns des bâtiments dont on distinguait les toitures.

Au porche d'entrée flanqué de deux tours en poivrière, les valets parvinrent sans difficulté à faire pénétrer le véhicule sous la voûte en arcs d'ogives. Le chariot déboucha dans une allée conduisant à un vaste corps de logis. Comme la voie était déneigée, Marie proposa aux Anglais de poursuivre le reste du chemin à pied. Ils avaient été secoués en tous sens et avaient besoin de se dégourdir les jambes. La marche les délasserait et serait d'autant plus agréable que le soleil brillait désormais dans un ciel sans nuages, même si le froid restait vif.

Ils descendirent tandis que la voiture poursuivait sa route vers les écuries. Marie désigna le Logis du roi devant eux :

— Le duc de Bedford y a fait des travaux qui ne sont pas encore terminés. À gauche, nous longeons les habita-

1. Traité signé en 1420 par lequel le dauphin Charles, déclaré bâtard, était déshérité, et Henri V d'Angleterre proclamé régent de France.

tions des serviteurs et des hommes d'armes (il s'agissait de bâtiments crénelés hérissés de tours), et à droite s'étendent des préaux et des jardins où, sur plus de dix arpents, monseigneur a fait planter des rosiers blancs, des figuiers, des poiriers, des pommiers et des vignes.

— Et cette tour, au fond ? s'enquit Watson en désignant une massive construction carrée d'où partait une petite enceinte.

— On l'appelle la tour Dedalus car elle marque l'entrée d'un labyrinthe. Mon parrain m'y a conduite une fois et sans lui je n'aurais jamais réussi à en sortir ! Les cheminements se font entre des vignes, des charmilles et des buis, mais il y a également des palissades infranchissables. Heureusement, on a aménagé des tonnelles permettant de se reposer. Dans son milieu se dresse une colonne isolée, observatoire construit pour l'astrologue de Charles V, avec une maisonnette en son sommet. Plus loin, on trouve des chapelles et des étuves, ainsi qu'un petit monastère.

Déjà ils arrivaient devant le portail du Logis du roi, décoré d'un immense écusson aux armes de France. L'écuyer les attendait et les fit passer dans une salle voûtée en croisées d'ogives où, devant une cheminée, se tenaient des chevaliers en robe et houppelande, des sergents en casaque armoriée et deux clercs revêtus d'un manteau noir. Leur guide dit quelques mots à l'un des chevaliers, qui examina surtout Watson, le seul armé, avant de les laisser passer. Ils traversèrent ensuite une grande salle couverte de blasons que Marie nomma la salle des Écossais, puis pénétrèrent dans une galerie dont la moitié des murs étaient peints de courges vertes. C'est le duc qui l'avait fait décorer ainsi et les travaux n'étaient pas terminés : toute une partie de la galerie était encore hérissée d'échafaudages.

Ils croisèrent des moines qui les ignorèrent et entrèrent dans une autre salle des gardes, plus petite que la précédente, laquelle commandait à un escalier à vis à larges degrés.

Devant une cheminée se trouvaient des archers anglais et un gentilhomme en pourpoint et garde-robe fourrée. Ce dernier, prévenu de leur arrivée, leur demanda de patienter tandis qu'il disparaissait dans l'escalier.

— Le duc de Bedford loge à l'étage supérieur, expliqua Marie à Holmes. Ses appartements comprennent une magnifique salle du conseil, des chambres de parement, des cabinets, sa grande chambre et sa chambre de retrait, des chapelles et quantité d'autres pièces où travaillent des clercs.

— Allons-nous rencontrer votre parrain avant le duc ?

— Je ne pense pas, il doit se trouver avec monseigneur dans la salle du conseil.

— Quel genre d'homme est-il ?

— D'un esprit agréable et d'un honneur sans faille. C'était le meilleur ami de mon père.

Une description bien courte, observa Holmes, légèrement perplexe.

— Qui est le damoiseau qui nous a accompagnés ? demanda-t-il encore en désignant l'écuyer qui attendait en bas de l'escalier.

— Arnaud est au service de mon parrain.

Il n'eut pas le temps de poser d'autres questions car le gentilhomme réapparut et demanda aux Anglais de le suivre.

— Noble dame, et vous, messire, ajouta-t-il à l'intention de Marie et de l'écuyer, pardonnez-moi, mais monseigneur le régent m'a ordonné de n'introduire que maître Holmes et son compagnon.

Marie de Savoisy s'en doutait et opina en souriant.

— Je vous attends ici, mes amis, promit-elle.

Ils montèrent les marches, passèrent un cabinet dans lequel débouchaient plusieurs passages obscurs et, sur les talons de leur guide, traversèrent une salle d'apparat où trônait, en son milieu, un singulier globe émaillé entouré d'anneaux de fer. Quelques élégants dressoirs exposaient de l'orfèvrerie et un grand lectrin ciselé supportait un livre ouvert. Par l'extrémité de cette pièce, ils pénétrèrent dans ce qui devait être la salle du conseil, une chambre presque carrée au plafond peint et aux murs lambrissés recouverts de tapisseries, sauf celui du fond occupé par une cheminée dans laquelle brûlait un feu d'enfer. Face aux trois fenêtres, un homme en houppelande à grandes manches ornées de léopards en soie d'or, avec un passement bleu brodé de fleur de lys et un col d'hermine, se tenait assis sur une haute chaire couverte d'un dais fleurdelisé.

Holmes reconnut Jean de Lancastre, duc de Bedford, le frère puîné de feu Henri V, régent du royaume de France.

Jean avait une chevelure taillée en rondi, un nez proéminent, un menton en galoche et un regard incisif et autoritaire. Âgé de trente-quatre ans, il avait toujours été au plus près de son frère, le roi Henri, qui l'avait choisi sur son lit de mort pour diriger le France et la Normandie, le préférant à son autre frère, Humphrey de Lancastre – le duc de Gloucester –, à qui il avait laissé la régence du royaume d'Angleterre à partager avec son oncle Henry Beaufort, l'évêque de Winchester.

Henri V savait que Bedford ne tenterait jamais d'écarter son jeune fils Henri VI, mais n'éprouvait pas la même certitude envers Gloucester.

Sur une chaise à accoudoirs, à droite de la chaire du duc, se trouvait John Fastolf, que Holmes avait déjà aperçu depuis qu'il vivait en France. La quarantaine dépassée, c'était un homme corpulent à l'expression joviale, avec une épaisse moustache ornant un visage couperosé. Son frère, le baron de Roos, lui avait plusieurs fois parlé de Fastolf : sous une apparence bonhomme, et même balourde, c'était un tacticien hors pair et un rude combattant. Son seul défaut semblait être sa prodigalité, son goût de la bonne chère, du vin gouleyant et des habits chatoyants qui en faisaient un perpétuel endetté. Habillé d'une robe écarlate fourrée de petit-gris et coiffé d'un chaperon à longue cornette, il paraissait à l'étroit dans son siège.

Sur des banquettes situées en face l'une de l'autre se tenaient deux inconnus. Le premier, au visage tourmenté, avait le nez large et de grandes oreilles dépassant de son chapeau rond à haute calotte. Il portait un pourpoint noir à collet droit avec une pelisse sans manches. Si messire Fastolf avait gratifié Holmes d'un sourire bienveillant, celui-là était resté impavide à l'entrée des deux Anglais, les scrutant cependant avec attention.

Quant au chevalier en face de lui, il leur octroya une expression glaciale. En chaperon écarlate avec une courte cornette, vêtu fort simplement mais confortablement d'un long pourpoint boutonné et matelassé et d'un pelisson en peau de loup, il paraissait de petite taille. Son teint était sombre et son regard vif sous des sourcils noirs et touffus. Il devait approcher de la cinquantaine.

S'étant découverts, Holmes et Watson s'agenouillèrent devant le régent.

17

Ce même mercredi 13 janvier, Chabridel se rendit à l'hôtel des Grands Ébattements. S'il y avait prêté attention, il aurait aperçu en chemin le chariot qui conduisait Holmes aux Tournelles.

La veille, après s'être heurté aux deux Anglais, il était resté sous le porche à observer la maison à l'enseigne de la Fleur-de-Lys. Il avait ensuite suivi Holmes et Watson jusqu'à la rue du Coq. Puis il avait hésité à faire son rapport à la reine, cependant, comme il neigeait trop, il avait repoussé la visite au lendemain.

À l'hôtel Saint-Pol, il présenta le jeton au portail d'entrée et un sergent l'accompagna au logis royal où un écuyer le conduisit dans la chambre d'apparat. Il s'attendait à voir Marie de Savoisy mais ce fut une autre dame d'honneur qui le fit entrer dans le cabinet où il avait rencontré Isabeau de Bavière. Il attendit là deux longues heures. Par bonheur, un valet venait régulièrement alimenter un brasero.

Enfin la reine arriva en boitillant. Sa dame de compagnie l'aida à s'asseoir et se retira.

— L'avez-vous trouvé ? s'enquit-elle sèchement, sans même le saluer, alors qu'il s'abîmait dans une révérence.

— Non, ma noble dame. La maison était occupée par deux individus envoyés par le président du parlement pour fouiller dans les actes du notaire. J'étais décidé à m'en débarrasser, mais il y avait du monde dans la rue et l'affaire aurait pu mal finir. Je vais y retourner, je voulais seulement vous prévenir de la présence de ces fouineurs.

— Faites-les disparaître ! ordonna-t-elle.

Il opina de la tête.

— Je les ai suivis. Ils habitent rue du Coq et je les ferai navrer avec des compères quand ils sortiront de chez eux.

— Qu'avez-vous dit ? Rue du Coq ?

— Oui, noble reine.

— Leurs noms ? Avez-vous demandé leurs noms ?

— Edward Holmes et Gower Watson.

— Damnation !

— Les connaissez-vous ?

— Je les connais. Ne faites plus rien ! Gardez ce que je vous ai donné et ne retournez jamais là-bas !

Il hésita à la questionner pour comprendre ce changement d'attitude, mais il conclut piteusement :

— Entendu, noble reine. Je reste à votre service.

Il la salua et se retira.

— Relevez-vous ! ordonna le duc en anglais d'un ton froid.

Il ne leur proposa pas de sièges.

— Maître Holmes, j'estimais fort votre frère et il me manque en ces temps difficiles. Hélas, vous n'êtes pas un combattant et ne pouvez le remplacer.

Il tendit la main vers le chevalier brun de petite taille.

— C'est messire de Serquigny qui m'a proposé de faire appel à vous. Sa filleule vous a en grande estime et vous auriez résolu quelques affaires délicates pour sa maîtresse, la reine de France. Pourquoi pas ? me suis-je dit, bien que Serquigny ait été incapable de me détailler vos exploits. En vérité, je doute que vous me soyez utile, mais je suis prêt à tout tenter pour dénouer une intrigue gravissime pour la Couronne. De plus, vous êtes anglais, et à ce titre je vous suppose fidèle.

Il s'essuya le nez, renifla, puis leva les sourcils pour autoriser le clerc à parler.

— Ma fidélité vous est acquise, noble prince, ainsi que celle de mon compagnon Gower Watson, courageux archer qui a vaillamment combattu à Azincourt.

— Je sais cela !

Le ton était agacé. Nouveau reniflement. Le duc tendit la main vers le gentilhomme assis en face de Serquigny.

— Messire de Clamecy va vous dire ce qu'il en est, puisqu'il a vécu une partie de l'affaire.

D'un ton froid et singulièrement détaché, l'ancien prévôt de Paris commença :

— Deux jours après la fête de la Circoncision de Jésus, je me trouvais à Rouen avec mes écuyers. Aux yeux de tout le monde, j'étais venu chercher cinquante hommes d'armes afin de les conduire à Paris où messire Fastolf manque cruellement de troupes. Mais la véritable raison était autre : il s'agissait de protéger un transport de cent marcs d'or nécessaires au paiement des gages des conseillers du parlement, qui ne reçoivent plus rien depuis des mois tant la disette des caisses de l'État est grande. Cette somme provenait de la cassette personnelle de monseigneur.

Holmes vit que le régent, lèvres serrées, hochait du chef.

— Alors que je devais repartir avec un coffre contenant ces fonds et la troupe comme escorte, messire Montacute a appris qu'un millier d'Armagnacs faisaient route vers Rouen. Craignant de dégarnir la défense de la ville, il ne m'a finalement accordé qu'une dizaine d'hommes pour rentrer à Paris. Je peux le dire, nous nous sommes querellés à ce sujet. Je ne croyais pas à cette armée ennemie et craignais une manigance. L'or étant plus important que les renforts, j'ai décidé de laisser partir la compagnie et le coffre, mais sans moi qui ai pris la route d'Évreux le lendemain, avec mon écuyer et deux chevaux de rechange. Nous avons galopé tant que nous pouvions et sommes arrivés à Paris trois jours plus tard, sans malaventure.

Comme Holmes écoutait attentivement et ne paraissait pas avoir de question, Clamecy précisa :

— C'est moi qui transportais l'or, dans des sacoches. Le chevalier qui commandait les hommes d'armes l'ignorait, mais son coffre contenait des pierres.

Edward, qui l'avait deviné, opina avec un fin sourire.

— À Paris, il n'était pas encore arrivé. Après deux jours d'attente, j'ai envoyé des gens à sa rencontre. Ceux-ci ont croisé la route de messagers venus de Vernon : une meute de loups s'en était prise à la troupe.

Le ton changea soudain :

— Mon petit-cousin – un de mes écuyers – se trouvait avec eux. Comme les autres, il a été dévoré vif.

Watson ouvrit la bouche et ne put s'empêcher de lâcher :

— Impossible !

— Et pourtant ! fit Clamecy d'une voix étranglée.

— Et le coffre ? demanda Holmes.

— Disparu, répliqua sèchement Bedford.

— Et l'armée armagnaque annoncée ?

— Cinq cents hommes commandés par Jean de Graville se dirigent vers Mantes. Je partirai à leur rencontre la semaine prochaine, dit encore Bedford. Mais en aucune manière ils ne se sont approchés de Rouen.

— Qui a prévenu messire Montacute de leur voisinage ? s'enquit Holmes.

— Un colporteur, qui avait reçu une pièce pour transmettre le message.

— Cela sent en effet la cordelle[1]. Mais comment des loups pourraient-ils anéantir une troupe de dix hommes d'armes ?

— Treize avec mon écuyer et un valet de cuisine, corrigea Clamecy.

— Difficile à admettre, reconnut Fastolf.

— Je suppose que vous êtes certain que ce sont des loups et non des écorcheurs…

Bedford hocha à peine la tête, n'envisageant même pas de se justifier.

— Imaginons qu'il y ait eu vilenie, qui savait que vous rapporteriez cet or, messire ?

— Nous quatre, et quelques autres personnes de confiance.

— Ce sont les gens du roi de Bourges qui ont fait le coup ! affirma avec véhémence le parrain de Marie de Savoisy. L'attaque s'est déroulée trois lieues après Vernon, alors que les Armagnacs approchaient de Mantes. Il n'y a que six lieues entre cette ville et Vernon. Il s'agissait d'une avant-garde, ou de maraudeurs.

— Possible, admit Holmes, mais, dans ce cas, d'où viennent les loups ?

— Ils sont arrivés après, attirés par l'odeur du sang, et ont dévoré les cadavres.

Holmes passa en revue les visages. Bedford, Fastolf et Clamecy ne paraissaient pas convaincus, mais sans rejeter totalement l'assertion de Serquigny.

— Savez-vous si on a découvert des loups morts ? s'enquit-il.

1. Intrigue, piège, duperie.

Le régent interrogea Clamecy du regard.

— Je l'ignore, répondit ce dernier. Mais quelle importance ?

— C'est pourtant évident : si une meute s'en est prise aux hommes d'armes, ceux-ci ont dû vigoureusement se défendre. Et, même en perdant la partie, ils ont forcément navré beaucoup d'animaux.

Clamecy et le gouverneur de la Bastille approuvèrent d'un mouvement de tête.

— Maître Holmes, intervint le duc, je reconnais qu'on loue à juste titre votre logique et votre perspicacité. Dès que le froid sera moins vif, allez à Vernon conduire une enquête. En attendant, réfléchissez à cette affaire, peut-être une autre explication, à laquelle nous n'avons pas songé, vous viendra-t-elle.

— Des prévôts ont-ils déjà enquêté ? demanda encore Edward.

— Non. Peu à la Cour connaissent cette mésaventure et je fais tout pour que la rumeur ne se répande pas, déclara le régent. Le pire serait que des loups aient vraiment exterminé une troupe anglaise. Ces bêtes terrorisent déjà Paris et s'en prennent même à mes gens ! Il se murmure dans le peuple que le démon, qui soutient le prétendu roi de Bourges, les a envoyés nous faire la guerre. Si des loups sont capables d'exterminer nos bons soldats, comment les Parisiens pourraient-ils croire en nous pour vaincre les Armagnacs ? Confirmez-moi que cette attaque n'a été qu'une vulgaire larronnerie et identifiez les voleurs, alors le peuple nous gardera sa confiance. Si je peux saisir les marauds et les faire écorcher en place de Grève, les Parisiens reconnaîtront que je suis le véritable maître du royaume de France.

— Il se pourrait cependant qu'il n'y ait nul truand et que les loups aient été particulièrement nombreux et hardis, observa Fastolf avec scepticisme. Auquel cas maître Holmes ne découvrira rien.

— Le coffre a cependant disparu, insista Watson.

— Des vilains ont pu le trouver après le carnage et l'emporter.

— Des loups pourraient également être dressés à faire le mal, suggéra Holmes en songeant à Droinus Montgeron et à son animal apprivoisé.

— Je n'ai jamais rien entendu de tel ! s'exclama Fastolf en haussant les épaules.

— J'aimerais connaître l'opinion d'un louvetier, insista Edward.

— Parles-en à Pierre Le Rougeau, suggéra Clamecy au parrain de Marie de Savoisy. Maître Holmes n'aura qu'à l'interroger.

— S'il le souhaite, accepta Serquigny d'un ton neutre.

Ce dernier s'adressa à Edward :

— Pierre Le Rougeau est le louvetier de la prévôté de Paris.

— Monseigneur, dit Holmes, qui ressentait d'évidentes réticences et des silences retenus chez ses interlocuteurs, j'ai besoin de disposer de toute liberté pour fureter. Pourrais-je également avoir les noms de ceux qui savaient que messire de Clamecy rapportait cent marcs d'or ?

— Je vous ferai porter un édit vous donnant le droit d'investiguer à votre gré et cinquante livres pour vos frais. Clamecy, vous préparez une liste.

— Oui, monseigneur.

— Maître Holmes, je quitterai la capitale dans les jours à venir. Messire Fastolf sera capitaine de Paris en mon absence. Adressez-vous à lui en cas de besoin. Si vous découvrez la vérité, je ne serai pas un ingrat.

— Merci, monseigneur, mais résoudre ce mystère sera ma plus belle récompense.

Devinant l'entretien terminé, Edward s'inclina et le régent demanda au parrain de Marie de Savoisy de raccompagner les deux visiteurs.

En repassant dans la salle d'apparat, Holmes s'arrêta devant le globe émaillé.

— N'est-ce point une représentation de l'Univers ? demanda-t-il à Serquigny.

— C'est cela, répondit ce dernier d'un ton évasif. Cette sphère a été construite par l'astrologue de monseigneur. Selon lui, ce globe représente notre Terre, qui serait ronde, et ces anneaux supportent la Lune, le Soleil, Vénus et les constellations. Quand on en fait bouger un, les autres se déplacent simultanément et, à tout instant, on observe leurs positions relatives depuis l'Angleterre et la France qui sont dessinées ici.

Joignant le geste à la parole, il montra où se trouvait Paris et fit mouvoir les cercles. Des sphères de bois peintes représentaient le Soleil, la Lune et Vénus.

— Remarquable ! s'extasia Holmes. Celui qui a conçu pareil chef-d'œuvre maîtrise la mécanique dans ses moindres nuances. Quant à la rotondité de la Terre, personne ne la met en doute.

— Vraiment ? J'en ai parlé avec cet astronomyen, et il n'a pu me dire comment nous tiendrions sur une sphère.

— Il est aisé de vérifier que la Terre est ronde, messire, Gerbert d'Aurillac l'a démontré voilà déjà quatre siècles, répliqua Holmes d'un ton péremptoire. En revanche, ce mécanisme, pour magnifique qu'il soit, occulte certaines évidences célestes qu'a pourtant démontrées Aristarque de Samos.

— Lesquelles ?

— Le Soleil ne tourne pas autour de la Terre, c'est l'inverse.

— Encore plus absurde ! s'exclama Serquigny en poursuivant son chemin à grands pas vers le cabinet en croisées d'ogives.

Holmes échangea un regard amusé avec Gower quand, brusquement, son sourire s'effaça : une tapisserie venait imperceptiblement de frémir. Or il ne ressentait aucun courant d'air. Il se dirigea vers l'étoffe brodée et la souleva par un côté, dévoilant une étroite ouverture conduisant à un escalier en limaçon.

— Qu'y a-t-il ? interrogea Watson qui n'avait pas bougé.

— Quelqu'un nous observait.

— Un domestique trop curieux, expliqua l'ancien archer avec un haussement d'épaules.

— Peut-être…

— Messire de Serquigny va nous attendre…

— Tu as raison.

Ils filèrent vers l'escalier qu'ils descendirent quatre à quatre. Serquigny avait déjà rejoint Marie de Savoisy. Elle lui tendit sa main qu'il baisa en lui souhaitant bonnes heures et bonne encontre.

— Maître Holmes a-t-il pu être utile à notre régent ? s'enquit-elle en voyant arriver Edward et Gower.

— Il est chargé d'enquêter sur une méchante affaire, mais je crains que ce ne soit plus une entreprise de prévôt que de clerc.

Comprenant que son parrain mettait en doute les capacités d'Edward, elle déclara avec bravade :

— Voilà deux semaines, une dame de qualité a été rapinée de son orfèvrerie. Maître Holmes a retrouvé les objets volés alors que le lieutenant civil était tenu en échec.

Serquigny se tourna vers Edward avec une expression dubitative.

— De qui s'agit-il ? interrogea-t-il, laissant ouvertement percer son incrédulité.

— De dame Gentillette Audeloncourt, dont le père était chancelier de monseigneur le duc Philippe, répondit Holmes.

— Je la connais fort bien, que lui est-il arrivé ?

— Des truands sont entrés chez elle le soir de la Saint-Sylvestre en passant par les toitures. Ils ont pris son orfèvrerie, quelques bijoux et des robes. Le prévôt n'ayant pas réussi à retrouver ce butin, dame Audeloncourt m'a demandé d'enquêter. J'ai déniché les plus importantes pièces chez des Lombards et donné ces renseignements à messire Rapine, n'ayant pas vocation à faire la police.

— Hum… Si cela est vrai, vous êtes effectivement adroit, maître Holmes, reconnut Serquigny d'un ton qui démentait ses paroles. J'espère que le Seigneur vous aidera à découvrir ce qui s'est passé avec ces loups.

Il gratifia sa filleule d'un sourire bienveillant, puis inclina légèrement la tête devant les deux Anglais et fit demi-tour.

— Je crains que votre parrain n'ait guère d'estime pour mes talents, plaisanta Holmes.

— J'ignore ce que vous demande monseigneur le régent mais je suis certaine que vous réussirez, Edward.

Holmes demeura songeur un instant. Le dédain affiché par Serquigny envers lui tenait-il à la rotondité de la Terre ou à autre chose ?

— Le chariot va me conduire à l'hôtel de la Reine et vous ramènera ensuite rue du Coq, suggéra-t-elle.

— Je vous sais gré de me le proposer, ma mie, cependant nous avons de bons soliers et de solides guêtres. Je suis certain que Gower préfère, comme moi, rentrer à pied.

Watson ouvrit la bouche pour protester, mais Holmes lui lança un regard insistant.

La chambellane de la reine se rendit près de l'écuyer qui discutait avec des hommes d'armes et lui fit part de son désir de s'en aller. Le damoiseau acquiesça et leur demanda de les suivre.

— Connaissez-vous l'astrologue du régent, Marie ? s'enquit le clerc alors qu'ils sortaient du logis du roi et se dirigeaient vers le chariot.

— James Murtagh ?

— Celui qui a façonné le globe émaillé entouré d'anneaux qui se trouve dans le cabinet du régent.

— C'est bien lui. Il est aussi barbier de monseigneur.

— Quel genre d'homme est-il ?

— De haute taille, un peu voûté, avec un front bombé proéminent, un visage très pâle et des yeux profondément enfoncés.

— Je parlais de son caractère.

— Chaque fois que je l'ai approché, il m'est apparu réfléchi, méthodique et calculateur. Mais n'est-ce pas le cas de tous les astrologues qui baignent dans les chiffres ? Il peut cependant se montrer sarcastique, mais la plupart du temps il demeure froid et dédaigneux. Je crois qu'il déteste la médiocrité. Il a aussi écrit un livre pour le régent : *Mouvement d'un météore*. C'est lui qui occupe désormais la colonne astrologique de Dedalus dont je vous ai parlé.

Alors que Holmes l'aidait à monter dans le véhicule, elle ajouta :

— J'ai réfléchi à l'individu à la cicatrice dont vous m'avez parlé.

— Le connaissez-vous ?

— Peut-être. Je me suis souvenue avoir vu à la cour de la reine quelqu'un ressemblant à ce portrait. Il s'agit d'un homme de main très redoutable qui a été au service de Jean sans Peur.

— Dame Isabeau fait-elle appel à lui ?

— Je le suppute, répondit-elle évasivement. Je vous donnerai des nouvelles, mon ami.

Elle s'installa au fond du banc et, songeur, Edward regarda le chariot s'éloigner.

18

— Il s'agissait d'une mise en garde, confia Holmes à son ami. Marie connaît le balafré, mais, pour ne pas trahir sa maîtresse, elle n'a rien révélé de plus. Cependant, elle m'a ainsi prévenu que dame Isabeau également cherche quelque chose chez le notaire Roussel.

— Quel embrouillamini ! s'exclama Gower en sautillant pour se réchauffer.

Le froid était encore plus douloureux que lors de leur arrivée au palais. Ils avaient enfilé leurs gants, protégé leur visage avec leurs étoffes de laine et relevé le col de leur manteau, pourtant ils grelottaient.

— Pourquoi ne pas avoir accepté que le chariot nous ramène rue du Coq ? poursuivit-il, les lèvres déjà douloureuses. Le retour sera éprouvant.

— Nous ne sommes pas loin de la rue de la Verrerie et le cabaret du *Mouton-Blanc* nous servira une soupe bien chaude en chemin. La malefaim me torture presque autant que le froid. Et j'aimerais connaître ton opinion sans attendre.

— Dans ce cas… fit Gower, flatté.

Ils sortirent du palais et suivirent la rue Saint-Antoine en s'efforçant de ne pas glisser sur les plaques de glace. Rue de la Verrerie, ils pénétrèrent dans la cour du *Mouton-Blanc*, entièrement enneigée, qu'ils traversèrent sur des planches de bois recouvertes de paille.

Dans la salle enfumée, le nombre de clients les surprit. L'endroit était bondé et le cabaretier avait poussé les tables au plus près de la cheminée, dans laquelle rôtissait une grosse bête qui ne ressemblait nullement à un mouton. À coup sûr un chien ou un loup.

Aucun endroit pour s'asseoir, mais Gower savait qu'au-delà de quelques marches en contrebas s'étendait une cave voûtée. Ils s'y rendirent après avoir réclamé de la soupe et de la bière à une servante.

Le sous-sol, dépourvu de cheminée, était froid, sans être glacial. Trois marchands discutaient de négoce autour d'une petite table. Deux tonneaux vermoulus avec des escabelles et un banc branlant attendaient des clients. Ils s'installèrent au plus éloigné afin de pouvoir parler tranquilles.

— Eh bien, Gower, dit Holmes une fois assis, que penses-tu de cette affaire ?

— Malgré sa déplaisante attitude, je dois admettre que messire Serquigny a certainement raison. C'est sans aucun doute une troupe armagnaque, ou une bande d'écorcheurs, qui s'en est prise aux nôtres. Les loups ne sont arrivés qu'après pour dévorer les cadavres.

— Auquel cas on n'a pas dû découvrir de carnassiers tués. Et cela nous le saurons vite, car j'ai l'intention de partir pour Vernon dès que possible.

Watson grimaça.

— Quand ? Le froid, le gel, la neige rendront le voyage très difficile et s'il se trouve des Armagnacs autour de Mantes, nous n'aurons aucun moyen de les éviter. Impossible de se déplacer par la Seine comme nous l'avons fait l'année dernière, et sur les chemins, nous serions trop vulnérables. Quant à demander aux frères Poitevin de nous accompagner, je m'en voudrais de les conduire à la mort.

Edward soupira, tout en approuvant d'un hochement du chef.

— Nous attendrons donc un redoux, et que l'armée du régent assure la sécurité le long de la rivière. Mais revenons plutôt sur l'affirmation de messire de Serquigny : admettons que des Armagnacs soient les agresseurs, combien pouvaient-ils être pour vaincre une douzaine d'hommes d'armes bien équipés et sur leurs gardes ?

— Nombreux, indubitablement. Au moins deux douzaines. Peut-être trois.

— Et personne ne les aurait signalés à Vernon ? On a pourtant dû apercevoir pareille troupe dans les campagnes, et donner l'alerte.

— Tu n'y crois pas ?

— Non ! répliqua Edward en secouant la tête.

Ils s'interrompirent car un valet apportait deux écuelles contenant un tranchoir de pain de seigle, des cuillères et un pot de bouillon dans lequel flottaient quelques morceaux de lard.

Holmes lui donna deux niquets et ils commencèrent à manger, appréciant la chaleur brûlante de la soupe.

— Je vois trois possibilités : une compagnie armagnaque qui rencontre nos hommes par hasard et les extermine, sans laisser à aucun d'eux la possibilité de fuir ; la meute de loups féroces qui agit de même ; enfin la cordelle : des gens qui savaient que la troupe transporterait de l'or, qui ont fait intervenir un colporteur à leur solde, ou un faux colporteur, afin d'inciter Montacute à limiter les effectifs de la compagnie.

— Ensuite…

— Ces coquins sont peu nombreux et attendent nos gens après Vernon. Mais ils ont avec eux des loups dressés, comme celui de Montgeron. La meute attaque la troupe, l'effroi est tel qu'il provoque un grand désordre. Les agresseurs en profitent et exterminent tout le monde.

Le silence s'installa tandis que Watson mâchonnait une bouchée.

— Tu crois réellement à un tel conte ? dit-il enfin avec un sourire ironique.

Edward soupira.

— Pas vraiment. Mais ce borgnat, ce Montgeron, a bien un loup dressé. Pourquoi n'y en aurait-il pas d'autres ? Il faut l'interroger.

— Admettons qu'existe une meute de loups dressés, comment leur maître aurait-il su pour le transport du coffre ?

— N'as-tu pas observé de l'embarras chez les proches du régent ?

— Chacun craint d'être suspecté.

— Fastolf avait emprunté cinq cents livres et Clamecy presque autant auprès du nommé L'Escot. Tous deux sont donc à court d'argent. Les huit mille livres du régent les auraient comblés.

— Les suspectes-tu ? Moi, je n'y crois pas ! Messire Fastolf possède de grands domaines en Angleterre. Il ne manque pas d'argent, même s'il a pu connaître un besoin passager. Quant à voler le frère du roi, je ne peux l'imaginer de sa part ! Pourquoi prendrait-il de tels risques ?

— Nous restons dans les conjectures, reconnut Holmes en secouant la tête. Inutile de tergiverser tant que nous ne serons pas allés là-bas. Veux-tu passer rue du Coq et rejoindre le serrurier de la place Maubert en mule, ou préfères-tu que nous nous y rendions tout de suite ?

— Autant y aller maintenant ! Il fera encore plus froid dans un moment.

— En chemin, nous nous arrêterons au pont Notre-Dame et je parlerai au dresseur. Contre quelques esterlins, il me dira s'il est possible de dresser une meute de loups.

— Mais c'est un voleur, songes-tu à lui éviter le gibet ?

— S'il peut faire avancer l'enquête que me demande le duc de Bedford, je lui ferai une proposition : sa liberté contre sa rapine.

Cette mansuétude ne convenait pas à Watson. Si Montgeron était un larron, il devait finir pendu ; mais il comprenait aussi l'importance des révélations du gueux dans l'affaire du vol de la cassette du régent.

Mais ils n'aperçurent nulle part le dresseur de loups et son complice. Ils franchirent la Seine gelée, traversèrent l'île et passèrent le Petit Pont.

Le visage brûlé par le gel, pieds et mains insensibles, ils s'arrêtèrent à la taverne de *La Corne*, place Maubert, afin de se réchauffer. Quand ils furent ragaillardis, ils se rendirent à la boutique du serrurier Poret, toute proche. Les volets de l'échoppe étaient fermés mais l'artisan se trouvait dans son atelier et leur ouvrit sitôt qu'ils frappèrent à la porte. Lui et son ouvrier travaillaient à la forge de l'ouvroir et la chaleur du foyer leur fut agréable.

Holmes expliqua les raisons de sa visite. Il décrivit le bahut et les cadenas de la maison de la rue Pierre-au-Let et assura à maître Poret qu'il lui présenterait un acte de messire Philippe de Morvilliers l'autorisant à faire ouvrir les meubles du notaire par un serrurier. La besogne serait bien payée. L'artisan, qui connaissait la maison à la Fleur-de-Lys, puisque c'était lui qui avait posé la serrure de la porte, s'engagea donc à venir le lendemain matin.

Le retour à la rue du Coq fut autrement éprouvant. La froidure se renforça et ils durent s'arrêter à nouveau dans un cabaret de la Grande Boucherie afin de retrouver un peu de chaleur.

Arrivés à la maison de la Corne-de-Cerf, ils se précipitèrent devant la cheminée et Constance, qui s'inquiétait de leur longue absence, leur servit aussitôt un hanap de vin brûlant à la cannelle.

Amaury et Thomassin les attendaient également avec impatience. Watson résuma à Constance ce qu'ils avaient fait, promettant de lui confier plus tard d'autres détails, et Edward interrogea les deux orphelins.

— Nous sommes retournés ce matin au pont Notre-Dame, maître. Comme le dresseur n'était pas là, on est allé à sa rencontre dans la rue Saint-Martin et on l'a attendu à l'endroit où les loups nous avaient menacés.

— Mes pauvres enfants, comme vous avez dû avoir froid ! les plaignit Constance.

— On sautait pour se réchauffer, gracieuse dame, fit Amaury en riant. Un peu après none, on les a vus arriver. Ils débouchaient de quelques rues plus loin. On s'est caché dans une impasse, mais, avant qu'ils ne passent devant nous, on a entendu des cris. C'était une estourmie entre des sergents du Châtelet et le dresseur. Son compère était parvenu à échapper aux gens d'armes et s'enfuyait avec le loup. On s'est approché et on a reconnu celui qui commandait les sergents. Il est venu ici cet été, maître Holmes. Vous nous avez dit, après son départ, qu'il était examinateur du Châtelet.

— Lestrade ? murmura Edward dans un mélange de surprise et de dépit.

— Il a dit au dresseur qu'il était arrêté sur ordre du roi et il l'a conduit au Grand Châtelet. On les a suivis !

— Décidément, Lestrade est plus adroit que je ne l'aurais cru.

— Impossible d'interroger Montgeron désormais, conclut Watson.

— Nous irons voir messire Rapine pour connaître les charges contre lui. Si aucun Lombard ne peut l'accuser d'avoir proposé à la vente l'orfèvrerie de dame Audeloncourt, que pourra-t-on lui reprocher ? Qu'il a discuté avec le voleur décrit par Nicolas Benzelin ? Ce ne sera pas suffisant pour le garder en prison.

— Encore faut-il qu'il ne subisse pas la question.

Le jeudi matin, il neigeait de nouveau. Malgré cela, Watson fit préparer la mule et la chargea de paniers vides. Amaury, Thomassin et les deux valets – Bertrand et Robin – partirent avec eux. Ils rapporteraient ensuite le bois entreposé sous l'escalier de la maison de la Fleur-de-Lys.

Sur place, Watson ouvrit les volets et s'occupa du poêle pendant que les serviteurs commençaient à charger la mule. De son côté, Holmes rassembla tous les actes de prêts accordés par Martial L'Escot.

Il n'était qu'au début de cette besogne quand maître Poret arriva accompagné de son ouvrier transportant une boîte d'outils. Edward le conduisit dans la chambre du notaire, lui montra l'autorisation du président du parlement et lui désigna le bahut cadenassé.

Le serrurier examina longuement les côtés du meuble, les frappant de petits coups avec un marteau, puis il tenta de crocheter un des cadenas et enfin de scier une des anses.

— Cela ne sera pas besogne facile, conclut-il. Les pièces sont forgées en bon acier trempé. Impossible de les découper. Reste deux possibilités : soit je brise le coffre dont les flancs me paraissent moins solides, mais ce sera long et je crains un ferrage intérieur encore plus difficile à forcer, soit je tente d'ouvrir les cadenas, mais je ne suis pas certain d'y parvenir. Et cette opération aussi sera fort longue.

— Commencez par les cadenas, décida Holmes.

À l'aide de pièces de fer, le serrurier immobilisa une des fermetures puis, avec des poinçons de diverses formes et des perçouères, il entreprit d'agrandir le trou de la clef. Il expliqua sa méthode à son ouvrier qui s'attaqua à un autre cadenas.

Holmes se remit à trier les documents tandis que Watson aidait à charger la mule. Une fois les paniers pleins, les serviteurs rassemblèrent du bois dans des sacs et partirent pour la rue du Coq. Un second voyage s'avérerait nécessaire.

À l'étage, Edward allait régulièrement constater l'avancement du travail. Le serrurier utilisait maintenant une fraise pour atteindre les mécanismes. Mais ceux-ci se révélèrent indestructibles.

Enfin, à basse none, maître Poret, qui ne cessait de jurer des « Sur ma foi ! » et des « Sang Dieu ! », poussa un cri de joie. L'anse de son cadenas venait de se détacher.

Holmes le félicita chaudement et Watson leur servit à boire avec un tonnelet de vin qu'il avait déniché, dissimulé sous le bois de chauffage. Puis il partit acheter de quoi dîner et les valets revinrent pour emporter le reste du bois. Quand ce fut fait, les quatre hommes mangèrent les saucisses et le pain de seigle que l'archer avait rapportés. Après quelques rasades de vin, le travail reprit et, une heure plus tard, le troisième cadenas fut brisé.

Holmes souleva le couvercle de la huche et découvrit des registres, des paquets de papiers attachés par des rubans, deux sacs dodus et une dague à poignée d'or.

Il referma et paya le serrurier qui partit aussitôt. Edward et Watson le raccompagnèrent à la porte qu'ils verrouillèrent ensuite soigneusement.

— Maintenant, allons examiner ce que contient ce coffre, décida Edward.

19

Les sacs contenaient des pièces d'argent que Watson se chargea de compter. Quant aux registres, ils détaillaient les opérations réalisées par le notaire depuis plusieurs années et ne présentaient aucun intérêt. Holmes s'installa au lutrin avec les paquets de documents et trancha le ruban du premier.

Il découvrit tout d'abord un acte de naissance pour une enfant baptisée au nom de Jeanne, en mai 1412, à l'église Saint-Liesne de Melun. L'écriture cursive était régulière et l'encre avait pâli. La mère se nommait Marguerite la Pinele, chambrière de la reine, et le père était inconnu. Les parrains en étaient Louis de Bavière et Édouard de Bar. Tous deux avaient porté leur sceau de cire et leur paraphe.

Edward avait souvent entendu parler de Louis, frère d'Isabeau, qu'on nommait le Barbu. Avant de devenir duc de Bavière, il avait joué un rôle important à la cour de France, avait été grand maître de l'hôtel du roi, membre du conseil, gouverneur de la Bastille et même, un temps, régent du royaume. Il avait épousé successivement deux princesses du sang : Anne de Bourbon, comtesse de Montpensier, et Catherine d'Alençon. Quant à Édouard de Bar, fils du duc de Bar, il avait été tué à Azincourt.

Pourquoi le notaire gardait-il cet acte dans ce coffre bien fermé ? Comment se pouvait-il que cette Jeanne, fille d'une chambrière, ait eu de si prestigieux parrains ? Piqué par la curiosité, il examina les autres papiers.

Le second document était la copie d'une lettre du duc de Berry demandant au duc de Bar de trouver une famille pour une enfant nommée Jeanne. Le duc de Bar était le grand-père de Yolande d'Aragon, la belle-mère de celui qui s'était proclamé Charles VI. Était-elle au courant ? s'interrogea Edward en songeant à Robert Blondel, le chevalier au service de Yolande qu'il avait fait libérer quelques mois auparavant[1].

Un troisième papier détaillait les conditions d'une rente gagée sur les revenus d'une abbaye appartenant au duc de Berry. Le document portait le sceau du duc et celui du prieur. Le notaire Roussel était chargé de tous les actes au sujet de cette rente.

Holmes déduisit que Jeanne était une bâtarde du duc de Berry, le frère de Charles V, qui avait engrossé une chambrière d'Isabeau. Elle avait donc du sang royal dans les veines, même si sa mère était une domestique.

La visite du sicaire pouvait ainsi s'expliquer : la reine avait été proche du duc de Berry, elle savait que maître Roussel possédait des documents sur la naissance de cette enfant et ne voulait pas qu'ils tombent entre de mauvaises mains. Il y avait cependant une autre possibilité, plus compromettante pour dame Isabeau, mais Edward se dit que cela ne le regardait pas.

— As-tu trouvé le rôle que cherche Fauquembergue ? demanda Gower, intrigué de voir son ami plongé dans ses pensées.

— Pas encore, répondit Edward en reposant les feuillets qu'il venait de lire.

1. Voir *Le Chien des Basqueville*, *op. cit.*

Sans pouvoir chasser de son esprit l'existence de cette Jeanne, il choisit le second paquet et vit tout de suite qu'il s'agissait du testament royal.

Écrit sur parchemin, en latin, avec la mention *Collacio facta est*, l'acte commençait ainsi :

Moi, Charles, sain de corps et de bonne pensée et aussi de bon entendement, considérant en condition humaine qu'il n'est chose plus certaine que la mort et l'heure d'icelle si incertaine, pensant aux choses passées et aussi au dernier jour de ma vie, désirant advenir à la joie de Paradis, je veux ordonner, départir et laisser par manière de testament ou de dernière volonté les biens que Dieu, mon créateur, m'a envoyés et prestés. Premièrement, je recommande mon âme à Dieu mon créateur, à la très douce glorieuse Vierge Marie sa mère, à monseigneur saint Michel l'archange, à messeigneurs saint Pierre et saint Pol apôtres et à toute la benoîte cour de Paradis...

Le document faisait une dizaine de pages suivies de plusieurs codicilles, dont l'un était une énumération qui comprenait les noms du grand fauconnier, de son panetier, de son échanson, de ses chambellans, mais aussi de son premier valet de chambre, de son apothicaire, de ses barbiers, de divers sommeliers, des valets de sa garde-robe, de ses tailleurs et cordonniers, de ses brodeurs et d'un nombre important d'autres officiers, serviteurs, aides et commis.

— Voilà la liste ! s'exclama-t-il en la tendant à Watson.

— Donc une affaire résolue ! Nous pouvons la porter ce soir à Fauquembergue avec ces deux sacs de monnaie qu'il ne serait pas prudent de laisser ici.

— Combien y a-t-il ?

— Pas loin de mille livres parisis.

— Tu as raison, emportons-les. Je vais également garder par-devers moi plusieurs papiers, dont ce paquet qui concerne la reine.

— Dame Isabeau ? Qu'y a-t-il donc de si intéressant dedans ?

— Entre autres l'acte de baptême d'une enfant née voilà onze ans.

— Une bâtarde de la reine ? ricana Watson.

— Non ! Seulement la fille du duc de Berry et d'une chambrière.

— Vas-tu remettre ces documents à dame Isabeau ?

— Attendons qu'elle les réclame, répliqua Holmes dans un sourire. Essaie de trouver des sacoches pour tout transporter. Pendant ce temps, je vais examiner rapidement ce troisième paquet.

Il s'agissait d'une rente datée de 1393. Une dame du nom de Groux-Boust engageait les revenus d'une ferme pour deux versements de soixante livres et soixante sols parisis en faveur de la maladrerie de Saint-Maur. Le paquet contenait les quittances, puis une lettre d'un notaire expliquant que la dame de Groux-Boust étant trépassée, la rente ne serait plus versée. La missive était datée du mois d'avril de l'année précédente.

Ce nom de Groux-Boust n'était pas inconnu à Holmes. En y réfléchissant, il se souvint l'avoir lu dans les papiers concernant la maison à l'enseigne des Trois-Rois. Il alla chercher le sac de celle-ci et retrouva effectivement la lettre de dame Perrenelle de Groux-Boust demandant à maître Roussel de vendre l'hôtel de son mari trépassé.

Existait donc un rapport entre cette demeure, qui avait intéressé un des visiteurs, et la rente versée à une maladrerie qui s'était interrompue quelques mois plus tôt. Edward commençait à comprendre et il pressentait une affaire hors du commun. Cependant, elle ne le regardait pas et personne ne lui avait demandé de s'en mêler.

Watson arriva avec deux sacoches dénichées dans une chambre, une de toile et une seconde en cuir. Il les garnit des sommes trouvées dans le coffre et Edward y ajouta la copie du testament royal, les autres papiers et les actes de prêts de maître L'Escot.

Le clerc expliqua ensuite à son ami qu'avant de rentrer rue du Coq il voulait observer la maison des Trois-Rois, laquelle n'était pas très loin. Pour le convaincre de faire ce détour, il lui expliqua ce qu'il avait découvert, ajoutant qu'il ne chercherait pas à percer ce nouveau mystère, mais que sa curiosité était trop piquée pour qu'il n'aille au moins voir la bâtisse.

— Mystère… Mystère… Je ne vois rien de mystérieux là-dedans. La rente devait concerner un lépreux et la maison mise à la vente lui appartenait. Un serviteur de la maladrerie savait tout cela et quand il a appris la mort du notaire, il est venu voler la clef pour aller fouiller ce logis, espérant y rapiner quelque clicaille ou objets de valeur.

Holmes considéra pensivement son ami avant de dire :

— Watson, tu te surpasses, même si je ne suis pas certain de la justesse de tes conclusions. J'admets que tu puisses avoir raison, mais pourquoi le notaire Roussel gardait-il ses papiers dans ce coffre bien fermé, avec le testament royal et l'acte de naissance d'une bâtarde du duc de Berry ? La rente d'un lépreux ne présente aucun intérêt !

Il ajouta en souriant :

— Et tu connais mon insatiable curiosité à l'égard des faits inexplicables qui torturent mon esprit.

— Allons-y ! soupira l'archer. Et espérons que cela ne va pas nous attirer des ennuis.

Les habitants de la rue Saint-Denis avaient répandu de la paille et des copeaux de bois sur les grosses plaques de neige. Malgré cela, Holmes et Watson chutèrent deux fois, heureusement sans se blesser. Ils s'arrêtèrent devant le portail des Trois-Rois, en face de l'église Saint-Leu-Saint-Gilles. Edward demeura un moment à examiner l'hôtel et envisagea de poser des questions aux échoppes voisines. Mais pour demander quoi ? Il serait volontiers entré dans la demeure, seulement le portail était clos et l'enceinte de pierre atteignait une dizaine de pieds.

Il songea alors à la seconde entrée, rue du Cygne.

— Faisons le tour, proposa-t-il.

La première impasse dans cette rue était bordée d'étages en saillie qui formaient un véritable couloir. À son extrémité se trouvait une poterne ogivale surmontée d'une double fenêtre à colonnettes.

Edward leva les yeux. L'endroit était discret. À cause des encorbellements, les habitants ne pouvaient apercevoir qui utilisait la poterne, sauf à se pencher par leurs fenêtres. En revanche, les gens de la maison des Trois-Rois voyaient parfaitement qui se trouvait dans le cul-de-sac.

Edward remarqua alors une légère fumée qui paraissait provenir du toit. Y avait-il un occupant ?

— On nous observe ! annonça Watson qui avait reculé pour examiner la fenêtre gémellée.

— D'où ?

— De là-haut. Je ne vois rien, mais je le sens. Quelqu'un nous surveille derrière ces carreaux.

Holmes regarda attentivement la fenêtre que lui désignait son ami. Les croisées étaient vitrées avec des verres taillés en losange, verts et jaunes. On ne pouvait rien distinguer. Après un moment d'observation, ils repartirent, ignorant que la Mort les suivait de son œil unique.

En revenant de leur périple, les deux Anglais découvrirent une missive portée par un page d'Isabeau. La reine les convoquait le lendemain à son hôtel, à haute none. Comme Holmes se doutait des raisons de cette sommation, il ne s'en alarma pas et décida avant toute chose de prévenir maître Fauquembergue de la réussite de l'entreprise qu'il lui avait confiée.

Il écrivit une longue missive dans laquelle il lui annonça avoir déniché la copie du testament royal et la liste des bénéficiaires, ainsi qu'une importante somme d'argent. Il tenait le tout à sa disposition. Thomassin et Amaury portèrent le pli au cloître, où on leur indiqua facilement la maison du greffier.

La mesnie soupait quand retentit la cloche du porche, le portail étant fermé pour la nuit. Le concierge et Watson, bien armés, allèrent se renseigner et découvrirent Clément de Fauquembergue avec une escorte de deux valets d'armes et d'un porteur de flambeau.

Les visiteurs entrèrent et Holmes leur proposa de prendre place à table, ce qu'ils acceptèrent de bon cœur. Un dîner copieux ne se refusait pas en ces temps de disette.

Le greffier étant assis sur le banc à côté d'Edward, ce dernier lui raconta ses découvertes dans la maison de maître Roussel et l'ouverture du coffre. Il lui précisa, sur un ton ironique, qu'ils n'avaient pas eu la visite de démons (quelques-uns autour de la table se signèrent discrètement) et qu'il avait trié et rassemblé les documents éparpillés par les voleurs. Des notaires du Châtelet pouvaient désormais venir sans crainte terminer son travail.

Satisfait de ces bonnes nouvelles, le greffier fit alors état d'informations plus inquiétantes qu'il venait d'apprendre dans l'après-midi. L'armée armagnaque commandée par Jean de Graville s'était emparée de Meulan, ce qui lui ouvrait la route de Mantes. Tous les Anglais qui défendaient le pont avaient été mis à mort.

Meulan était une ville riche, bien peuplée et ceinte de bonnes murailles avec un pont fortifié qui donnait le passage sur la Seine. Aucun bateau ne pouvait franchir ce pont sans payer un octroi. On annonçait le départ du régent et de ses troupes pour le lendemain afin de reprendre la forteresse qui commandait la route de la Normandie.

Cette défaite fut accueillie par un silence inquiet. Elle rappelait à chacun que les compagnies armagnaques étaient toutes proches, et qu'il suffirait d'une trahison pour qu'elles pénètrent dans Paris, auquel cas ses habitants subiraient les plus effroyables pillages et violences alors qu'ils souffraient déjà du froid, des loups, de la faim et de la maladie.

Le repas se termina dans la morosité et Edward invita le greffier et Watson à le rejoindre dans sa chambre. Là, il remit à Fauquembergue les sommes conservées dans le coffre du notaire, la clef de la maison et, bien sûr, la copie du testament avec ses addenda. Satisfait et peu curieux, le greffier en chef ne demanda pas si le clerc avait fait d'autres découvertes. Edward ne lui révéla rien de plus.

Le lendemain matin, nos amis s'octroyèrent du repos. Si Watson resta avec Constance, Holmes demeura enfermé dans sa chambre à tirer de lugubres miaulements de sa viole. Personne n'osa le déranger mais, si quelqu'un était entré, il l'aurait vu, assis sur sa chaire, méditer devant les papiers déposés sur son lit.

Un premier tas de feuillets était constitué des actes de prêts faits par Martial L'Escot. S'agissait-il de la totalité de ceux que conservait le notaire ou en manquait-il ? Il pourrait interroger ce Martial L'Escot pour le savoir, mais en quoi cela le regardait-il ? Avait-il besoin de satisfaire sa curiosité ? Il n'avait pas de réponse à ces questions.

Le second paquet concernait Jeanne. Ces documents présentaient peu d'intérêt. Le duc de Berry devait avoir eu d'autres enfants illégitimes et leur sort dépendait désormais des filles du duc, Bonne et Marie[1]. Et même si la bâtarde n'était pas fille de chambrière, cela n'aurait aucune importance, ni pour le royaume de France ni pour l'Angleterre.

Le troisième tas rassemblait les papiers concernant la maison de la rue Saint-Denis et la rente faite à la léproserie de Saint-Maur. Ces pièces étaient celles qui piquaient le plus la curiosité d'Edward et il envisageait d'aller à Saint-Maur poser quelques questions.

Enfin, restait le cachet à la comète. Avait-il un rapport avec l'astrologue du régent ?

Tout en tirant des feulements de son instrument, laissant vagabonder son archet, il échafaudait des suppositions sur les liens possibles entre ces éléments. Qui étaient les visiteurs du notaire ? Se connaissaient-ils ? Appartenaient-ils à la cour du régent ?

1. Bonne de Berry et Marie, duchesse d'Auvergne et comtesse de Montpensier.

20

Ils partirent pour l'hôtel de la Reine à basse none. Pas de neige, un ciel gris et un froid de loup qui glaçait les os. Ils ne purent donc prendre la mule et marchèrent jusqu'à la rue Saint-Paul. Un trajet ponctué par les récriminations de Watson jugeant que dame Isabeau aurait pu leur envoyer une voiture attelée, comme l'avait fait le régent.

Le corps de garde avait été prévenu de leur venue et, par la galerie couverte, un sergent les conduisit jusqu'au maître d'hôtel qui se tenait dans la salle Thésée avec quelques gentilshommes et gentes dames, regroupés devant la seule cheminée allumée. Edward espérait voir Marie, mais elle était absente, lui répondit évasivement leur guide quand il l'interrogea.

La reine les attendait dans le chauffe-doux, assise devant le poêle, sur une large chaise à coussins. Elle fit signe à sa dame de compagnie de sortir et ordonna aux Anglais de prendre place sur un banc tapissé.

Après les salutations de courtoisie, elle les interrogea sur la façon dont ils supportaient le froid qui régnait dans Paris, puis sur Michelette d'Auxerre, pour laquelle maître Holmes lui avait demandé une lettre de grâce afin que son bannissement pour complot armagnac soit transformé en un emprisonnement de quelques semaines dans un couvent.

Edward la remercia pour sa générosité et sa miséricorde et lui annonça que Michelette serait libérée à la fin du mois.

— J'ai du mal à comprendre pourquoi vous vous êtes intéressé à cette traîtresse qui aurait dû être brûlée comme sa complice, et parfois je me demande si je n'accède pas avec trop d'indulgence à vos sollicitations.

— Noble et gracieuse reine, je vous suis infiniment obligé de vos bontés que je ne mérite pas.

Isabeau soupira de façon affectée tout en le considérant avec une expression bienveillante admirablement rendue. Edward devina qu'après ces échanges sans intérêt elle allait aborder les raisons de sa convocation.

— Vous allez pouvoir me remercier, maître Holmes, car j'ai un service à vous réclamer.

Il inclina la tête en signe d'adhésion et déclara d'un ton neutre :

— Vous désirez des papiers que conservait maître Roussel au sujet d'une enfant nommée Jeanne. Aussi vous les ai-je apportés.

Tandis qu'il ouvrait sa houppelande pour saisir le portefeuille à sa taille, Watson observa, amusé, la transformation du visage de dame Isabeau : d'abord de la surprise, puis une ombre de contrariété et enfin un mélange de ruse et de satisfaction.

— Comment avez-vous deviné ?

— Je ne devine jamais rien, noble reine. C'est une habitude détestable, qui détruit la faculté de raisonner. Simplement, ayant été chargé par le greffier en chef du parlement de rechercher une copie du testament de votre noble époux, j'ai entièrement fouillé la demeure de maître Roussel. Dans un coffre cadenassé, que j'ai fait ouvrir, le notaire conservait ses documents les plus précieux. J'y ai trouvé le testament, mais aussi cet acte de naissance d'une fille de votre chambrière. Auparavant, durant ma présence là-bas, un individu, que j'ai identifié comme étant à votre service, avait voulu pénétrer dans la maison, j'en ai conclu que vous teniez à récupérer quelque document important. Or, ayant examiné tous les papiers de l'étude, aucun ne vous concernait, sauf celui qui se rapportait à votre chambrière et à sa fille. Une fille qui avait pour parrain votre frère et le duc de Bar. J'ai pressenti qu'elle était l'enfant d'un prince, et comme le duc de Berry lui avait accordé une pension, il n'était pas difficile de déduire sa paternité.

» Je crois savoir que monseigneur le duc était votre ami, certainement ne souhaitiez-vous pas que cette naissance soit dévoilée. Quand vous m'avez convoqué, j'ai compris que c'était à ce sujet et je me suis permis de devancer votre requête.

Tandis qu'il s'exprimait ainsi, elle s'interrogeait sur ce que savait vraiment ce diable de clerc. Pouvait-il avoir tiré d'autres conclusions ? Il connaissait désormais tant de secrets sur elle ! En employant Chabridel, elle aurait le moyen de le faire taire définitivement, ainsi que ce gros balourd de Watson. Mais était-ce nécessaire ? Ce Holmes ne l'avait jamais trahie, jusqu'à présent, et lui avait rendu plusieurs signalés services. Mieux valait donc le garder vivant. Il pourrait encore lui être utile et il serait toujours temps de l'écarter si nécessaire.

Quand Edward eut terminé ses explications, le nuage qui couvrait le visage d'Isabeau se dissipa et elle gratifia le clerc d'un sourire factice.

— Ainsi vous connaissiez maître Chabridel…

— Mon ami Gower l'a décrit à quelques-uns de ses proches qui l'ont reconnu.

Isabeau considéra Watson en hochant la tête. Le lourdaud était peut-être lui aussi observateur.

— Je vous dois quelques explications sur Jeanne, maître Holmes, dit-elle.

— Vous ne me devez rien, noble reine.

— Je préfère que tout soit clair, répliqua-t-elle sèchement. Voilà une quinzaine d'années, la guerre civile faisait des ravages. Après la mort du duc d'Orléans, son fils avait rassemblé une ligue avec son beau-père – le comte d'Armagnac – et son oncle, le duc de Berry, afin de châtier Jean sans Peur pour l'assassinat de Louis d'Orléans. Jean de Bourgogne avait abandonné Paris, mais ses partisans, surtout les bouchers, tenaient la capitale. Ils conduisaient toutes sortes de tyrannies contre les affidés d'Orléans tandis que les Armagnacs et des routiers écorcheurs terrorisaient les campagnes. Devant ces dangers, mon époux et mon fils le dauphin ont quitté l'hôtel des Grands Ébattements pour le Louvre. Quant à moi, au début de l'été 1411, je me suis réfugiée à Melun avec mes autres enfants et mon frère Louis. Par lettres patentes, le roi m'avait donné la ville et la châtellenie de Melun. J'y étais en sûreté tant la cité était bien fortifiée. Mais ce n'était pas seulement pour ma sécurité que j'étais partie là-bas, Sa Majesté mon époux m'avait demandé de négocier une paix avec son oncle le duc de Berry. Il voulait, par la persuasion, ramener les princes à leur devoir. Plusieurs conseillers, tant de Bourgogne que d'Orléans et de Paris, m'avaient rejointe et, durant des mois, nous avons tenu plusieurs conférences avec Berry. Jean sans Peur m'écrivait aussi, en m'appelant « Ma très redoutée dame ». Je pensais parvenir à la paix. Elle occupait tout mon temps et mon esprit, aussi je ne remarquai rien d'autre.

» Quand Jean de Berry était présent, il logeait au château et, malgré son âge[1], il a séduit une de mes femmes de chambre. Elle a accouché en mai 1412, bien après le départ du duc, mais il m'avait promis de

1. Il avait 72 ans.

s'occuper d'elle. À Melun, il était souvent accompagné du fils du duc de Bar. C'est lui qui a trouvé une famille pour l'enfant. Berry lui a accordé une rente et mon frère Louis l'a emmenée dans sa nouvelle famille, à Domrémy.

Holmes écoutait sans l'interrompre. Ce récit correspondait à ce qu'il avait lu dans les papiers du notaire. Mais était-il véridique ?

— Si nous sommes finalement parvenus à un accord de paix, celui-ci n'a pas été respecté car Jean sans Peur est revenu à Paris avec son armée, comme vous le savez bien. Ses partisans ont d'ailleurs mis à sac l'hôtel du duc de Berry pour montrer leur force. Je me suis installée à Vincennes, mais je repartais à Melun quand le danger devenait trop pressant. Le roi m'a rejointe en mai à Vincennes, deux jours après l'accouchement de ma chambrière. Il avait rassemblé une armée et partait en guerre avec Jean sans Peur contre les Armagnacs et son oncle Berry.

Elle regarda les documents qu'elle avait en main.

— Berry est mort. C'était un gentilhomme que j'estimais fort et mon ami. Je veux que rien ne noircisse sa mémoire.

— Savez-vous ce qu'est devenue Jeanne ?

— Non, et peu m'importe !

— Il s'agit tout de même d'une petite-nièce de votre époux, le roi.

— Une bâtarde, fit-elle sèchement.

— Et sa mère ?

— Disparue, répliqua-t-elle aussitôt.

Holmes n'osa questionner davantage. Pourtant il ne croyait pas les dernières affirmations d'Isabeau. Si Jeanne n'avait aucune importance, si sa mère et son père étaient morts, pourquoi vouloir reprendre ces papiers ? Il changea de sujet.

— J'ai trouvé un autre document qui m'a intrigué dans le coffre cadenassé de maître Roussel.

Elle plissa le front, vaguement inquiète.

— Il s'agissait d'une rente versée à la maladrerie de Saint-Maur par une dame du nom de Groux-Boust.

— Quel nom avez-vous dit ? demanda Isabeau d'une voix frémissante.

— Groux-Boust. Or chez maître Roussel, cette dame avait également mis à la vente une maison rue Saint-Denis, une demeure à l'enseigne des Trois-Rois…

Brusquement, il s'arrêta de parler. Dame Isabeau n'était plus avec eux. Les yeux dans le vague, la reine semblait plongée dans un état cataleptique.

Edward échangea un regard embarrassé avec Gower. Isabeau restait figée, absente, sans expression. Son esprit avait quitté la pièce. Holmes ne pouvait le savoir, mais la reine était revenue trente ans en arrière, en janvier 1393, le soir d'un bal qu'elle avait organisé.

Toute la Cour était rassemblée pour danser et faire la fête. Le roi et ses amis avaient fait irruption dans la salle, déguisés en sauvages, revêtus de plumes collées à la poix. Soi-disant pour mieux voir, Louis d'Orléans avait approché une torche et provoqué l'embrasement des malheureux. Emprisonnés dans la poix et le lin en flammes, les faux sauvages hurlaient en se tordant de douleur, leurs membres tombaient par lambeaux sur le sol. Tous avaient flambé, sauf Charles sauvé par sa tante, la duchesse de Berry, qui l'avait enveloppé dans sa robe. Après cet effroyable événement, son royal époux, déjà souvent « absent », était resté huit mois sans revenir à la santé.

Depuis des années, Isabeau s'interrogeait. Louis d'Orléans, qui était devenu son amant et le père de ses enfants, avait-il volontairement tenté de tuer son frère le roi ? Elle avait longtemps rejeté cette pensée, mais Jean sans Peur lui avait affirmé qu'il en avait la certitude.

— Noble reine… murmura Edward.

À ces mots, elle retrouva ses esprits. Son égarement n'avait duré qu'un instant.

— Que disiez-vous, maître Holmes ?

— Je vous parlais d'une maison rue Saint-Denis, à l'enseigne des Trois-Rois, que maître Roussel devait vendre.

— J'ignore de quoi il s'agit. Laissez-moi maintenant, je suis fatiguée et j'ai besoin de me reposer. Messire Champdivers passera chez vous plus tard afin de vous remercier.

Elle les congédiait. Les deux Anglais se levèrent, la saluèrent avec beaucoup de respect et sortirent. À peine étaient-ils dans la chambre mitoyenne que les dames de compagnie rejoignirent la reine. Personne ne les raccompagna et c'est dans le portique conduisant à la porte de l'hôtel, alors qu'on ne pouvait les entendre, que Watson demanda :

— Que s'est-il passé ?

— J'ai lu des ouvrages traitant de cet état qui se produit fort rarement, quand l'esprit se heurte à un souvenir si violent qu'il ne parvient plus à commander le corps. Dame Isabeau s'est trouvée dans cette situation quand j'ai parlé de la dame Groux-Boust et de la maison de la rue Saint-Denis.

— Elle connaît donc cette femme et cette maison…

— À coup sûr ! Mais elle refusera d'en parler.

Ils arrivèrent au corps des gardes et franchirent l'enceinte.

— Je ne chercherai pas à en savoir plus, Gower. Ce secret lui appartient et, pour qu'il l'ait mise dans cet état, il doit être effroyable.

De nouveau, le froid les avait saisis et, malgré les épaisses étoffes de laine qui leur protégeaient la figure, leurs engelures les faisaient souffrir.

— Arrêtons-nous une nouvelle fois au cabaret du *Mouton-Blanc*, marmonna Watson qui marchait tête baissée pour éviter que la bise ne lui fouette le visage.

— Nous ferons mieux, puisque nous serons rue de la Verrerie. Nous irons voir messire Rapine afin de découvrir pourquoi Lestrade a arrêté notre dresseur de loups. Mais attention, ami Gower, ne nous dévoilons pas, nous ne sommes pas censés l'avoir appris !

Le lieutenant civil, assis sur une chaire devant une cheminée dans laquelle brûlait un feu d'enfer, recevait justement Grégoire Lestrade. Il n'avait pas fait attendre ses visiteurs. Dès que son intendant l'avait prévenu de la présence des Anglais, il les avait reçus.

Rapine paraissait satisfait, chose rare, et c'est fort jovialement qu'il les accueillit :

— Maître Holmes, loué soit le Seigneur de vous avoir envoyé maintenant. Je disais justement à messire Lestrade qu'il devait aller vous voir ou vous faire porter un mémoire vous annonçant que l'orfèvrerie de dame Audeloncourt a été retrouvée. Mais assoyez-vous plutôt sur ce banc devant le feu, vous avez bien du courage pour être venu jusqu'ici avec cette froidure.

À ces dernières paroles, il se leva de sa chaire pour aller prendre sur un dressoir deux hanaps d'étain qu'il emplit à partir du flacon de vin posé devant l'âtre. Il servit ses invités et retourna s'asseoir. Une amabilité à laquelle Holmes n'était pas habitué, Rapine étant naturellement d'humeur revêche. Il considérait que les deux Anglais appartenaient à un état bien inférieur au sien.

— Le froid ne peut nous empêcher de vous rencontrer, messire le lieutenant civil, plaisanta Holmes en prenant son pot et le portant à ses lèvres. Mais, en vérité, nous arrivons de l'hôtel des Grands Ébattements où la reine nous avait convoqués.

— Au sujet de l'orfèvrerie de dame Audeloncourt ? s'assombrit Rapine, qui savait la fille de l'ancien chancelier du duc de Bourgogne fort amie avec la reine Isabeau.

— Point du tout ! Il s'agissait d'une autre affaire dont je m'occupe. Avez-vous récupéré tout ce qui a été volé à dame Audeloncourt, messire Lestrade ?

— Presque ! affirma l'examinateur en bombant le torse de satisfaction.

— Les pièces se trouvaient chez les Lombards ?

— J'ai eu un peu de mal à leur faire rendre gorge, mais effectivement, six d'entre eux les avaient prises en gage. Elles sont maintenant chez messire le lieutenant civil (Rapine hocha la tête). Reste encore à saisir les larrons et à récupérer tout ce qu'ils ont volé, mais j'ai déjà arrêté l'un des marauds.

— Si vite ? Comment avez-vous fait ?

— Les Lombards ont décrit de la même façon celui qui leur a proposé l'orfèvrerie : un homme jeune aux cheveux longs. Plusieurs l'avaient déjà vu en compagnie d'un saltimbanque qui fait des tours avec un loup dressé. J'ai retrouvé ce bateleur. Il se nomme Droinus Montgeron et a une barbe rousse, comme l'un des voleurs de dame Audeloncourt. En enquêtant, j'ai appris qu'il passait chaque jour par la rue Saint-Martin. Ayant mis mes sergents aux aguets, je l'ai arrêté avant-hier. Il se trouvait en compagnie du loup et de son complice, mais ceux-là ont fui, malheureusement.

— Bravo, Lestrade ! s'écria Holmes en riant. Vous êtes positivement admirable. Un enquêteur hors pair ! Ce saltimbanque a donc dénoncé son compère…

— Non, hélas. Il nie même toute participation à des vols. C'est pourquoi je venais demander à messire Rapine qu'il intervienne auprès du prévôt afin que je sois autorisé à le questionner sur le petit tréteau[1].

Holmes haussa les sourcils.

— Je crois savoir que pour ordonner la question préparatoire, il faut que le sujet soit accusé d'un crime méritant la peine de mort.

— Je le soupçonne en effet de meurtrerie, insista Lestrade.

Rapine l'approuva d'un signe de tête.

— Meurtrerie sur qui ?

— Voilà une dizaine, un serviteur du régent a été tué par un loup près du couvent Sainte-Catherine-des-Écoliers. Je suis persuadé que cet animal était celui de Droinus Montgeron.

— Mais chaque jour des Parisiens sont attaqués par les carnassiers ! s'étonna Watson. Pourquoi le loup de Montgeron ?

— Oui, et les victimes sont dévorées. On retrouve des corps sans bras, cuisses arrachées. Le plus souvent il s'agit de petites meutes qui se disputent ensuite les cadavres. Or le corps de Martial L'Escot a seulement été égorgé, griffé et mordu. Rien n'a été dévoré.

— Martial L'Escot... fit Holmes en s'efforçant de dissimuler sa surprise.

— Le connaissiez-vous ? Il s'agissait du garde des tapisseries du régent. Un homme réputé fort riche.

Holmes secoua lentement la tête. Ainsi celui qui prêtait à tant de gens de qualité était mort ! La fouille de la maison du notaire et le désordre dans le sac de Martial L'Escot s'expliquaient maintenant plus facile-

1. Le condamné, lié sur des tréteaux, ingurgitait de force quatre coquemars d'eau.

ment : l'auteur pourrait bien être un créancier qui avait déjà tué le garde des tapisseries et qui finissait la besogne en récupérant les actes de prêt le concernant.

Les noms lui revinrent en mémoire : messire Fastolf, Clamecy…

— Quand a-t-il été tué ? s'enquit Holmes en posant son hanap par terre.

— Le lendemain du jour des Rois, à la nuit tombée.

La Mort avait pris Roussel le même jour et le samedi quelqu'un avait assassiné les domestiques du notaire afin de fouiller l'étude à son aise. Était-ce un emprunteur, ou celui venu rapiner les clefs de la maison des Trois-Rois ? Dans ce dernier cas, le débiteur était forcément venu plus tard. Quel était alors le rôle de l'homme au cachet à la comète ?

Voyant que Holmes avait joint l'extrémité de ses doigts et demeurait songeur, Rapine l'interrogea :

— Cette affaire semble vous interpeller…

— En effet. À qui le crime profiterait-il ? Pourquoi ce Montgeron s'en serait-il pris à ce L'Escot ?

— Ce serviteur était fort riche. D'ailleurs, on lui a volé sa bourse.

— Est-on certain que c'est un loup qui l'a tué ? Un louvetier a-t-il examiné les blessures ?

— J'ai vu le corps et je sais reconnaître les morsures et les griffures d'un loup. On me montre tous les jours ce genre de déchirures ! affirma Rapine.

— Je suppose que le corps n'a pu être mis en terre avec ce froid. Pourrais-je aller l'examiner ? Est-il encore chez lui ?

— Curieusement, sa maison a brûlé le soir même de sa mort, et tous ses domestiques ont trépassé dans l'incendie. Sa dépouille a donc été déposée à Sainte-Catherine-des-Écoliers.

— Sa maison a brûlé ! Ses domestiques sont morts ! Mais cela ne vous a pas questionné ? s'enquit Edward d'une voix terrible.

— Avec ce froid, chaque jour des cheminées ou des braseros mettent le feu aux maisons ! rétorqua Lestrade.

Plissant le front, Rapine considéra le clerc avec perplexité.

— Songez-vous à une affaire criminelle ?

— Je crains surtout que cet incendie n'ait des ramifications inattendues.

— Lesquelles ?

— Le président du parlement m'a chargé de rechercher certains documents chez maître Roussel. À cette occasion, j'ai examiné tous les papiers du notaire, principalement ceux qui avaient été dispersés. Beaucoup provenaient du sac d'un client de l'étude : Martial L'Escot. Il s'agissait des actes de prêts qu'il accordait. L'un de ceux qui ont fouillé la maison recherchait un ou plusieurs de ces actes. Il les a trouvés et emportés. Or des copies de ces documents devaient être conservées dans la demeure de L'Escot, mais notre voleur avait pris la précaution d'y mettre le feu !

— Bon Dieu ! En voilà une affaire ! s'exclama Lestrade qui n'avait pas tout compris.

— Supposons que ce Montgeron soit l'un des voleurs de dame Audeloncourt, reprit Holmes. Ces marauds ont-ils meurtri, frappé, blessé ou violenté cette noble dame ? Ont-ils mal agi avec les domestiques ? Non ! D'un autre côté, qu'avons-nous ? Un homme prétendument tué par un loup, mais dont les domestiques sont assassinés ; et les documents notariaux gardés dans une étude où tous les serviteurs sont aussi meurtris, tandis qu'une partie des actes ont disparu.

» Il doit vous sauter aux yeux que les coquins qui ont agi dans ces deux affaires ne sont pas les mêmes !

— Cela se pourrait, en effet, reconnut Rapine en se passant la main sur le menton. Qu'avez-vous découvert d'autre chez maître Roussel ?

— Rien de plus révélateur, hélas. Évidemment je vous tiendrai informé de ce que j'apprendrai. Quant à Montgeron, si vous n'avez pas de faits justificatifs contre lui, libérez-le.

— Certainement pas ! protesta Lestrade, outré.

Le regard incertain de Rapine passa de l'examinateur au clerc et, finalement, il secoua la tête.

— Tant que vous n'aurez pas plus d'éléments, maître Holmes, le dresseur de loups demeurera en prison. Mais il ne subira pas la question.

Edward se leva, imité par Watson. Ils saluèrent et remercièrent leur hôte, se montrèrent plus froids avec Lestrade, et partirent.

— Il ne sera pas facile désormais d'interroger ce maraud de Montgeron au sujet du vol de Vernon, fit Watson une fois dans la rue.

— Il faut livrer quelque chose à Rapine afin qu'il libère notre homme, sinon, il restera la possibilité d'une lettre de rémission.

— Le régent n'est pas à Paris, comment l'obtiendras-tu ?

— Dame Isabeau est toujours reine de France.

21

Revenu rue du Coq, et après avoir soigné engelures et gerçures avec du sain de porc doux, Edward Holmes écrivit deux missives. La première adressée à Jean Chuffart, le chancelier de Notre-Dame, et la seconde au chanoine Jean Avantage, médecin et physicien du duc de Bourgogne, tous deux logeant dans le cloître Notre-Dame.

Au chancelier, Holmes demandait de transmettre la seconde épître. En effet, si Jean Avantage l'avait soigné après une grave blessure, il ignorait où il habitait exactement et il souhaitait surtout que maître Chuffart appuie sa requête, laquelle n'était pas ordinaire. Le clerc anglais sollicitait le médecin afin qu'il examine le cadavre de Martial L'Escot. Il le suppliait de pardonner son audace, mais ne voyait que lui pour répondre à ses interrogations. Suivaient quelques explications sur la mort du garde des tapisseries du régent, le lieu où se trouvait le corps, et la question que se posait Holmes : était-ce un loup qui avait tué ?

Thomassin et Amaury, qui venaient de rentrer après avoir vainement cherché toute la journée le compagnon de Montgeron, furent chargés de porter les plis au chancelier.

Le lendemain samedi, les deux amis continuèrent de se soigner, car leurs gelures restaient douloureuses. Watson n'était pas fâché de demeurer devant la cheminée de la grand-salle avec Gracieux ronflant à ses pieds. Quant à Holmes, il s'était réfugié dans sa chambre d'où il tirait de sinistres gémissements de sa viole.

À ce point des différentes enquêtes qu'il conduisait, il ne pouvait qu'attendre : attendre un froid moins vif ; attendre que le régent ait chassé les Armagnacs de Meulan ; attendre la libération de Montgeron ; attendre le succès d'Amaury et de Thomassin partis à la recherche de Robert ; attendre la venue de Jean Avantage, s'il acceptait d'examiner le cadavre à Sainte-Catherine-des-Écoliers.

L'heure du dîner approchait et Watson était par deux fois venu discuter avec son ami. Le premier tête-à-tête avait concerné le chauffage de la maisonnée : avec le bois rapporté de la maison du notaire, ils pourraient alimenter les cheminées jusqu'à la fin du mois de février. Une solide serrure avait été posée au cellier et les voleurs en seraient pour leurs frais s'ils tentaient de récidiver. À sa seconde visite, Gower avait suggéré qu'ils se rendent chez dame Audeloncourt pour lui dire que c'était eux, et non les gens du Châtelet, qui avaient découvert son orfèvrerie. Il n'oubliait pas qu'il y avait une récompense à la clef.

— Sans doute, lui répondit Edward, mais pour l'heure nous n'avons rien à lui remettre, ni aucun moyen de prouver nos dires. Une fois que nous aurons retrouvé le nommé Robert, il rendra ce qu'il a volé et nous pourrons le rapporter. De surcroît, je suis certain de la probité de Germain Rapine. Il rendra à César ce qui est à César.

— Et la probité de Lestrade ? persifla Gower.

— Nous aurons l'occasion de la découvrir !

Une réponse qui ne rassura guère l'archer.

Le dîner fut abondant et, une fois de plus, chacun apprécia de vivre dans une maison bien chauffée et bien pourvue de nourriture, même si le vin manquait, puisqu'il était gelé dans les barriques de la cave.

Le repas terminé, Holmes, Watson, Constance et Mathurin – l'intendant – étaient restés à table à grignoter des noix en discutant de la dureté des temps. Devant le foyer, Gracieux à ses pieds, la femme de Mathurin, Lorette, cousait de nouveaux bas de laine pour ses maîtres.

La cloche tinta et Gower se déplaça au fenestron grillagé. Reconnaissant Jean Avantage et son valet, il déverrouilla la porte et les fit entrer tandis que Mathurin conduisait la mule du chanoine à l'écurie où son fils, qui nourrissait les bêtes, en prendrait soin.

Holmes s'était précipité à leur rencontre.

— Dieu vous bénisse, maître Avantage. Je ferai mille prières au Seigneur et à la benoîte Vierge afin qu'ils vous protègent et vous donnent bonne et longue vie. C'est trop de bonté d'avoir répondu si vite à ma requête.

— Dieu vous donne grâce également, maître Holmes et gentil Watson, mais je n'ai nul mérite ! Vous aviez piqué ma curiosité et je suis d'un naturel fureteur !

Constance proposa aux visiteurs de s'asseoir et leur servit du bouillon chaud et des oublies.

— Je suis impatient de savoir ce que vous avez découvert, maître Avantage.

— Déjà, je puis vous annoncer qu'il ne s'agit point d'un loup. Les sœurs de Sainte-Catherine ont été surprises de ma venue, mais m'ont conduit sans objection dans la petite sacristie où la dépouille de ce pauvre homme était conservée. Il était gelé, ce qui a facilité l'examen de ses blessures. Il s'agissait de griffures et de morsures, mais sa gorge avait été tranchée par une lame, je peux l'affirmer. Quant aux déchirures, elles n'ont pas été causées par des pattes de loup mais des dents de fer. J'en suis certain. De même pour les morsures, bien trop régulières. Il s'agissait presque d'une besogne de boucher. De plus, aucun morceau de chair ne manquait, ni aucune partie du corps. Jamais des loups affamés ne se comportent ainsi : ils déchiquettent, tailladent et arrachent. J'ai vu suffisamment de corps dévorés pour l'affirmer. Certes, l'avis d'un louvetier serait intéressant, mais je suis sûr de moi.

— Votre opinion me suffit, maître, car je me doutais de la chose. C'est donc un homme qui a tué Martial L'Escot.

— Voilà quelqu'un qui avait un ennemi redoutable pour lui ourdir une telle mort !

— Un ennemi qui préférait le savoir sous terre qu'à l'hôtel des Tournelles. Gardez votre hanap et allons prendre siège devant le feu, je vais vous raconter ce qu'il en est…

S'il avait grande fiance dans le chanoine médecin, Edward ne désirait pas que les domestiques entendent leur conversation.

Ils s'installèrent donc sur un banc à l'écart.

— Le garde des tapisseries du régent maniait beaucoup d'argent… commença Edward à voix basse.

Il raconta ce qu'il savait des prêts qu'accordait L'Escot, sans nommer aucun bénéficiaire ni révéler le singulier incendie de sa maison le jour de sa mort, elle-même suivie par la fouille d'une étude notariale où étaient conservés les actes.

— À l'évidence une vulgaire affaire criminelle, mais conçue par un pernicieux meurtrier ! conclut Avantage. Pour Satan, nous n'avons donc pas suffisamment de fléaux entre les loups, la famine, les écorcheurs et les maladies ! Le Fourcheux nous envoie maintenant des malfaisants ! Comment qualifier autrement quelqu'un cherchant à faire accuser des loups, qui sont eux-mêmes des créatures démoniaques ?

Après s'être signé, il ajouta :

— Savez-vous qui a fait ça ?

— Pas encore, mais si Notre-Seigneur m'aide, je le trouverai et le ferai punir.

Le chanoine se leva.

— Je prierai nos saints Apôtres pour qu'ils vous exaucent. Je ne peux rester plus, car les malades sont nombreux au cloître et je crains maintenant la peste. Pierre, dit-il à son valet resté à table et savourant son bouillon, nous partons.

Le domestique se leva, déçu de ne pouvoir demeurer plus longtemps au chaud.

Les visiteurs étaient partis depuis peu, et Gower et Edward, toujours sur le banc, discutaient des constatations du médecin et de ce qu'elles impliquaient quand, à nouveau, la cloche carillonna. Le chanoine revenait-il ?

Watson se rendit à la porte et regarda à l'extérieur. Il découvrit messire de Champdivers, en houppelande fourrée et chaperon au bourrelet tenu par une broche à la croix de Saint-André. Le secrétaire de la reine était accompagné de nombreux serviteurs.

— Voilà une visite inattendue ! s'exclama l'archer en ouvrant l'huis ferré.

Champdivers entra, suivi d'un écuyer que Holmes avait déjà vu et d'un page en surcot armorié sous une houppelande en peau de loup sans manches. Le damoiseau portait dignement un paquet. Dehors, près de deux mules grises aux couvertures tissées d'azur au chevron d'or, attendaient valets de pied et valets d'armes en cuirasse et chapel de fer. L'un d'eux brandissait un guidon fleurdelisé.

Cette escorte solennelle fit sourire Watson, car il savait Champdivers peu fortuné, mais également qu'il tenait à marquer son rang d'officier de la reine. Gower donna aussitôt des ordres afin qu'on s'occupe des gens et des mules, tandis qu'Edward souhaitait bonnes heures à son visiteur avant de lui proposer de monter dans sa chambre vider un hanap chaud et discuter en toute discrétion. Celui-ci accepta en ajoutant qu'il devait auparavant remettre un cadeau de la part de Sa Majesté.

Il fit signe au page d'approcher et celui-ci s'agenouilla devant dame Constance avant de lui tendre le paquet avec pompe. Confuse, mais tout aussi solennelle, la jeune veuve le prit et, utilisant la dague que Gower lui donna, elle trancha les cordons serrant l'emballage. Le cadeau était un chandelier en argent.

Rouge de plaisir, dame Bonacieux balbutia quelques remerciements décousus qui firent naître un sourire amusé sur le grave visage du vieux gentilhomme. À leur tour, les Anglais le chargèrent de transmettre à Sa Majesté qu'ils restaient ses fidèles serviteurs.

Tous trois montèrent ensuite pour s'arrêter au premier étage, à la chambre de Watson, car messire de Champdivers avait quelques difficultés à marcher. « De mauvaises douleurs dues au froid », se justifia-t-il. Dame Constance les rejoignit avec Anne, sa chambrière, qui apportait du vin au miel et à la cannelle ainsi que les oublies que n'avait pas croquées maître Avantage.

Watson abandonna à son hôte la meilleure place de son logis – un large banc avec de profonds coussins –, tandis qu'Anne emplissait des pots d'étain. Quand chacun fut installé et eut goûté à sa boisson, Champdivers aborda le sujet qui l'avait décidé à se déplacer en personne ; car le page aurait suffi pour offrir le cadeau de la reine à Constance Bonacieux.

— Maître Holmes, Sa Majesté m'a appris que vous aviez fouillé cette maudite maison dans laquelle la Faucheuse est venue. Vous vous êtes mis en grand danger, car la Camarde aurait pu revenir… Elle ou des démons.

— J'ignore si la Mort, ou une créature satanique, a sévi en ce lieu. Quoi qu'il en soit, nous n'avons rien observé le confirmant, n'est-ce pas, Watson ? Quant aux témoins, impossible de les interroger puisqu'ils ne sont plus de ce monde.

Gower approuva avec une expression insouciante.

— En revanche, on a mis à sac les lieux. Celui qui a meurtri les domestiques cherchait quelque chose. Ce misérable, peut-être accompagné de complices, a profité de la mort du notaire pour agir.

— Comment avez-vous appris cela ? interrogea Champdivers, écarquillant les yeux.

— Il suffisait d'observer.

Le secrétaire demeura sans voix. Ainsi cette démoniaque affaire ne serait qu'une banale entreprise criminelle ?

— Avez-vous identifié ce coquin, ou ses complices ?

— Pas encore, intervint Gower, mais maître Holmes a découvert que le même individu est impliqué dans la mort d'un officier du régent, prétendument tué par un loup quelques jours plus tôt.

— Le garde de sa garde-robe ? Maître L'Escot ?

— En effet, répondit Edward. Le connaissiez-vous ?

— Un peu, un bourgeois discret, plutôt fortuné. Mais il a vraiment été dévoré par un loup !

— Justement non, intervint Watson. Maître Holmes a fait examiner le corps par un médecin. Les blessures reçues n'ont pas été causées par un animal mais par des instruments de fer.

— Impensable ! Mais quand bien même ce serait un meurtre, quel rapport ce trépas aurait-il avec les crimes commis chez maître Roussel ?

Edward fit un vague geste, ne tenant pas à révéler ses premières conclusions.

— Ce ne sont que des supputations, messire.

Watson, un brin prétentieux, tenait à montrer au secrétaire d'Isabeau qu'Edward et lui avaient été plus perspicaces que les gens du prévôt. Il insista donc :

— Chez le notaire, notre coquin a cherché et certainement emporté des actes de prêts faits par le nommé Martial L'Escot. Son meurtrier est tout simplement un débiteur indélicat. C'est lui également qui a mis le feu à la maison de l'officier du régent !

— Incroyable ! s'exclama Champdivers.

— Encore une fois, ce ne sont que des supputations, insista Holmes, n'en parlez à personne pour l'instant.

— Je serai muet comme une tombe ! Décidément, mon maître, vous êtes un enquêteur d'une rare perspicacité ! Je n'aimerais pas qu'un jour vous me suspectiez !

Il pouffa et Watson échangea un regard complice avec son ami. L'année précédente, durant l'affaire Basqueville, ils avaient un temps soupçonné Champdivers.

Comme Edward restait silencieux, Gower comprit enfin que son ami ne voulait pas poursuivre sur ce sujet. Quant à Champdivers, il avait satisfait sa curiosité, et bien au-delà. Il était réchauffé, son escorte également, aussi se leva-t-il pour remercier ses hôtes qui le raccompagnèrent.

Surveille ta langue aussi longtemps que tu vivras, dit le proverbe. Dans la maison de la Corne-de-Cerf, Watson avait trop parlé. Mais comment aurait-il pu deviner que, le lendemain, M. de Champdivers se rendrait au château des Tournelles où le régent de France recevait amis, serviteurs et capitaines avant de quitter Paris pour Meulan ?

En effet, tout au long de la semaine, le duc de Bedford avait envoyé des messagers rameuter le ban de ses fidèles. Il avait ainsi rassemblé plusieurs compagnies de combattants anglais, normands et picards et, malgré les difficultés liées au froid, fait construire et venir des forteresses avoisinantes de grands engins de guerre. Cette armée devait s'ébranler dès le lundi pour mettre le siège devant la forteresse du pont de Meulan.

Ce dimanche 17 janvier, on se pressait autour du duc dans la grande salle des Écossais du palais des Tournelles, où pages et valets circulaient avec des plateaux de nourriture et des hanaps de vin ou de cervoise. Des groupes s'étaient constitués. Des religieux, en chasuble blanche ou en robe noire, chuchotaient au sujet des événements infernaux survenus dans la capitale. Des magistrats et des officiers, autour du chancelier de France Jean Le Clerc, en longue robe cramoisie et chaperon à cornette tortillée, évoquaient gravement des affaires en cours au Palais. Quelques riches bourgeois, en robe de velours noire et houppelande, se lamentaient à mi-voix du commerce figé à cause du froid. Des officiers de la maison du duc, en garde-corps feuille-morte, coiffés de feutres à large calotte, échangeaient des informations sur l'Angleterre.

Mais la plupart des invités étaient des chevaliers et damoiseaux aux cheveux en rondi et aux jambes gainées de bas de couleurs vives. Si aucun ne portait d'épée, on ne pouvait douter de leur état en observant leur attitude arrogante.

Beaucoup étaient rassemblés autour du meilleur capitaine du duc, Jehan de Luxembourg, fils du comte de Saint-Pol. Luxembourg était entré tôt au service de Jean sans Peur qui l'avait nommé gouverneur d'Arras. En 1418, il avait fait ses preuves en délivrant Senlis assiégé par les Armagnacs et avait été nommé gouverneur de Paris par Philippe le Bon. C'était un homme réfléchi, calculateur, mais chiche en miséricorde. Contrairement aux autres chevaliers, il était vêtu d'une épaisse robe écarlate sans manches, doublée d'étoffe bouton-d'or et attachée sur les côtés comme un garde-corps. Sous ce lourd vêtement, on apercevait un doublet noir matelassé.

Son grand chaperon, rouge également, dont la cornette se terminait enroulée dans son bras droit, ne dissimulait pas sa longue chevelure.

Il parlait peu et se montrait attentif. Son visage, aux traits tirés et austères, lui conférait un air d'autorité et ne laissait guère filtrer d'expression, sinon pour approuver les sanglantes représailles que ses chevaliers proposaient d'exercer contre les écorcheurs occupant Meulan. Quelques dames souriaient et chuchotaient auprès de lui, en complète empathie avec l'entourage du rude capitaine.

Messire Fastolf et le prévôt Simon Morhier, qui discutaient avec le duc de Bedford au sujet du gouvernement de Paris durant son absence, s'éloignèrent quand arriva lady Eliva Segrave, la sœur de lord Loveyn, un maître des requêtes à la chancellerie. Malgré le prochain mariage du Lancastre, tous deux savaient qu'elle était sa maîtresse et jugeaient courtois de se retirer.

John Fastolf, dont le doublet violet piqué de losanges verts et jaunes, aux manches boutonnées sur l'avant-bras, ne cachait aucunement l'embonpoint, prit Morhier par l'épaule ; tous deux se dirigèrent vers l'astrologue du duc qui félicitait Jean de Serquigny. Ce dernier venait d'être nommé capitaine du château des Tournelles durant l'absence du régent. Un honneur exceptionnel pour un Français.

— Maître Murtagh, avez-vous interrogé les astres afin de connaître le temps nécessaire à monseigneur pour qu'il reprenne le pont de Meulan ? demanda Fastolf moitié moqueur, moitié sérieux.

— L'affaire de quelques semaines, messire, répondit l'astrologue.

— Voilà qui ne m'éclaire guère ! maugréa le gouverneur.

— Pourriez-vous aussi prédire la fin de ce froid diabolique ? interrogea Morhier, un peu plus agressivement.

— Avant le printemps, messire, se contenta de répondre le mage.

Non loin d'eux, Gilles de Clamecy, l'ancien prévôt de Paris, qui devait accompagner l'armée du régent et s'assurer de l'approvisionnement, persifla :

— J'aurais pu donner de si justes réponses !

La saillie fit rire M. de Champdivers qui discutait avec lui. Le secrétaire d'Isabeau parlait de l'intendance des troupes avec Clamecy, les deux hommes se connaissant depuis longtemps, tous deux bourguignons et au service du feu roi Charles VI.

L'astrologue tourna la tête et considéra Clamecy avec un sourire dédaigneux.

— À folle demande, il ne faut point de réponse ! laissa-t-il tomber.

Devant son insolence, un air incrédule se peignit sur quelques visages. L'ancien prévôt se raidit. Pourtant, il se retint de réagir violemment. Il savait combien Bedford tenait à son barbier astrologue, et ce jour n'était certes pas le bon pour une altercation.

Luxembourg avait suivi la scène et plissa le front pour marquer sa déception quand Clamecy tourna ostensiblement le dos à Murtagh. Lui non plus n'aimait pas le mage gallois et aurait apprécié qu'on lui rabatte le caquet.

Il fit alors quelques pas vers Fastolf et le prévôt :

— Messire Morhier, j'ai été fort occupé toute la semaine à rassembler chevaliers et compagnies d'arbalétriers, aussi n'ai-je guère suivi ce qui se passait à Paris. Mais monseigneur m'a parlé d'une singulière affaire : la Mort serait venue saisir un honnête bourgeois et aurait meurtri ses serviteurs ?

— C'est la vérité, bien que, pour les domestiques, il semble que ce soient des truands qui les aient tués afin de piller la maison.

— Dans ce cas, il faut rapidement les saisir et les châtier. Trop de malheurs affectent les Parisiens et ils pourraient finir par se tourner vers Charles l'imposteur.

— Les lieutenants civil et criminel s'en occupent, messire.

— Ainsi que maître Holmes ! intervint Champdivers qui, étant à côté de Clamecy, avait tout entendu.

— Qui est maître Holmes ? s'enquit Luxembourg.

— Un clerc un peu trop imbu de lui-même ! ricana Serquigny. J'ai eu l'occasion de l'approcher. Ma filleule et la reine le tiennent en grande estime, chose que je ne comprends point.

Il s'adressa à Murtagh :

— Savez-vous qu'il affirme que la Terre tourne autour du Soleil ?

— Vraiment ! répliqua froidement l'astrologue.

— Le lieutenant civil m'a parlé de ce clerc, hier, intervint le prévôt. Il aurait retrouvé l'orfèvrerie que des truands avaient volée à dame Audeloncourt, le soir de la Saint-Sylvestre. Ce n'est donc pas un fabulateur. Mais vous semblez en savoir plus sur lui, messire Champdivers. Qu'aurait-il découvert sur la fin de ce bourgeois ?

— Je ne connais que quelques bribes, balbutia le secrétaire d'Isabeau, mal à l'aise, car il se savait lié par sa promesse et regrettait déjà des paroles lâchées uniquement pour conforter son ami Clamecy devant Luxembourg.

Un enfantillage puisque ce dernier ignorait tout de Holmes.

— Livrez-nous donc ces bribes ! insista le capitaine du duc. À moins que ce ne soient que des hâbleries.

— Des hâbleries ? Certainement pas ! rétorqua vivement Champdivers. Maître Holmes a passé deux jours dans la maison de ce bourgeois, un notaire, afin de trier des papiers demandés par le parlement. À cette occasion, il a constaté que des intrus avaient recherché des actes de prêts conservés par le notaire.

Clamecy considéra son ami avec une attention nouvelle.

— Il pense que l'un des voleurs est venu récupérer un document le concernant.

— Conclusion bien hâtive, assena Luxembourg avec une moue incrédule.

— Non, messire, car le prêteur n'était autre que Martial L'Escot, l'officier de monseigneur tué deux jours plus tôt, croit-on, par un loup, et dont la maison a curieusement brûlé avec tout ce qui se trouvait à l'intérieur !

Dans son désir de défendre Holmes, Champdivers s'était une nouvelle fois laissé entraîner et il regretta son impétuosité quand il vit la surprise se peindre sur les visages de son entourage.

— Le lieutenant civil connaît-il cela ? demanda Luxembourg au prévôt de Paris.

— Je ne sais, messire, mais j'irai lui en parler dès demain, répondit Morhier, embarrassé.

— Que savez-vous d'autre, messire Champdivers ? s'enquit encore Luxembourg.

— Rien de plus, messire, j'ai appris cela de Gower Watson, l'ami de maître Holmes, au détour d'une conversation.

Luxembourg leva les yeux vers le gouverneur de la Bastille, qui était resté silencieux, et crut y lire de l'inquiétude et de la contrariété. Cela l'embarrassa, aussi préféra-t-il ne pas poser d'autres questions. Déjà Murtagh s'éloignait avec Serquigny.

22

Ce même dimanche, personne n'était sorti de la maison de la Corne-de-Cerf tant il faisait froid. Pour la seconde fois cette année, un prêtre de Saint-Germain-l'Auxerrois – sollicité par Mathurin – était venu célébrer la messe dans la chapelle de la maison en échange d'un copieux repas et de quelques niquets.

Le lundi matin, les deux orphelins qui n'avaient pas trouvé trace de celui qu'ils cherchaient, ni du loup apprivoisé, s'apprêtaient à poursuivre leur quête quand, alors que l'aube naissait, arriva un visiteur ; un homme de peu, d'après sa misérable vêture. Il voulait parler à maître Holmes, expliqua-t-il avec embarras au concierge. Comme il était seul et sans coutelas ni dague, ce dernier le fit entrer et surveiller par Bertrand, muni d'un solide bâton ferré. Mathurin partit prévenir leurs maîtres.

Gower et Edward, qui se trouvaient dans leurs chambres respectives, descendirent et découvrirent avec stupéfaction le nommé Robert, l'ami de Droinus Montgeron.

— Je ne m'attendais pas à votre venue, mon compère ! s'exclama Edward d'un ton goguenard.

— Vous… me connaissez, maître ? demanda le visiteur d'un ton alarmé.

— Évidemment, Robert. Vous êtes le voleur de dame Audeloncourt. Vous vous doutez bien que cela vous vaudra la hart !

Terrifié, le larron se retourna pour tenter de s'en aller, mais Bertrand s'était mis en travers de la porte.

— Il y aura peut-être un moyen de s'arranger, fit Holmes en levant une main conciliante. Allez vous asseoir sur ce banc, et expliquez-moi d'abord votre présence.

Cherchant un autre moyen de fuir, Robert balaya la salle des yeux avec le regard d'un animal traqué, mais il comprit vite qu'il n'avait aucune échappatoire et il obtempéra.

— Pourquoi venez-vous me voir ? demanda Holmes.

— On… on m'a parlé de vous, maître. On m'a dit que vous obteniez des lettres de rémission.

— C'est vrai, mais il y a des conditions. Pour qui en voulez-vous une ?

— Un de mes amis a été arrêté. Il n'a rien fait… Il est parfaitement innocent du crime dont on l'accuse.

— Innocent ? Votre complice en rapinage Droinus Montgeron serait donc innocent ? Comme vous, sans doute ? persifla Holmes.

Watson ricana et Robert se montra tellement terrifié que ses mains tremblèrent sans qu'il parvienne à l'empêcher.

— Oui, nous avons volé, maître, je le reconnais. Mais on m'a dit au Châtelet que Droinus a été arrêté pour avoir tué un homme avec son loup. Ça, c'est un mensonge !

— Depuis quand le connaissez-vous ?

— Quelques semaines. Il m'a sauvé la vie. Je suis… j'étais jongleur, bateleur… Je jouais des mystères avec deux amis, j'étais souvent le mauvais, le diable, c'est pourquoi on m'appelle Robert le Diable. Mais la peste a emporté mes compères et, depuis des mois, c'est la misère. Un soir, après avoir gagné quelques oboles en faisant des tours, des truands plus pauvres que moi m'ont attaqué. J'ai appelé à l'aide et Droinus, qui passait par là, m'a secouru avec son loup. Lui aussi faisait le bateleur avec son animal, mais il m'a avoué qu'il gagnait plus en engigniant[1] les gens. La nuit tombée, il errait dans les rues et, s'il découvrait un passant accompagné de ses valets, il envoyait son loup les effrayer. Ensuite, il apparaissait comme le bon Samaritain et il chassait l'animal. Pour son courage, ceux qui avaient craint d'être dévorés lui offraient une récompense. Seulement, à cause du froid et des loups trop nombreux, plus personne ne sortait le soir et il se trouvait comme moi dans la misère. Or Droinus est ingénieux, et avait d'autres projets pour lesquels un complice était nécessaire. J'avais si faim que j'ai accepté à condition de ne jamais faire du mal aux gens.

Il parlait en baissant la tête, ravalant sa honte. En même temps, il lançait des regards furtifs vers les Anglais et les domestiques pour saisir leurs réactions. Les voyant impassibles, il s'enhardit :

— Droinus songeait à voler les clients sortant de la boutique d'un orfèvre. Ils avaient forcément de l'argent. Il s'installerait devant une boutique et attirerait les badauds avec son loup. Dès que j'aurais repéré un vendeur, je ferais un signe, on le suivrait et on le dépouillerait si l'occasion se présentait. C'était sans risque, m'avait-il assuré.

» Au début de l'année, j'ai vu une femme et sa dame de compagnie entrer dans la boutique au Moulin-Vert. Elles y sont restées longtemps et on les a suivies dans l'Outre-Petit-Pont, jusque chez elles. Il s'agissait de dame Audeloncourt. Comme on n'avait eu aucune occasion de les rapiner, j'ai proposé qu'on entre dans leur maison la

1. Dupant.

nuit par les toits. Ce serait facile car je suis agile. On est donc revenu pour la Saint-Sylvestre. Je suis passé par l'hôtel d'Arras et j'ai fait monter Montgeron avec une corde. J'ai brisé des ardoises et nous sommes entrés par le grenier. Éclairés par une chandelle, on a trouvé la chambre de la dame. Elle dormait et je l'ai empêchée d'alerter ses domestiques avec une étoffe sur la bouche et Montgeron s'est occupé de la servante. On ne leur a fait aucun mal, messire, je vous le jure !

Il guetta une approbation, mais n'en perçut aucune.

— La dame m'a donné la clef de sa cassette. On avait des sacs et on a emporté tout ce qu'on pouvait : l'orfèvrerie, mais aussi une robe, une coiffe de soie et des ceintures cloutées. Puis on a filé par la porte de la maison.

— Où sont cachées vos rapines ?

— J'ai cédé l'orfèvrerie à des prêteurs lombards, mais j'ai gardé le reste. Avec le contenu de la cassette, Montgeron a payé de vieilles dettes. Les vêtements sont toujours dans son logis.

— Où donc ?

— Rue du Grand-Hurleur, au fond d'une cour, la maison aux colombages noirs.

— Comment Montgeron a-t-il apprivoisé son loup ? interrogea Holmes. D'ailleurs, où est l'animal ?

— Enfermé dans la maison, messire. Il obéit comme un chien. Montgeron était un des hommes de Le Rougeau, le maître louvetier de la vicomté de Paris. La louveterie de Le Rougeau comprend une douzaine de chasseurs, m'a-t-il dit. Ils tuaient les fauves par toutes sortes de moyens et gardaient les louveteaux trouvés dans les tanières pour les dresser à chasser les meutes. C'est ainsi que Droinus a élevé le sien. Seulement Le Rougeau, comme beaucoup de maîtres louvetiers, abusait de sa charge et obligeait les paysans à lui verser d'injustes redevances, les empêchant aussi de tuer les loups eux-mêmes. Et quand ils ne se soumettaient pas, il les punissait en les faisant mordre par ses animaux dressés. Un jour, il a tant meurtri la femme d'un vilain qui ne voulait pas payer qu'elle est morte. Horrifié, Droinus a quitté la louveterie.

Holmes commençait à y voir clair. À Ville l'Évêque, l'intendant lui avait dit ne pas vouloir faire appel aux louvetiers de la vicomté car ils étaient pires que les fauves qu'ils chassaient. Il lui avait rapporté que leur bon roi Charles VI avait révoqué toutes les commissions données aux louvetiers et leur avait défendu de lever profit. Ils n'avaient que le droit de lever deux deniers parisis par tête de loup, quatre par louve, sur chaque feu des paroisses à deux lieues de l'endroit où ils prenaient une bête. Mais avec la folie du souverain et la guerre civile, ils avaient repris leurs abus. En 1413, les états généraux avaient donc décidé que chacun, quel que soit son état, pourrait chasser les loups. N'importe qui pouvait désormais recevoir une prime sur le Trésor royal pour les bêtes qu'il tuait et beaucoup de louvetiers avaient perdu leurs revenus.

— Je peux demander une lettre de rémission pour votre ami, proposa Holmes, mais cela à deux conditions : la première, c'est que vous rapportiez à dame Audeloncourt ce que vous lui avez volé et que vous vous engagiez à reverser le reste.

— Je rendrai tout, messire, mais comment pourrais-je rembourser ? Je ne possède rien.

— J'ai retrouvé l'orfèvrerie chez les Lombards auprès de qui vous l'avez mise en gage. Elle va être rendue à sa propriétaire. Vous n'aurez qu'à rembourser les Lombards, et ce que vous avez pris dans la cassette.

— Monseigneur le régent a besoin de piétaille pour libérer le pont de Meulan, intervint Watson. Il engage à cinq deniers par jour. Si vous ne vous faites pas tuer, avec Montgeron vous aurez réuni six livres d'ici l'été. Vous devrez cependant en donner deux à maître Holmes pour le paiement de la lettre de rémission à la chancellerie.

— Nous nous engagerons, messire. Et je rapporterai dès cet après-midi tout ce qui est encore chez nous, promit Robert, sachant pertinemment qu'il ne survivrait pas à une campagne militaire car il n'avait aucun équipement et n'était pas un guerrier.

Edward se montra satisfait par sa soumission. Ce gueux n'était pas un mauvais homme et n'avait pas l'âme complètement noire. Il paraissait même soulagé d'avoir révélé la vérité et de s'être engagé à réparer sa faute. Le clerc songea que si Montgeron lui permettait de découvrir ce qui s'était passé près de Vernon, la récompense du régent rembourserait sa dette.

— J'enquête sur une affaire d'importance, Robert, dit-il. Ton ami Droinus peut m'aider à la résoudre, auquel cas vous devrez tous deux, avec Ysengrin, m'accompagner jusqu'à Vernon. Il s'agit de loups qui ont attaqué des sergents et des chevaliers et je veux comprendre ce qui s'est passé. Mais vous devrez rester à mon service, m'obéir sans discuter et peut-être vous battre.

— Nous ferons tout pour vous complaire, messire. Je le jure par la benoîte Vierge.

— J'accepte ton engagement, Robert. Rentre chez toi, rassemble vos rapines et retourne-les à dame Audeloncourt en la suppliant de t'accorder son pardon. Dis-lui que c'est moi qui t'envoie et que tu t'es engagé à la dédommager. Je vais maintenant rencontrer messire Rapine pour essayer de faire libérer ton ami.

— Merci, messire. Vous n'aurez pas à regretter votre bonté.

Il se leva et s'agenouilla devant Holmes, embrassant le bas de sa robe.

— Mais il se peut que je n'y parvienne pas, Robert, ou que Droinus te dénonce. Tu devrais donc dès maintenant changer de logis et me faire savoir où tu vas t'installer.

— Droinus ne me dénoncera jamais, messire, c'est mon ami.

Une affirmation qui provoqua une moue chez Gower.

Quand le larron fut parti, les Anglais se vêtirent chaudement. Holmes expliqua à Watson comment il comptait utiliser les deux marauds pour conduire l'enquête autour de Vernon. Ils partiraient là-bas dès que le froid serait moins vif. Les frères Poitevin les accompagneraient également. À six, ils pourraient se défendre, et comme les Armagnacs étaient retranchés dans la forteresse du pont de Meulan, ils ne devraient pas rencontrer d'écorcheurs. Cette fois, Gower ne protesta pas. Les confidences de Robert le Diable l'avaient convaincu que les voleurs avaient pu se servir de loups dressés, et partir à la chasse des marauds qui avaient osé s'en prendre à des Anglais l'enfiévrait.

Ils s'arrêtèrent au Grand Châtelet pour se réchauffer et parce que Holmes espérait y rencontrer Lestrade. Un sergent leur dit que l'examinateur interrogeait un larron dans la salle de la question, en compagnie du lieutenant criminel Jean L'Archer, d'un conseiller et d'un greffier. Il leur proposa d'attendre au guichet de la prison jusqu'à ce qu'ils remontent.

Ils patientèrent ainsi une heure. Heureusement, des geôliers avaient installé un brasero permettant de ne pas trop souffrir du froid régnant dans la salle. Enfin, magistrats et greffier apparurent.

— Maître Holmes ? s'enquit l'examinateur en s'avançant, tandis que le lieutenant criminel, qui avait toujours considéré Holmes comme un clerc sans intérêt, s'éloignait avec le conseiller.

— Messire Lestrade, que le Seigneur vous garde, dit Edward avec chaleur.

— Vous aussi, maître, répliqua le policier un peu plus froidement.

— Messire Lestrade, je viens pour une affaire d'importance qui vous apportera à coup sûr belle renommée. Mais avant tout, me faites-vous confiance ?

— Sans doute, répondit prudemment le commissaire.

— Vous savez que je ne chercherai jamais une gloire à votre détriment ou à me faire attribuer des récompenses que vous méritez justement.

Inquiet de ce préambule, l'examinateur hocha la tête en restant mutique.

— Ce Droinus Montgeron que vous avez arrêté est au cœur d'une entreprise qui intéresse au plus haut chef monseigneur le régent et dont je m'occupe…

— Encore un crime ?

— Non, Montgeron est innocent du meurtre dont vous l'accusez.

— Nous verrons cela après qu'il aura reçu la question. Messire L'Archer m'a autorisé à l'appliquer.

Une fois de plus, la rivalité entre les lieutenants civil et criminel se réveillait, et Holmes devinait que Rapine ferait profil bas tant il craignait pour sa charge.

— Vous commettriez une erreur si vous agissiez ainsi, car je vais découvrir le criminel et vous aurez ensuite du mal à vous défendre. Vous ne disposez d'aucun fait justificatif contre Droinus Montgeron, et s'il me permet de résoudre l'enquête dont le duc de Bedford m'a chargé, il pourrait bien être récompensé par le régent. Songez-y.

— Montgeron est une fripouille et un criminel, maître Holmes ! affirma sèchement l'examinateur en haussant le ton. C'est un maraud qui mérite la hart et je devine que lui et son loup sont à l'origine de bien des crimes. Cela fait des années que je poursuis et fais pendre les coquins !

Prétendez-vous en savoir plus que moi sur la manière d'enquêter, vous, un simple clerc sans expérience ?

— Vous feriez mieux d'écouter maître Holmes, messire, lui conseilla Watson en lui prenant amicalement l'épaule pour calmer son ardeur.

— Lâchez-moi ! cria l'examinateur.

— Tant pis pour vous ! soupira Holmes. Je ferai quand même libérer Montgeron, et vous resterez ridicule !

Lestrade recula de deux pas et lui lança un regard courroucé.

— Tentez de faire libérer ce criminel, maître Holmes, et c'est vous qui connaîtrez la Fin d'aise !

Il tourna les talons et s'en alla.

— Quel sot ! s'exclama Watson.

— Si nous voulons tenter quelque chose, il n'y a pas de temps à perdre, Watson. Vous sentez-vous en état de marcher ? Le mieux que nous ayons à faire est de nous rendre tout de suite à l'hôtel des Grands Ébattements.

À l'hôtel de la Reine, ils parvinrent à rencontrer Marie de Savoisy, mais Sa Majesté ne pouvait les recevoir, les prévint-elle, étant alitée. Holmes souhaita écrire une missive à lui remettre. La chambellane le conduisit dans un cabinet où se trouvait un lectrin avec des feuilles de papier, des plumes d'oie, un canivet pour les tailler et des encres.

S'y prenant à plusieurs reprises afin d'être le plus convaincant possible, Edward rédigea une longue lettre, suppliant Isabeau de lui faire parvenir une lettre de rémission pour un nommé Droinus Montgeron, accusé d'un crime dont il était innocent et enfermé au Grand Châtelet. Ne voulant rien dissimuler, il lui dit qu'il s'agissait d'un voleur, qu'il avait rapiné l'argenterie de dame Audeloncourt, mais qu'il réparerait son méfait et que lui, Holmes, avait besoin de cet homme pour résoudre une affaire autrement importante que lui avait confiée le duc de Bedford.

La requête terminée, il la porta à Marie près d'une heure plus tard et lui expliqua de quoi il s'agissait.

Leur retour à la rue du Coq fut pénible, douloureux et épuisant. Le froid n'avait encore jamais été aussi atroce. Les rues n'étaient plus que rocailles tranchantes, mélange de neige, d'immondices et de déjections gelées. La moindre chute provoquait de cruelles blessures. De longs cônes de glace pendus aux encorbellements obstruaient souvent les passages.

Ils arrivèrent à la nuit tombée. En leur absence, un valet de messire Clamecy avait déposé un paquet qui contenait un édit du duc de Bedford autorisant maître Holmes à enquêter dans le palais des Tournelles, une bourse contenant cinquante livres en esterlins et niquets et, enfin, la liste de ceux qui savaient que la troupe de Rouen rapporterait cent marcs d'or à Paris. Mais celle-ci n'en apprit guère plus à Edward. Outre Jean de Serquigny, Gilles de Clamecy et John Fastolf, les autres personnes dans la confidence étaient le président du parlement, le neveu de Clamecy – qui malheureusement avait perdu la vie – et lord Loveyn, dont la sœur était la maîtresse de régent. Comment enquêter sur ces gens ? Comment obtenir d'eux de franches réponses ?

23

Le lendemain, Edward demeura dans sa chambre, traînant de sa chaire, où il tirait de lugubres miaulements de sa viole, à la fenêtre, où il regardait le paysage glacial et figé de la rue.

La patience n'était guère son fort. La reine Isabeau allait-elle répondre favorablement à sa supplique ? Rien ne lui paraissait moins certain et il envisageait les jours à venir avec pessimisme. Si Montgeron subissait la question, nul doute qu'il parlerait et livrerait son compagnon. Lestrade triompherait alors, pour avoir saisi les deux voleurs qui finiraient en dansant la giguedouille.

Sans Montgeron, pourrait-il identifier ceux qui avaient voulu s'emparer des cent marcs du duc de Bedford ? Certes, resterait Pierre Le Rougeau. Si ce maître louvetier, mauvais comme la gale et aussi féroce qu'un écorcheur – d'après le portrait de Robert –, parvenait à élever les louveteaux pour s'en faire obéir une fois adultes, qui mieux que lui aurait pu conduire l'attaque de la troupe de Montacute ? Mais, entouré d'une compagnie de rudes gaillards, comment l'approcher et le contraindre à répondre à des questions ? Watson ne l'impressionnerait guère et Edward doutait que l'ordre du régent suffise à le faire parler.

Le clerc songeait aussi à son altercation avec Lestrade et regrettait de ne pas avoir été plus subtil. Il savait l'examinateur obtus et rigide et aurait dû se montrer plus convaincant. Afin de l'amadouer, il se promit de lui abandonner le bénéfice du succès s'il découvrait la vérité sur la mort de L'Escot.

Il laissa une nouvelle fois l'archet glisser sur les cordes de sa viole, provoquant de mélancoliques miaulements, quand il entendit résonner la cloche du portail d'entrée. De la fenêtre, il ne distingua personne, aussi descendit-il.

En bas, Gower discutait avec un jeune valet accompagné d'un garde en hoqueton fleurdelisé. L'ancien archer se tourna vers lui :

— Ce garçon est envoyé par le chancelier de France, Edward. Il vous apporte un paquet.

Le valet tenait un pli serré par un cordonnet noué dans un sceau écarlate. Le clerc s'avança et le garçon, vêtu d'un manteau au col en peau de lièvre, déclara :

— Maître Holmes, le secrétaire de messire Le Clerc m'a dit que vous devez me remettre deux livres pour l'acte que contient ce paquet.

— Je le sais ! Messire Watson va vous préparer la somme, mais laissez-moi d'abord vérifier qu'il s'agit bien de ce que j'attends.

Tandis que Gower sortait une cassette rangée dans la partie basse du dressoir, Holmes prit le paquet et trancha le cordon avec un canivet. L'enveloppe en peau de porc contenait deux lettres : la première fermée sur lacs de soie avec un sceau de cire verte et la seconde seulement close par une bandelette passée dans le pliage et cachetée d'un petit scel à trois roses sur pal. Les armes des Le Clerc de Fleurigny.

Il déchira la bandelette. La missive, brève, avait été rédigée à la hâte ; le secrétaire avait omis d'enlever les marges marquées à la mine de plomb.

Maître Holmes

Voici la lettre que me demande notre noble reine Isabeau de Bavière. Sans l'accord de monseigneur le régent de France, elle ne peut être signée au nom du roi Henri VI. Sa qualité est donc contestable devant le parlement. Pour satisfaire Sa Majesté, copie en a été faite au prévôt de Paris, à messire L'Archer et messire Rapine.

Donnée à Paris le mardi 19 janvier de l'an mil CCCCXXIII

Méditant sur la signification des réserves qu'émettait le chancelier, Edward ouvrit la lettre de rémission, beaucoup plus courte qu'à l'accoutumée.

Notum facimus universis, presentibus et futuri...

Savoir faisons à tous, présents et à venir, Isabeau, veuve de feu le roi de France Charles VI, avons reçu humble supplication des parents et amis de Droinus Montgeron, honorable compagnon et jongleur de rue âgé de trente ans ou environ, accusé de meurtrerie sur la personne de Martial L'Escot, garde des tapisseries et de la garde-robe de monseigneur le régent de France.

Ledit Droinus Montgeron ayant juré devant la Vierge Marie n'avoir eu ni matière ni occasion de menacer ou meurtrir ledit L'Escot qui lui était méconnu, avons incliné à ladite supplication.

Voulant en ceste partie miséricorde être préférée à rigueur de justice, audit Droinus Montgeron avons remis et pardonné en donnant mandement à notre prévôt de Paris de le libérer et en imposant silence perpétuel à notre procureur, pourvu que ledit Montgeron fasse le serment, es mains de notre prévôt ou de son lieutenant, de son innocence.

Fait pour notre très cher et très aimé fils Henri le sixième, roi de France et d'Angleterre.

Donné à Paris, au mois de janvier, l'an de grâce mil CCCCXXIII

Sur le repli figurait le mot *Visa* avec au-dessous le paraphe du chancelier.

Edward leva les yeux vers Watson, qui avait préparé la somme, et hocha la tête.

— Voici les deux livres, dit ce dernier en remettant au porteur deux dourdrets bourguignons de quatorze sols et quatre niquets d'argent de trois sols.

Le valet le remercia, rangea les pièces dans une escarcelle et prit congé.

— La reine a donc agréé à ta demande, Edward, fit Gower.

— Oui, mais je crains que nous ne soyons pas au bout de nos peines. Lis donc…

Ils s'habillèrent chaudement et partirent peu après pour le Grand Châtelet. En chemin, Holmes songeait à la singulière relation le liant avec Isabeau de Bavière. Même si la reine faisait appel à lui quand elle en éprouvait le besoin, il savait qu'elle n'hésiterait pas à le faire disparaître le jour où elle le jugerait gênant. Pourtant, elle était capable d'éprouver de la gratitude, et le seul intérêt ne la guidait pas toujours. Ainsi, alors qu'elle était souffrante, elle avait ordonné à son chancelier de préparer une lettre de rémission pour un prisonnier en sachant parfaitement que cette supplique déplairait au régent. Et cela bien qu'elle ignorât tout de celui dont elle demandait la libération, accordant une totale confiance à sa requête.

Lui-même avait également une attitude ambivalente envers la veuve du roi de France. Il connaissait ses infidélités, il savait qu'elle avait sacrifié ses enfants à ses plaisirs et qu'elle était une criminelle. Pourtant, sans comprendre pourquoi, sans lui avoir donné sa foi, il lui était fidèle et même l'admirait, peut-être à cause de sa capacité à résister à l'adversité.

Écartant ces pensées qui le mettaient mal à l'aise, car elles le plaçaient face à ses propres contradictions, il s'adressa à Watson qui avançait tête baissée, luttant contre la bise glaciale :

— La libération de Montgeron ne sera pas aisée, mon ami. Pour suivre les règles, nous devrions nous rendre chez l'un des lieutenants du prévôt afin d'obtenir une levée d'écrou, mais avec une lettre non signée du régent, tous les deux se défileront. À coup sûr L'Archer ne me recevra pas, et fera même hâter la géhenne sur le dresseur de loups. Quant à Rapine, il me renverra vers Lestrade en justifiant que c'est lui qui conduit cette affaire.

— De surcroît, si nous obtenons la libération de Montgeron, le duc de Bedford ne va-t-il pas nous en vouloir ?

— Il est certain qu'il se fâchera quand il aura connaissance de cette lettre. Et comme il n'osera pas s'en prendre à la reine Isabeau, qui reste nécessaire à l'union des royaumes, il se retournera contre ses exécutants. Cependant, je prends le pari que Montgeron va me permettre d'élucider l'attaque du convoi de Rouen. Auquel cas, nous recevrons seulement des compliments.

— Une gageure risquée, observa Watson.

— La vie n'est qu'un défi, mon ami, ou alors elle est mortellement ennuyeuse, ce n'est pas à toi que je vais l'apprendre.

Watson approuva d'un grand rire.

— Mais si, au Grand Châtelet, le maître geôlier refuse de libérer notre homme ?

— Nous irons seulement discuter avec le clerc greffier, et en cas de refus, je tenterai un recours auprès du lieutenant civil.

Les prisons du Châtelet étaient gouvernées par le maître geôlier. Son épouse, la geôlière, s'occupait des prisonnières et des repas. Le maître était aidé dans sa besogne par un clerc greffier, lui-même assisté d'un commis, et trois valets porte-clefs ainsi que quelques gardes.

Au Grand Châtelet, les sergents s'étaient mis à l'abri sous la voûte et les Anglais les saluèrent. Arrivé à la porte conduisant aux guichets, Holmes se nomma et les gardes, qui maintenant le connaissaient, lui ouvrirent. Il leur expliqua avoir une lettre de rémission pour un prisonnier. Après la traversée de passages sinistres et glacials, à peine éclairés par des torches ou de rares flambeaux, ils débouchèrent dans la pièce jouxtant le bureau des écrous. Les valets geôliers jouaient aux dés sur des bancs.

Par une ouverture grillagée, Holmes expliqua au greffier les raisons de sa visite. Il s'agissait du clerc et non du commis qu'il avait déjà rencontré. L'homme vint leur ouvrir et lut la lettre de rémission à la lueur d'une chandelle tout en secouant la tête.

— Avec tout mon respect, maître Holmes, cette lettre n'a pas été établie par monseigneur le régent de France. De plus, il me faut un ordre écrit d'un lieutenant du prévôt pour libérer un prisonnier.

— Le régent est parti avec son armée, comment voulez-vous qu'il paraphe une lettre de rémission ? Dame Isabeau est toujours votre reine. Quant aux lieutenants, ils ont été prévenus par le chancelier. La lettre porte le visa de messire Le Clerc et vous pourrez la conserver pour vous justifier. Si vous ne délivrez pas le nommé Montgeron, j'irai sur-le-champ dire à Sa Majesté que le clerc greffier du Châtelet ne respecte pas ses ordres et le prévôt le fera remplacer, et vous avec.

— Je ne veux pas d'ennuis, maître Holmes, bougonna l'homme en fronçant les sourcils, mais je dois respecter la procédure. Ne pouvez-vous obtenir un ordre d'un examinateur ou d'un conseiller ?

Tout en parlant, il alla prendre le registre d'écrou et parcourut les écritures tandis que Gower échangeait des regards inquiets avec Edward.

— C'est messire Lestrade qui a arrêté ce Montgeron, fit le greffier. Or il se trouvait ici tout à l'heure. J'ai entendu qu'il devait retrouver des sergents au tribunal. Je vais le faire chercher et vous vous arrangerez avec lui.

Il se rendit à la porte et héla les geôliers :

— Baltazar, Pierotin, Martin, trouvez-moi messire Lestrade, dites-lui qu'on vient libérer un prisonnier et que sa présence est nécessaire.

Les trois hommes partirent. Faisant contre mauvaise fortune bon cœur, Holmes et Watson s'approchèrent du poêle. Le commis était revenu à sa table de travail où il consultait un registre en silence. Soudain, il reprit la parole :

— Ce Montgeron n'avait pas d'argent. Il n'a pas réglé le droit d'entrée ni les nuits passées.

— Combien ? demanda Holmes.

— Le tarif est de huit deniers pour un homme de rien, et la place est à deux deniers la nuit. Qui va payer le sol ?

— Moi ! dit Watson en tirant quatre gros de son escarcelle. Vous boirez à notre santé avec le reste.

Avant l'arrivée des Anglais à Paris, le gros d'argent faisait douze deniers, mais il n'en valait plus que cinq cette année.

Satisfait, le clerc prit les pièces pour les ranger dans une boîte. Un moment plus tard, le nommé Baltazar arriva en compagnie de Lestrade en pourpoint sombre, chaperon violet et pelisse fourrée entrouverte.

— Que voulez-vous, maître Holmes ? demanda sèchement l'examinateur, la mine sévère.

Devinant la querelle à venir, Edward lui tendit la lettre de rémission sans un mot.

Lestrade commença à la lire, puis leva des yeux courroucés.

— Vous avez osé ! cracha-t-il.

— Osé quoi, messire ? Cet homme est innocent de ce dont vous l'accusez et je vous livrerai le véritable coupable. Vous m'auriez écouté, je n'en serais pas venu à cette extrémité.

Lestrade se replongea dans la lecture. Le frémissement de ses lèvres et de ses mains montrait sa fureur et son émoi.

— Cette lettre de rémission n'a pas reçu le cachet du roi Henri VI et n'est pas paraphée par le régent. Elle n'a aucune valeur ! Je ne libérerai point le prisonnier et j'irai contester cette rémission devant le parlement.

— Vous pouvez vous y opposer, messire Lestrade, vous en avez le droit et peut-être vous donnera-t-on raison. Mais échapperez-vous aux conséquences ?

— Quelles conséquences ?

— Vous vous attirerez la haine éternelle de la reine. N'oubliez pas que le prévôt de Paris est son ancien maître d'hôtel. Qu'elle lui dise de vous chasser et il le fera sans hésitation.

Un lourd et hostile silence s'installa. Lestrade se rendait compte qu'en s'opposant à dame Isabeau il se trouverait dans une situation dangereuse. La Bavaroise était réputée pour être vindicative. Non seulement il perdrait son office, mais elle pourrait bien le faire poignarder par un sicaire ou jeter en Seine cousu dans un sac.

De nouveau, il jeta un regard de rage à Holmes, ignorant Watson.

— Je m'incline, murmura-t-il finalement. Mais que Montgeron vienne demain à l'audience présidée par le prévôt – et qu'il prête serment de son innocence sur les Évangiles. S'il ne le fait pas, il sera pourchassé et pendu.

Il se tourna vers le greffier qui n'avait rien perdu de l'échange.

— Qu'on libère le prisonnier !

— Il me faut un écrit, messire, ou alors paraphez le registre.

Il tourna le volume et tendit la plume. Lestrade traça une marque à l'endroit que l'autre lui indiqua, puis jeta la rémige sur la table et tourna les talons.

— Il va nous en vouloir, fit Watson avec un sourire sarcastique.

— Je parviendrai bien à me faire pardonner.

Au mur s'étendait un tableau de bois sombre avec des crochets auxquels pendaient toutes sortes de clefs : celles des cachots, des grilles et des fers. Le greffier en retira deux, la plus grosse pour la serrure et la seconde pour la chaîne.

— Baltazar, Pierotin, allez chercher le nommé Montgeron à Beauvais, fit-il en posant les clefs sur la table.

Beauvais était une salle voûtée au premier étage de la tour carrée, qui recevait les détenus les plus pauvres.

— Attention, ramenez-moi le bon prisonnier ! plaisanta-t-il.

Les gardiens partirent et, de nouveau, les Anglais patientèrent. Le greffier ajouta une bûche dans le poêle, provoquant une fumée qui les fit sortir de la pièce en toussant. Elle ne s'était pas encore dissipée quand revinrent les porte-clefs encadrant un Montgeron boitillant. Toujours dans son manteau en peau de loup, barbe et chevelure en désordre, il montrait un visage hagard et son œil unique restait dans le vague, terne et désespéré.

— Mon nom est Holmes, lui dit Edward. J'ai obtenu votre libération, mais je peux vous renvoyer dans votre cachot quand je le déciderai. Et mon ami Watson n'hésitera pas à vous passer son épée au travers du corps si vous ne m'obéissez pas.

Montgeron demeura indifférent, comme s'il n'avait rien entendu. Watson s'apprêtait à le secouer quand le gueux releva la tête et murmura :

— Dieu vous bénisse pour me sortir de cet enfer, maître clerc… Que dois-je faire ?

— Sortons, je vous dirai dehors ce que j'attends de vous.

24

Les gardes leur ouvrirent la porte extérieure et la bise glaciale les saisit.

— Allons à la taverne du *Coq-et-de-la-Pie*, proposa Watson.

Constitué de petites salles dans lesquelles on pouvait discuter tranquillement, ce cabaret était tout proche, rue Saint-Jacques.

Ils marchèrent un moment en silence jusqu'à ce que Montgeron demande :

— Comment me connaissez-vous ? Pourquoi m'avoir sorti de prison ?

— Vous remercierez Robert.

Le regard du dresseur s'éclaira.

— Est-il libre ?

— Oui, il vous attend.

L'enseigne de l'auberge se balançait maintenant devant eux : un coq et une pie dressés sur une perche, tous deux couverts de neige avec des chandelles de glace qui pendaient dessous.

— Et mon loup ? questionna encore Montgeron d'une voix inquiète.

— Il se trouve avec Robert.

Ils pénétrèrent dans le cabaret. L'endroit était sombre, enfumé, bruyant, avec des relents de soupe aux choux, mais il y faisait chaud.

Watson les guida vers le fond. Loin de la cheminée, un recoin était occupé par un couple : une ribaude qui ne cessait de rire sottement et un homme au crâne et aux sourcils rasés. À l'évidence un bigame récemment condamné[1]. Il parlait d'un ton mielleux en tenant la main de la femme.

Ils s'installèrent sur des escabelles autour d'un tonneau.

— Un magistrat vous a-t-il interrogé ? s'enquit Holmes.

— Oui, maître, un examinateur avec un auditeur du Châtelet. Ils m'ont accusé d'avoir navré un serviteur du régent avec mon loup. C'est pas vrai, je le jure sur la très Sainte Vierge Marie. Ysengrin n'attaque pas les hommes. Je devais demain être questionné sur le petit tréteau.

— Vous connaissez Le Rougeau…

— Oui, maître, j'ai travaillé pour lui.

— Comment l'avez-vous rencontré et pourquoi l'avoir quitté ?

— C'est l'histoire de ma vie… Voulez-vous l'entendre ?

— Volontiers.

— Mon père était tenancier en Normandie. Le seigneur était dur et exigeant et ma mère et mes frères sont morts de maladie et de fatigue. Je m'occupais de nos moutons, des poules et du cochon, mais les loups faisaient des ravages en hiver. Le seigneur les chassait pourtant avec son garde-chasse. C'était Le Rougeau. Un jour, j'ai trouvé un louveteau qui se mourait dans une tanière. Sa mère avait été tuée par Le Rougeau. J'ai gardé l'animal et l'ai nourri jusqu'au moment où le garde-chasse l'a appris. Il est venu avec ses gens et ils l'ont tué. Ils m'ont dit que je ne l'avais pas éduqué comme il fallait, car il était trop doux. Mais, comme j'avais été capable

1. Les bigames étaient rasés « comme des navets » au Châtelet.

de le dresser, Le Rougeau a obtenu du seigneur que je rejoigne sa troupe de louvetiers. J'avais treize ans. Mon père a reçu dix pièces d'argent pour prix de mon départ.

Une servante édentée au nez cassé vint leur porter du cidre chaud. Holmes lui demanda des soupes, car la faim les tiraillait.

— Au début, j'étais le domestique des valets. Je préparais les pièges à loups et, quand ils trouvaient des louveteaux, c'est moi qui les nourrissais. Puis ils étaient dressés par le garde-chasse qui les rendait méchants et féroces en les torturant. Il les forçait à dévorer vivants d'autres loups blessés dans les battues. Ces fauves-là pourchassaient ensuite leurs congénères, sachant que s'ils ne le faisaient pas, ils seraient eux-mêmes dévorés. Moi, je suivais les ordres que je recevais. Comme Le Rougeau gagnait beaucoup d'argent en imposant les paysans, il a pu acheter la charge de louvetier de la vicomté. Son seigneur l'a aidé, bien sûr. J'avais vingt ans et je suis resté avec lui. Il a organisé la louveterie de la vicomté en compagnies et il m'a envoyé dans celle de la châtellenie de Poissy. Son capitaine s'appelait Harald. Celui-là était encore plus dur et féroce que Le Rougeau mais on menait une belle vie. On s'installait dans les villages et sous prétexte de chasser le loup on prenait tout : les vivres, les femmes, le bétail. Si les vilains protestaient, on les faisait mordre par nos bêtes. C'est dans un affrontement avec les manants que j'ai perdu mon œil, car souvent ils se défendaient.

Montgeron parlait d'une voix morne, distante, indifférente, comme si ce temps ne le concernait plus.

— Mais un jour, Harald a voulu abuser d'une femme. Elle s'est défendue et il l'a livrée à ses loups. Je suis allé prier pour elle et la Vierge Marie m'a parlé. Elle m'a dit que si je restais avec ces méchants, je serais damné. Alors je suis parti. J'ai vécu comme un gueux pendant des années, chassant les loups pour les paysans qui me le demandaient, car je n'avais pas peur d'eux. C'est ainsi que j'ai trouvé Ysengrin. Ce n'était qu'une boule de poils et je l'ai sauvé. Sa mère avait été tuée. Ysengrin n'est pas féroce, fit le gueux avec de la tendresse dans la voix. Il est aussi fidèle qu'un chien. Voilà un an, j'ai été mordu à la cuisse par un loup. Depuis, j'ai du mal à marcher, aussi j'ai dû arrêter de chasser et je suis venu à Paris avec Ysengrin.

Il se tut un moment quand le couple voisin se leva et partit. Apparemment, le bigame avait trouvé une nouvelle épouse.

— J'ai vécu de petits larcins et de tromperies. Je faisais semblant de sauver des gens qu'Ysengrin menaçait. Ça me permettait juste de vivre et de nourrir mon loup. Puis j'ai rencontré Robert et ce froid diabolique est arrivé. On n'avait rien à manger, et j'y ai proposé de rapiner.

— Et vous avez volé dame Audeloncourt.

— Oui… Mais on a frappé personne, j'ai jamais meurtri quelqu'un, je le jure ! affirma-t-il dans un sanglot retenu.

— Admettons, dit Holmes. Maintenant, laissez-moi vous dire pourquoi je vous ai fait libérer.

Il s'interrompit car la servante revenait avec trois écuelles de bois contenant des tranchoirs, des cuillères et un pot de bouillon. La meschinette servit et s'en alla. En triturant son pain couvert de bouillon, Holmes raconta l'épisode de Vernon, sans entrer dans les détails.

— Croyez-vous que des loups dressés puissent attaquer des gens d'armes ? demanda-t-il au louvetier.

— Sans doute. Le Rougeau serait capable de conduire une telle meute. Mais des loups seuls ne seraient pas suffisants pour vaincre une importante troupe.

Holmes échangea un regard satisfait avec Watson.

— Contre votre liberté et votre vie, vous nous accompagnerez à Vernon dès qu'il fera moins froid. En attendant, vous viendrez demain chez moi me décrire les hommes de Le Rougeau.

— Je ferai tout ce que vous voulez, maître Holmes.

— Rentrez chez vous, maintenant. Robert vous attend.

Ils étaient revenus rue du Coq depuis peu quand arriva un autre visiteur, un domestique d'après son pauvre manteau de laine rapiécé, son bonnet mité et son expression de chien battu. Les domestiques étant dans la cuisine avec dame Bonacieux, ce fut Holmes qui le fit entrer après que le valet, coiffe à la main, se fut présenté à travers le judas comme un envoyé du frère de Martial L'Escot.

— Maître L'Escot avait donc un frère ? s'exclama Edward en dévisageant le nouveau venu avec suspicion.

L'homme, maigre et de haute taille, dans la trentaine, avait un curieux visage tourmenté, blafard, avec un front bombé proéminent et des yeux enfoncés.

— L'ignorez-vous, messire ? Mon maître a su que vous vous intéressiez à la tragique fin de son aîné et souhaite vous faire de graves révélations.

— Comment a-t-il appris cela, et d'où connaissait-il ma maison ?

— À l'hôtel des Tournelles, messire. Mon maître est au service du panetier, répondit le valet avec un air niais, visiblement surpris par la question.

Watson s'était approché à son tour.

— Comment se nomme-t-il ?

— Nicolas L'Escot, messire.

— Et où trouve-t-on ce Nicolas ?

— Dans la même rue que son frère, une plus petite maison, bien sûr, à l'enseigne de saint Pierre, avec des colombages verts.

— Que veut-il me révéler ? interrogea Holmes.

— Je l'ignore, messire, il m'a seulement dit que son frère lui avait laissé des papiers importants.

— Pouvons-nous y aller tout de suite ?

Edward était gagné par la curiosité. Qu'allaient lui apprendre ces papiers ? S'agissait-il des copies des actes de prêt ? Auquel cas, ils contiendraient à coup sûr le nom de l'assassin !

— Mon maître vous attend.

— Partons, Gower ! décida le clerc. Vous nous montrerez la maison, fit-il au valet.

— Je vous rejoindrai là-bas, messire. Je dois encore me rendre chez un boulanger qui n'a pas livré au palais la farine attendue.

— Ah…

Edward sentit les soupçons l'envahir. Pouvait-il s'agir d'un guet-apens ? Comment vérifier les dires de cet inconnu ? Cependant, que risquaient-ils en plein jour ? Rien ! Il chassa la défiance de son esprit.

— Entendu, nous nous préparons et partons.

Le domestique les salua avec déférence et s'en alla. Holmes sortit derrière lui et le vit s'éloigner dans la neige, vers le grand chemin Saint-Louis.

Il rentra, malgré tout mal à l'aise.

— Qu'en dis-tu, Watson ?

— Qu'on ne devrait pas tarder. Si le même individu a meurtri L'Escot, ses domestiques et ceux du notaire, il pourrait bien s'en prendre à son frère.

— Fort juste. Emporte ton arc et équipe-toi.

Un peu plus tard, rue Saint-André, dans l'Outre-Petit-Pont, un homme au manteau de laine rapiécé, coiffé d'un bonnet mité, salua un savetier qui travaillait en mitaines dans sa minuscule boutique.

— Maître Étienne ! Voulez-vous entrer chez vous ? lança jovialement l'artisan.

— S'il vous plaît de m'ouvrir. J'ai mouillé mes vêtements et je garde une meilleure houppelande dans le solier.

L'artisan déverrouilla la porte. Maître Étienne, qui enseignait au collège de Montaigu – c'est ce qu'il avait affirmé –, avait loué le grenier la veille.

Il gravit l'escalier et, à l'étage, emprunta l'échelle. Le galetas sous le toit était glacial et à peine éclairé par un fenestron maculé de toiles d'araignée. L'endroit ne contenait qu'une paillasse.

D'une grosse besace apportée la veille, le locataire sortit une robe en drap noir et une houppelande à manches évasées au col de petit-gris. Il retira ses vêtements, enfila la robe, attacha sa dague à la ceinture et passa la houppelande. Puis il sortit encore du sac un flacon, une petite boîte ciselée et un miroir en étain. S'approchant du fenestron, il cala le miroir contre la charpente et se frictionna le visage avec le contenu de la fiole, faisant disparaître la pâleur de son teint. Ensuite, il prit une sorte de pâte dans la boîte et entreprit de remodeler son nez en l'allongeant. Il avait coupé court ses cheveux et se coiffa d'un bonnet sombre à bec. S'examinant, il jugea le résultat satisfaisant et descendit. En bas, il salua l'artisan en gardant le dos tourné et s'en alla. Il ne reviendrait plus dans cette maison.

Il reprit la rue Saint-André vers la porte de Buci, puis fila par la grand-rue Saint-Germain-des-Prés jusqu'à l'hôtel d'Arras. Là, il s'arrêta à la maison à l'enseigne de Notre-Dame et tira le cordon.

Après qu'on l'eut examiné par un judas et interrogé, il dut patienter quelques instants avant qu'on lui ouvre. Le concierge se trouvait avec une dame qui le considéra de haut en bas avant de proposer :

— Entrez, maître Holmes, dame Audeloncourt vous attend.

Edward et Gower rentrèrent chez eux à la nuit tombée, fort mécontents. Watson frappa à la porte en se faisant connaître et, quand l'huis s'ouvrit, il reconnut avec stupéfaction Grégoire Lestrade affichant une mine chafouine.

— Vous ici ? À cette heure ? Où est Michel ? s'exclama l'Anglais.

— Entrez ! ordonna l'examinateur d'un ton glacial.

À peine les deux amis étaient-ils dans l'antichambre que des archers poussèrent la porte et se placèrent devant.

Devinant des ennuis, Holmes avança et découvrit Constance Bonacieux et les gens de la maisonnée rassemblés devant la cuisine. Tous montraient une mine apeurée. Gracieux était tenu par Amaury. Six autres archers les surveillaient.

— Que signifie ?

— Vous le savez très bien, maître Holmes, fit Lestrade muni de la baguette blanche que portaient les examinateurs, servant à signifier les arrestations.

Avec elle, il toucha Edward à la poitrine et ajouta :

— Au nom du régent de France et du roi Henri VI, je vous saisis pour avoir commis un ignoble crime.

Gower se montra stupéfait mais Edward demanda avec sang-froid :

— Quel crime ?

— J'ai honte pour vous, maître Holmes ! Quelle abomination d'avoir assassiné dame Gentillette Audeloncourt !

CAUTÈLE ET MALAVENTURE

25

Stupéfait, Watson ouvrit la bouche mais demeura incapable de prononcer un mot tant il ne s'attendait pas à cette charge. En revanche, Holmes perça la piperie en un éclair. La maison du frère de L'Escot n'existait pas, ni son frère Nicolas. Le valet les avait trompés, non pour les attirer dans un piège mais pour les éloigner.

— Dame Audeloncourt serait morte ? s'enquit-il d'une voix sourde.

— Vous le savez très bien ! Vous venez de la daguer !

— Absurde ! s'exclama Watson qui avait repris ses sens. Nous arrivons de la rue du Roi-de-Sicile !

— Inutile de nier ! Les affirmations du concierge et de la dame de compagnie sont indiscutables. D'ailleurs, vous leur avez révélé votre nom en arrivant.

— Je serais allé chez dame Audeloncourt ?

— Ne faites pas l'innocent ! Les témoins vous accusent !

— Quand aurais-je fait cela ?

— Voilà moins de deux heures !

— Tripes de Dieu ! Mais puisqu'on vous dit qu'on était rue du Roi-de-Sicile ! explosa Gower.

— Qui avez-vous rencontré ?

— Personne ! Le valet du frère de Martial L'Escot est venu ici il y a quatre heures et nous a assuré que son maître nous attendait, mais la maison indiquée pour le rencontrer n'existait pas, expliqua Holmes.

— L'Escot n'avait pas de frère ! s'exclama Lestrade.

Il se tourna vers Constance :

— Dame Bonacieux, avez-vous vu ce valet ?

Elle hésita à mentir et Holmes intervint avant qu'elle ne le fasse :

— Dame Bonacieux et nos serviteurs se trouvaient dans la cuisine.

Le commissaire examinateur afficha un sourire satisfait.

— Vraiment, je ne vois pas où mènent vos billevesées !

Il considéra les Anglais avec une expression triomphante.

— Vous avez essayé de m'abuser par vos fines déductions et vos beaux raisonnements, poursuivit-il, mais je vous l'ai dit, j'ai une expérience du mal que vous n'aurez jamais ! Vous venez de commettre le plus stupide et le plus abject des crimes !

— Vous ne comptez pas l'imagination parmi vos remarquables qualités, messire Lestrade, persifla Holmes avec froideur. Mais si vous pouviez vous mettre à ma place, choisiriez-vous d'aller tuer dame Audeloncourt en vous annonçant dès votre arrivée ?

— Un criminel perd souvent la tête, je le sais ! affirma Lestrade avec suffisance. Pour moi, tout est parfaitement clair et je n'ai aucun doute sur les abominations que vous avez commises. Le témoignage de la dame d'atours est formel : elle m'a affirmé vous avoir déjà vu chez vous et avoir reconnu votre nez, votre robe et surtout votre voix.

— A-t-elle également reconnu Watson ? interrogea Holmes.

— Non, vous étiez seul.

— Étonnant, puisque nous ne nous sommes pas quittés. Mais nous en reparlerons demain, messire

Lestrade. J'irai moi-même me justifier auprès de messire Rapine.

— Demain ? Mais vous ne comprenez donc pas ? De gré ou de force, vous et Watson allez m'accompagner au Grand Châtelet où vous passerez la nuit en cellule. Demain matin, vous serez entendus à l'audience qui se tient après la première messe chantée à Saint-Jacques-la-Boucherie[1]. Le lieutenant criminel, moi-même et des auditeurs interrogeront les témoins et une décision sera prise à votre sujet. Vous serez ensuite conduits devant nous pour avouer ou non. Si vous ne reconnaissez pas les faits, vous serez interrogés sur le petit tréteau. Vous avez la nuit pour y réfléchir.

— Par les cornes de Belzébuth, vous êtes fou, mon maître ! s'exclama Watson. Nous sommes anglais, et vous ne pouvez nous saisir au corps !

— Songez-vous à vous rebeller ?

— Non, fit Holmes en levant la main. Je vous suivrai, mais vous venez de le dire, mon ami Watson n'est aucunement concerné, vous n'avez pas à l'arrêter.

— C'est votre complice !

— Comment pouvez-vous affirmer cela ?

— Je le sais ! cria Lestrade, et la question sur le petit tréteau vous fera reconnaître sa complicité !

— Par Dieu, vous vous égarez, Lestrade ! Nous obéirons, mais vous regretterez d'avoir agi ainsi.

— Guillaume, ordonna l'examinateur, mets-leur les fers !

— Inutile, nous ne nous enfuirons pas, promit Holmes.

— C'est la procédure. Laissez-vous faire, sous peine d'en payer le prix.

Watson posa la main sur son épée, mais Holmes lui fit signe de se soumettre. Ils se trouvaient en infériorité.

1. La première audience avait lieu après cette messe.

À quoi aurait servi qu'ils se fassent maltraiter ou blesser maintenant, alors que des épreuves, peut-être douloureuses, les attendaient ?

— Votre dette va croître jusqu'à vous étouffer, messire Lestrade, dit-il seulement. Je n'ai pas tué dame Audeloncourt, je ne suis d'ailleurs jamais allé chez elle, ni Gower, vous vous trompez complètement, et, pire, vous protégez le véritable criminel qui a aussi meurtri maître L'Escot, ses gens et ceux de maître Roussel !

— Et qui est donc ce maître assassin ? railla le commissaire.

— Je l'ignore mais je l'ai, hélas, sous-estimé. Je comprends maintenant que cette puissance occulte règne sur Paris telle une araignée au centre de sa toile.

— Coquefabue !

— Nous verrons, et vous viendrez bientôt me demander pardon.

Lestrade haussa les épaules et fit signe à Guillaume. Ce dernier, vigoureux sergent d'armes de petite taille mais aux bras puissants, se saisit d'une des chaînes portées à sa ceinture et s'approcha d'Edward.

— Tendez-moi vos mains, maître ! ordonna-t-il.

Holmes s'exécuta. Le sergent ouvrit les étriers forgés aux extrémités de la chaîne et les boucla autour des poignets du clerc. Ces pièces étaient formées d'un anneau se refermant sur une serrure oblongue. Un tour de clef à chacune des fermetures et le clerc fut entravé, même si la chaîne, longue d'un pied, lui permettait de faire quelques mouvements.

Le sergent s'approcha ensuite de Watson qui guigna Holmes puis Lestrade, à qui il cracha :

— Par saint Dunstan, je vous jure que je vous mettrai aussi ces fers, et je vous jetterai en Seine avec !

Lestrade devint livide, mais ne répondit pas.

Gower avança ses mains et le sergent lui passa également les bracelets. Après quoi l'homme le dépouilla de son épée, de sa dague et enleva au clerc le couteau qu'il gardait à la taille.

— Quoi qu'il arrive, laissez dame Constance et nos gens en dehors de tout cela, demanda Edward à Lestrade.

— Décidément, vous pensez pouvoir tout régenter et m'apprendre mon métier, maître Holmes ! Ignorant si vos gens ne sont pas vos complices, je devrais les enfermer eux aussi au Châtelet, mais, par miséricorde, je ne le ferai pas. Cependant, ils passeront la nuit dans cette pièce, surveillés par les archers que je laisse ici. Demain, je viendrai faire une perquisition. Si vous ne voulez pas que je brise vos meubles, je vous conseille de me laisser vos clefs.

Edward se savait vaincu, pour le moment. Comment empêcher cet imbécile de nuire d'ici au lendemain ? Il ne discernait aucun moyen.

— Mes clefs sont à ma ceinture. Cependant, je vous préviens : il se trouve dans mes armoires certains papiers dont la lecture est mortelle. Je vous déconseille de fouiller.

— Vous me déconseillez ! Et en quoi ces papiers seraient mortels ? s'enquit l'examinateur d'un ton moqueur.

— Ce sont des secrets des rois. Prenez-en connaissance, et vous serez jeté en Seine cousu dans un sac, je peux vous l'assurer.

— Et vous, vous connaissez ces secrets ? ricana Lestrade d'une voix faussement assurée.

— Je les connais. Oubliez-vous que mon frère était maréchal d'Angleterre et que la reine m'a dévoilé ses plus intimes confidences ?

Lestrade s'approcha de Holmes, écarta sa houppelande et détacha le trousseau, après quoi il se dirigea vers Watson.

— Prenez donc mes clefs, gronda Gower. Mais, par le Seigneur, je n'aimerais pas être à votre place, Lestrade !

Ce dernier saisit les clavelles sans un mot.

En vérité, l'examinateur se sentait mal à l'aise. Deux heures plus tôt, alors qu'il se trouvait au Grand Châtelet, un sergent lui avait amené le concierge de dame Audeloncourt accompagné d'un valet et de sa dame de compagnie. Quand ceux-ci lui avaient annoncé l'assassinat de leur maîtresse par maître Holmes, il ne les avait pas crus. Mais leur récit était précis et ne présentait aucune confusion : Jeanne avait reconnu l'Anglais, qui d'ailleurs s'était nommé, et dame Audeloncourt l'avait reçu avec cordialité, avant qu'il ne la poignarde sauvagement quand elle avait refusé de lui donner cent livres en récompense de son orfèvrerie retrouvée. Une fois convaincu, Lestrade avait rassemblé ses gens d'armes pour se rendre rue du Coq. Il tenait sa revanche, après l'humiliation de la lettre de rémission, et il avait chassé de son esprit le bon sens qui lui affirmait que maître Holmes ne pouvait s'être comporté ainsi.

Cependant, ce que le clerc venait de dire avait ébranlé ses certitudes. Difficile de croire qu'il se soit rendu chez dame Audeloncourt et l'ait tuée devant témoins, en sachant qu'il serait identifié et accusé. Mais si ce n'était pas lui, qui était-ce ? Quoi qu'il en soit, il était en proie au doute, et Holmes, qui l'observait, le sentait.

— Dame Constance, dit alors celui-ci, prenez une centaine de livres dans votre cassette et mettez-les dans ma bourse et celle de Gower, nous en aurons besoin. Quant à vous, Lestrade, je connais exactement le dépôt dans mes coffres. Si à mon retour il manque une seule obole, je vous ferai écorcher, avant que Watson ne vous jette dans la Seine.

— À votre retour ? Je doute que vous reveniez, maître Holmes ! Mais apprenez que je suis un honnête homme.

Pas un liard ne sortira de cette maison, et si un de mes sergents ose rapiner, je le ferai pendre. Quant aux papiers dans vos armoires, je les confierai au lieutenant civil. Êtes-vous satisfait ?

Holmes l'ignora, ce qui mortifia profondément le commissaire examinateur.

Passant avec superbe devant les archers, Constance se rendit au dressoir en tenant dignement un pan de sa robe afin qu'il ne traîne. Elle ouvrit la porte basse du meuble, sortit la cassette, prit des pièces d'argent et d'or qu'elle déposa devant elle, puis referma le coffret, le remit en place et verrouilla la porte ; ceci dans un profond silence et sous le regard intéressé des hommes d'armes, embarrassé de Lestrade, admiratif des domestiques, adoratif de Gower et satisfait d'Edward. Elle se dirigea ensuite vers Holmes, qui restait bras ballants car ses fers étaient lourds, et détacha son escarcelle avec un triste sourire, puis alla à son amant et fit de même. Elle revint au dressoir et emplit les deux bourses qu'elle rapporta à leurs propriétaires. Ayant renoué celle de Gower, elle leva la tête et lui glissa un baiser sur les lèvres en déclarant : « Je t'aime. » Elle se tourna alors vers Holmes, dans l'attente de recommandations, mais il hocha seulement la tête. Il la savait fine et pleine de ressources et ne doutait pas qu'elle préviendrait rapidement ses amis.

— Messire Lestrade, m'autorisez-vous à aller leur chercher des couvertures à l'étage ?

Débordant de mépris, le ton était celui d'une reine à un valet. L'examinateur ressentit le camouflet, ce qui accrut encore son embarras.

Il lâcha un « oui » presque inaudible.

Précédés du sergent Guillaume, Holmes et Watson marchaient côte à côte dans la rue du Coq en direction de la Seine. Derrière eux Lestrade, puis un sergent et deux archers. Avant son départ, l'examinateur avait donné des ordres à ses hommes, leur rappelant de traiter correctement la maisonnée, et que la moindre plainte donnerait lieu à des sanctions. Cependant, ils devaient les surveiller sans cesse, les empêcher de sortir ou de se rendre dans les étages, sinon accompagnés d'un archer.

Maintenant, il songeait à sa carrière. Les menaces et les avertissements des Anglais avaient porté. Dès qu'il les aurait fait enfermer, il se rendrait chez le greffier, chez qui il avait envoyé la dame de compagnie et le concierge afin qu'ils rapportent ce qui s'était passé et qu'ils paraphent leur déposition. Il prendrait des copies de ces procès-verbaux et les porterait aux lieutenants civil et criminel. Ce serait à eux de prévenir le prévôt, lequel avertirait messire Fastolf. Demain matin aurait lieu l'audience où les deux serviteurs de dame Audeloncourt viendraient témoigner. Ensuite, ce serait aux conseillers et aux examinateurs de décider de la culpabilité et de la peine de maître Holmes. Ainsi, il serait couvert. Quant à Watson, il n'existait aucun fait justificatif contre lui et il serait certainement mis hors cour[1], mais une nuit ou deux dans une cellule lui apprendrait qu'un Anglais était un justiciable comme un autre à Paris.

Chemin faisant, Holmes parlait à voix basse à son ami :

— Le diable soit du prétendu frère de L'Escot ! Je me suis laissé berner comme une vieille femme ! Il nous a envoyés à l'autre bout de Paris pendant qu'il se faisait passer pour moi chez dame Audeloncourt.

— Ce serait lui qui aurait pris ta place ?

— Qui d'autre ? Voilà un excellent comédien ! Tu as vu comme il a joué le rôle d'un valet pour mieux nous faire avaler la mer et les poissons ?

1. La mise hors cour correspondait à un arrêt des poursuites.

— Pourtant il ne te ressemblait guère.

— Il faut peu de chose pour contrefaire quelqu'un. Il a dû relever la façon que j'ai de me tenir, le ton de ma voix…

Après un instant de silence, il ajouta :

— Je suis persuadé qu'il m'avait déjà vu. Il avait forcément préparé ce nouveau meurtre depuis quelque temps.

— Est-ce pour cela que tu as parlé d'une puissance occulte qui régnerait sur Paris comme une araignée au centre de sa toile ?

— Oui, je l'ai compris dès que Lestrade m'a accusé. Déjà ce Jules César du crime avait pris les attributs du loup pour meurtrir ce pauvre L'Escot qui lui avait prêté de l'argent. Ce monstre agit sans crainte et sans scrupule. Il a assassiné tous ceux qui le gênaient et n'a peut-être pas terminé. Quand je pense que ce sot d'examinateur m'empêche d'agir au moment le plus crucial !

— On saura vite que nous sommes en prison, et la reine Isabeau nous fera sortir.

Holmes ne répondit point, incertain.

Ils empruntèrent la rue de Beauvais qui communiquait avec la rue de l'Autriche par un passage entre des maisons érigées contre l'ancienne muraille de Philippe Auguste. Ils poursuivirent vers la rivière et passèrent devant la porte du Sénéchal, l'entrée principale du château du Louvre. Le portail était ouvert et la herse levée. On apercevait un feu autour duquel les gardes se réchauffaient.

Ils longèrent la berge. Le spectacle de la Seine gelée était impressionnant. Par places, la glace était lisse, à d'autres endroits se chevauchaient des crêtes rocailleuses, sortes de vagues glacées. On distinguait quelques audacieux qui circulaient d'une rive à l'autre.

L'obscurité s'étendait quand ils passèrent devant la prison de For-l'Évêque, dans la rue menant à Saint-Germain-l'Auxerrois. Puis ils débouchèrent devant le Grand Châtelet. À aucun moment Lestrade ne s'était adressé à ses prisonniers.

Dans la forteresse, Edward et Gower suivirent le même chemin que dans la matinée, quand ils étaient venus libérer Montgeron. Mais, cette fois, c'étaient eux qui allaient connaître les affres de la geôle.

Encadrés par leurs gardes qui leur avaient retiré leurs bracelets de fer, ils s'assirent dans la salle attenante au greffe, toujours aussi glaciale, tandis que Lestrade allait s'expliquer avec le commis. Puis l'examinateur disparut sans rien dire. Le commis sortit à son tour et, intrigué, s'approcha des prisonniers.

— Messires, je ne m'attendais pas à vous revoir si tôt.

— Tout arrive ! fit Watson, désabusé.

— Messire Lestrade est allé prévenir le maître geôlier. Je vais vous conduire chez lui. Les formalités d'écrou sont un peu différentes pour les gens de qualité. Vous avez le choix de votre logement, car messire Lestrade ne veut pas que vous soyez enfermés dans la grande salle du sous-sol ni dans Beauvais, où les prisonniers sont entassés pêle-mêle sur de la paille. On met là les plus pauvres ou ceux qui doivent rester au secret. Il n'a pas non plus demandé que vous soyez écroués dans les obscures chartres de la Gourdaine, du Paradis, de Barbarie, de Gloriette ou la Fin d'aise. Il me reste les honnêtes cellules de Beauvoir, la Motte et la Salle, mais qui dégorgent déjà d'occupants. Je ne dispose que d'un lit de libre à Beauvoir, vous devrez le partager.

Il parlait comme un hôtelier désolé que son auberge soit complète.

— Je paierai ce qu'il faut, mais je veux une chambre où nous soyons seuls.

— J’en ai deux, minuscules, dans le haut du donjon, mais, hélas, déjà occupées. Si vous acceptez d’être au sous-sol, la Petite Salle est vide. Il s’agit d’une cave éclairée par une lucarne donnant sur une cour.

— Chauffée ?

— Elle dispose d’une cheminée, mais le bois sera en supplément sur le tarif de votre séjour. Le maître geôlier vous en fixera le montant. Vous savez que le prix de la journée est différent suivant l’état du prisonnier ?

— Oui.

— La nourriture est comptée en plus, bien sûr, sauf si vous vous contentez de pain de seigle. Si vous n’avez pas de questions, allons voir mon maître.

26

Ils empruntèrent le passage suivi par Lestrade et débouchèrent dans une cour biscornue entourant le donjon. De là, en utilisant un escalier bâti dans la muraille, ils gagnèrent la chambre du maître geôlier et de son épouse, qui se situait au deuxième étage d'une tour carrée dressée le long de la rue de la Joaillerie. La cuisine se faisait au premier niveau et le dernier servait de logis aux gardes, au clerc et au commis, lorsqu'il ne dormait pas dans le greffe, comme leur expliqua ce dernier.

Le geôlier du Châtelet clabaudait avec Lestrade et le clerc greffier quand ils pénétrèrent chez lui. Un feu pétillait dans la cheminée et Watson s'en approcha aussitôt tant il était transi.

— Voici le clerc Holmes, dont je viens de vous parler, maître Simon, annonça le commissaire d'un ton qu'il voulait indifférent.

Le geôlier Simon était un individu robuste, large d'épaules, avec une tête énorme terminée par un menton carré et agrémentée d'oreilles de mulet : larges, pointues et poilues. À côté de lui, le clerc du Châtelet paraissait nain. Tous deux portaient d'épaisses robes sombres et le chef des guichetiers arborait un chaperon vert avec la cornette enroulée autour du cou. À sa taille pendaient des dizaines de clefs.

— Maître Holmes, je vous connais de réputation, s'exclama-t-il jovialement. Vous m'avez ôté quelques bons clients !

Il éclata d'un rire cordial.

— Malgré cela, je ferai tout pour rendre votre court séjour, et celui de votre compli… ami, agréable.

Watson lui jeta un regard sombre, mais le geôlier ne parut pas troublé par son lapsus.

— Mathieu, leur as-tu trouvé de la place ?

— Oui, maître, répondit le commis. Maître Holmes souhaite demeurer seul avec messire Watson. Je leur ai proposé la Petite Salle du sous-sol, l'unique cellule encore vide. Ils veulent aussi du bois.

— Hum… Cette salle est réservée aux gens de qualité, quand j'en reçois… Mais, en vérité, vous l'êtes. Et d'après ce que m'a dit messire Lestrade, vous ne resterez pas longtemps. Vous savez que j'exige un droit d'entrée ici ?

Sans attendre de réponse, il poursuivit :

— Il est de dix livres pour un comte, d'une livre pour un chevalier ou une dame, de onze sous pour un bourgeois et de huit deniers pour un homme ou une femme de bas état. Dans votre cas, deux livres me paraissent raisonnables. Ensuite, le lit se paie cinq sols par nuit. Vous pouvez faire venir vos repas, sinon mon épouse vous servira à dîner pour cinq sols également. Je vous conseille cette solution car je peux vous assurer que les dîners seront succulents ! D'ailleurs, demain, je vous invite à ma table !

— J'en serai ravi, approuva Holmes en s'inclinant comme s'il se trouvait en présence du duc de Bedford.

— Pour le bois et la literie – mais je vois que vous avez une couverture – je demande six deniers par jour. Pas plus de deux bûches, cependant, c'est le règlement. D'autre part, il est d'usage ici que le nouveau détenu paie sa bienvenue aux autres en faisant servir du vin : cela s'appelle « la quarte de la bienvenue », et par le temps qui court, le cidre remplace le vin. Comptez vingt sols pour cette petite réjouissance.

— Évidemment, je débourserai cela.

— Très bien ! Messire Lestrade pense que vous serez jugé demain ou après-demain, et que votre exécution suivra rapidement. Il vous suffit donc de me remettre quatre nuits d'avance. Cela fera, disons…

— Six livres, annonça le clerc qui venait de calculer en utilisant des jetons tirés d'un petit sac attaché à sa taille.

Holmes détacha sa bourse et en sortit cinq saluts[1] d'or de vingt-cinq sous à l'effigie de la Vierge.

Le geôlier prit les pièces avec un sourire satisfait, songeant qu'il s'agissait d'argent facilement gagné.

— Mathieu, conduis les prisonniers dans leur chambre. Ma femme leur apportera la soupe tout à l'heure.

Ils repartirent. Ni Holmes ni Watson n'avaient gratifié Lestrade d'un seul regard.

De retour au bureau des écrous, le commis décrocha un trousseau du panneau de bois sur lequel il suspendait les clefs des fers et des cachots. Il se rendit à une armoire d'où il sortit un drap douteux et une couverture qu'il donna à Watson. Il appela ensuite un valet :

— Emmène ces gentilshommes à la Petite Salle, dit-il en lui remettant les clefs. Tu leur porteras deux bûches et autant de fagots.

Le valet saisit une lanterne à chandelle de suif et se rendit à la porte cloutée de fer qui donnait accès aux salles du sous-sol en demandant aux prisonniers de le suivre.

1. Pièce de monnaie anglo-française émise en 1422.

Ils descendirent quelques marches et empruntèrent un corridor obscur couvert de salpêtre qui s'enfonçait profondément sous terre. Le passage se terminait dans une salle éclairée maigrement par une coupelle de suif dans laquelle baignait une mèche. Les murs étaient rongés de moisissures. Holmes et Watson connaissaient l'endroit, y étant venus quelques mois plus tôt délivrer Blondel, le chevalier de la duchesse d'Anjou[1]. Ce jour-là, un gardien se tenait dans la salle.

Le porte-clefs désigna une porte.

— Par là, l'exécuteur juré donne la question. Votre chambre est à côté.

Il tira les verrous et les fit entrer dans une pièce humide et glaciale, mais plutôt vaste. Voûtée en ogive avec une haute et étroite fenêtre apportant une infime luminosité depuis la cour. La nuit était presque tombée.

Holmes examina les lieux : un large lit de bois dans lequel on pouvait dormir à quatre ou cinq, une table avec un pot à eau, deux tabourets et un seau pour les commodités. La cheminée gardait quelques cendres.

— Je reviens avec de quoi faire du feu, annonça le gardien.

Il sortit et poussa les verrous derrière lui.

— On va mourir de froid, observa Watson qui grelottait déjà.

— Les poux seront morts avant nous, c'est un avantage, reconnais-le. Pour le moment, enveloppons-nous dans les couvertures, fit Edward en déroulant la sienne.

Il fit le tour de la chambre, mais elle était si sombre que cette visite ne lui apprit pas grand-chose. Il rejoignit Watson assis sur le grabat.

— Combien de temps va-t-on rester là ? interrogea ce dernier, le moral au plus bas.

1. Voir *Le Chien des Basqueville*, *op. cit.*

Holmes ne répondit pas. Il sentait également le désespoir l'envahir.

Ils dormirent en conservant leur manteau sous les couvertures. À l'aurore, quand Holmes sortit du lit, il constata que l'eau de la veille avait gelé. Il ne restait rien dans le foyer, mais ils n'avaient utilisé que la moitié du fagot. Watson se leva à son tour, cheveux roux en bataille, et se dirigea vers la cheminée où il s'appliqua à allumer les branchettes.

Quand les flammes jaillirent, ils s'assirent devant, en silence. Edward se demandait à quelle heure l'audience aurait lieu.

Il l'ignorait, mais elle avait déjà commencé, simplement les accusés n'étaient pas conviés.

Ce mercredi 20 janvier, dans la salle consacrée aux audiences, Germain Rapine, installé sur le gradin supérieur des estrades, présidait sous un dais fleurdelisé.

Habituellement les débats étaient dirigés par le lieutenant criminel qui jugeait seul les matières de petit criminel – c'est-à-dire les rixes et les blessures –, et, assisté des conseillers et des examinateurs, les matières de grand criminel : meurtres et rapts. Les audiences avaient lieu les mardi et vendredi à partir de midi. Mais le crime à juger ce matin-là était tellement exceptionnel que le prévôt avait exigé une audience conduite par le lieutenant civil.

Toujours sur le gradin supérieur, messire L'Archer – le lieutenant criminel – siégeait donc près de Germain Rapine. Au-dessous, en robe rouge, trônait Guillaume Le Riche, l'un des procureurs du roi au Châtelet. Le Riche était un ancien échevin fidèle de la reine Isabeau et du duc de Bourgogne.

Sur les gradins inférieurs se tenaient les auditeurs conseillers, tous en robe noire et toque. Les laïcs sous les clercs, ces derniers ayant préséance. Plus bas encore, les commissaires examinateurs, eux aussi en robe de magistrat.

Prévenus dans la nuit, tous étaient arrivés à cinq heures du matin malgré le froid abominable. Pour rien au monde ils n'auraient manqué l'audience. Diable, on allait juger un, peut-être deux Anglais coupables de meurtre sur la fille d'un chancelier du duc de Bourgogne. Une affaire criminelle exceptionnelle, du jamais vu. D'ailleurs, le président du parlement, dès qu'il avait eu connaissance du meurtre au début de la nuit, avait demandé à maître de Fauquembergue, le greffier en chef du parlement, de venir assister à l'audience pour lui en faire un compte rendu. Fauquembergue se tenait au bout du banc des conseillers, près de lord Loveyn, maître des requêtes à la chancellerie qui, lui, avait été envoyé par John Fastolf. Le capitaine de Paris avait également été informé quelques heures auparavant.

L'huissier ayant sonné la cloche le temps de dire sept psaumes, l'audience criminelle commença. Après avoir salué lord Loveyn, le lieutenant civil fit une brève présentation de l'affaire et laissa aussitôt la parole au commissaire Lestrade. Chacun comprit que Germain Rapine ne tenait pas à s'impliquer dans une histoire où il n'avait rien à gagner. La mort de dame Audeloncourt allait rendre furieux le duc Philippe qui l'aimait fort, et le fait que le frère du précédent maréchal d'Angleterre soit accusé du meurtre allait relancer les querelles entre Anglais et Bourguignons. Des désordres qu'Henri V était difficilement parvenu à contenir et que le duc de Bedford redoutait, d'autant plus que son propre frère, Gloucester, s'opposait à Philippe le Bon et considérait que l'Angleterre devait mettre au pas les Bourguignons, pourtant leurs alliés. Cette affaire ne pouvait plus mal tomber, à quelques mois du mariage de Bedford avec la sœur de Philippe.

Quel que soit le sort final de maître Holmes, il provoquerait des mécontentements, entraînerait de la discorde et susciterait des haines. De surcroît, le clerc était l'homme lige de la reine Isabeau. Comment allait-elle réagir à une condamnation ?

Lestrade se leva et, d'un ton fort plat, exposa à l'assistance comment, la veille, il avait entendu les gens de dame Audeloncourt venus accuser maître Holmes de l'assassinat de leur maîtresse. Après avoir fait relever leurs déclarations par un greffier, il s'était rendu chez maître Holmes qui avait nié les faits. Mais les déclarations des témoins paraissaient suffisantes pour procéder à l'arrestation du clerc et de messire Watson. Tous deux étaient pour l'heure enchartrés.

Le procureur avait eu le temps de lire les témoignages du concierge et de la dame de compagnie que Lestrade lui avait fait parvenir. Ils étaient en effet accablants, aussi approuva-t-il l'arrestation des Anglais tout en précisant qu'il souhaitait entendre les témoins. Le lieutenant criminel se leva à son tour pour déclarer qu'à ses yeux l'affaire était d'une rare limpidité. Germain Rapine demanda si quelqu'un souhaitait prendre la parole et, n'ayant reçu aucune réponse, ordonna aux huissiers de faire entrer le concierge de dame Audeloncourt.

Intimidé, le domestique s'avança, bonnet à la main, et s'inclina avec humilité. Il n'était pas dans sa prime jeunesse, mais point encore un vieillard. Le garde qui l'accompagnait, en hoqueton aux armes de Paris, lui indiqua où se mettre pour s'adresser à la cour. Le serviteur obtempéra. Le procureur lui demanda de décliner son identité et sa position chez la victime, puis un notaire, qui se tenait à une table avec le greffier, vint lui faire jurer sur les Évangiles de dire la vérité.

Le témoin se nommait Vincent. À la demande du procureur, il raconta d'une voix émue et tremblotante que, la veille, un nommé Holmes s'était présenté chez sa maîtresse. Il ne lui avait pas ouvert, tant il était prudent depuis le vol de la Saint-Sylvestre, et avait fait chercher Jeanne, la dame d'atours. Par le judas, celle-ci avait reconnu la personne, l'avait fait entrer et conduite à dame Audeloncourt. Peu après, il avait revu maître Holmes descendre l'escalier, seul. Il paraissait pressé, ce qui l'avait mis mal à l'aise. Normalement un valet raccompagnait les visiteurs. Il lui avait ouvert et le clerc était parti sans dire un mot. Un moment plus tard, ayant entendu crier, il avait couru chez sa maîtresse. Une femme de chambre venait de trouver dame Jeanne sans conscience et, près d'elle, dame Audeloncourt couverte de sang. Tous les serviteurs s'étaient précipités et un valet était parti chercher un chirurgien qui habitait à côté. À son arrivée, dame Jeanne avait repris ses sens et le barbier avait constaté la mort de leur maîtresse. D'après lui, elle avait reçu un coup de poignard dans le cœur. Dame Jeanne avait tout de suite accusé le visiteur, le nommé Holmes.

Ce témoignage était ponctué de sanglots, d'émouvants regrets pour avoir ouvert à l'assassin et de malédictions envers lui.

Puis vint le temps des questions : Non, il n'avait jamais vu maître Holmes auparavant. Oui, il le reconnaîtrait. Non, il ignorait s'il portait une dague, mais comment savoir sous sa houppelande ?

Germain Rapine l'interrogea alors sur l'existence d'un complice.

— Non, messire, il était seul. Je l'ai suivi des yeux après son départ, tant je trouvais son attitude singulière. Il marchait à grandes enjambées et je ne l'ai vu rejoindre personne.

N'ayant pas d'autres questions, le lieutenant civil fit venir Jeanne. La jeune femme était défigurée par une contusion violette sur la tempe gauche qu'elle tentait de masquer sous sa touaille, mais la bosse demeurait visible et son front et sa joue, même couverts de céruse, apparaissaient meurtris. Maîtrisant mal ses pleurs, la dame de compagnie déclina son identité et jura sur les Évangiles, puis elle fit le récit de la sinistre entreprise du clerc anglais.

— Vincent est venu prévenir notre maîtresse qu'il y avait un visiteur. C'était maître Holmes. Ma dame m'a envoyée le chercher. Par le judas, j'ai vérifié qu'il s'agissait bien de lui et, l'ayant reconnu, je l'ai fait entrer.

— Vous l'aviez donc déjà vu ? s'enquit Rapine.

— Oui, messire. J'avais accompagné ma maîtresse chez lui quand elle était venue lui demander de retrouver ce qu'on lui avait volé.

Le lieutenant civil ayant hoché la tête, elle poursuivit :

— Je l'ai donc conduit dans la chambre de ma dame. Elle l'a remercié, car elle avait appris que, grâce à lui, vous aviez retrouvé son orfèvrerie. De plus, l'un des voleurs était venu la veille rendre les vêtements qu'il avait rapinés. Il avait fait amende honorable et s'était engagé à tout rembourser.

— Que dites-vous ? intervint Lestrade d'une voix troublée. Quel voleur ?

— Le nommé Robert, messire. Nous l'avons reconnu. Il nous a dit que maître Holmes l'avait convaincu de revenir dans le droit chemin.

— Vous n'en avez pas parlé dans votre déposition.

— Je… Je n'y ai pas pensé… Était-ce important ?

— Nous verrons, continuez.

— Maître Holmes a alors déclaré qu'il venait chercher sa récompense. Ma dame lui a promis les dix livres convenues dès qu'elle aurait récupéré l'orfèvrerie. Pour ses robes, elle allait lui remettre cinq livres. Il a répliqué que c'était insuffisant et en a exigé cent. Ma maîtresse, aussi surprise que moi, lui a répondu que c'était impossible. Il s'est alors approché en affirmant avoir autre chose à donner, a ouvert sa houppelande, a sorti un objet et… je ne me souviens plus de rien.

De nouveau, les larmes l'étouffèrent et il lui fallut quelques instants pour qu'elle parvienne à parler.

— J'ai repris mes sens allongée dans un lit. Le barbier chirurgien près de moi m'a dit que j'avais été frappée avec un objet dur, peut-être un pommeau de dague… et que ma maîtresse, si bonne, était trépassée.

— J'ajoute, intervint Lestrade, que j'ai envoyé un chirurgien juré cette nuit chez dame Audeloncourt. Il a examiné le corps et m'a remis un procès-verbal que je tiens à votre disposition. Maître Holmes a poignardé cette noble dame par deux fois, au cœur et au ventre.

Le silence s'installa. Pour les juges, la culpabilité et la rapacité du clerc anglais ne faisaient aucun doute. L'affaire était on ne peut plus claire. Pourtant, un magistrat prit la parole, il s'agissait du conseiller Chastenay :

— Maître Holmes a identifié l'assassin de mon fils, qui, sans lui, aurait échappé au châtiment[1]. Ce que je viens d'entendre ne correspond pas à l'honnête clerc que je connais. Je voudrais qu'il s'explique.

— Inutile ! s'exclama le lieutenant criminel. Les faits sont établis, non contestables !

— Un prévenu ne peut être condamné que s'il avoue son crime par sa bouche, lui rappela sévèrement le procureur. Or messire Lestrade nous a dit que maître Holmes niait sa présence chez dame Audeloncourt.

— Je l'admets, maugréa L'Archer. Mais il suffira que maître Thiphaine[2] le questionne sur le petit tréteau, et il avouera, j'en mettrais ma main au feu !

1. Voir *Le Chien des Basqueville*, *op. cit.*
2. Jean Thiphaine, exécuteur de la haute justice à cette époque.

Jean L'Archer était un ancien examinateur au Châtelet. D'une fidélité sans faille à ceux qui détenaient l'autorité, c'est-à-dire au roi Charles VI, puis aux Armagnacs, il était devenu bourguignon en 1418. Et maintenant que les Anglais se trouvaient au pouvoir, personne ne se montrait plus partisan que lui. Enrichi par les amendes qu'il infligeait, il estimait que son ascension n'était pas terminée. Pourquoi ne deviendrait-il pas prévôt de Paris ou même chancelier ? Il en avait les capacités, jugeait-il. Or le clerc Holmes l'avait rabaissé en lui retirant un prévenu que l'exécuteur allait questionner : un singulier personnage porteur d'un laissez-passer bourguignon et qui avait tout d'un espion armagnac. Ce même clerc avait été vu chez Michel de Lallier juste avant qu'il ne vienne l'arrêter pour complot. Averti, Lallier s'était enfui et n'avait jamais livré ses complices. Dans ces deux affaires, l'Anglais l'avait empêché de réaliser les coups d'éclat qui auraient fait avancer sa carrière. Aussi L'Archer avait-il juré d'écarter et de punir celui qui s'était opposé à lui. Il en avait aujourd'hui l'occasion et il n'allait pas la laisser s'échapper.

— Seul messire de Morvilliers peut nous autoriser à lui administrer la question ordinaire ou extraordinaire afin d'obtenir cet aveu, objecta le procureur.

Ayant écouté le débat, Germain Rapine prit la parole :

— Il faudra également obtenir l'accord de monseigneur le régent, Holmes étant anglais. Qu'en pensez-vous, messire Loveyn ?

— Je suis favorable à ce que cet assassin passe sur le grand tréteau, déclara sévèrement le lord. Je le demanderai moi-même au duc, mais nous n'aurons pas de réponse avant deux ou trois jours.

— Interrogeons d'abord maître Holmes, décida le lieutenant civil. S'il avoue, tout sera plus simple. De plus, le recollement de ses dires avec celui des témoins nous éclairera.

Le lieutenant criminel fit la moue à ses paroles, mais il se trouvait dans l'incapacité de s'y opposer.

— Faites chercher maître Holmes et messire Watson ! ordonna Germain Rapine.

27

L'un des huissiers quitta la salle accompagné d'un sergent à verge et de gardes.

En attendant l'arrivée des prisonniers, Rapine échangea quelques mots avec le procureur au sujet de la suite de la procédure, tandis que le lieutenant criminel félicitait Lestrade pour sa promptitude dans l'arrestation du meurtrier. Quelques magistrats chuchotaient également, mais la plupart des conseillers et des examinateurs demeuraient dans un prudent silence. Non qu'ils aient des doutes sur la culpabilité du clerc, mais ils craignaient les réactions de la reine Isabeau ou du duc de Bedford. Ils préféraient donc se ranger derrière la majorité et ne pas dévoiler leur véritable pensée.

L'un d'eux questionna cependant Grégoire Lestrade sur les voleurs de dame Audeloncourt. Le commissaire reconnut que maître Holmes avait permis de retrouver une partie du butin dérobé, mais que le clerc avait ensuite intrigué afin d'obtenir la libération du seul voleur saisi, cela de façon inexplicable. Un autre magistrat interrogea le conseiller Chastenay au sujet de la mort de son fils. Il savait que l'assassin, serviteur d'un barbier nommé Bureau, avait été exécuté et que maître Holmes avait joué un rôle dans son arrestation. Cependant Chastenay ne put donner aucune explication sur la façon dont le coupable avait été identifié.

Ainsi ce clerc anglais semblait avoir mis hors d'état de nuire plusieurs scélérats, mais beaucoup de mystères subsistaient sur la manière dont il s'y prenait. De plus, il semblait s'arroger le droit de décider qui devait être livré à la justice royale et qui pouvait rester libre. Un privilège inconcevable ! Ainsi, il avait laissé maître Bureau quitter la ville quand tout indiquait que son domestique agissait sous ses ordres ; même si le suspect avait été retrouvé dans la banlieue, en partie dévoré par des loups, expliqua Germain Rapine. Pour affirmer plus encore combien le clerc anglais se montrait douteux, messire L'Archer l'incrimina de collusion avec Michel de Lallier, le félon en fuite, assurant qu'il avait prévenu le maître des comptes. Grave accusation que lord Loveyn écouta avec intérêt.

Brusquement, le silence se fit. L'huissier revenait avec les deux prévenus encadrés par les gardes porteurs de hallebarde.

Le procureur du roi ordonna à Holmes de s'asseoir sur la sellette. Edward s'efforça de garder son assurance bien qu'il sache combien un tel ordre était terrifiant. La cour obligeait l'accusé à prendre place sur ce banc de bois fort bas durant son interrogatoire uniquement si elle envisageait contre lui une peine afflictive.

Le siège était étroit et il eut du mal à trouver une position qui ne soit douloureuse. Watson, lui, était resté debout au fond de la salle, où se tenaient également les deux témoins.

Comme pour ces derniers, Le Riche demanda au clerc ses nom, âge, état et logis, puis le notaire du Châtelet lui fit jurer sur les Évangiles de dire la vérité.

Le président expliqua alors à Holmes de quoi il était accusé, après quoi il demanda au greffier de lire les dépositions des témoins.

Malgré sa position malcommode, Edward ne broncha pas durant cette longue lecture.

— Maître Holmes, intervint ensuite Rapine quand ce fut terminé, que répondez-vous à ces charges ?

— Que les témoins sont de bonne foi, messire…

Les exclamations d'étonnement fusèrent. Ainsi le clerc anglais reconnaissait sa culpabilité !

— … mais ils ont été confondus par un autre individu qui s'est fait passer pour moi, poursuivit le prévenu d'un ton froid.

— Absurde ! ricana L'Archer, tandis que des murmures de surprise et de scepticisme s'étendaient dans la salle.

— *Prorsus credibile est, quia ineptum est*[1], répliqua Edward.

Les murmures cessèrent à ces fortes paroles.

— Faites avancer les témoins ! ordonna le président.

Encadrés par les gardes, la dame de compagnie et le concierge s'approchèrent craintivement.

— Regardez bien maître Holmes, est-ce lui que vous avez vu hier ? Faites attention : ce que vous allez dire sera noté par le greffier et vous ne pourrez plus modifier votre témoignage.

Cette étape de la procédure s'appelait le recollement. En présence de l'accusé, le témoin était libre d'ajouter, de changer ou de diminuer sa déposition, mais ensuite il ne pouvait rien modifier ni soustraire sous peine d'être poursuivi comme parjure.

Les domestiques obtempérèrent en silence et le concierge fut le premier à répondre :

— Il lui ressemble fort…

— Avez-vous une certitude ?

— Je crois.

— Et vous, damoiselle ?

1. « Il faut le croire, parce que cela est absurde » (Tertullien).

— Je ne suis plus si sûre, je l'ai surtout reconnu à sa voix.

— Très bien. Maître Holmes, vous niez donc avoir frappé cette jeune femme et tué dame Audeloncourt ?

— Je le nie, et je peux me justifier.

— Éclairez-nous donc.

Holmes avait préparé son intervention et décidé de ce qu'il pouvait révéler en restant crédible.

— Voilà quelques jours, j'ai été chargé par messire Morvilliers de retrouver un document conservé dans l'étude de maître Roussel, trépassé la semaine dernière dans de singulières circonstances. Vous le savez, ses serviteurs ont tous été assassinés deux jours plus tard, et aucun clerc ou notaire du Châtelet n'acceptait de faire ces recherches sur place. En examinant les papiers de l'étude, j'ai mis au jour des éléments indiquant que celui qui avait meurtri les domestiques n'en était pas à son coup d'essai.

— Qui est cet individu ? intervint Rapine.

— Le scélérat qui a assassiné dame Audeloncourt en se faisant passer pour moi.

— Quel conte ! s'exclama L'Archer en levant les bras.

— Poursuivez, maître Holmes !

— Quelques jours plus tôt, ce malfaisant avait tué maître L'Escot, garde des tapisseries et de la garde-robe du régent.

— C'est un loup qui a dévoré maître L'Escot ! intervint Lestrade en désignant Holmes du doigt, comme pour l'accuser.

— Maître L'Escot n'a pas été dévoré, ce que vous pouvez vérifier aisément. Ce criminel occulte agit en faisant accuser les autres et il a seulement fait croire que le garde de la garde-robe était victime d'un loup. J'ai demandé à maître Avantage, dont la réputation de médecin n'est plus à faire, d'examiner la dépouille de la victime conservée au couvent Sainte-Catherine. D'après lui, le serviteur du régent a été meurtri par une griffe de fer avant ou après avoir reçu un coup de dague.

Le lieutenant criminel leva les yeux au plafond tandis que plusieurs magistrats laissaient paraître leur incrédulité.

— Avez-vous d'autres éléments pour justifier vos accusations ? demanda Germain Rapine.

— Aucun. Mais les faits que je viens de rapporter sont indéniables. Ce criminel avait reçu une forte somme de maître L'Escot et ne pouvait la rembourser. Il a donc fait passer son créancier à trépas, puis a navré ses domestiques et mis le feu à la maison afin que ne demeure aucune trace de son prêt. Mais l'acte se trouvait également chez maître Roussel, qui venait de mourir. Il s'y est donc rendu, a tué les gens du notaire, fouillé les papiers et emporté ce qu'il cherchait. Il a merveilleusement maquillé son activité criminelle de telle sorte qu'on ne puisse deviner qu'il s'agissait du même meurtrier.

— Et ensuite, il est allé assassiner dame Audeloncourt, ajouta L'Archer sans cacher son hilarité.

— Pas immédiatement, répliqua Holmes. Il a alors appris que j'étais sur sa piste, que je m'apprêtais à tendre mes filets autour de lui. Et il savait que j'avais les moyens de l'identifier. Il a suivi chacun de mes mouvements pour m'enserrer dans ses mailles. Il est ainsi venu chez moi, se présentant comme le valet du frère de maître L'Escot, et m'a fait croire que celui-ci m'attendait. J'avoue être tombé dans le panneau. Nous sommes allés au rendez-vous avec messire Watson, inutilement, bien sûr, et pendant ce temps, il s'était grimé à ma ressemblance pour commettre le crime dont je suis accusé.

— Quel homme adroit ! Capable de se faire passer pour un loup, de tromper des domestiques afin de s'introduire dans la maison de leur maître, de vous abuser vous-même et de berner les serviteurs de dame Audeloncourt !

— Un homme adroit, en effet, le prince du déguisement, certainement. Il a le talent d'un comédien, au moins égal à celui de ces saltimbanques qui jouent plusieurs personnages dans les mystères devant les églises. Seulement, lui a le goût du crime, de déplorables instincts et une absence totale de morale, ce qui en fait un être particulièrement dangereux.

— Vos propos sont ridicules, décida le lieutenant criminel. Croyez-vous vraiment, en inventant un tel personnage, que vous allez nous convaincre de votre innocence ?

Comme Holmes ne répondait pas, il ajouta d'un ton perfide :

— Vous avez écarté du gibet plusieurs criminels, combien vous ont-ils payé pour leur vie ?

— Je n'ai sauvé que des innocents qui ont obtenu une lettre de rémission. Remettez-vous en cause les actes de miséricorde de votre roi ?

— Vous n'avez pas répondu. Combien ?

— En général, je demande une livre parisis, parfois deux, et je ne m'intéresse à leur sort que s'ils sont, à l'évidence, innocents.

— C'est à la cour de justice de le décider, mais une livre n'est pas grand-chose pour entretenir une maison comme la vôtre…

Il s'adressa à Lestrade :

— Maître Holmes vit-il chichement ?

L'examinateur se montra embarrassé.

— Non, messire, reconnut-il.

L'Archer le gratifia d'un sourire entendu et se tourna vers Jeanne :

— Rappelez-nous combien maître Holmes a exigé comme récompense ?

— Cent livres, messire.

— Que dame Audeloncourt a refusé de donner ?

— Oui, messire.

L'Archer s'adressa au président :

— Il paraît inutile de rechercher plus loin la vérité. Maître Holmes a besoin d'argent, il a cru pouvoir obtenir beaucoup de dame Audeloncourt, et dans sa colère et sa déception, il l'a tuée. Un comportement normal pour un orgueilleux qui s'autorise à faire justice lui-même.

Comme des murmures approbateurs montaient des gradins de la cour, Holmes intervint vivement :

— Puisque je vous dis qu'au moment du crime je me trouvais à l'autre bout de Paris avec messire Watson ! Arrivés rue du Roi-de-Sicile, nous avons interrogé des passants car nous ne trouvions pas la maison à l'enseigne de saint Pierre, aux colombages verts, que ce soi-disant serviteur nous avait désignée. Vérifiez donc cela ! Ce sont des faits justificatifs !

L'Archer leva les mains au ciel.

— Des passants ! Comment les retrouver ? Ce sera seulement une perte de temps ! Pour ma part, il est inutile d'aller plus loin et je suggère que la cour rejette ces requêtes non pertinentes.

Holmes le foudroya du regard, mais n'avait plus d'argument à opposer. Il devrait donc compter sur le duc de Bedford et la reine Isabeau pour sortir de cette mauvaise passe.

Rapine demanda aux magistrats s'ils souhaitaient que le commissaire Lestrade procède à un supplément d'informations. Le conseiller Chastenay y fut favorable, mais étant le seul, son avis ne fut pas retenu. Comme personne ne posait de questions, il fit approcher Watson afin de l'interroger tandis qu'Edward était conduit au bout de la salle.

L'archer anglais dut à son tour décliner son identité et jurer sur les Évangiles avant que le président ne l'interroge.

— Confirmez-vous les dires de maître Holmes, sire Watson ?

— Oui, messire. Nous avons quitté la rue du Coq dès le départ du soi-disant frère de maître L'Escot. Nous voulions qu'il nous accompagne mais il ne pouvait pas, nous assurant avoir une commission à faire pour le panetier de l'hôtel des Tournelles. Nous n'avons pas trouvé la maison qu'il nous avait désignée et, après avoir interrogé deux personnes, nous avons compris qu'on s'était moqué de nous. Devinant quelque mauvaise intrigue, nous sommes rentrés au plus vite mais notre absence a duré près de quatre heures.

— N'avez-vous rencontré personne qui pourrait témoigner pour vous ? s'enquit Chastenay.

— Avec ce froid, personne ne s'attarde dans les rues. Nous nous sommes pressés, comme tout le monde !

Le silence s'installa. Le procureur du roi leva les yeux vers le lieutenant civil qui retint à peine une grimace. Le Riche déclara alors :

— Que cette confrontation soit paraphée par l'accusé et les témoins. Ensuite, nous délibérerons.

Visage sombre, Rapine approuva. Il était persuadé que Holmes ne mentait pas, mais il savait ne rien pouvoir faire. Il lança un regard en coin vers Lestrade qui paraissait mal à l'aise. Seul L'Archer souriait, satisfait de sa victoire.

Le regard de Clément de Fauquembergue croisa celui d'Edward et le clerc crut y lire de la bienveillance. Contrairement à l'expression de lord Loveyn.

Après avoir signé le registre dans lequel avaient été notées leurs déclarations, Edward et Gower furent reconduits dans leur prison. Holmes avait longuement dévisagé Jeanne, qui avait détourné les yeux. Même si elle doutait maintenant, il lui était impossible de revenir sur son accusation.

Dans leur cellule, la bûche était consumée et, malgré le froid, ils décidèrent de ne pas utiliser la dernière. La faim aussi les torturait puisqu'on ne leur avait porté ni pain ni soupe.

Ils s'assirent sur le lit.

— Que va-t-il se passer ? demanda Gower d'un ton abattu.

— Mes deux accusateurs n'ont rien dit contre toi, on va te libérer, j'en ai la certitude. Il faudra alors que tu plaides ma cause auprès de la reine, et peut-être du duc.

— Espérons que tu aies raison.

Un silence.

— Je pense aussi à Constance, à nos gens. Que deviennent-ils ?

— J'ai observé Germain Rapine, il ne croit point à ma culpabilité. Nous avons au moins un allié.

— Nous avons surtout un ennemi ! T'attends-tu qu'il se contente de nous savoir en prison ?

— Non, voilà pourquoi il faut que je sois libéré au plus vite. Enfermé ici, sans rien pour me défendre, je suis très vulnérable.

Peu après cette discussion, on leur apporta à dîner. Un bouillon au lard et une pâtée à base de choux et de pois avec des tranchoirs de pain de seigle. Ce n'était pas le régal promis par le geôlier, mais meilleur et plus consistant que Holmes l'avait supposé, surtout en ces temps où l'approvisionnement de la ville ne se faisait plus. Ce repas était accompagné d'une mauvaise bière.

La relevée s'écoula dans la morosité. Edward craignait qu'on vienne le chercher pour lui administrer la question, mais le temps passant, il se rassurait. Jusqu'au moment où il entendit qu'on tirait les verrous.

28

Le porte-clefs était accompagné d'un sergent et d'un garde en hoqueton imagé de triples léopards : les armes d'Angleterre.

— Messire Watson, on vient vous chercher, annonça le valet de la prison.

— Moi ? Je suis libéré ?

— Non, répliqua le sergent, le visage fermé. Messire Fastolf envoie une compagnie de cinquante hommes rejoindre monseigneur le régent. Il a besoin d'archers et il vous a choisi. Un meilleur sort pour vous que de moisir en prison.

— Mais je ne suis accusé de rien !

— Je l'ignore, on m'a seulement donné ordre de vous conduire à la bastille Saint-Antoine. Notre troupe partira dans deux ou trois jours pour le pont de Meulan. Le siège a commencé et les pertes sont importantes. Il faut donc remplacer la piétaille.

Watson échangea un regard désespéré avec Holmes. Comment l'aider s'il quittait Paris ?

D'un signe, Edward lui intima de se soumettre. D'ailleurs, avait-il le choix ? Son adieu fut laconique :

— Je saurai faire face, Gower. Pour ta part, prends garde à toi.

Après ce départ, Holmes alluma le feu en songeant à cette nouvelle épreuve. Derrière l'engagement forcé de Gower, il devinait la marque de son mystérieux adversaire. Celui-ci avait dû déjà prendre des dispositions pour que son ami se fasse tuer lors du siège. Décidément, cet individu avait toujours un coup d'avance. En les séparant, il lui serait aisé de le faire disparaître, chose facile dans une prison où régnait la violence.

Edward conclut qu'il avait besoin d'une arme. Comment s'en procurer une ?

Watson et la troupe du gouverneur de Paris quittèrent le Châtelet sous un ciel obscur annonçant de nouvelles neiges. Étant à pied, ils mirent plus d'une heure pour arriver à la bastille Saint-Antoine. Bonnet enfoncé sur sa tête et capuchon rabattu, Gower n'adressa pas la parole à ses nouveaux gardiens. N'étant pas entravé, il avait envisagé de s'enfuir, mais deux des gens du sergent possédaient un arc et avaient l'air de savoir s'en servir. Certainement serait-il atteint à peine aurait-il parcouru quatre à cinq toises. Une meilleure occasion se présenterait, voulut-il se rassurer.

La Bastille avait été construite par Charles V au bout de la rue Saint-Antoine, comme porte de la nouvelle enceinte[1]. La fortification était alors constituée de deux tours rondes flanquant un pont-levis. Mais, après la sédition d'Étienne Marcel[2], le roi s'était rendu compte de l'importance de cette porte qui protégeait la route reliant l'hôtel Saint-Pol au château de Vincennes où il avait établi son gouvernement. Aussi, deux ans plus tard, Charles V avait-il demandé au prévôt de Paris, Hugues Aubriot, de construire deux autres tours en face de la

1. En 1367.
2. Voir *L'Archiprêtre et la Cité des Tours*, du même auteur.

porte, transformant la redoute en château fort avec une basse-cour à l'extérieur de l'enceinte et un large étang comme fossé. Seulement, ce château fort servant de porte, les incessants passages la rendaient vulnérable. Quelques années plus tard, Charles VI avait donc étendu le château en le flanquant de quatre autres tours, deux au nord et deux au sud, les joignant toutes par des murs d'une épaisseur prodigieuse. En même temps, il faisait ériger une nouvelle porte à côté de cette bastille. L'intérieur du château était alors partitionné en deux cours de tailles inégales séparées par un corps de logis destiné au gouverneur et à ses gens.

À cette époque, l'édifice disposait donc de trois entrées avec pont-levis : l'ancien passage remontant au temps où la forteresse était une porte, et deux autres, une au nord et une au sud. Par sécurité, John Fastolf n'avait conservé que celle au midi, qui desservait la grande cour. C'est par là que Watson et ses gardiens pénétrèrent.

En regardant autour de lui, Gower constata que si les sentinelles étaient clairsemées, elles se montraient vigilantes. Ainsi le pont-levis était à demi baissé pour empêcher toute entrée ou sortie non autorisée.

Une fois dans la grande cour, presque entièrement déneigée, le sergent d'armes livra quelques explications :

— Le bâtiment devant toi est le logis du gouverneur. Sa Grandeur vit au premier étage et ses gentilshommes au-dessus. En bas, c'est la cuisine, et cette porte là-bas, la pièce de l'intendance où se tiennent les clercs qui s'occupent des actes et de l'approvisionnement. À ta main droite, le corps de garde. Il y a également des sentinelles dans toutes les tours. On est peu nombreux et heureusement que messire le duc de Salisbury nous a enfin envoyé quarante archers. La compagnie que prépare monseigneur est logée dans les tours où nous allons nous rendre. Pour l'heure, j'ai rassemblé une trentaine d'hommes. Monseigneur a augmenté la prime et on devrait engager les derniers d'ici la fin de la semaine. J'ai obtenu aussi quelques condamnés du Châtelet et de la Conciergerie. Des fredains comme toi que je tiendrai à l'œil.

Gower comprit l'avertissement mais ne pipa mot.

— Au demeurant, tu ne resteras pas longtemps ici.

— Je n'ai rien, ni arme, ni équipement, ni literie.

— Je t'accompagne à l'arsenal où on te remettra une bonne lame, un arc et des flèches ainsi qu'un bassinet, un petit écu et une chemise de mailles. Prends-en soin, tu n'en auras pas d'autres. On passera ensuite voir les clercs. Ils te donneront une couverture.

Quand il eut reçu son médiocre armement – l'épée était ébréchée, les flèches tordues et les mailles de la cotte trop larges –, Gower suivit son guide dans la salle des clercs. Ils étaient deux, un jeune et un vieux qui travaillaient sur des pupitres. Le sergent présenta son prisonnier comme un archer anglais, sans en dire plus, et demanda une bonne couverture.

Ils empruntèrent ensuite une galerie qui traversait le corps de logis jusqu'à une plus petite cour. Cette allée, fermée par trois portes successives dans sa longueur, était le seul passage pour parvenir aux deux dernières tours, expliqua le sergent en les déverrouillant avec une clef gardée à sa ceinture. C'est dans ces tours de cinq étages que logeaient les recrues pour le duc de Bedford, et c'est là que Gower passerait la nuit.

— Ta chambre se trouve dans celle-ci, fit le sergent en désignant la droite. On l'appelle la tour du Coin. Tu seras au deuxième niveau avec deux compères. Ils te diront où et quand aller souper. Tu peux circuler dans cette cour si tu veux te dégourdir les jambes, mais interdit de passer le logis du gouverneur, d'aller dans la première cour et encore moins de sortir de la Bastille. Essaie, et tu le regretteras. Pour éviter les tentations, les portes qu'on vient de franchir seront fermées.

Après ces menaces, il abandonna sa recrue et revint sur ses pas.

Resté seul, Gower longea un impressionnant tas de bois, passa devant un puits et arriva à la porte de la tour du Coin. L'ayant poussée, il découvrit un petit bouge obscur, vide, sale et puant la moisissure, et un escalier en viret qui desservait à la fois les chambres et les sous-sols. Il entama sa montée, passa une première porte fermée, puis s'arrêta à la seconde qu'il ouvrit.

Assis aux extrémités d'un banc devant une cheminée fumante, deux hommes jouaient aux cartes. Ils levèrent les yeux à son entrée et Gower reconnut un nommé Garnier, membre comme lui de la guilde des Archers de la ville. Bourrelier de son état, ses affaires allaient mal et sa femme était morte d'inanition. Cet engagement était sans doute pour l'artisan son dernier moyen de survie.

— Watson ? s'exclama-t-il. Que fais-tu là ?

— Des ennuis, je pars avec vous pour Meulan.

— Et ton ami, le clerc ?

— Des ennuis, te dis-je ! gronda Gower, faisant comprendre qu'il n'en dirait pas plus.

Il balaya la salle des yeux. Octogonale, avec un plafond formé de grosses poutres, elle ne disposait que d'une fenêtre en haut de marches bâties dans l'épaisseur du mur, avec de petits carreaux verdâtres serrés dans un fil de plomb. En face, un grand lit de bois avec une paillasse assez large pour quatre ou cinq. Un feu pétillait dans la cheminée. À côté, une énorme huche.

Il alla y déposer son équipement, ne gardant que l'épée suspendue à un pauvre baudrier de cuir râpé.

— Moi, c'est Gower Watson, fit-il au deuxième occupant, individu rachitique au regard torve.

— Richard, répondit l'autre. J'étais potier.

— Sans besogne ?

— Comme tout le monde. Ici, au moins, je mange et j'ai chaud.

L'archer anglais ne fit pas d'observation sur ce qui se passerait dans quelques jours. Le siège du pont de Meulan serait effroyable. Logés dans des tentes sans feu, les soldats combattraient dans la boue glaciale et la neige, sous les flèches et les viretons des Armagnacs. Ils avaient peu de chances de survivre. Il se promit de ne pas partir.

— Justement, j'ai faim, quand mange-t-on ?

— La cloche nous appellera ce soir. Il y a une salle entre les deux tours. On s'y rend ensemble, mais je te préviens, si c'est copieux, c'est pas bon.

— Peu m'importe. Je vais faire un tour dans la cour.

Il aperçut alors une lanterne en corne accrochée à un clou. Sous les regards intrigués de ses compagnons, il retira ses gants et vérifia que le falot possédait une chandelle de suif qu'il alluma au foyer. De bonne taille, elle devait pouvoir tenir quelques heures.

— Que fais-tu ? s'enquit le bourrelier.

— Je préfère savoir où je suis, j'ai observé que l'escalier descendait. Je vais voir où il mène.

— Dessous, il n'y a que les cachots, et les grilles t'empêcheront de passer.

L'Anglais ne répondit pas. Ayant remis ses gants, il ressortit. Il devait découvrir un moyen de quitter le château.

L'escalier descendait en profondeur. Gower s'arrêta au premier palier d'où partaient deux corridors voûtés, pavés et revêtus de pierres. Il hésita. À droite, le passage devait conduire à la seconde tour de la cour. Celui d'en face au corps de logis. Commençons par là, décida-t-il. Il s'engagea, découvrant des portes closes bien ferrées. Il frappa à l'une au hasard. Aucune réponse. Il tira donc les verrous et vit une cellule vide avec de la paille sale. Il referma et poursuivit son exploration. Au bout de quelques toises, il aperçut une grille devant lui. Fermée, avec une solide serrure. Impossible d'aller plus loin.

Il revint sur ses pas jusqu'à l'escalier et emprunta le second corridor. Le froid était insupportable et de l'eau provenant de la Seine, ou de l'étang, s'était infiltrée par places, faisant éclater la pierre et formant des plaques de glace. Brandissant sa lanterne, il arriva aux degrés en limaçon de la seconde tour. Une autre galerie voûtée et sablée se dirigeait vers le corps de logis du gouverneur. Il l'emprunta et longea d'autres portes, toutes fermées, des torches oubliées tenues dans des anneaux de fer, et finalement une nouvelle grille.

Aucune issue, constata-t-il, dépité.

Il perçut un faible craquement, tourna son regard vers le bruit et leva la lanterne. Un bout de roche éclatait sous le gel, à l'endroit où le gond était cimenté.

Il tira son épée et, de la pointe, parvint à agrandir le trou. Mais la maçonnerie tenait bon. Il pensa alors à la grille de la première galerie. Plus proche du lac, il avait remarqué des infiltrations et coulures de glace. Et si elle était plus facile à desceller ? Il fit demi-tour.

Arrivé à la grille, il la détailla et observa que le gel avait profondément rongé les maçonneries. Il entreprit de creuser le ciment avec sa lame et parvint sans peine jusqu'à l'extrémité du premier gond. La seconde ferrure était tout autant abîmée et il s'apprêtait à la dégager quand la chandelle s'éteignit, consumée. Il prit alors conscience du froid et de sa faim. Ses doigts étaient gourds. Depuis combien de temps était-il dans ce souterrain ?

Il retourna à l'escalier et entendit des voix. Des gens descendaient. Déposant la lanterne, il sortit dans la cour et vit arriver ses compagnons de chambre avec des compères.

— On se demandait si on allait te retrouver ! s'exclama jovialement Garnier, le bourrelier. Tu as découvert un trésor ?

Les autres s'esclaffèrent.

— Je te l'ai dit, j'aime bien savoir où je suis.

— Viens plutôt manger !

Ils pénétrèrent dans une vaste pièce ogivale, aux murs nus et dont les voûtes étaient soutenues par de massifs piliers. Deux douzaines d'hommes se tenaient déjà autour de grandes tables. Quelques serviteurs surveillaient des marmites devant la cheminée. Le sergent d'armes était présent et parlait avec un chapelain.

Gower reconnut d'autres archers mais ne chercha pas à les approcher. Il s'installa quand la cloche marquant le début du souper tinta. Puis ce fut le bénédicité. À la fin des grâces, des valets passèrent de place en place pour couvrir les tranchoirs de seigle des écuelles avec une épaisse soupe. Les convives se partageaient de grands hanaps en terre cuite emplis d'une mauvaise bière.

Gower resta enfermé dans ses réflexions, ne clabaudant avec personne. Que ferait-il s'il parvenait à passer la grille ? songeait-il.

La nuit tombait quand ils sortirent du réfectoire.

— Où est la lanterne ? demanda Garnier.

— Je l'ai laissée dans l'escalier, la chandelle est consumée.

Ils traversaient la cour et revenaient vers la tour du Coin.

— Entièrement ?
— J'en ai peur. Mais je peux en payer d'autres.
— Ça va te coûter au moins deux sols.
— Je les ai.
— Donne !

Gower s'exécuta et le bourrelier partit en faisant sonner les pièces.

29

Jeudi 21 janvier

Malgré les craintes d'Edward, la nuit s'écoula sans incident, sinon des réveils incessants dus au froid et à l'angoisse du lendemain. Cependant, au petit matin, les verrous furent à nouveau tirés et, dès qu'il perçut leur cliquetis, le prisonnier bondit de son lit, serré dans sa couverture.

— Maître Holmes, vous avez de la visite ! annonça le porte-clefs.

Le soulagement envahit le clerc quand il découvrit Clément de Fauquembergue.

— Frappez à la porte quand vous aurez terminé, maître, dit le gardien au greffier en chef du parlement avant de sortir.

— Je vais rallumer le feu, proposa Holmes. Avez-vous des nouvelles ?

— Pas très bonnes, je le crains. Ce froid est effroyable, fit Fauquembergue en levant les yeux vers la voûte d'où pendaient des chandelles de glace. Où est messire Watson ?

Accroupi devant la cheminée, Edward lui raconta le départ de son ami.

Le greffier grimaça.

— Je me doutais de quelque chose dans ce genre. Lord Loveyn m'est apparu bien hostile envers vous, hier.

— Qu'a-t-il été décidé ?

— Avant de vous en parler, j'ai besoin d'une réponse, maître Holmes.

Edward se leva et riva son regard au sien.

— Vous voulez savoir si j'ai vraiment tué dame Audeloncourt ?

— Oui.

— Je ne suis pas allé chez elle, et tout ce que j'ai déclaré à l'audience est vrai, comme je l'ai juré. Celui qui l'a assassinée l'a fait dans le seul dessein de m'envoyer ici, et d'empêcher que je le dénonce.

Le silence se fit un instant, puis Fauquembergue déclara :

— Je vous crois, maître Holmes. Savez-vous qui est ce nuisible ?

— Je le pense. Libre, je pourrais le confondre, mais ici…

— La délibération ne vous a pas été favorable, maître Holmes. Les témoignages contre vous paraissent irréfutables et, dans sa majorité, la cour est persuadée de votre culpabilité. À la demande de messire L'Archer, il a été décidé de vous interroger sur le grand tréteau.

— La question extraordinaire… murmura Edward.

— Oui. Cependant, vous disposez de quelques jours de répit. Germain Rapine exige l'autorisation du duc de Bedford.

— Et si au terme de votre procédure, qui n'existe pas en Angleterre, je n'avoue pas ?

— Vous avouerez, hélas. Tout le monde avoue, même les innocents. Surtout eux, d'ailleurs.

De nouveau, un lourd silence s'abattit. Edward s'interrogeait. Mis à part l'année précédente, quand le truand Grand Collet l'avait suspendu par les poignets à une poutre[1], il n'avait jamais connu de vraie souffrance. Comment réagirait-il ?

1. Voir *Le Chanoine à la lèvre tordue*, *op. cit.*

— Au demeurant, si l'exécuteur ne vous fait pas avouer, la cour a déjà décidé de passer outre et de vous condamner. Elle peut agir ainsi si elle considère le prévenu comme parjure pour avoir déclaré être innocent alors qu'elle est convaincue de sa culpabilité. Messire L'Archer a même dit qu'il regrettait que la Seine soit gelée, ce qui empêchera qu'on vous couse dans un sac. Vous devriez donc être démembré en place de Grève après avoir fait amende honorable. Cependant, à la demande de messire Rapine, il y a eu accord pour un retentum : vous serez étranglé auparavant.

— Je dois donc remercier la cour ! persifla Holmes.

Il soupira en ajoutant :

— Que sont devenus mes gens et dame Bonacieux ?

— Pour eux non plus, les nouvelles ne sont pas bonnes. Hier après-midi, messire Fastolf a envoyé des hommes d'armes et un clerc notaire chez vous. Messire Lestrade, qui se trouvait là et interrogeait dame Bonacieux au sujet de votre absence, a protesté, mais le clerc notaire a rétorqué que vous détenez des documents pouvant nuire à l'Angleterre. Toutes vos armoires ont été fouillées, vos papiers et votre argent saisis. À la fin de la perquisition, il a été ordonné à dame Bonacieux et à vos serviteurs de vider les lieux, la maison étant désormais confisquée par la Couronne.

Holmes chancela sous la terrible nouvelle. Se trouver sans logis par ce froid, c'était la mort assurée.

— Où est dame Bonacieux ? s'enquit-il d'une voix blanche.

— Je l'ignore, hélas. Je viens d'apprendre cela par maître Chuffart qui le tenait de messire Rapine, lequel n'en a pas dit plus.

Le coup était rude pour Edward, effroyable, même. Qu'il soit emprisonné et condamné, il pouvait l'endurer, mais qu'il ait entraîné dans sa ruine Gower, dame

Bonacieux, ses gentils serviteurs et les deux orphelins, il ne pouvait le supporter.

Pourtant, il se ressaisit. Ce serait donc désormais une lutte à mort avec un adversaire que rien n'arrêterait. Même pas le Grand Châtelet. Il planta ses yeux dans ceux du greffier.

— Maître Fauquembergue, je suppose que vous avez un couteau sur vous…

— Oui… Celui qui me sert à couper ma viande.

— Acceptez-vous de me le céder ?

Le chanoine ne répondit pas tout de suite.

— Mon ennemi ne va pas se contenter d'attendre ma sentence, insista Edward. Il a obtenu le départ de Watson. Désormais seul et sans défense, je suis certain qu'il va m'envoyer un de ses sicaires. Or, je n'ai rien pour faire face.

Bien qu'alarmé, le greffier s'abîma dans un sombre silence. Donner une arme, même un simple couteau, à un prisonnier pouvait le conduire à la ruine, et même à la potence.

— Comment ferait-il ? s'enquit-il.

— Voyez tout ce qu'il a réussi jusqu'à présent, tous les meurtres qu'il a commis sans même être suspecté. Cet homme est d'une audace inouïe. C'est le Jules César du crime et je suppose qu'il a des complices bien choisis.

Fauquembergue ouvrit sa houppelande et tira lentement la lame du petit fourreau serré à sa taille. Il la tendit à Holmes.

— Je vous revaudrai ça au centuple, fit Edward en prenant le fer et en le glissant dans la braye qui tenait ses chausses.

Le greffier fit un signe de tête embarrassé.

— Je m'en vais, dit-il. Je me renseignerai pour dame Bonacieux. Je reviendrai dès que j'aurai du nouveau.

Ayez du courage. Dieu sait reconnaître les siens et ne vous abandonnera pas.

Holmes alla frapper à la porte afin de prévenir le gardien. Il n'était pas certain que Dieu intervienne en sa faveur. L'avait-Il fait pour les autres victimes ?

On lui porta du pain et une bouillie chaude. Décidément, songeait Edward, la cuisine de la geôlière laissait à désirer. Il se promit de ne pas accepter de dîner chez elle, s'il était invité.

L'après-midi s'écoula lentement, dans le froid. Il s'apprêtait à allumer sa deuxième bûche quand il entendit du bruit. On tira les verrous et le valet de prison, qu'il connaissait bien maintenant, le nommé Baltazar, pénétra. Il était accompagné d'un second porte-clefs. Tous deux affichaient un air contrarié, embarrassé.

— Maître Holmes, vous changez de chambre, annonça le premier.

— Pourquoi donc ? Je ne l'ai pas demandé ! J'ai payé pour celle-ci, et je m'y plais.

— Le geôlier en a besoin pour un hôte de marque plus important que vous. Vous allez loger dans le donjon.

— Je refuse !

— Dans ce cas, nous allons vous mettre les fers, décida le second porte-clefs avec un sourire mauvais.

Edward évalua la situation. Que pouvait-il faire contre ces deux-là ?

— Conduisez-moi au maître geôlier ! ordonna-t-il.

— Il viendra vous parler plus tard.

— Soit, mais j'ai payé pour une chambre seule et chauffée, je veux la même.

— Prenez vos affaires et ne vous rebellez pas, conseilla le valet.

Ses affaires ! Edward retint un rictus et prit sa seconde couverture sur le lit ainsi que son briquet. Il effleura sa cuisse, sous sa houppelande, et sentit le contact réconfortant du couteau.

Ils quittèrent le souterrain et revinrent dans la salle communiquant avec le guichet des écrous, puis sortirent pour gagner l'escalier en colimaçon du donjon. Au deuxième palier se dressaient deux portes côte à côte. Le porte-clefs ouvrit la première, fit entrer Holmes et referma derrière lui.

La salle, rectangulaire, était glaciale. Pas de cheminée. Un lit de bois aux courtines crasseuses, large d'une toise, était occupé par un homme qui considéra Edward d'un regard torve.

Le clerc resta un moment à la porte, puis s'approcha lentement en ouvrant sa houppelande avant de poser ses couvertures sur le lit.

— Tu dormiras par terre, annonça le prisonnier. Le lit est à moi. À moi seul.

C'était un individu de forte corpulence, au teint bilieux et aux yeux de cochon sous d'épais sourcils broussailleux, avec une mâchoire proéminente et une grande bouche aux dents gâtées. Il portait un épais pourpoint long, matelassé et rapiécé, de couleur grise, avec des chausses écarlates, et ses mains étaient gantées dans des moufles.

— C'est quoi, ton nom ? s'enquit Holmes.

— Malâtre.

— Malâtre, décampe de mon lit. C'est toi qui dormiras par terre, devant la porte.

Stupéfié par cette insolence, l'autre écarquilla ses petits yeux et se dressa lentement, repoussant sa couverture.

— Toi, tu as pas tout compris, fit-il d'une voix menaçante.

Il se leva et s'avança vers Holmes, ses mains, larges comme des battoirs, tendues devant lui.

— Je vais te cogner et te briser ! gronda-t-il.

Edward n'était pas un guerrier, mais il s'était déjà battu. Jeune, cela lui était arrivé à l'University College d'Oxford où il avait fait ses études. Mais surtout, il avait fréquenté bien des hommes d'armes et assisté à moult combats. Son frère John l'avait même entraîné plusieurs fois, jugeant qu'en ces temps difficiles il était important qu'il soit capable de se défendre et de garder son calme dans les situations périlleuses. Ces exercices lui avaient été utiles pour manier sa haquebute. Certes, il n'était pas de taille contre un chevalier muni d'une hache ou d'une masse, mais il savait manier une épée et une dague. Il était même particulièrement adroit avec une dague.

Il glissa sa main droite dans sa braye et, comme le lui avait appris Gower, il recula en geignant :

— Non, ne me faites pas mal !

— Trop tard, l'ami, tu me facilites les choses…

Un poing partit, que le clerc arrêta de sa main gauche avec une poigne de fer. Le truand eut un regard surpris, qui devint vitreux quand le couteau de Fauquembergue lui pénétra dans les boyaux.

Malâtre s'affaissa, éviscéré, son sang et ses entrailles se répandirent sur les dalles du donjon. Edward avait reculé. Il murmura une courte prière, demandant au Seigneur de lui pardonner et d'accueillir avec miséricorde l'âme du truand.

Il s'agenouilla alors devant le corps.

— Tu m'attendais ?

— Oui…

— Je suis clerc, confesse-toi pour ne pas être damné.

Le regard restait surpris mais se vidait de toute vie et des soubresauts nerveux secouaient le corps du mourant. Il parvint à lever la tête.

— Le… geôlier m'a promis la liberté… pour te frapper… à mort…

La tête retomba.

Edward retira les moufles du cadavre et lui mit le couteau dans une main, puis se leva et alla tambouriner à la porte en criant. Au bout d'un moment, quelqu'un interrogea :

— Qu'y a-t-il ?

— Mon compère vient de trépasser !

Après plusieurs tours de clefs, la porte s'ouvrit. Entrèrent Baltazar et le maître geôlier, qui devait donc se tenir tout près. Ce dernier blêmit en découvrant la scène.

— Que s'est-il passé ? balbutia-t-il.

— Il s'est jeté sur moi avec son couteau, glapit Holmes en désignant Malâtre. Je me suis défendu et, dans la lutte, il s'est poignardé lui-même.

— Comment possédait-il un couteau ? demanda le geôlier au valet.

— Je ne sais pas, maître.

Il regarda Holmes avec suspicion.

— On réglera tout ça plus tard ! décida le maître geôlier en considérant Baltazar avec colère.

Edward leva les yeux vers lui, affichant une profonde contrition.

— Il y aura une enquête, déclara le geôlier, et si vous êtes responsable de ce crime, vous subirez le fouet.

— À l'enquête, je répéterai ce que Malâtre m'a révélé avant de mourir, murmura Holmes.

— Qu'a-t-il dit ?

— Je réserve mon témoignage pour ceux qui m'interrogeront.

— Malâtre était fou, il disait n'importe quoi ! gronda le chef des porte-clefs tandis que Baltazar se tenait coi, embarrassé.

— Mais je pourrais ne rien dire si je retrouvais ma chambre, ajouta Edward benoîtement.

— Hum… Après tout, pourquoi une enquête… Cela compliquera tout. Celui qui devait occuper votre chambre ne viendra pas, m'a-t-on dit. Vous pouvez donc y retourner.

— Je vous remercie, mon maître. J'aimerais aussi un bon souper, meilleur que celui que j'ai eu jusqu'à présent.

— Vous l'aurez, grommela le geôlier.

— Et n'oubliez pas ceci, mon maître : je suis clerc, mais je sais me défendre, et j'ai encore des amis puissants. Ce serait dommage pour vous, et pour Baltazar que j'aime fort, que vous finissiez à la hart.

30

Ce même jeudi, dès que l'aurore parut, Watson quitta ses compagnons sans leur livrer la moindre explication. Comme ils avaient gardé la lanterne avec la chandelle neuve, il ne la demanda pas et descendit directement dans le souterrain. L'endroit se trouvait dans l'obscurité, mais Gower avait pris la précaution de laisser la porte de la tour ouverte. Il fila vers l'allée sablée en suivant la paroi avec la main, puis, toujours à tâtons, trouva une des torches murales. Pour faire bonne mesure, il en prit une seconde et revint jusqu'à la tour du Coin. Là, dans l'escalier, il battit son briquet et parvint à en allumer une. Il partit aussitôt vers la grille au gond descellé.

De l'eau s'était encore infiltrée dans la maçonnerie et la glace formait un ciment d'une dureté à toute épreuve. Cependant, il la fit fondre avec la torche et put reprendre sa besogne. Au bout d'une heure, le gond se libéra. En utilisant toutes ses forces, Gower parvint à déplacer la grille et franchit le passage. Il remit sommairement les barreaux en place derrière lui et poursuivit son chemin.

Il arriva à l'escalier de la tour flanquant le corps de logis du gouverneur. Il s'agissait d'une des fortifications de l'ancienne porte et là débouchaient plusieurs passages qu'il explora. L'un d'eux le conduisit à une salle voûtée, vide, qui devait être le porche de la vieille porte, car il distingua l'ogive du passage vers l'extérieur, désormais muré. En face se trouvaient un double portail de chêne ferré et une poterne. L'endroit était éclairé par des meurtrières percées dans de profonds embrasements. Il s'approcha de la poterne. Elle n'était pas verrouillée et il l'entrebâilla, jetant un coup d'œil dans la grande cour.

Des palefreniers sortaient des chevaux harnachés couverts de robes écarlates semées de coquilles d'argent. Les armes de John Fastolf. Le gouverneur s'apprêtait donc à sortir.

La veille, sur la paillasse, Watson avait envisagé plusieurs moyens pour s'échapper, mais tous présentaient de fâcheux inconvénients, sans la certitude de réussir. Le plus simple était de gagner la grande cour et d'abattre les sentinelles de la porte avec quelques flèches, puis d'abaisser le pont avec le treuil et de détaler. Mais, outre le fait que quitter la chambre en emportant arc et carquois alerterait ses compagnons, il lui répugnait de tuer une demi-douzaine de compatriotes. De surcroît, il aurait aussitôt à ses trousses la garnison et les gens de Fastolf. Comment leur échapper ? Qui prêterait assistance à un fuyard ayant commis de tels crimes ?

Une autre solution était de bouter le feu dans une des pièces du logis du gouverneur. Une tenture ou un matelas suffirait ; l'important était de provoquer beaucoup de fumée. La crainte des incendies était telle que tout le monde se précipiterait pour l'éteindre, y compris les gardes de la porte. Il n'aurait qu'à y courir, utiliser le treuil et s'enfuir. Mais là encore, il serait poursuivi.

Évidemment, si messire Fastolf ne se trouvait plus dans la forteresse, ses chances de succès s'amélioraient. Il serait bon d'en savoir plus, jugea-t-il. Il revint sur ses pas, prit un petit couloir et découvrit l'escalier de service utilisé par les domestiques. Ceux-ci étant peu nombreux, Gower ne s'inquiétait pas d'en rencontrer.

C'est alors qu'il entendit des éclats de voix, puis des cris de rage.

— *By saint Dunstan, I bleed! I bleed!*

— *Bungler! Foll!*

Le vacarme se poursuivit. Gower attendit encore un moment avant de se décider à monter. C'est en se rapprochant de l'étage qu'il comprit le sens de ces cris : le barbier qui rasait messire Fastolf venait de le couper ! Watson sourit en se passant la main sur le menton. Cela faisait bien des jours qu'il ne s'était pas rendu chez maître Houssay, son barbier étuvier de la rue des Vieilles-Étuves-Saint-Honoré qui, lui, ne l'avait jamais égratigné.

Les cris s'étaient calmés quand il déboucha devant une porte. Collant son oreille à l'huis, il entendit le gouverneur demander son manteau et son chaperon. Fastolf allait quitter le château, et avec une balafre sur la peau !

Gower redescendit et se plaça dans l'entrebâillement de la poterne. Il vit que l'escorte était prête et que le sergent venu le chercher au Châtelet en faisait partie. Décidément, dame Chance le protégeait, conclut l'archer.

Il vit enfin apparaître Fastolf entouré de ses gentilshommes et écuyers. Le gouverneur ne portait pas d'armure et se rendait vraisemblablement en ville. Il monta en selle et la troupe s'ébranla. Watson la suivit des yeux. On avait abaissé le pont-levis et les chevaux franchirent le fossé, puis le tablier fut relevé.

La Bastille s'était vidée d'une grande partie de ses hommes d'armes, mais il en restait encore beaucoup susceptibles de l'empêcher de filer. Il se résolut à les attirer hors de la cour par un incendie, comme il l'avait envisagé. Restait à entrer dans le corps de logis du gouverneur. Il décida de tenter sa chance à partir de l'escalier de service. Corne du Diable ! Peut-être découvrirait-il une porte non verrouillée.

Gower reprit l'escalier jusqu'à la chambre de Fastolf. Par là, aucune entrée n'était possible car l'huis ne s'ouvrait que de l'intérieur, ou avec une clef. Il grimpa à l'étage supérieur et y trouva une porte parfaitement close. Ne voulant pas abandonner, il se rendit au troisième étage et découvrit le même obstacle. Pourtant, il entendit marcher de l'autre côté du battant, aussi décida-t-il de jouer son va-tout : il frappa plusieurs coups.

— *Who is there?* s'enquit une voix masculine.

Il répondit en anglais que messire Fastolf l'envoyait.

— Mais monseigneur vient de partir ! répliqua la voix.

— Je le sais ! Seulement il s'est souvenu qu'il avait un ordre à vous donner. Je vous l'apporte.

L'anglais de Watson dut inspirer confiance à l'individu de l'autre côté car celui-ci tira les verrous. À peine l'huis entrebâillé, Watson le bouscula et le maîtrisa. Il s'agissait d'un moine dans la trentaine.

Le religieux fut tellement effrayé qu'il oublia de crier. Par bonheur, il se trouvait seul. Gower le fit agenouiller en le menaçant de son épée. En même temps, il parcourut la pièce des yeux : un lit, un lutrin, une huche, une petite cheminée. Le moine devait s'occuper des affaires du gouverneur.

— Miséricorde, balbutia-t-il.

— Ton nom ?

— Cadfael…

— Que fais-tu au château ?

— Je suis le secrétaire de messire le gouverneur…

Un sourire illumina le visage de Gower. En voyant le lutrin, une idée lui était venue.

— Qui êtes-vous, seigneur ? poursuivit le moine, terrorisé.

— Tu n'as pas à le savoir, mais sache que je suis anglais et fidèle serviteur de monseigneur le duc. Si tu te tiens coi, tu ne risques rien de moi. Mais si tu tentes de donner l'alerte, je te percerai les boyaux ! Tu as de la corde ici ?

Le religieux hésita, allait-il finir pendu ?

— Rassure-toi, je veux juste t'attacher. Je ne souhaite nullement la mort d'un bon Anglais.

— De la cordelette dans la huche, répondit le secrétaire dans un halètement.

— Lève-toi et va la chercher !

L'autre s'exécuta, vidant le grand coffre jusqu'à en tirer un filin de quelques toises.

— Allonge-toi sur le lit, sur le ventre, et mets tes mains dans ton dos. Si tu appelles… Gare à toi.

De nouveau, le religieux obtempéra en tremblant de tous ses membres. Gower lui ficela les poignets et entrava ses pieds de telle sorte qu'il ne puisse se lever.

— Où s'est rendu messire Fastolf ?

— À l'hôtel de ville, il devait parler de l'approvisionnement de Paris avec messire Hugues Le Coq. Je lui ai préparé un mémoire.

— Bien !

Gower bâillonna son prisonnier avec des chausses sorties du coffre et se rendit à l'écritoire. Quelques feuillets traînaient, il en prit un, le plia soigneusement, perça le papier avec un canivet, fit passer un ruban de soie et chercha un scel. Il en dénicha deux dont l'un représentait la bastille Saint-Antoine. À la cheminée, il attrapa un tison et revint au lutrin. Avec la braise, il fit fondre de la cire qui tomba sur le lai, puis pressa le cachet de la Bastille. Il s'assit alors sur le banc et, ayant enlevé son gant, écrivit sur le pli :

Pour messire Hugues Le Coq, prévôt des marchands.

Satisfait, il se leva, jeta un regard au moine qui mettrait des heures à se libérer si personne ne l'aidait, et ressortit par où il était entré.

Arrivé dans la cour, il se dirigea sans se presser vers la porte du château.

— Frère Cadfael m'a demandé de porter ce pli à l'hôtel de ville, messire Bedford vient de l'oublier, annonça-t-il en anglais au sergent de service quand il fut dans la salle de garde.

Les autres archers s'approchèrent, intrigués.

Le sergent prit la missive et examina le libellé et le scel, puis Watson.

— Qui es-tu, je te connais pas ?

— Forester Watson, j'arrive de Normandie.

— C'est pas toi qui étais hier avec Atkinson ?

Rouquin, Watson était vite reconnaissable.

— C'est moi ! Je m'occupe des archers engagés pour Meulan.

— Comment se fait-il que messire Bedford ait oublié ce pli ? s'enquit le sergent avec un brin de défiance.

— Comment le saurais-je ? Vous l'interrogerez ! Frère Cadfael m'a demandé de le porter à l'hôtel de ville et de transmettre un message à notre sire, mais si vous préférez le faire vous-même, allez-y, j'ai aucune envie de me geler dans les rues de Paris.

— Quel message ?

— Confidentiel.

Le sergent se tortilla l'oreille, hésitant, car l'écuyer du duc et Atkinson lui avaient bien dit de ne laisser entrer ou sortir personne. Mais si ce message était important, il se ferait étriller pour ne pas avoir obéi. Après tout, frère Cadfael était le secrétaire de messire Bedford, et le pli était scellé.

— Baissez le pont, ordonna-t-il.

31

Ayant franchi le pont-levis, Gower s'éloigna sans se hâter. Son cœur battait à tout rompre tant il redoutait d'être rappelé, soit qu'on ait découvert le moine entre-temps, soit que le sergent ait changé d'avis.

La tête couverte par son capuchon afin qu'on ne distingue pas ses cheveux roux, il longea un moment la façade occidentale de la forteresse avant de s'engager dans la première ruelle qu'il rencontra. Le sol étant couvert de neige gelée, il ne pouvait courir, mais il marcha aussi vite qu'il le put.

Il avait longuement réfléchi à ce qu'il allait faire. Il devait plaider la cause d'Edward auprès d'Isabeau de Bavière et ne doutait pas de la convaincre. La reine n'avait-elle pas toujours fait preuve de bienveillance à leur égard ? Elle, au moins, l'écouterait.

Débouchant dans la rue de la Pute-y-Muse, il fila alors vers la Seine jusqu'à la poterne de l'hôtel de la Reine. Avant d'aller plus loin, il s'examina : chausses sales, soliers boueux et manteau couvert de taches. Quant à sa barbe hirsute et à sa chevelure pouilleuse, ils devaient le faire ressembler à un gueux, songea-t-il, dépité. Il se demanda s'il n'avait pas intérêt à se rendre chez un étuvier afin de paraître à son avantage, puis décida d'y renoncer. Le temps pressait pour Edward, et lui-même serait bientôt poursuivi par tous les sergents du Châtelet. Peut-être que sous peu l'accès de l'hôtel des Grands Ébattements lui serait fermé.

S'étant avancé jusqu'au poste de garde, il annonça vouloir rencontrer la chambellane de la reine.

Le sergent d'armes de faction et les hallebardiers, en casaque fleurdelisées et aux losanges azur de la Bavière, le considérèrent avec un mélange de surprise et de méfiance. Ils ne l'avaient jamais vu dans cet état. De surcroît, cet Anglais venait toujours accompagné d'un clerc nommé Holmes et le sergent avait entendu dire que ce dernier avait été arrêté pour un crime.

— Attendez ici un moment, décida l'officier. Je vais envoyer quelqu'un au palais.

— Je connais les lieux, proposa Watson, et n'ai guère de temps. Je dois parler à damoiselle de Savoisy tout de suite. C'est très important !

— Attendez ici ! répéta le sergent un ton plus haut. Ou allez-vous-en !

Furieux, Gower se soumit. Un archer partit vers le palais après avoir écouté les instructions que lui donna le sergent à voix basse.

L'archer commença à avoir des soupçons. Et si les gardes du palais savaient qu'Edward et lui avaient été arrêtés ? Voilà qui expliquerait cette méfiance. Peut-être allait-on chercher des renforts, ou, pire, prévenir le lieutenant criminel.

Mais s'il partait, où aller ? Il ne pouvait compter que sur les frères Étienne et Popin Poitevin, et sur Gautier Tassard, tous trois ayant donné leur foi à Holmes[1]. Nul doute qu'ils le cacheraient, mais comment pourraient-ils l'aider à sauver Edward ?

Dans le corps de garde, les archers s'étaient installés sur des escabeaux, face à la cheminée. Watson se

1. Voir *Le Chien des Basqueville*, *op cit.*

joignit à eux, essayant de se réchauffer et de sécher ses vêtements raides de gel. Il surprenait par moments les regards obliques qu'on lui envoyait. On se méfiait, c'était l'évidence. Toutes sortes de pensées roulaient dans sa tête. Devrait-il se battre pour fuir ? Il posa la main sur la poignée de son épée.

Enfin le soldat revint, accompagné de Marie de Savoisy emmitouflée dans un grand manteau. La chambellane plissa le front en voyant Gower.

— Messire Watson, venez avec moi ! ordonna-t-elle.

Elle l'entraîna dans la galerie à colonnades conduisant à l'hôtel de la Reine.

— Comment êtes-vous arrivé ici ? s'enquit-elle sèchement.

Était-ce un reproche ?

— Nous avons été arrêtés avec Edward…

— Je le sais ! le coupa-t-elle. On dit qu'il a éventré dame Audeloncourt, les déclarations des témoins contre lui sont terribles.

— Il est innocent, je vous le jure ! D'ailleurs, il se trouvait avec moi, rue du Roi-de-Sicile, au moment du meurtre.

— Cela ne me dit pas comment vous êtes arrivé ici.

Il raconta tout et termina en suppliant afin que la reine intervienne. Elle seule pouvait sauver son ami de la torture et d'une mort ignominieuse.

— Sa Majesté n'interviendra pas, déclara Marie à haute voix. Outre le fait qu'elle est fort fâchée de la mort de son amie Gentillette, elle ne veut pas contrarier le cours de la justice.

Gower frissonna, et ce n'était pas seulement de froid. Il comprit qu'Edward était perdu.

De retour dans sa chambre, Holmes avait reçu un meilleur repas que la veille. Mais surtout, le nommé Baltazar qui le lui avait porté le considérait avec une nouvelle déférence. Malgré cela, l'inquiétude rongeait le clerc. Son ennemi allait forcément préparer une autre tentative, et chaque heure qui s'écoulait le rapprochait de la décision du duc de Bedford. Le régent allait-il l'abandonner ?

Il passa une mauvaise nuit durant laquelle il grelotta. Il parvenait enfin à s'endormir quand retentit le grincement des verrous. Une visite, ou autre chose ? Il se leva d'un bond.

Baltazar introduisait le chancelier Chuffart.

Ce dernier accola Edward avec une franche affection, ne s'attardant pas à ses vêtements sales, à sa tonsure négligée, à sa barbe naissante et à son odeur de crasse.

— Comment allez-vous ? s'enquit-il d'un ton inquiet.

— J'ai été mieux ! Avant toute chose, avez-vous des nouvelles de dame Bonacieux ?

— Oui, enfin ! Par la visite d'un prêtre de l'hôpital Sainte-Catherine venu me prévenir, hier soir. Lord Loveyn avait donné jusqu'à la nuit pour que vos gens quittent leur maison, aussi dame Bonacieux a-t-elle eu le temps de demander refuge à l'hôpital Sainte-Catherine où la prieure l'a accueillie avec bonté, elle, Catherine et Anne. Elles partagent un lit, mais leur séjour ne peut être que limité à quelques jours. Pour vos autres gens, je ne sais, malheureusement.

— Je donnerais ma vie pour qu'ils retrouvent leur maison… Hélas, je risque de la perdre sans avoir rien pu faire.

— Je n'ai jamais douté de votre innocence, mon ami. Mais qui a donc commis ce crime effroyable ? Maître

Fauquembergue m'a parlé d'un criminel audacieux qui aurait aussi occis les serviteurs du notaire Roussel. Si vous savez de qui il s'agit, il faut le dénoncer.

— Hélas, je n'ai que des présomptions. Quant à son audace, elle est encore plus grande que vous ne l'imaginez. Pas plus tard qu'hier il a tenté de me faire occire ici même avec la complicité du geôlier.

— Impossible !

— Mais pourtant vrai, poursuivit Holmes en allant prendre quelques branches du fagot afin de relancer le feu. Si je reste en prison, j'aurai du mal à lui échapper. Avez-vous vu la reine ?

— Je l'ai vue, et j'en rapporte de mauvaises nouvelles. Gentillette Audeloncourt était une de ses amies chères. Lorsque je me suis rendu à son hôtel, elle m'a reçu en présence du prévôt. Elle a exigé pour votre crime les plus effroyables châtiments. J'ai voulu vous défendre, mais elle m'a fait taire.

Ces paroles lui firent l'effet d'un coup de masse. Il demeura pétrifié, en position accroupie. Ainsi Isabeau elle-même le croyait coupable ! Un de ses derniers espoirs s'envolait.

Le découragement le submergea et il ne dit mot durant un moment.

— Watson a été engagé de force dans les troupes du duc de Bedford, laissa-t-il tomber finalement d'un ton accablé.

— Je l'ai appris… Mais ne vous inquiétez pas pour lui, il a déjà été soldat et s'est tiré de situations bien pires.

Holmes se releva.

— Je crains de n'avoir plus que vous et maître Fauquembergue sur qui compter. Et moi-même. Mais, finalement, cela est préférable à se raccrocher à de vaines illusions.

— Je tenterai tout, assura le chanoine, bien que son regard trahisse son découragement.

— Je le sais.

Chuffart parti, Edward analysa froidement la situation. Il ne lui restait qu'un recours : s'évader. Était-ce possible ? Il examina soigneusement les moyens d'y parvenir.

Baltazar venait lui porter soupe et bois, parfois accompagné d'un autre valet, parfois seul. S'il était seul, Edward se sentait capable de l'assommer, pour autant qu'il dispose de quelque objet lourd. Le seul mobilier étant le lit, il en sortit la paillasse et constata qu'il pouvait arracher une planche du sommier.

Il devrait ensuite entraver sa victime. Pour cela, il avait besoin de liens. Il n'aurait qu'à déchirer une bande d'une de ses deux couvertures, décida-t-il. Ensuite, il enfilerait les vêtements de Baltazar et son bonnet. Une fois dehors, il gagnerait la salle des écrous. Avec un peu de chance, et s'il agissait le soir, elle serait déserte. De là, il savait comment gagner les salles d'audience puis la grande cour.

Mais après ? Où aller ? Il songea au drapier Gilles Girard à qui il avait sauvé la vie par deux fois, puis il rejeta cette idée. Le concierge de Girard le connaissait et sa venue l'impliquerait dangereusement. Ne restaient que les frères Poitevin, rue Quincampoix. Il lui répugnait cependant de les mêler à ses malheurs, mais ce ne serait que pour quelques nuits. Les Poitevin pourraient aussi prévenir Girard qui trouverait bien un moyen de le faire sortir de Paris. Avec un peu d'argent, il gagnerait Meulan et tâcherait de retrouver Watson.

Un plan plein d'aléas, mais il était préférable à attendre la question sur le grand tréteau, et les affres du démembrement en place de Grève.

Il entreprit de déclouer la latte du châlit. L'activité le réchaufferait.

En grelottant et entre deux quintes de toux, Edward, accroupi, allumait un fagot dans la cheminée quand on ouvrit la porte.

Après cette nuit glaciale, il avait commencé à tousser, ce qui remettait en cause son plan d'évasion. Il se releva. Entra le valet Baltazar accompagné de quatre hommes. L'un en manteau et robe noire avec un chapeau plat, certainement tonsuré d'après la rareté de ses cheveux ; les autres en casaques aux armes de l'évêque, casqués, avec barbute[1] ou chapel de fer. Tous affichant des visages sinistres.

Le tonsuré, de petite taille mais d'un maintien autoritaire, annonça sans préliminaire :

— Mon nom est Jean Loyer, official[2] du chapitre de Notre-Dame. J'ai été avisé hier que vous étiez clerc. Le Grand Châtelet ne peut garder de clercs prisonniers, aussi, en accord avec l'official de l'évêque et le lieutenant civil, j'ai obtenu que vous soyez transféré au For-l'Évêque.

Edward demeura interloqué. Il savait bien sûr que les religieux et les clercs dépendaient de la justice de l'évêque, mais pas pour les crimes de sang.

— J'ai été jugé voilà deux jours, observa-t-il.

— Je ne l'ignore point et l'official n'a rien à y redire, mais les clercs doivent être enfermés au For-l'Évêque jusqu'à la fin de la procédure. On va vous mettre les fers et le sergent Guillaume de Rueil va vous conduire avec ses gens d'armes.

Il désigna celui en barbute dont la casaque était maclée et matelassée.

— Assoyez-vous sur le lit, maître Holmes, ordonna Baltazar.

1. Heaume.
2. L'official était le juge chargé des affaires civiles au chapitre.

Un autre valet entra muni de chaînes. Edward obtempéra, s'interrogeant sur ce déplacement. Était-ce une nouvelle tentative de son ennemi ? Mais comment aurait-il fait ? Avait-il des accointances avec l'évêché ? En quoi serait-il plus facile pour lui d'agir au For-l'Évêque ? Ce qui lui paraissait incompréhensible, c'est que maître Chuffart, pourtant chancelier du chapitre, ne lui ait rien dit.

Le valet serra les anneaux à ses chevilles et ferma les cadenas.

— Emportez vos affaires ! ordonna l'official.

Les formalités d'écrou se déroulèrent sans difficulté, Edward se heurtant cependant à un refus quand il demanda le remboursement du trop-perçu sur ce qu'il avait versé.

C'est en quittant la prison que l'official lui annonça que le sergent et ses deux hommes d'armes le conduiraient au For-l'Évêque sans lui, car il avait d'autres obligations.

Les flocons voletaient à nouveau. Edward marchait difficilement à cause du poids des fers et de la neige qui s'amassait dans les anneaux. Sa toux l'étouffait par moments.

Ils gagnèrent la rue Saint-Germain-l'Auxerrois bordée de maisons à pignons sur son flanc droit et de bâtisses moins rutilantes du côté gauche. Plus bas, cette partie de la berge formait la vallée de la Misère, un entrelacs de ruelles misérables. For-l'Évêque se situait au-delà, entre la rue des Fuseaux, nommée encore rue aux Foins, et la rue de l'Arche-Marion qu'on appelait aussi rue de l'Abreuvoir-Thibaut-aux-Dés. Ces deux voies débouchaient sur la Seine par des arches conduisant à des abreuvoirs.

C'est après un accord avec Philippe Auguste, dans lequel il reconnaissait, pour les crimes de rapt et de meurtre, la primauté de la justice royale sur la sienne, que l'évêque de Paris avait fait construire sa propre prison, le logis de son prévôt et ses salles de justice. Les cachots de ce *Forum Episcopi*, devenu For-l'Évêque, avaient mauvaise réputation : humides, envahis de vermine, on y laissait souvent mourir les prisonniers quand l'official n'avait pas obtenu d'eux des aveux lui permettant de les pendre ou de les brûler hors de Paris.

Ce transfert inquiétait terriblement Edward. Sa toux était le signe d'un mal qui ne ferait que s'aggraver là-bas.

Il y songeait avec désespoir quand, alors qu'il passait devant un cul-de-sac fermé par une grille, surgirent deux individus brandissant épée. Avec stupeur, Holmes reconnut Watson. Le second portait un masque de velours.

— Vous trois, entrez dans ce cul-de-sac si vous tenez à la vie ! ordonna Gower.

La rue Saint-Germain-l'Auxerrois n'était pas déserte mais les rares passants se trouvaient trop loin pour remarquer quoi que ce soit. Le sergent Guillaume de Rueil porta la main à son épée. Watson l'arrêta d'un geste.

— J'ai trois bons archers dans la ruelle. Je ne veux pas de sang, mais je n'hésiterai pas à vous faire abattre !

Rueil guigna vers l'impasse et aperçut des silhouettes, arcs tendus et flèches engagées. Son visage afficha son désarroi et, après avoir consulté du regard ses gens d'armes, il demanda :

— Jurez-vous de nous laisser saufs et de ne pas garder nos armes ?

— Je le jure, sur la benoîte Vierge. Nous voulons uniquement votre prisonnier.

Nouvel échange muet entre le sergent et ses hommes apeurés.

— Je vous fais confiance. Gaspard, Étienne, suivez-moi et ne tentez rien.

Tous pénétrèrent dans l'impasse enneigée flanquée de maisons abandonnées. Les archers avaient reculé afin qu'on ne distingue pas leur visage.

— Jetez vos armes au loin, vous les récupérerez après notre départ, puis ôtez les fers à maître Holmes, commanda Watson en gratifiant son ami d'un joyeux sourire.

Submergé d'un indicible soulagement, Edward lui rendit son sourire, malgré sa fatigue et la fièvre qu'il commençait à ressentir.

Les trois gardes de l'évêché obtempérèrent sans tenter de piperie. Puis le prénommé Gaspard, qui transportait la clef, s'agenouilla et ouvrit les cadenas.

— Mets un des anneaux à ton pied et l'autre à celui de ton sergent, ordonna encore Watson.

Holmes, lui, ne quittait pas des yeux le personnage masqué dont il croyait avoir reconnu la silhouette. Auquel cas, on ne l'avait pas complètement abandonné et il en ressentit une profonde gratitude. L'homme avait rengainé son épée et saisi des cordes entreposées dans le cul-de-sac. Il ordonna alors à Étienne de se retourner afin de le ficeler, puis fit de même avec les deux autres, Watson surveillant l'opération. Quant aux trois archers, ils venaient de disparaître par un sentier entre deux maisons, observa Holmes.

Une fois leurs prisonniers complètement entravés, l'homme masqué les bâillonna avec une lanière de cuir. À l'évidence, celui-là avait une grande expérience de ce genre d'opération.

— Vous parviendrez à vous délivrer, les rassura Watson dans un rire, mais ne cherchez pas à nous retrouver, ce serait inutile car on aura quitté Paris.

Prenant son ami par l'épaule, il l'entraîna vers le passage par lequel les archers avaient filé.

Ils coururent sur quelques toises et débouchèrent dans la rue de l'Arche-Marion.

Après avoir longé un nouveau corridor entre des maisons, ils arrivèrent rue des Bourdonnais. Les archers les attendaient, et comme Edward s'en doutait, il s'agissait des frères Poitevin, Étienne et Popin, et de Gautier Tassard.

Les deux premiers, l'un cordonnier et le second courroier de la rue Quincampoix, étaient des jeunes hommes de grande taille coiffés en rondeau. Le troisième était mercier des Halles. Tous trois, camarades de Watson dans la guilde des Archers de la ville, avaient donné leur foi à Holmes après l'expédition à Basqueville l'année précédente. Se trouvant dans la misère avant cet engagement, ils s'étaient enrichis grâce au butin ramené, avaient payé leurs dettes et acheté leurs maisons. Ils devaient leur prospérité au clerc, dont ils avaient apprécié le courage et la loyauté, et se seraient fait tuer pour lui.

— Merci, mes amis, fit Edward avec une sincère émotion, tandis qu'ils s'inclinaient respectueusement devant lui.

— Nous ne sommes pas encore tirés d'affaire ! intervint Watson. Dépêchons-nous de gagner notre refuge !

L'homme masqué les avait rejoints, visage découvert, et Holmes reconnut Enguerrand Chabridel, le sicaire de la reine.

— Heureux de vous retrouver, maître Holmes, fit-il avec un sourire carnassier.

— On cancanera plus tard ! décida Watson en passant en tête.

Il s'engagea dans une impasse avant la rue au Lard. La bâtisse d'angle, maison abandonnée aux fenêtres brisées, supportait l'enseigne de la Tête-Noire.

Holmes l'identifia sans peine, bien qu'il ne se soit jamais rendu à l'intérieur. C'est là que Michelette d'Auxerre et ses complices avaient enchartré le serrurier Le Dru afin qu'il ne puisse réparer la fermeture de la porte

Saint-Jacques[1]. Michelette lui avait indiqué l'endroit, et, comme il n'habitait pas très loin, il était passé devant à la fin du mois de décembre, avec Watson.

La porte donnant sur la rue était brisée. Avant de grimper un escalier branlant aux marches grinçantes, Edward aperçut deux mules dans l'écurie mitoyenne.

Au palier, le froid était aussi vif qu'à l'extérieur. La neige s'engouffrait par un trou béant à l'emplacement d'une fenêtre brisée, et pourtant à côté se dressait une porte toute neuve, en chêne avec une belle serrure.

Watson gratta à l'huis qui s'ouvrit, laissant apparaître Marie de Savoisy.

1. Voir *Cinq médailles d'argent*, *op. cit.*

32

Comme Marie de Savoisy l'accolait avec une immense affection, Holmes la repoussa d'un geste délicat.

— Je suis souffrant, Marie, les prisons du Châtelet ne sont guère favorables pour la santé. Mais je brûle de savoir comment vous m'avez sorti de mon cachot et permis de revivre.

— Ce sera une longue histoire, cher Edward, aussi avant de vous la raconter, je veux entendre comment s'est passée l'évasion. Pas de sang, au moins ?

— Pas une goutte, noble dame, répondit Chabridel.

— Très bien !

Elle le gratifia d'un hochement de tête satisfait auquel le mercenaire répondit avec un sourire suffisant. L'entreprise qu'ils avaient préparée ensemble avait modifié leurs relations.

— Nous allons rester ici jusqu'à la nuit, Edward, intervint Watson. Cette pièce est la seule habitable, mais impossible d'y faire du feu : nous serions trop vite repérés par des voisins. Dans une heure ou deux, le quartier grouillera d'archers et de sergents à ta recherche.

Holmes acquiesça. Il avait déjà examiné la salle. Éclairée par deux lanternes de suif, elle ne contenait qu'une paillasse sur un châlit. Des planches condamnaient toutes les ouvertures. Une chaîne était scellée près du grabat.

Certainement s'agissait-il de l'endroit où Le Dru avait été gardé prisonnier.

— Avez-vous faim, maître ? demanda Gautier Tassard. Avant de prendre notre service dans la ruelle, j'ai apporté du pain et une saucisse bien grasse.

— Et nous, deux gourdes de bon vin ! ajouta Étienne Poitevin.

— Hélas, il n'y a rien de chaud ici, observa Marie, et avec ce froid et les privations qu'il a subies, maître Holmes aurait besoin de nourritures réconfortantes.

— On pourrait aller chercher quelques pots de bouillon chez un cabaretier, proposa Popin Poitevin.

— Je vous accompagne ! décida Chabridel. J'en profiterai pour observer si l'on nous recherche déjà.

Tassard se joignit à eux et les quatre hommes partirent tandis que Holmes s'asseyait sur le lit avec Marie pour entendre Watson et apprendre par quel miracle il se trouvait là.

Ce dernier commença par servir le vin dans des pots en bois en racontant son arrivée à la bastille Saint-Antoine, ce qui l'attendait là-bas et la façon dont il avait faussé compagnie à ses gardiens.

— Tu as fait preuve d'une habileté prodigieuse ! s'exclama le clerc, admiratif, quand Gower en vint à la façon dont il avait dupé les gardes de la porte.

Gower se rengorgea, satisfait du compliment.

— Je suis ensuite allé à l'hôtel des Grands Ébattements où j'espérais convaincre Sa Majesté d'obtenir ta libération, poursuivit-il.

— J'étais avec la reine quand nous avons été prévenues de son arrivée, intervint Marie. Elle m'a aussitôt donné ordre de me rendre au corps de garde.

— Venu hier dans mon cachot, maître Chuffart m'a affirmé que madame Isabeau me croyait coupable, qu'elle était fort en colère contre moi et souhaitait ma condamnation, observa Holmes avec une ombre de tristesse. Vous avez pris de gros risques en recevant Gower et en me prêtant assistance, Marie.

— Vous vous trompez cette fois, mon perspicace ami, fit-elle avec un sourire espiègle. Apprenant le meurtre de dame Audeloncourt et que vous en étiez accusé, dame Isabeau n'a jamais cru à votre culpabilité. Elle a cependant marqué publiquement son indignation et exigé que vous receviez le plus sévère des châtiments. Deux raisons à cela : elle compte beaucoup d'ennemis et savait que si elle vous défendait, on le lui reprocherait, et même qu'on l'empêcherait d'agir pour vous faire libérer. Mais surtout, ayant connu durant près de quarante ans les plus infâmes fourberies, ma maîtresse a pressenti que votre accusation n'était qu'une cabale. S'afficher comme votre ennemie lui permettrait, dans l'ombre, de vous aider efficacement. C'est ce qu'elle m'a expliqué alors que nous étions seules, consolant les larmes que je ne pouvais retenir. Persuadée de l'impossibilité de vous innocenter après avoir entendu les témoignages accablants rapportés par le prévôt, elle a décidé de vous faire évader. Jeudi matin, elle a fait chercher monsieur Chabridel (Marie se refusait à le nommer messire) et lui a demandé conseil. Il envisageait d'engager quelques drôles mais, pour agir sans faire couler le sang, il fallait que vous sortiez du Châtelet. Dame Isabeau a alors fait chercher le chancelier Chuffart et lui a dévoilé son dessein. Ayant compris qu'elle avait berné son entourage, il a promis d'obtenir votre transfert au For-l'Évêque. Le droit jouait en sa faveur et ni Rapine ni le prévôt ne pouvaient s'y opposer, puisque vous êtes clerc. Messire Watson est alors arrivé à point nommé.

» Lorsque je l'ai rejoint, je l'ai fort mal reçu, conformément aux ordres de ma reine, afin qu'aucun témoignage ne puisse être rapporté quant à des faveurs qu'elle aurait accordées à un criminel. Mais, à voix basse, je lui ai demandé de se rendre dans une maison dont je lui ai remis la clef. Située en face de l'église Saint-Pol, elle appartient à la reine depuis près de trente ans. Monsieur Chabridel s'y trouvait et je les y ai rejoints pour préparer l'évasion. Plutôt que d'utiliser des mercenaires, messire Watson a songé aux gens qui vous avaient accompagné au château de Basqueville. Nous nous sommes retrouvés ici à matines, monsieur Chabridel étant venu me chercher à l'hôtel de la Reine, car pour rien au monde je n'aurais manqué votre évasion. C'est messire Watson qui a pensé à cette maison abandonnée, proche du For-l'Évêque, pour nous réunir.

— Je ne sais que dire tant je suis ébloui par vos actions, fit Holmes. Je n'aurais pas mieux fait. Marie, vous assurerez la reine de mon éternelle fidélité.

Toutefois, malgré sa gratitude, il s'interrogeait : Isabeau éprouvait-elle vraiment de la bienveillance ou de l'affection pour lui, ou craignait-elle seulement qu'il puisse, sous la torture, révéler des secrets inavouables ? Hélas, il savait qu'il n'aurait jamais de réponse.

— La lutte va donc se poursuivre, grâce à vous, et j'espère bien vaincre cette fois. Cependant, je ne dois plus sous-estimer mon ennemi. S'il parvenait à me faire disparaître, et il en est capable, vous devez connaître son identité.

Il leur livra donc son nom ; Marie resta stupéfaite tant elle ne s'attendait pas à cette révélation.

Après les déclarations de la dame d'atours de Gentillette Audeloncourt, assurant que le complice de Montgeron, le prénommé Robert, était venu rendre les vêtements rapinés, le commissaire Lestrade avait envoyé des archers dans le quartier Saint-Martin où, à force de questions, ils avaient découvert la demeure dudit Montgeron.

Ce samedi matin, le commissaire avait pu interroger Robert le Diable, qui lui avait confirmé avoir rendu les objets volés. Questionné rudement, ce dernier avait également rapporté sa conversion avec le clerc. Lestrade en avait retenu que Holmes enquêtait au sujet de la troupe d'Anglais anéantie par une meute de loups et voulait que Montgeron l'accompagne à Vernon avec son animal dressé.

Le commissaire s'était montré troublé par cette révélation, devinant que les investigations de maître Holmes expliquaient pourquoi il lui avait demandé de libérer Montgeron. Lestrade n'était pas mauvais enquêteur, et même s'il avait l'esprit lent et lourd, il raisonnait parfois avec justesse. Ce clerc lui avait dit qu'il s'occupait de « secrets des rois ». Et s'il n'avait pas menti ? Et si le meurtre de dame Audeloncourt avait vraiment été un coup monté par un puissant adversaire ? L'officier du Châtelet sentait la tête lui tourner à l'idée qu'il ait pu se fourvoyer, mais les faits allaient malheureusement dans ce sens. Ainsi, pourquoi lord Loveyn avait-il perquisitionné la maison de la rue du Coq sans lui en communiquer les résultats ? Il commençait à reconnaître l'absurdité d'une visite du clerc anglais chez dame Audeloncourt pour la tuer devant témoins.

L'esprit en désordre, le commissaire examinateur s'était précipité au Châtelet afin de questionner Holmes à nouveau. Et avait appris son incroyable fuite. Après un interrogatoire serré des hommes de l'official, il s'était rendu chez le lieutenant civil qui venait également d'être avisé.

— Peut-être est-ce aussi bien ainsi, conclut Germain Rapine après que l'examinateur lui eut livré les détails de l'évasion. Ce clerc quittera Paris d'une façon ou d'une autre, et peut-être réussira-t-il à s'innocenter.

— Pardonnez-moi, messire, mais je suis en désaccord avec vous. J'ai appris que maître Holmes s'occupait d'une autre affaire…

Il raconta les dires de Robert le Diable et dévoila les doutes qui le rongeaient.

— J'ai besoin d'interroger ce clerc, de savoir si je me suis fourvoyé. Je dois le retrouver.

Contrarié par le zèle et les scrupules du commissaire, Rapine ne répondit pas tout de suite. Il n'avait jamais cru à la culpabilité de Holmes et depuis le début avait subodoré une lutte des partis autour du régent. N'y avait-il pas des conflits perpétuels entre Bedford et son frère le duc de Gloucester ? Le lieutenant du prévôt ne voulait aucunement se mêler aux luttes pour le pouvoir, jugeant que ces dissensions ne le regardaient pas et qu'il n'y avait que des coups à prendre. La demande de transfert de Holmes au For-l'Évêque n'avait été qu'un nouvel épisode de ces affrontements car il y avait deviné la patte du chancelier Chuffart, et donc de la reine Isabeau. Celle-ci et le prévôt de Paris attendaient certainement de lui qu'il se tienne coi.

Tout cela, il ne pouvait le révéler à Lestrade, mais s'il tentait de l'écarter, l'examinateur pourrait bien aller trouver le lieutenant criminel et obtenir de ce dernier l'assistance qu'il souhaitait.

— Qu'envisagez-vous de faire ? s'enquit-il.

— Maître Holmes a des amis haut placés, je le sais, et je ne me frotterai pas à eux, messire. Mais il y avait cinq hommes d'armes, rue de l'Arche-Marion. Des gens à son service. Il n'y en a pas tant que cela à Paris. Si je peux les identifier, je le retrouverai.

— Peut-être, mais comment les connaître ?

— Je suis certain qu'il s'agit de personnes qui lui sont redevables, qu'il a sauvées de la hart, par exemple.

— Par des lettres de rémission ?

— Entre autres. Laissez-moi enquêter dans cette direction.

Rapine soupira. Il connaissait suffisamment Edward Holmes pour deviner que Lestrade ne le dénicherait pas. Il opina sans trop hésiter.

— Entendu ! Maintenant, admettons que vous retrouviez Holmes…

— Je lui ferai dire la vérité, et si je me suis trompé, j'irai convaincre le procureur du roi de mon erreur.

Il apprit l'évasion de son adversaire alors qu'il dînait à l'hôtel des Tournelles. La rumeur se répandait déjà à la vitesse d'un incendie. Une entreprise d'une audace extraordinaire ! Cinq individus s'en étaient pris aux gens d'armes de l'official, les avaient menacés de leurs arcs et de leurs épées, et avaient libéré l'assassin de dame Audeloncourt. Cette action s'ajoutait donc à la fuite invraisemblable de l'archer anglais Gower Watson, qui avait réussi à quitter la Bastille par le pont-levis alors qu'il se trouvait prisonnier dans une tour !

Il les avait sous-estimés, songea-t-il, plein de dépit. Comment les retrouver, maintenant ? Sa seule certitude : ils se cachaient dans Paris. Mais où ? Forcément chez des amis. Comment les confondre ? Avec froideur, il classait les questions surgissant dans son esprit et élaborait les moyens d'y répondre à partir des faits dont il avait connaissance. Ce cheminement lui était naturel, il le pratiquait depuis toujours, ayant reçu une solide éducation durant laquelle il s'était montré doué pour la logique et les mathématiques.

Il devait se rendre dans le quartier où Holmes habitait et poser quelques questions, conclut-il.

Sitôt le dîner terminé, il rentra dans sa chambre, éloigna ses valets, rassembla de quoi se grimer sommairement afin de ne pas être reconnu, se couvrit chaudement car le froid empirait, et quitta l'hôtel des Tournelles par une porte dérobée dont il possédait la clef.

Il suivit la rue Saint-Antoine et, dans le quartier de la Grève, se glissa dans un étroit passage hors de portée des regards. Là, il inséra dans sa bouche un objet confectionné dans du cartilage de bœuf qui lui modifiait la mâchoire et la façon de s'exprimer. Il ôta son chaperon, le transformant en écharpe, et sortit de son manteau un chapeau plat auquel était cousue une longue chevelure.

Une heure plus tard, il se trouvait dans la rue du Coq, entièrement déserte. Il revint alors dans le grand chemin Saint-Louis et avisa l'enseigne d'une hôtellerie : *La Coupe d'Or*, construite en bonne pierre de Saint-Leu et colombages. Il s'agissait d'un établissement de qualité. Holmes s'y rendait sûrement et on devait le connaître. Il s'y dirigea.

La salle basse, qui s'étendait sur deux corps de logis, dégorgeait de monde à cause du froid. Il déambula un moment entre les tables, comme à la recherche d'une connaissance. Il s'approcha finalement du cabaretier, un individu de taille moyenne, dans la cinquantaine, chauve comme un œuf.

— Mon maître, je me nomme James Morton et j'arrive d'Angleterre, fit-il.

— Vous êtes venu de si loin pour boire la meilleure bière de Paris ? s'enquit jovialement l'hôtelier.

— Pourquoi pas ? Mais en vérité la raison de ma venue est tout autre : j'ai un message à délivrer à maître Holmes, rue du Coq. Je me suis rendu chez lui, seulement la demeure est close. Sauriez-vous où il se trouve ?

Le visage du tenancier se ferma. Il avait toujours apprécié le clerc anglais, mais maintenant qu'il était poursuivi, il préférait dissimuler ses opinions.

— Maître Holmes ! L'ignorez-vous donc ? Il a été arrêté ! Pis, il vient de s'évader ce matin…

— Arrêté ? Évadé ! Je tombe des nues ! Expliquez-moi !

— Pas le temps, trop de monde à servir ! Allez plutôt à la table là-bas, vous y rencontrerez quelques-uns de ses amis qui vous raconteront.

Le nommé James Morton s'y rendit, se présenta et répéta le motif de sa visite. Immédiatement, ce fut un brouhaha d'avis et de commentaires favorables d'où il ressortait que Holmes était fort apprécié et que personne ne le croyait coupable.

— Je l'ai connu en Angleterre, affirma le visiteur, et bien qu'ignorant les détails de cette affaire, je suis tout aussi convaincu que vous de son innocence !

— Sur ma foi, c'est un coup monté ! affirma une drôlesse. Maître Holmes n'aurait jamais fait du mal à une femme.

— Il était toujours prêt à assister les malheureux accusés à tort. Pour moi, c'est une vengeance de quelques malfaisants du Châtelet ! affirma un vieux bourgeois.

— Je connais également Gower Watson, son ami qui s'est évadé de la bastille Saint-Antoine, un homme aussi droit que les flèches qu'il tire, ajouta un troisième en péliçon fourré et chaperon violet.

— Avec tant d'amis, il doit avoir trouvé refuge quelque part, suggéra le nouveau venu. Je lui apporte une forte somme, qui pourrait le tirer d'affaire, ajouta-t-il un ton plus bas. L'un de vous a-t-il une idée de l'endroit où je pourrais le trouver ?

Les visages se fermèrent et les regards se baissèrent. L'inconnu n'insista pas et posa deux deniers sur la table pour payer le pot de bière que la servante apportait.

— Il m'aurait demandé vivre et logis, je les lui aurais accordés, fit celui au chaperon violet, mais il n'est pas venu me voir.

— Pâques Dieu ! Comme s'il allait se rendre au Louvre et se jeter dans la gueule du loup, maître Baille ! s'exclama la drôlesse en lorgnant vers le pot de bière du visiteur.

En aguichant ce dernier, elle expliqua :

— Maître Baille est trésorier du Louvre. Maître Holmes a sauvé de la hart le beau-frère de son valet de chambre en lui obtenant une lettre de rémission.

— Comment a-t-il fait ? interrogea le soi-disant Anglais en affichant sa stupéfaction.

De nouveau, ses compagnons de tablée devinrent prolixes et l'un d'eux lâcha le nom du valet : Clément Moreau, il habitait près de la porte Montmartre.

Sans montrer sa satisfaction, le visiteur poussa son pot de bière devant la drôlesse en demandant :

— Maître Holmes obtenait-il facilement de telles lettres de rémission ?

— Plusieurs fois ! s'exclama un client emmitouflé dans une houppelande, tandis que la garcelette vidait le hanap. Je sais qu'il a aussi sauvé du gibet un charpentier, qui lui avait été envoyé par Moreau.

D'autres intervinrent encore, mais n'apprirent rien de plus au nommé Morton, qui annonça :

— Je loge à *L'Asne Rayé*, rue de la Verrerie, inventa-t-il ; si l'un de vous en apprend plus, qu'il vienne me voir. Maître Holmes le remerciera certainement en pécunes, avec le sac d'écus que je lui aurai remis !

Au même moment, non loin de *La Coupe d'Or*, Edward et Gower se trouvaient seuls dans la maison abandonnée. Dans moins de deux heures, dès que l'obscurité serait suffisante, ils partiraient en direction de la porte Montmartre.

Chabridel avait raccompagné Marie de Savoisy en mule jusqu'à l'hôtel de la Reine et leurs trois fidèles étaient rentrés chez eux. Par sécurité, aucun d'eux ne savait où Gower et Edward se réfugieraient. Ce dernier avait cependant promis à Marie qu'il lui donnerait des nouvelles. En attendant la décision du régent à son sujet, il tenterait de saisir son ennemi.

Avant qu'elle ne le quitte, Marie lui avait remis une bourse rondelette. De la part de la reine.

Quand Gower s'était rendu chez les frères Poitevin et Gautier Tassard, ceux-ci avaient tout de suite accepté de participer à la délivrance d'Edward Holmes. Ils avaient également proposé de les accueillir tous les deux, mais l'archer anglais avait refusé. En effet, que des voisins s'en aperçoivent et les dénoncent, ils se retrouveraient au gibet ou dans la Seine avec toute leur mesnie ; car, lors de cette visite, Gower avait découvert avec soulagement que les artisans hébergeaient les domestiques de la maison de la Corne-de-Cerf, les deux orphelins et Gracieux.

Watson s'était donc rendu chez le premier client d'Edward, quand il s'était établi comme homme de loi : Clément Moreau. Cet individu, dont l'épouse était la sœur du valet de chambre de maître Baille, avait été saisi par les gens du Châtelet pour avoir poursuivi et tué le voleur de ses poules. Grâce au clerc, il avait obtenu une lettre de rémission de la reine Isabeau et retrouvé sa famille, sa maison et son enclos de la porte Montmartre, où il cultivait un peu de blé et élevait quelques volailles. Un endroit isolé, sans voisinage proche.

Cependant, Moreau s'était montré embarrassé, expliquant manquer de place car il hébergeait déjà, dans son grenier, un cousin éloigné, sa femme et leur enfant, tous trois réfugiés à Paris après que les Armagnacs eurent mis à sac leur village. Mais l'homme devait la vie à Holmes, aussi sa réticence n'avait-elle pas duré, d'autant plus que Watson lui avait promis de ne rester que quelques jours.

33

Chez Moreau, les Anglais s'étaient installés dans le grenier tandis que les femmes et les enfants se serraient dans le lit et que les deux hommes passaient la nuit sur un matelas de paille.

Le cousin se nommait Gilet. Si Moreau possédait sa maison, son enclos, où il faisait pousser du blé et des choux, et son poulailler, Gilet n'était qu'un vilain cultivant une maigre tenure à trois lieues de Paris. Le lien familial entre eux était ténu car ils n'avaient qu'une grand-mère en commun, mais, sans autres parents, Moreau considérait Gilet comme un frère.

Le dimanche, le lendemain de la venue des Anglais, le mal d'Edward redoubla et il demeura alité, fiévreux, avec une toux déchirante. Pis, il tomba dans cette profonde mélancolie qui inquiétait Watson. Peut-être souffrait-il seulement d'un catarrhe, mais la maladie pouvait se révéler plus grave. Gower envisagea d'aller chercher le chanoine médecin Jean Avantage, au cloître Notre-Dame, mais son ami l'en dissuada : personne ne devait connaître leur refuge. Certes, Edward craignait la police du Châtelet, les gens du guet et les Anglais du gouverneur John Fastolf, mais, plus encore, il redoutait la ruse de son ennemi. Il était persuadé que le Jules César du crime, comme il l'appelait, se trouvait déjà sur ses traces.

Moreau et sa famille se rendirent à la messe à Saint-Eustache tandis que son cousin, sa femme et son fils demeuraient dans la maison. Arrivés quelques jours plus tôt, tous trois n'avaient pas été déclarés au dizenier. Gilet avait supplié son cousin de n'en rien faire, car les réfugiés sans travail ni argent étaient affectés à la défense des remparts ou engagés d'office dans l'armée du régent. Dès que le froid serait terminé, lui et les siens rentreraient dans leur village réparer leur maison et labourer leur tenure. Personne ne connaîtrait leur séjour dans la capitale.

Watson ayant remis de l'argent à l'épouse de Moreau, celle-ci avait acheté du pain et du lard, dont la famille se privait habituellement, vivant surtout des légumes récoltés avant les premières gelées et des œufs de leurs poules. Ce soir, le dîner fut copieux et même arrosé d'une mauvaise bière.

Après le repas, l'archer anglais sortit se dégourdir les jambes et vérifier que personne ne rôdait dans le quartier. Cependant, son absence avait une tout autre raison.

Gower rentra à l'heure où le crépuscule s'étendait. La neige recommençait à tomber et, près de l'enclos de son logeur, il aperçut les loups gris, cinq à six animaux qui vagabondaient furtivement, sans hurler ni aboyer. La meute déambulait à l'extrémité d'une ruelle transversale à son chemin. Prudent, il tira son épée et fila au plus vite.

Une fois entré chez Moreau, et après avoir expliqué à son hôte qui était son compagnon, il le prévint de la présence des fauves. Mais le beau-frère du valet de chambre du trésorier du Louvre le rassura :

— Ces bêtes rôdent dans le quartier depuis Noël et ne sont dangereuses que si l'on est seul. C'est pourquoi je vous avais conseillé de ne pas sortir. Voilà une semaine, elles ont dévoré une femme qui ramassait de la neige afin de faire de l'eau.

— Au retour je n'étais plus seul, observa Watson avec un sourire malicieux. Et avec mon compère, je ne crains nullement les loups !

— Je doute qu'il soit capable de vaincre une bande de fauves. Pour ma part, j'ai plus confiance dans ma bonne porte et mes volets ferrés ! La nuit, tout est rembarré ici et mes poules sont serrées à l'abri. Ces maudites bêtes peuvent venir, elles repartiront le ventre vide !

Watson acquiesça et monta à l'échelle en portant son compagnon tandis que l'épouse de Moreau le suivait avec un pot de bouillon et des morceaux de pain. Leur arrivée provoqua des exclamations de surprise et de joie de la part d'Edward ; Gower sut qu'il avait eu raison d'agir ainsi.

En servant la soupe dans leur écuelle, il raconta à son ami sa rencontre avec les loups. Alors l'attitude de Holmes changea du tout au tout.

De son côté, Lestrade recevait enfin du secrétaire du chancelier de France la liste des bénéficiaires de rémissions royales obtenues par Edward Holmes. Ce document, promis la veille, s'avéra plus court qu'il ne l'avait pensé. Les deux premiers pardonnés étaient un certain Moreau, qui avait tué un voleur, et un charpentier ayant fendu le crâne d'un archer du Châtelet de sa hache.

Lestrade se souvenait parfaitement de la dernière affaire. L'homme aurait dû être éventré pour un crime si grave. Mais avant même qu'il soit entendu, le sergent qui l'avait saisi et accusé était allé avouer au lieutenant criminel avoir menti, et reconnaissait que le charpentier, Pierre Moulinet, n'avait fait que se défendre de l'archer aviné. La rémission accordée ensuite par le chancelier n'avait été qu'une formalité.

Dans ces deux cas, les prévenus devaient la vie à Holmes. S'ils éprouvaient de la reconnaissance, il se pourrait bien qu'ils l'aient accueilli après son évasion.

En ce qui concernait les lettres de rémission suivantes, certains impétrants étaient trépassés, d'autres n'auraient pu recevoir les fugitifs, pour d'autres encore leur logis n'était pas indiqué. Restait enfin Droinus Montgeron. Holmes aurait-il pu se réfugier chez lui ?

Lestrade envoya aussitôt son valet au Grand Châtelet pour que les gens de garde préviennent ses sergents et archers de se tenir prêts, le lendemain matin, avant le lever du jour.

Lundi 25 janvier

Ayant rassemblé sa troupe, le commissaire expliqua à ses hommes les raisons des perquisitions qu'ils allaient mener : il s'agissait de retrouver maître Holmes et son complice, mais uniquement afin de les interroger. Aucune violence ne devait être exercée contre eux.

La neige tombait dru quand ils arrivèrent en haut de la grand-rue Montmartre. Aucun d'eux ne savait où se situait exactement la maison du nommé Moreau, aussi se renseignèrent-ils à l'échoppe d'un fripier.

— Vous avez fait vite ! s'exclama le boutiquier, dont l'épouse reprisait des chausses devant un brasero.

— Vite ?

— Cela fait moins d'une heure que des voisins ont découvert le carnage !

— Un carnage ? Mais de quoi parlez-vous ? s'enquit Lestrade tandis qu'un frisson lui parcourait l'échine.

— L'ignorez-vous ? Mais pourquoi êtes-vous là, alors ?

— Pour une perquisition chez ce Moreau ! Mais répondez-moi plutôt, quel carnage ?

— Les loups, messire ! On ne sait comment, ils ont pénétré chez lui cette nuit… Et ils ont dévoré tout le monde !

— Des loups ! balbutia le commissaire, effaré.

Il demeurait pétrifié, mais la tornade de neige, de plus en plus violente, le ramena à la réalité.

— Conduisez-moi tout de suite chez Moreau !

— Et ma boutique ?

— Conduisez-moi, ou je vous enferme au Châtelet ! cria Lestrade d'une voix égarée par l'émotion.

L'homme alla prendre un vieux manteau reprisé et sortit sous le regard inquiet de sa femme.

— C'est tout près, dans la rue des Vieux-Augustins, grommela-t-il.

Il s'agissait de la première voie au carrefour suivant. En y arrivant, le boutiquier désigna le portail d'un enclos aux battants ouverts.

— Là !

Suivi de ses gens d'armes, Lestrade pénétra dans la couture qui s'étendait sur une dizaine de toises. Le chemin qui la traversait était enneigé mais praticable. En s'approchant de la petite maison à pignon, le commissaire vit la porte poussée et remarqua la serrure brisée. Comment des loups avaient-ils fait ça ?

Il entra avec ses hommes et découvrit un spectacle épouvantable : le sol de la pièce était couvert de paille rougeâtre parsemée de morceaux de chair et d'os. Se trouvaient là le quartenier, le dizenier et trois inconnus – des voisins sans doute –, un prêtre et deux sous-sacristains de Saint-Eustache qu'il connaissait vaguement. Ces derniers rassemblaient des fragments de corps sanglants qu'ils déposaient sur une huche. Avec horreur, Lestrade aperçut une tête d'enfant. À la vue de cette abomination, un archer sortit pour vomir. Les autres montraient un visage aussi blanc que la neige qui les couvrait.

— Commissaire Lestrade, quelle rapidité ! s'exclama le quartenier Guillaume le Muet. J'ai envoyé quelqu'un au Châtelet mais je ne vous attendais pas si vite. Vous connaissez maître Rolin, le dizainier. C'est lui qui m'a prévenu.

— Que s'est-il passé ?

— Des loups, messire, intervint un des voisins. C'est moi qui ai découvert le portail ouvert ce matin en me rendant aux Halles. Ce pauvre Moreau a dû oublier de le fermer hier soir, ou l'a mal verrouillé. La meute est entrée…

— Et a brisé la serrure ?

— Non, fit le quartenier. Certainement la fermeture était-elle déjà cassée. Moreau n'avait pas dû trouver un serrurier pour la changer, vous savez qu'il n'y en a plus guère dans Paris et ils ont beaucoup de travail.

— Qui logeait ici ?

— Moreau, sa femme et ses deux enfants. On rassemble les restes pour les porter à Saint-Eustache.

— Selon mes informations, Moreau logeait deux autres personnes, dit Lestrade. Ont-elles été meurtries, elles aussi ?

— Je l'ignore, affirma le dizainier. Il ne m'a rien dit…

— Moi, j'ai vu quelqu'un, hier ! annonça fièrement un autre voisin.

— Parle !

— Un inconnu avec une épée, messire. Il filait vers la grand-rue Montmartre. J'étais derrière lui et je suis certain qu'il sortait d'ici.

Lestrade se tourna vers les sacristains.

— Qu'avez-vous trouvé parmi les débris de corps ?

— Des mains, un tronc d'enfant, un pied de femme, les bras de Moreau. Pour le reste, c'est difficile à dire, les chairs sont déchiquetées.

Holmes et Watson étaient-ils présents quand les loups étaient entrés ? s'interrogea le commissaire. Avait-il des morceaux de leurs dépouilles devant lui ? Il balaya la pièce des yeux, s'efforçant de reconstituer le drame.

Des cages à poules pendaient au plafond. Le grand lit à courtines, dans lequel dormait toute la famille, trônait près de la cheminée. La haute huche, fermée, servait pour l'heure de dépositoire.

Une échelle permettait d'accéder au grenier. Il monta. Malgré l'obscurité, il distingua une paillasse et une literie. Des gens avaient dormi ici. Holmes et Watson ?

Il redescendit et s'adressa à un sergent :

— Guillaume, garde un archer avec toi et demeure ici jusqu'à ce que les dépouilles aient été emportées. Je veux savoir s'il y avait d'autres hommes avec Moreau. Ensuite, fais un tour du quartier, interroge les voisins et essaie de découvrir si ceux que je cherche se trouvaient par ici. Messire le Muet, faites venir un chirurgien, je veux un mémoire décrivant les restes de cette famille.

— Vous partez ?

— J'ai une autre perquisition à faire.

Il salua les bourgeois et sortit en emmenant son second sergent et les archers. Une fois dehors, au lieu de reprendre le chemin vers la rue des Vieux-Augustins, il contourna la maison. De l'autre côté s'étendait un petit jardin enneigé, ceint d'une haute barrière de planches. Une construction basse se dressait contre la maison. Il s'agissait du poulailler, reconnaissable aux caquètements qu'on entendait. Les loups n'étaient pas venus jusque-là. Les carnivores avaient préféré s'en prendre aux hommes plutôt qu'aux volatiles.

Laurent Moulinet et son père habitaient rue du Petit-Lion-Saint-Sauveur, une voie peu éloignée de celle des Vieux-Augustins dans laquelle tout paraissait calme.

Lestrade tira sur la chaîne de la demeure à l'enseigne de saint Joseph, une bâtisse étroite et sans étage, remarquant que les maisons voisines se trouvaient à l'abandon, comme beaucoup dans Paris.

— Qui êtes-vous ? s'enquit une voix par un judas grillagé.

— Commissaire Lestrade, ouvrez ou je fais enfoncer la porte !

Les verrous furent poussés, l'huis s'écarta et les gens du Châtelet entrèrent.

L'unique pièce était minuscule et contenait seulement un lit de bois sculpté fermé de tous côtés, une armoire huche et un robuste banc de chêne. Un feu flambait dans un foyer de pierre et enfumait quelque peu. Sur le potager mitoyen mijotait un bouillon. Une pierre plate reposant sur deux crampons servait de table et supportait des cruches et des écuelles. Aucune cachette apparente. Le père et le fils, en chausses et longue cotte de laine, coiffés de bonnet, considéraient les visiteurs avec des expressions ébahies.

— Où est maître Holmes ? vociféra Lestrade.

— Je… je l'ignore, messire, répondit le fils. Je ne l'ai plus vu depuis des mois.

— Vous savez qu'il a été arrêté et qu'il s'est évadé ! affirma le commissaire en les désignant d'un index accusateur.

— Oui, messire. Hier, on ne parlait que de ça dans le quartier.

— Fouillez partout ! ordonna le commissaire à ses hommes.

Ce fut rapide : le lit était vide, impossible de se cacher dessous ; le solier montrait sa charpente ; la huche, vidée, ne contenait que de maigres vêtements et étoffes, une poêle et une marmite. Ce dénuement intrigua le sergent.

— Où sont vos outils de charpentier ?

— On les laisse sur notre chantier. En ce moment, on travaille pour le curé de Saint-Gervais, on répare une charpente.

Un sachet d'herbes odorantes était attaché à l'un des panneaux du lit. Lestrade le huma.

— Pourquoi ces herbes ?

— Je tousse la nuit. Je les fais infuser pour me soigner.

Le commissaire échangea un regard avec le sergent qui secoua la tête en grimaçant. Ils perdaient leur temps.

— Faites attention, si j'apprends que vous avez menti, vous vous retrouverez au pilori !

Les charpentiers baissèrent les yeux sans piper mot.

Lestrade et ses gens d'armes filèrent vers la rue Saint-Denis sous une averse de neige de plus en plus épaisse. Le commissaire entendait ses hommes râler dans son dos, mais n'en avait cure. Il songeait aux épouvantables trépas de Moreau et de sa famille et les questions se bousculaient dans son esprit. Qui commettait pareille meurtrerie ? Les Parisiens ne connaîtraient donc que le malheur ? Se pouvait-il que Holmes ait eu raison ? Où était-il à cette heure ? Watson et lui se trouvaient-ils chez les Moreau quand les loups avaient pénétré dans sa maison ?

La rue du Petit-Hurleur succéda à la rue Pavée, puis ils remontèrent vers la rue du Grand-Hurleur. Ils ne croisèrent personne, la tempête contraignant chacun à rester chez soi.

Enfin, transis et blanchis par les flocons, ils arrivèrent à destination et explorèrent deux cours avant de trouver la maison de Montgeron, vieille bâtisse de guingois aux colombages noircis par le temps. Le sergent frappa à la porte avec le pommeau de sa dague mais, quand il entendit grogner de l'autre côté, il recula prudemment et laissa place à son chef.

— Ouvrez, Montgeron ! Et retenez votre loup ou je le fais abattre par mes archers ! cria Lestrade, furieux.

Dans sa colère, il ne s'était même pas nommé. Un judas s'entrebâilla.

— Commissaire… s'enquit une voix interloquée.

— Oui ! Ouvrez !

— Vous ne pouvez rien contre moi, j'ai obtenu une lettre de rémission de la reine, glapit Montgeron.

— Pour la mort de L'Escot ! Pas pour les meurtres de cette nuit !

— Qui est mort ?

— Ouvrez !

Terrorisé mais impuissant, Montgeron obtempéra.

La troupe pénétra en coup de vent. Le loup était couché près de l'âtre dans lequel rougissaient quelques braises et regardait les nouveaux venus en se léchant les babines, dévoilant des crocs impressionnants. L'endroit puait l'urine, la tanière et le chou rance.

— Où étiez-vous, hier ? rugit Lestrade en balayant les lieux du regard.

La maison était encore plus pauvre que celle des charpentiers. Une paillasse à même le sol, le feu s'éteignait par manque de bois. Un tonneau déglingué servait de table et supportait un croûton de pain. Une cage à rat, vide, pendait au plafond. Deux morceaux de tronc d'arbre pour seuls sièges. C'était donc dans ce misérable taudis que vivaient les truands ayant eu l'audace de voler dame Audeloncourt. En tout cas, ils n'avaient visiblement rien conservé de leur butin.

— Ici, messire commissaire…

Montgeron flottait dans son manteau en peau de loup. Sa haute taille révélait sa maigreur, sa barbe pouilleuse mangeait son visage émacié dans lequel brillait son œil valide. Depuis combien de temps n'avait-il pas mangé à sa faim ? Ce miséreux n'avait pu avoir la force de briser la porte de Moreau, décida Lestrade.

— Où est votre complice, Robert ?

— Il vient de sortir pour rapporter du bois, messire.

— Où est Holmes ?

— Maître Holmes ? Mais on m'a dit qu'il avait été arrêté.

— Il s'est évadé, l'ignorez-vous ?

— Oui, messire… Je ne savais pas. Cela fait trois jours qu'on ne sort pas à cause du froid. À quoi bon aller faire des tours s'il n'y a pas de badauds ?

— Il est venu vous demander de l'aide ! Je le sais !

— Non, messire, je vous jure que non !

— Vous autres, fouillez tout !

Mais il n'y avait rien à fouiller, aucun meuble. Montgeron portait tout ce qu'il possédait sur lui. Pas d'ouverture dans le plafond en planche. Le pignon était inaccessible. Et personne n'osa s'approcher d'Ysengrin.

Lestrade avait déjà compris l'inutilité de sa visite.

— Qui est mort, cette nuit, messire ? répéta le dresseur de loups.

— Une famille entière. Des amis de Holmes. Une bande de loups a pénétré chez eux.

— Des loups… murmura le dresseur, fermant son œil unique. Mais comment sont-ils entrés dans une maison ?

— Si je vous dis que les fauves ont brisé la porte, me croirez-vous ?

— Non, messire. C'est impossible.

— Et pourtant !

Il planta ses yeux dans celui du borgne.

— Les loups étaient accompagnés, tout simplement ! Comme votre bête. Je reviendrai, Montgeron, et j'éclaircirai ces crimes. Si vous m'avez caché quelque chose, vous le paierez cher et vous souffrirez longtemps ! Et si vous voyez Holmes, dites-lui que je veux seulement lui parler. Partons, vous autres !

Ils regagnèrent la rue Saint-Denis sous la bourrasque glaciale. Enfin, le visage brûlé par le gel, ils arrivèrent à la Grande Boucherie où des clients clairsemés se procuraient des provisions aux rares étals ouverts. Un crieur juré, en épais surcot de laine fleurdelisé, accompagné de deux archers en hoqueton, se tenait debout sur la pierre réservée à cet usage. Quelques curieux attendaient qu'il déclame son texte car, pour l'heure, il s'entretenait avec un archer. Peut-être s'interrogeait-il sur l'intérêt de la déclaration qu'il devait faire quand si peu de monde était rassemblé autour de lui. Puis il vit approcher le commissaire et il déplia son parchemin.

— Oyez ! Oyez ! cria-t-il d'une voix de stentor.

Lestrade s'arrêta pour l'écouter.

— À tous ici présents, les sommant de le répéter, afin que nul n'en ignore, faisons savoir que le clerc Edward Holmes et l'archer Gower Watson sont déclarés fauteurs de désordres, traîtres, rebelles et sacrilèges. Qu'il est mandé et ordonné à tout féal sujet de notre sire le roi Henri VI de leur courir sus et les saisir morts ou vifs, qu'il est défendu sous peine de vie de leur donner asile, de leur prêter assistance et de leur fournir vivres.

Posant un regard sévère sur le public, il replia le parchemin, puis descendit de la pierre.

— Qui vous a ordonné de lancer ce cri ? s'enquit Lestrade.

— Messire le lieutenant criminel, monsieur le commissaire.

Le visage du commissaire s'assombrit.

Tout Paris allait courir sus à Holmes. Ce n'était pas ainsi qu'il parviendrait à l'interroger.

34

Revenons à la soirée du dimanche…

— Il faut partir avec tous les gens de la maison, décida Holmes en se levant.

— Partir ? Pourquoi ? protesta Gower.

— Tu ne comprends pas ? Les loups ! Ce sont les loups de Vernon !

— Il y a des loups partout dans Paris !

— Une meute t'aurait attaqué, tu étais seul. Pourquoi ceux-là t'ont-ils ignoré ? Parce qu'ils étaient accompagnés de leur maître ! Et leur maître, c'est Le Rougeau, qui les dirigeait déjà à Vernon.

— Mais non ! Ces carnassiers ont simplement eu peur de Gracieux ! fit Gower en haussant les épaules.

Car c'était Gracieux qu'il était allé chercher chez Popin Poitevin. Gracieux, le fidèle molosse qu'Edward avait ramené de Basqueville. Thomassin et Amaury avaient sauté de joie en retrouvant l'archer. Ils avaient demandé à repartir avec lui, jurant de défendre maître Holmes jusqu'à la mort, mais Gower avait refusé. Il avait seulement emmené le chien, persuadé que sa présence ferait du bien à son ami.

L'ancien archer d'Azincourt ajouta :

— Quelque chose m'échappe. Ton ennemi – notre ennemi, plutôt – est peut-être sur notre piste, mais quel rapport y a-t-il entre lui et les loups de Vernon ? Si cet individu savait commander à ces fauves, il les aurait utilisés pour tuer L'Escot.

— Il a préféré agir seul pour ce crime et les suivants, sans doute parce qu'il s'agissait d'une affaire personnelle. Mais il connaît celui qui a dirigé les loups de Vernon. Tous deux se sont alliés pour nous retrouver et Le Rougeau est leur homme de main.

Les traits de Gower marquaient son incompréhension :

— Comment peux-tu affirmer cela ?

— Grâce à toi ! Ce que tu viens de m'apprendre sur cette meute qui ne t'a pas attaqué m'a éclairé. Je suis un sot de ne pas y avoir pensé plus tôt, je disposais pourtant de tous les éléments…

Devant l'expression ahurie de son ami, Edward demanda avec un sourire contraint :

— Quel est le seigneur dont Pierre Le Rougeau était garde-chasse ?

— Montgeron ne nous l'a pas nommé, et j'avoue ne pas avoir pensé à le demander.

— Marie l'a fait quand je lui ai parlé du louvetier. Tu t'étais absenté pour accompagner Chabridel afin de seller les mules. J'ai immédiatement compris que c'était ce gentilhomme qui avait manigancé l'attaque des loups à Vernon et la tentative avortée du vol de la cassette du régent. Bien sûr, sans preuve, je n'ai rien révélé à Marie, mais j'étais sans inquiétude, certain que ce grand seigneur ne pouvait imaginer que je le soupçonnais. Seulement, j'ai commis une grave erreur en ne prévoyant pas que lui et mon ennemi fassent alliance. C'était pourtant de bon sens : tous deux sont proches du régent, se connaissent, et peut-être même sont-ils complices depuis longtemps.

— Quel nom t'a donné Marie ? s'inquiéta Watson.

Edward le lui révéla et Gower étouffa un juron.

— J'ai dénoué tous les fils maintenant. À l'évidence, ces deux-là vont utiliser les loups pour nous faire disparaître. Ainsi, plus aucune accusation ne pourra être portée contre eux.

Watson demeura silencieux un instant. Si son ami ne se trompait pas, leur situation s'avérait épouvantable. Qu'allaient-ils devenir ?

— Allons prévenir Moreau, décida-t-il.

Ils descendirent et trouvèrent les deux familles couchées. Edward leur annonça qu'ils devaient partir, qu'ils ne pouvaient passer la nuit dans la maison.

— Cornes et Diable ! Partir ! En pleine nuit ! Avec ce froid ! s'esclaffa Gilet. Vous êtes fol, mon maître ! Et pourquoi donc ?

— À cause de moi, répondit Edward tristement. Je n'aurais jamais dû me réfugier ici. Maître Moreau vous l'a caché, mais je suis recherché, bien qu'innocent. Cependant, ce n'est pas la justice du Châtelet que je crains, mais ceux qui m'ont accusé à tort. Ce que je vais vous dire va vous paraître insensé, et pourtant vous devez me croire : mes accusateurs ont dressé des loups pour s'en prendre aux hommes. Je suis persuadé que ce sont ces animaux que mon ami Gower Watson a vus tout à l'heure. La nuit venue, ils attaqueront cette maison pour nous faire taire définitivement et ne laisseront aucun témoin.

— Sang Dieu, vous ne me ferez pas croire à cette fable ! Je connais les loups et jamais ils ne sont entrés dans des maisons bien closes ! ricana Gilet.

— Je ne cherche pas à vous convaincre, mais à vous sauver. Moreau, je vous ai épargné la potence, et je m'en voudrais ma vie durant si, à cause de moi, vous trépassiez, ainsi que votre famille. Je vous en conjure, partons maintenant !

— Pour aller où ? demanda l'épouse de Moreau, la voix blanche.

— Chez les Moulinet, leur maison est toute proche.

— Mais elle est minuscule, on ne pourra vivre là-bas ! Et j'ai mes poules ici ! protesta Moreau.

— Ce ne sera que pour la nuit. Vous reviendrez sans crainte chez vous demain matin. Soit je me serai trompé, et vous ne risquerez plus rien car je ne reviendrai pas, soit ces gens et leurs loups seront passés, et comme ils ne m'auront pas trouvé, ils vous abandonneront.

Son ton était si persuasif que dame Moreau échangea un regard approbateur avec son mari. Elle connaissait la femme de son quartier dévorée par les carnassiers. Elle avait vu les restes du corps et rien ne lui faisait plus peur que de connaître un tel sort. De surcroît, il y avait ses enfants, et elle avait confiance dans ce clerc anglais.

— Partez si vous voulez ! intervint le cousin. Moi je garderai votre maison. Je suis certain qu'il n'y a aucun danger à demeurer ici.

Moreau ne chercha pas à le convaincre. Qu'il veille sur sa maison et ses biens le soulageait, et il n'était pas persuadé des affirmations de Holmes. Quant à la femme du cousin, elle approuvait toujours son mari. Seul le jeune garçon paraissait inquiet.

Ils arrivèrent sans encombre chez les charpentiers. Ceux-ci les reçurent avec surprise, et leur ébahissement se transforma en inquiétude quand Watson leur expliqua les raisons de leur venue, même s'il les assura qu'ils ne resteraient qu'une nuit

Holmes, toujours fiévreux, demeurait silencieux. Point à cause du mal qui le rongeait, mais parce qu'il songeait à Gilet et à sa famille. N'aurait-il pas dû se montrer plus convaincant ? Il sortit de ses réflexions quand Laurent Moulinet s'adressa à lui :

— Maître Holmes, notre maison est petite, même si chacun trouvera place par terre. Or je peux vous proposer mieux, et surtout assurer votre hébergement plus longtemps.

— Comment cela ?

— Mon voisin cordonnier est parti pour Bourges, voilà deux ans. Il m'a laissé les clefs de sa demeure afin que je surveille ses biens. J'y entrepose mes outils et diverses choses que je ne peux conserver ici par manque de place. Vous pouvez vous y installer, et même faire un feu car avec toutes les cheminées qui fument dans la rue, on ne devrait pas en remarquer une de plus. Simplement, gardez les volets clos et restez silencieux.

Il s'agissait d'une proposition inespérée que les visiteurs acceptèrent avec soulagement.

La maison du cordonnier était plus grande que celle des charpentiers. Elle comprenait un ouvroir en façade, avec des volets clos, et un atelier cuisine à l'arrière, ainsi qu'une longue chambre d'étage. Restaient quelques meubles, mais pas de literie. Cependant, les Moreau avaient pris la précaution d'emporter leurs couvertures de laine. Ils dormirent tous devant la cheminée, à l'étage, sauf Edward qui s'installa dans la cuisine à cause de sa toux.

À l'aurore, Watson revint chez les charpentiers pour leur demander de dénicher des herbes qui soigneraient son ami.

Laurent Moulinet revenait donc de chez un apothicaire quand Lestrade s'était présenté. Dès que le commissaire fut parti, il passa dans la maison de son voisin avec les plantes, un pot plein d'eau à faire chauffer, du pain et des pâtés achetés grâce à la somme remise par Watson. À cette occasion, il raconta la visite de la police.

— Pas de temps à perdre, annonça Edward à Moreau qui engloutissait son pâté. Rentrez chez vous immédiatement. Si Lestrade est venu ici, il se rendra aussi chez vous, et si votre cousin lui révèle où vous êtes, il reviendra aussitôt !

— Comment Lestrade a-t-il pu concevoir notre présence possible chez maître Moulinet ? demanda Watson.

— Il a dû dresser la liste des gens que je connaissais ou qui m'étaient redevables. Il n'aura pas eu de mal à se faire remettre les noms de ceux pour qui j'ai obtenu des lettres de rémission.

Edward ne voulait pas discuter plus longtemps. Le couple et les enfants partirent donc, pressés au demeurant de retrouver leur logis.

Trois heures s'étaient écoulées. Holmes buvait une deuxième tisane au sureau, romarin et coquelicot, quand on frappa aux volets de la rue. Ce n'était pas le signal convenu avec le charpentier. Aussi, intrigué et méfiant, Watson s'approcha de l'ouverture, épée dégainée. Il entendit alors chuchoter plusieurs fois :

— C'est Pierre, messire… Pierre…

Le fils aîné de Moreau.

Gower alla entrebâiller l'huis et fit entrer l'enfant couvert de neige. Son visage sale était raviné de larmes.

— Qu'y a-t-il ? s'inquiéta Edward.

Un frisson d'horreur lui traversa l'échine tant il redoutait ce qu'il allait entendre.

— Gilet… gémit le garçonnet.

— Viens t'asseoir près du feu, et mange ce pâté qui nous reste. Qu'est-il arrivé ?

— Les loups, messire… Vous aviez raison… Ils sont venus…

Affamé, l'enfant porta la nourriture à sa bouche. Gracieux s'était approché de lui, soit pour le consoler, soit dans l'espoir de gober un morceau du pâté.

— Qu'est-il arrivé à Gilet ?

— Ils… ils l'ont dévoré, seigneur. Comme tante Louisette et mon cousin Guillaume.

Il éclata en sanglots.

Les deux Anglais échangèrent un regard horrifié. Désemparé, Holmes se reprochait d'avoir eu raison. Que n'avait-il insisté pour contraindre Gilet à partir ! Il avait attiré le malheur sur cette famille.

— Dis-nous ce que tu as vu et ce qu'a déclaré ton père, s'enquit-il d'une voix sourde.

— La porte de notre maison était brisée, messire, pourtant elle était solide. Chez nous, on a trouvé le quartenier et le dizainier… et des religieux de Saint-Eustache. Du sang partout, dans la paille…

— Des loups ne peuvent briser une porte, intervint Watson d'une voix blanche.

— Je ne sais, messire. Un voisin a affirmé que les démons les ont aidés… D'ailleurs, le portail était ouvert alors que Gilet était venu poser les barres à notre départ.

Holmes se souvenait que le cousin les avait accompagnés à la clôture afin de fermer le portail derrière eux.

— Qu'a dit ton père ?

— Il pleurait, comme moi. Le quartenier était étonné de nous voir. Il croyait que les loups nous avaient croqués… Il a dit qu'un commissaire était venu.

— Lestrade ?

— Je sais pas, maître.

— Qu'a dit ton père sur son cousin ?

— Qu'il était arrivé hier de son village… Et qu'il lui avait laissé sa maison en garde… Qu'on était allé chez des amis pour souper et passer la nuit, qu'il neigeait trop pour qu'on revienne…

— Ton père n'a pas parlé de nous ?

— Non, messire. Il nous a envoyés dans le grenier avec mon frère, puis il est venu me demander de vous prévenir. J'avais peur des loups, mais je l'ai fait, messire, car je vous aime pour nous avoir sauvés.

— Tu es un bon garçon, dit Watson en lui ébouriffant les cheveux afin d'en chasser la neige, je vais t'escorter jusque chez toi. Avec ma bonne épée, tu ne craindras rien.

Après s'être assuré que la rue était vide de présence humaine, la neige tombant dru, Watson accompagna donc l'enfant, capuchon baissé sur son visage. Près de la maison de Moreau, il lui remit quelques pièces d'or sorties de la bourse de dame Isabeau afin de faire dire des messes et payer les obsèques de la famille de Gilet. Puis il regarda l'enfant entrer dans l'enclos et tourna les talons.

Il n'était pas suffisamment armé si les loups s'en prenaient à eux. Il lui fallait un arc et des flèches, songeait-il.

Sa première idée fut de se rendre rue de la Heaumerie, venelle située entre la rue de la Vieille-Monnaie et la rue Saint-Denis où se trouvaient quantité de boutiques d'armuriers. En particulier, l'échoppe à l'enseigne de saint Sébastien proposait de bons arcs en érable et des flèches en frêne. Mais on le connaissait là-bas, et c'était prendre de bien gros risques de s'y présenter. Il pouvait aussi aller chez Aleaume, maître archier à la porte Saint-Martin qui taillait de grands arcs en if, mais cela faisait une longue marche, et avec cette neige…

Il songea alors aux frères Poitevin. Quel sot faisait-il de ne pas y avoir pensé plus tôt ! Archers de la ville, ils possédaient plusieurs arcs et lui en céderaient un.

Décidé, il reprit la rue Tiquetonne, puis cclle du Petit-Hurleur, descendit un moment la rue Saint-Denis et emprunta la rue aux Ours avant de se retrouver rue Quincampoix.

Rares étaient les passants et, tête baissée sous son capuchon, personne ne s'intéressa à lui. Tout était immaculé autour de lui, la neige cachait détritus, excréments jetés des maisons et cadavres des mendiants morts de froid dont on apercevait parfois une tête et une chevelure émergeant de la blancheur.

Courroier, Popin fabriquait toutes sortes de courroies et de ceintures, et son échoppe jouxtait celle de son frère Étienne, cordonnier. Sa maison à deux étages, en encorbellement, avait été repeinte en vert avec un décor de fleurettes dorées comme l'artisan en ciselait sur ses ceintures pour femmes. Il avait pu l'acheter avec le butin ramené de l'expédition à Basqueville, butin qui lui avait donné aussi une belle prospérité, car il travaillait désormais des cuirs de qualité et faisait des incrustations d'argent et non de cuivre.

Les volets de l'étal étaient ouverts et Gower s'approcha à la manière d'un client. Popin découpait une peau. Amaury et Thomassin, près de lui, posaient des fermoirs sur des ceintures. L'artisan les avait fait passer pour des apprentis et les deux orphelins commençaient à apprendre le métier.

Devant l'étal, Gower leur fit signe et, sitôt qu'ils le reconnurent, ils se précipitèrent, les yeux brillants de joie.

— Comment se porte notre maître ? Et Gracieux ! crièrent-ils simultanément.

— Silence ! murmura-t-il, inquiet de cette exubérance. Popin, je dois te parler…

— Entrez et montons dans ma chambre, proposa le courroier. Thomassin, occupe-toi de la boutique !

Il alla ouvrir la porte et les deux hommes prirent l'escalier. L'artisan avait un valet et hébergeait un neveu. Ces serviteurs et les orphelins logeaient sous les toits.

Une fois dans la chambre du courroier, Watson raconta la mort de Gilet. Popin proposa immédiatement son aide, que son visiteur refusa.

— Notre ennemi ne te connaît pas et ne doit pas découvrir ton existence, ni celle de ton frère. Vous serez peut-être un jour notre dernier recours. Pour l'heure, j'ai besoin d'un arc et de deux douzaines de flèches. Pas des flèches d'entraînement : des traits aux pointes d'acier capables de percer un corselet. Je te paierai tout ça, bien sûr.

— Vous ne paierez rien, messire ! répliqua Popin en allant à un coffre dont il sortit plusieurs arcs et des carquois emplis de flèches.

» Choisissez ce que vous voulez.

Gower s'exécuta. Il prit le plus petit arc, facile à dissimuler, et sélectionna les traits qui lui convenaient. C'est alors qu'il vit un gros coutelas dans son fourreau de cuir. Une arme de chasse à la lame dentelée, constata-t-il en la tirant de son étui.

— Je pourrais aussi t'emprunter ce couteau ?

— Il est à vous, messire, répondit Popin en rapportant quelques cordes d'arc dans une besace.

Watson attacha le carquois sous son manteau, le coutelas au ceinturon supportant son épée, puis dissimula l'arc sous le vêtement, prit les cordes et accola Potin.

— Je te revaudrai tout ça, l'ami, promit-il.

Submergé par l'émotion tant il se sentait honoré, l'artisan devint écarlate et ne sut que répondre. S'écartant de Gower, il parvint quand même à dire :

— Avec juste un pourpoint sous votre chape, vous n'êtes pas correctement équipé, messire. J'ai gardé deux brigandines prises aux cavaliers qui nous avaient attaqués l'année dernière. Elles se trouvent au fond de la huche, prenez-les ainsi que les bassinets.

Gower revint au coffre, le fouilla et sortit les casaques : d'amples et longs pourpoints matelassés, en cuir bouilli doublé de velours, avec de petites lames de fer cousues à l'intérieur. Le cuir était râpé et rapiécé en plusieurs places, mais il s'agissait de robustes protections.

— Elles conviennent, décida-t-il, mais je te laisse les casques qui seraient inutiles contre des loups.

Il retira sa chape, son baudrier, et enfila une des brigantines, puis remit ceinturon et manteau.

— Tu seras peut-être notre sauveur, ajouta-t-il en prenant l'autre équipement et l'arc.

En bas de l'escalier, tandis que Thomassin et Amaury venaient saluer leur seigneur, Popin lui demanda de patienter encore un instant et s'en fut à l'arrière de la maison.

Il en revint rapidement avec un sac de chanvre bien pansu.

— Prenez, seigneur ! Ce n'est qu'un peu de nourriture, et des os pour Gracieux.

Ému à son tour, Gower le remercia, les larmes aux yeux.

35

Passant devant la boutique ouverte d'un chaussetier, Gower prit conscience de l'état de ses chausses, trempées et glaciales. Il acheta donc deux paires de bas épais, l'une étant pour son ami. Le marchand, qui n'avait eu aucun client depuis le matin, voulait discuter avec lui, mais l'Anglais ne répondit pas à ses questions.

Rue Tiquetonne, il attendit que les rares passants se soient éloignés et, ayant vérifié l'absence de curieux aux fenêtres, se fit ouvrir par Edward. Ensuite, en racontant sa visite chez Popin, il vida le sac qui contenait des galettes d'épeautre, des saucisses, un morceau de porc et une outre de bière.

— Voilà une royale franche repue qui va nous changer des maigres pitances de ces derniers jours ! commenta-t-il.

Ayant donné les os à Gracieux, il fit chauffer galettes et saucisses devant le feu pendant que son ami buvait lentement une tisane. La toux était calmée.

À la relevée, Edward se recoucha après avoir enfilé ses nouvelles chausses et mis les anciennes, qu'il avait fait sécher, par-dessus. La pièce qu'ils occupaient au rez-de-chaussée restait froide, le feu demeurant à l'état de braises afin de ne pas alerter le voisinage.

De son côté, ayant un tantinet écarté les volets intérieurs pour laisser pénétrer un rayon de lumière,

Watson s'assura de la possibilité de tirer sur leurs ennemis si ceux-ci s'en prenaient à la maison des charpentiers. Ne pouvant être nombreux, les agresseurs seraient facilement mis en fuite avec quelques flèches, ou alors exterminés.

Après quoi, il explora complètement la maison du cordonnier et découvrit dans une garde-robe un fenestron au châssis couvert d'une peau de porc huilée. Bien qu'étroite, l'ouverture était suffisante pour permettre de s'enfuir si cela s'avérait nécessaire. Elle donnait sur un jardin abandonné et on apercevait à main droite, au-delà d'une clôture, les encorbellements jaune et rouge d'une grande maison au toit d'ardoises. Utiliser ce passage impliquait un saut d'une dizaine de pieds, dangereux, mais possible, car la neige tombée du toit semblait former un épais tapis.

Dans l'après-midi, Edward sortit de son sommeil. Ne toussant quasiment plus, il se sentait mieux. Les deux amis discutèrent alors de leur sort. Le duc de Bedford devait maintenant être informé de l'affaire, et certainement avait-il pris une décision à leur égard. Encore fallait-il la connaître.

— Demain, tu retourneras chez Popin et tu diras à Amaury de se rendre chez Enguerrand Chabridel, dans l'impasse de la Fosse-aux-Chiens, décida Holmes. Amaury lui demandera de se renseigner auprès de Marie de Savoisy. Il possède un jeton qui lui permet de pénétrer à tout moment dans l'hôtel des Grands Ébattements, Marie me l'a dit.

» Qu'il annonce que nous allons bien, inutile de parler des loups. Après-demain, Amaury retournera chez lui entendre les réponses de Marie ou de la reine. Peut-être rapportera-t-il une lettre. Nous déciderons de la suite en fonction de ce que nous aurons appris. Pour le moment, nous avons de quoi manger et pouvons rester cachés ici, il suffira d'obtenir d'autres vivres et du bois, mais maître Moulinet s'en chargera.

— Sauf qu'entre-temps nous aurons peut-être reçu de la visite.

— Je ne l'oublie pas. Tu possèdes un arc, une épée et je prendrai ce digne coutelas que tu m'as apporté. En outre, nous avons Gracieux. Si nos ennemis viennent, ce sera l'occasion de terminer cette affaire plus rapidement.

Watson approuva d'un mouvement de tête.

— J'éprouve un terrible sentiment de culpabilité après ce qui s'est passé. Nous n'aurions jamais dû venir chez Moreau, et je regrette de ne pas m'être montré plus ferme envers Gilet et sa famille. J'ai longuement prié pour leurs âmes ce matin, et demandé au Seigneur de me pardonner.

Edward poussa un profond soupir avant de poursuivre sur un ton d'une dureté inhabituelle chez lui :

— Mais je ne peux changer le passé. J'éprouve cependant la certitude que ma détresse ne pourra s'atténuer qu'après avoir fait justice.

— Par les cornes de Belzébuth, nous ferons justice ensemble ! approuva sombrement Watson. Et je n'ai qu'un désir : passer ma bonne épée dans les entrailles de ces maudits.

Ils discutèrent encore pendant quelques heures, devant le foyer, Gower s'inquiétant pour Constance, et Edward lui faisant part de ses dernières déductions. Ils eurent aussi la visite de Laurent Moulinet qui leur porta du bois et des vivres. Le charpentier était inquiet après ce qui était arrivé chez Moreau, et Edward lui conseilla de se barricader solidement, et surtout de ne pas tenter de sortir si sa maison était prise d'assaut.

— Faites-nous confiance, conclut-il. Messire Watson a désormais le nécessaire pour éloigner ces nuisibles.

Ils soupèrent alors que s'étendait le crépuscule. Gower monta ensuite dans la chambre glaciale ; Edward resta en bas, enfila la brigandine sur sa robe et boucla le coutelas à sa taille.

Ils sommeillaient quand des grognements étouffés réveillèrent Holmes. Le clerc se leva d'un bond, ordonna silence au chien et alluma une chandelle que Moulinet avait laissée. En plaquant son oreille contre le volet fermé, Edward entendit des bruissements et des chuchotements. Il fila aussitôt à l'étage où il découvrit Gower ronflant près de la fenêtre.

Le clerc lui secoua l'épaule et mit un doigt devant sa bouche. Watson comprit, saisit son arc, monta une corde et attrapa quelques flèches. Il n'avait ni gant d'archer ni brassard, mais c'était de peu d'importance car il ne tirerait que peu de traits.

Tous deux se tenaient près du volet quand retentirent des bruits sourds ébranlant les murs. Ils reconnurent le choc d'un bélier contre une porte. Ayant camouflé la bougie, Edward écarta le vantail et ouvrit sans bruit la fenêtre vitrée de petits carreaux en losanges.

La pleine lune étant pour le lendemain et le ciel clair, la lumière de l'astre se réfléchissait sur le tapis blanc couvrant la rue. On y voyait presque comme en plein jour.

Devant la maison des Moulinet se tenaient trois ombres en manteau et capuchon rabattu. L'une d'elles portait une torche. Deux autres maniaient le bélier en le tenant par des poignées. Trois animaux, des loups ou des chiens, assis un peu plus loin, attendaient calmement.

Watson se pencha et tendit son arc. Le trait partit et un des porteurs du bélier s'effondra. Déjà Gower avait encoché une autre flèche mais, avant qu'il ne lâche la corde, l'un des individus avait saisi la torche et l'avait envoyée au loin en criant :

— Dispersion !

Et presque aussitôt :

— Là-haut ! Tirez !

Watson fit partir son trait. La flèche atteignit-elle son but ? Il ne le sut jamais car le vitrail s'écroula dans un vacarme de verre brisé et Gower ressentit une brûlure à la joue. Il repoussa le volet et entendit le clac d'un second vireton se plantant dans le bois.

L'archer passa la main sur sa joue barbue et découvrit du sang.

— Touché ? s'inquiéta Holmes.

— Une estafilade. Mais, à un pouce près, je perdais ma plus belle joue. Tripes de Dieu ! Je n'avais pas remarqué qu'ils avaient des arbalétriers !

— Moi non plus, fit Edward en grimaçant.

Des coups retentirent à nouveau, cette fois sur leur porte. Gracieux grogna. Son instinct lui avait-il fait reconnaître des loups ?

— Ils nous ont repérés. La porte ne tiendra pas longtemps.

— Je vais les recevoir ! gronda Gower en se dirigeant vers l'escalier. Je les attendrai en haut des marches. Pas un n'arrivera au palier.

— Ils sont trop nombreux, et ils mettront le feu à la maison s'ils ne peuvent passer, comme chez L'Escot. Il faut vider les lieux. Montre-moi ce fenestron.

— Tu veux t'enfuir ? Mais où ira-t-on en pleine nuit avec ce froid, et toi malade ?

— A-t-on le choix ?

Un craquement, la porte allait céder.

— Par là ! décida Gower.

Ils se dirigèrent vers la garde-robe, Edward tenant la chandelle. Son ami ouvrit le fenestron et se pencha :

la pureté de la neige renvoyait une lumière blafarde. Quelques arbres dépouillés perçaient ce tapis immaculé.

Holmes regarda à son tour.

— C'est haut ! remarqua-t-il avec appréhension.

— La neige est épaisse, s'efforça de le rassurer Gower. Je passe le premier. Quand je serai en bas, attrape Gracieux et lâche-le, je le recevrai dans mes bras.

Sans attendre de réponse, il déboucla son baudrier qu'il jeta au loin. L'arc et le carquois suivirent. Puis, monté sur un banc qu'il avait tiré, il passa les pieds dans l'ouverture en se tenant par les mains et laissa glisser son corps. Enfin, il lâcha prise.

Inquiet, Holmes le regarda chuter et disparaître. Mais il émergea aussitôt de la neige qui lui arrivait à la taille. Le clerc entendit alors la porte d'entrée se briser.

Sans perdre un instant, il attrapa le molosse qui pesait horriblement lourd dans ses bras et monta sur le banc.

— Du calme, mon chien ! Tout doux. Tu vas rejoindre Gower, n'aie pas peur…

Gracieux comprit-il ? Ce n'était pas la première fois que l'intelligence de la bête surprenait son maître. Il se laissa faire et, dès que la moitié de son corps fut passée par l'ouverture, Edward le poussa en priant le Seigneur de protéger le fidèle animal.

Gracieux glapit de désespoir et de terreur. Sans attendre, Holmes engagea ses jambes dans le fenestron, comme il avait vu Gower le faire, se tortilla en se retenant au dormant et se laissa glisser à son tour.

Il s'enfonça entièrement dans le tas de neige et heurta quelque chose de dur. La douleur irradia tout un bras et le pétrifia. La neige emplit sa bouche et, incapable de bouger, il s'étouffa. Soudain, il se sentit tiré par un pied et une solide poigne lui redressa la tête. Retrouvant l'air libre, il cracha et hoqueta dans une suite de spasmes, tandis que, de sa main, Gower balayait les flocons qui couvraient son manteau.

— Comment te sens-tu ? Il faut filer !

— Gracieux ?

— Sain et sauf. Tripes de Dieu, tu saignes !

— J'ai heurté quelque chose, du bois… une pierre.

— Dépêchons-nous. Ils ne vont pas tarder.

— Ils sont entrés…

Gower avait ramassé son baudrier. Il trouva l'arc et le carquois et revint prendre son ami par le bras. Edward crachotait toujours, encore étourdi.

Entraîné par Watson, le clerc se laissa conduire. Ils s'enfonçaient presque jusqu'aux cuisses et la neige était lourde. Au bout de quelques toises, ils furent transis et leurs vêtements étaient devenus si pesants que chaque pas leur coûtait un effort excessif.

— Là-bas ! C'est eux ! entendirent-ils.

— Tue ! À mort !

Ils s'efforcèrent d'avancer plus vite tandis que Gracieux bondissait devant eux.

Soudain un vireton s'enfonça à leur droite en les aspergeant de neige. Tirer depuis le fenestron s'avérait malaisé et l'arbalétrier les avait ratés.

— À droite ! lança Gower, nous serons bientôt hors de leur vue !

Il avait aperçu une clôture basse. Une fois de l'autre côté, ils pourraient gagner la rue du Comte-d'Artois.

Mais il sentit dans son dos le choc d'un nouveau vireton et trébucha. Edward l'aida à se relever.

— Touché ! hoqueta Watson, mais je ne crois pas être blessé… la brigandine m'a sauvé.

Le clerc le soutint jusqu'à la clôture qu'ils franchirent en s'affalant à plusieurs reprises. La peur dominait tous leurs sens et ils ne ressentaient même plus le froid.

Enfin, ils débouchèrent dans la rue.

— Où va-t-on ? demanda Gower, désorienté.

Edward hésitait. C'est alors qu'ils entendirent les hurlements des loups. Puis surgirent des lueurs rouges, les yeux des fauves, et les carnassiers se jetèrent sur eux.

36

À peine Edward avait-il tiré son coutelas qu'un loup bondissait sur lui, mufle puant, gueule ouverte et écumante, immenses crocs s'apprêtant à lui ouvrir la gorge. Le clerc se protégea de son bras gauche et sentit la morsure. S'efforçant d'ignorer la douleur qui se diffusait, il frappa avec sa lame dans le ventre de l'animal.

La blessure rendit fou le fauve qui s'efforça de déchiqueter le bras de sa victime, mais ne parvint qu'à déchirer la manche du manteau et de la brigandine. Holmes continuait à frapper et à taillader au hasard, tandis que Gower blasphémait à travers le vacarme de grondements et de glapissements des carnassiers. Finalement, le fauve s'affaissa en gémissant, ses tripes jaillissant de ses blessures et son sang teintant la neige.

Watson venait aussi d'en finir avec son assaillant, mais l'estourmie se poursuivait avec rage entre Gracieux et une troisième bête. Sans hésiter, les deux Anglais attrapèrent chacun une patte du loup pour l'écarter du chien, et frappèrent le carnassier de leurs dague et coutelas. Le loup abandonna la lutte et expira, mais Gracieux ne se releva pas, affalé sur la neige, haletant et les yeux vitreux.

— Seigneur, il est mordu en mille places ! s'exclama Watson.

Edward s'agenouilla. Couvert de sang, le molosse geignait et ronflait sourdement.

Visage fermé par la haine et la douleur, le clerc se releva et retira son manteau qu'il étala sur la neige.

— Aide-moi à le déposer dessus, on l'emmène ! décida-t-il.

— Où ?

— Chez le seul homme qui puisse le soigner.

Avec la plus grande douceur, ils allongèrent l'animal moribond qui parvint à lécher la main d'Edward. Puis ils saisirent la chape par deux côtés.

Avant de s'éloigner, Gower lança un dernier regard aux loups. L'un était mort, les autres agonisaient dans des gémissements.

— Que fait-on pour eux ?

— Rien ! Ceux qui les ont dressés comme des criminels s'en occuperont.

Ils s'engagèrent vers la rue du Petit-Hurleur. L'excitation de la bataille disparaissant, leurs douleurs surgirent. Gower était mordu aux deux jambes et Edward souffrait terriblement de son bras gauche. Le froid le saisissait et il sentait la fièvre revenir. Il regardait Gracieux par instants, songeant à tout ce qu'ils avaient partagé, à la nuit durant laquelle le chien lui avait sauvé la vie dans le château de Basqueville. Il ne pouvait supporter l'idée qu'il vienne à trépasser et, pour la première fois, il prit conscience qu'il n'allait pas l'emporter contre ses ennemis. Il pressentit que la Camarde l'attendait au bout du chemin.

C'est ainsi qu'il songea à la Mort.

Edward et Gower s'étaient éloignés depuis peu quand cinq hommes dévalèrent la rue du Comte-d'Artois, épée au poing ou brandissant des arbalètes. Ils s'arrêtèrent en découvrant les loups.

— Par l'enfer, les marauds ont occis mes bêtes ! hurla l'un.

— Saint Dieu, le diable les protégera donc toujours ! s'exclama un autre avec une amère expression de rage.

— Ils ne peuvent être loin, déclara un troisième individu au front haut et au regard de braise.

Examinant le sol, il chercha des marques de pas et les trouva sans peine.

— Ils ont filé par là ! Ils ne peuvent être loin !

La piste était d'autant plus facile à suivre que des gouttes de sang la marquaient.

— Ils sont blessés !

— Je ne peux laisser mes loups, décida le premier.

— Achève-les !

Le dresseur tira son coutelas tandis que ses compagnons filaient.

Au carrefour avec la rue Saint-Denis, les traces de pas des fugitifs disparurent, se confondant avec celles des passants et des animaux ayant piétiné les lieux toute la journée. Les chasseurs se séparèrent pour trouver une piste, mais en vain. Finalement, le chef de la troupe choisit de descendre la rue Saint-Denis.

Arrivés devant la Grande Boucherie, ils se concertèrent en sautillant afin de se réchauffer.

— Ils sont blessés, rappela le maître des loups. Avec ce froid, ils ne survivront pas à la nuit.

— Peut-être, mais ils ont déjà eu tant de chance ! grommela leur chef. N'as-tu aucune idée de l'endroit où ils ont pu se réfugier ? demanda-t-il à son complice au front haut.

— Pour l'heure non, je n'avais que ces deux noms : Moreau et Moulinet. Je retournerai demain à *La Coupe d'Or* essayer d'en apprendre plus.

— Rentrez chez vous, décida alors le chef. Je vous préviendrai dès qu'on les aura retrouvés.

Le maître des loups et les arbalétriers partirent vers la rue Montmartre tandis que le chef et son complice prenaient la direction de la place de Grève.

— Nous n'avons pas assez de gens pour les dénicher, dit l'homme au front haut tout en marchant rapidement. Le Rougeau n'a plus que deux hommes à Paris et ce serait trop dangereux d'en recruter d'autres.

— Comment faire ?

— Il faut laisser agir les gens du Grand Châtelet. Ils ont les moyens de les retrouver.

— Germain Rapine n'a rien fait jusqu'à présent, et le lieutenant criminel est un incapable.

— Il suffit de contraindre le régent à intervenir avec fermeté. Lui seul peut mettre assez de monde à la poursuite de ces maudits. Et offrir une récompense telle que personne n'y résistera.

— Pourquoi Bedford le ferait-il ?

— Me laissez-vous faire, seigneur ?

— Oui, répondit l'autre après une hésitation.

Il se reposait sur son complice, bien que son absence de morale, son goût du sang et son impudence sans limites l'inquiétassent.

Exténués, transis, accablés, Edward et Gower arrivèrent rue du Grand-Hurleur.

— Robert m'a parlé d'une cour, une maison aux colombages noirs, murmura Edward d'une voix épuisée.

Après plusieurs courettes, ils découvrirent une vieille bâtisse qui pouvait être la bonne. Déposant le chien moribond sur le sol, Watson frappa à la porte avec le pommeau de sa dague et entendit un sourd grognement. Ysengrin ?

Encouragé, il tapa plus fort et une voix endormie grommela :

— Partez, ou je lâche mon loup !

— Ouvrez, plutôt… C'est le clerc qui vous a fait sortir de prison ! ordonna Watson.

— Maître Holmes ?

— Lui-même, ouvrez, vous dis-je… nous sommes blessés.

Pas de réponse. Gower échangea un regard inquiet avec Edward qui défaillait. L'archer frappa à la porte plus violemment.

— Ouvrez, ou nous vous ferons pendre ! gronda-t-il.

Était-ce la menace, mais les verrous furent tirés et l'huis s'écarta. Watson reconnu Robert, le visage affolé.

— Aidez-moi ! assena le premier en montrant le manteau et le chien agonisant.

Edward, lui, était entré en chancelant. Ignorant les puants effluves d'excréments et les relents de cuisine, il s'approcha de la paillasse pour s'écrouler dessus.

À l'écart, Montgeron les regardait avec une expression de colère à peine retenue.

Gower et Robert déposèrent Gracieux devant le foyer dans lequel se consumaient quelques braises. Ysengrin, qui se tenait là, considérait chacun avec curiosité. Quand il constata que le manteau contenait un animal mourant, il ne fit preuve d'aucune agressivité, mais, au contraire, s'approcha et entreprit de lécher les plaies de son compère canidé.

— Qu'est-il arrivé, messire ? s'enquit Robert. On vous recherche partout dans la ville !

— Mettez du bois dans le feu ! Chauffez de l'eau… Et vous, Montgeron, occupez-vous du chien !

— Qu'est-il arrivé ? demanda ce dernier en répétant les mots de son compagnon.

— Des loups ! Nous avons été attaqués par des loups ! Maintenant faites ce que je vous dis !

— On a très peu de bois… Si je le brûle, j'aurai plus rien demain, fit craintivement Robert.

— Je vous donnerai des clicailles, mais nous allons rester chez vous quelques jours.

— Quelques jours ? s'exclama Montgeron. Impossible ! Un commissaire est passé, hier. Il reviendra ! S'il vous trouve chez moi, je serai pendu !

— Mais quel genre d'homme es-tu ? N'éprouves-tu aucune honte ? l'interpella Watson avec colère. Voilà une semaine, tu disais : « Je ferai tout ce que vous voulez, maître Holmes. » Est-ce ainsi que tu respectes ta parole ?

— Il s'agissait d'aller à Vernon…

— Brisons là ! Tu devais être pendu de toutes les façons ! Maintenant, fais ce que j'ai dit !

Le ton de Gower était sans réplique.

Gardant profil bas, Robert le Diable refusait de participer à la querelle. Il prit deux bûchettes qu'il déposa dans le foyer et annonça qu'il allait ramasser de la neige pour la faire fondre.

Montgeron, lui, demeurait immobile dans son manteau en peau de loup. Son visage émacié, devenu livide sous les insultes et les menaces, révélait un mélange de peur et de rage froide. Mais il refusait de céder.

— Tripes de Dieu ! Tu ne comprends pas ce que je dis, misérable drôle ? reprit Gower en le voyant ainsi. Tu as donc oublié que tu dois ta pauvre carcasse à maître Holmes. Il peut la reprendre quand il le souhaite, et je me ferai un plaisir de lui obéir.

Il ajouta, d'un ton désabusé en secouant la tête :

— Le proverbe dit vrai : Pour un homme qui tient sa parole, un million la trahit ! Alors, écoute-moi bien : tu vas t'occuper de Gracieux. S'il meurt, tu meurs, est-ce clair ?

Le dresseur serra les poings, mais que pouvait-il faire devant cet homme violent et armé ?

Épuisé, Watson s'affala sur un des morceaux de tronc d'arbre servant de sièges tandis que Robert, qui avait décroché une marmite de fer suspendue à une poutre, prenait son ami par l'épaule.

— Il a raison, Droinus. Maître Holmes est notre protecteur. Soigne ce pauvre animal, tu laveras ses plaies dès que l'eau sera chaude.

— Entendu, accepta le dresseur de loups d'une voix sombre.

Gower avait baissé la tête, trop mal en point pour poursuivre l'affrontement, aussi ne remarqua-t-il pas la haine qui sourdait de l'œil unique de Montgeron.

Robert sortit et le dresseur s'accroupit devant Gracieux afin de l'examiner. La chaleur revenant dans le corps de Gower, il se leva.

— Dans quel état est-il ? demanda l'archer.

— Les morsures sont profondes. Il a perdu beaucoup de sang. Je vais devoir recoudre plusieurs blessures.

S'occuper de l'animal semblait calmer sa colère.

— Recoudre ?

— Oui. Avec une aiguille et du fil. Je l'ai déjà fait pour des loups.

— J'ai aussi été mordu, et maître Holmes encore plus que moi.

— Je peux regarder vos navrures.

— Après celles de Gracieux.

— Il est rare que des loups attaquent deux hommes avec un molosse, fit Droinus en caressant Gracieux pour l'apaiser.

— Ce n'étaient pas n'importe quels loups, il s'agissait certainement de ceux de votre ancien maître : Le Rougeau. Ils étaient dressés, contre nous.

— Le Rougeau… murmura Montgeron.

La discussion s'interrompit car Robert revenait, la marmite pleine de neige et de glace. Il la suspendit à une crémaillère au-dessus des flammes.

— Trouve des étoffes, lui dit Droinus. Et mets-les dans l'eau bouillante.

Il reprit sa conversation avec Watson :

— Le commissaire qui est venu m'a dit qu'une famille avait été dévorée. Des loups auraient pénétré chez elle en brisant la porte.

— C'est la vérité. Nous logions dans cette maison. C'est nous qui étions visés.

— Pourquoi Le Rougeau vous en veut-il ?

— Il n'est que le serviteur de notre ennemi.

Gower retira son manteau, maintenant que la pièce se réchauffait, puis enleva sa brigandine. Les manches de son pourpoint étaient tachées de sang, mais la douleur restait supportable. Il posa un regard peiné sur Gracieux, qui respirait difficilement, et alla examiner son ami.

Edward avait les yeux ouverts.

— Tu as mal ?

— Je guérirai. Et Gracieux ?

— Montgeron va le soigner. En quelques jours, nous serons sur pied. Laisse-moi enlever ta brigandine, je veux voir tes blessures.

Holmes s'assit et Watson l'aida à se déshabiller. Puis il releva la manche de sa robe et celle de la chainse. Les morsures apparurent, violettes et profondes. La chair était enflée. Gower passa les doigts dessus, essayant de savoir si l'os était brisé, mais la douleur était trop forte et il ne put insister.

Robert avait jeté des linges sales dans l'eau bouillante. Avec l'aide de Droinus, il avait retiré la marmite du foyer. Watson tira de l'eau un morceau de tissu et le laissa refroidir avant de laver les plaies de son ami qui se retint de crier. Montgeron nettoyait celles de Gracieux.

Gower couvrit ensuite Edward afin qu'il tente de dormir, puis lava sa propre navrure avant de revenir examiner Gracieux. Pour le réconforter, il le caressa et le chien le lécha.

— Je ne peux pas le recoudre maintenant, il fait trop sombre et ce serait trop douloureux car la chair est à vif, fit Montgeron en l'observant. Je le ferai demain, mais j'aurai besoin d'onguents, et je n'ai pas d'argent.

— Je vous en donnerai. Nous paierons notre séjour. Je vais me coucher, maintenant, mais sachez que j'ai le sommeil léger.

— Vous ne craignez rien chez nous, seigneur, affirma Robert.

— Je le souhaite pour vous.

37

La paillasse était suffisamment large et ils y passèrent la nuit, malgré sa saleté et la vermine résistant au froid. Watson se réveilla souvent à cause de la douleur de ses morsures et des gémissements de Holmes. Chaque fois, il vérifiait que sa dague se trouvait contre lui, dans son fourreau.

Ysengrin avait dormi avec Gracieux. Le loup avait-il donné une partie de sa vitalité au chien ? En tout cas, au matin, ce dernier était toujours vivant et il lapa même un peu d'eau que lui donna Montgeron.

Robert alla remettre du bois dans le feu. Comme il n'en restait quasiment plus, Gower lui donna quelques esterlins afin d'en acheter. Il lui demanda de rapporter également du pain pour eux et des abats pour le chien et le loup. Montgeron partit de son côté se procurer des onguents, aussi les deux Anglais restèrent-ils seuls.

Edward ne pouvait plus bouger son bras gauche tant il avait enflé. En le soutenant de son autre main, il alla s'asseoir devant le feu mourant et annonça :

— Il est trop dangereux de rester. Nous allons partir.

— Où pourrions-nous aller ?

— Rencontrer la Mort, répondit Holmes avec un sourire sans joie.

Gower demeura muet, caressant doucement Gracieux. Il comprenait ce que son ami avait en tête.

— Pourquoi la Mort nous recevrait-elle ?

— J'espère la convaincre. J'admets que mon idée n'est pas fameuse, mais je n'en ai pas de meilleure. Notre ennemi et Lestrade ont identifié ceux qui pouvaient nous recevoir. Ils vont venir ou revenir. Nous attarder ici, c'est nous condamner. Si la Mort ne veut pas de nous, le Seigneur nous aura abandonnés et la partie sera perdue.

— Et Gracieux ?

— Laissons-le là et prions pour qu'il guérisse. Le commissaire ne s'intéressera pas à lui et nous préviendrons Amaury de venir le chercher.

— Entendu. Quand partons-nous ?

— Dès que nous aurons le ventre plein, j'ignore quand nous dînerons à nouveau.

Robert rentra le premier avec les victuailles. Holmes parvint à faire avaler un peu de tripailles à Gracieux, puis tous trois dévorèrent de bon appétit des tranchoirs de pain imprégnés d'une soupe aux fèves transportée dans un cruchon. Ensuite, les Anglais annoncèrent leur départ à Robert qui leur demanda de rester. Lui et Droinus étaient leurs serviteurs, assura-t-il. Il paraissait sincère, mais la décision d'Edward était irrévocable.

Revêtus de leurs manteaux déchirés, souillés de boue et de sang, ils allaient sortir quand Montgeron arriva. Holmes s'était étonné de sa longue absence pour se procurer des onguents.

— Ils s'en vont ! annonça Robert.

— Pour aller où ? interrogea le dresseur.

— Si vous l'ignorez, vous ne pourrez pas le répéter, répliqua Watson.

— J'ai oublié de vous le dire hier, maître Holmes, fit Montgeron en ignorant la remarque ; messire Lestrade m'a dit qu'il voulait vous parler.

— Je souhaite de tout cœur en avoir l'occasion. Soignez Gracieux en notre absence. Nous prendrons de ses nouvelles.

Dans la maison à l'enseigne des Trois-Rois, rue Saint-Denis, Hugonin était assis dans un vieux fauteuil branlant, devant la cheminée dans laquelle se consumaient quelques braises. Il avait froid, bien qu'il soit couvert de la pelisse prise chez le notaire. S'il possédait suffisamment de clicailles pour acheter du bois, il chauffait peu, afin que personne ne remarque la fumée sortant de son toit. Chaque jour, chaque heure, il redoutait la visite du dizenier.

Deux semaines qu'il vivait là avec Guyot, caché comme une bête sauvage dans sa tanière. Quelle ironie, alors qu'il était chez lui ! Il s'agissait de sa maison, de celle de son père. C'est là qu'il était né, qu'il avait aimé et qu'il avait été heureux. C'est là aussi qu'il avait préparé l'abomination l'ayant réduit à l'état de monstre.

Combien de temps avant qu'on ne le trouve ? Que répondrait-il alors aux questions qu'on ne manquerait pas de lui poser ? Révélerait-il la vérité ? Mais qui le croirait ? Et surtout, ne deviendrait-il pas l'objet de la vengeance de la reine Isabeau ?

Comme il regrettait de ne pas avoir emporté les actes concernant sa maison quand il était chez le notaire ! Il aurait pu les utiliser pour se forger une autre identité. Un notaire hors de Paris lui aurait facilement établi un acte de propriété. Mais tout était allé si vite…

Il ferma son œil unique, revoyant une nouvelle fois les événements comme s'ils se déroulaient devant lui : la découverte des cadavres des domestiques de Roussel ; l'entrée inattendue de cet inconnu passé par une fenêtre ; la peur qu'ils avaient eue tous deux. Et sa fuite, avec les clefs et le pactole découvert. Mais pas les papiers.

À plusieurs reprises, il avait envoyé Guyot surveiller la maison du notaire afin de saisir une opportunité d'y pénétrer à nouveau, puisqu'il possédait la clef. Son valet avait aperçu deux hommes y entrer et en sortir. L'un était un clerc que son serviteur avait décrit comme ressemblant à un corbeau dressé sur ses pattes. Un individu au nez crochu, avec un visage sombre, maigre et étroit, et des sourcils épais. Son compère, roux, portait une épée et paraissait redoutable.

Or, plus tard, Hugonin avait remarqué deux hommes correspondant à cette description. Ils se trouvaient dans l'impasse de la rue du Cygne et examinaient sa maison. Il en avait déduit qu'ils avaient fouillé dans les papiers du notaire et s'étaient intéressés à sa demeure. Pourquoi ? Qu'avaient-ils découvert ?

Depuis ce jour, il s'était souvent posté devant la fenêtre gémellée, mais n'avait jamais revu ces inconnus.

Y penser le laissait chaque fois mal à l'aise. Il s'efforça d'écarter cette appréhension et s'inquiéta maintenant du retard de Guyot. Le jeune garçon était sorti se procurer des vivres voilà près de deux heures. Il avait rarement été absent aussi longtemps pour acheter de la nourriture aux Halles, pourtant toutes proches.

Se levant, Hugonin boitilla jusqu'à la fenêtre afin de surveiller son arrivée. Guyot n'utilisait que le chemin de l'impasse, sous les encorbellements, qui lui garantissait une plus grande discrétion.

Hugonin entrebâilla une croisée et une bouffée glaciale le gifla. Cependant il n'y prêta aucune attention car ce qu'il vit dans le cul-de-sac le fit chanceler : le clerc ressemblant à un corbeau et le rouquin armé étaient là ! À mi-chemin dans la voie, ils regardaient dans sa direction. Avaient-ils vu la fenêtre s'entrouvrir ? Il referma immédiatement, songeant que Guyot devait aussi les avoir aperçus. Voilà pourquoi il n'était pas rentré.

Que voulaient-ils ?

Soudain retentirent des coups sourds. On frappait à la porte d'en bas. C'étaient eux ! Que faire ?

S'ils insistaient, ils finiraient par alerter le voisinage ! Hugonin fila vers l'escalier de la tour, s'arrêtant en chemin pour saisir une dague posée sur un coffre. Il aurait préféré utiliser une épée – il en restait quelques-unes toutes rouillées à l'étage supérieur –, mais avec son corps en ruine, il aurait trop de mal à la manier.

Il descendit jusqu'à la pièce voûtée, qui d'un côté communiquait avec la rue du Cygne et, de l'autre, avec la grande salle basse de la maison. Cette partie de sa demeure n'était plus meublée, son épouse ayant tout emporté, ne laissant que le lit dans lequel il agonisait ainsi que le pauvre mobilier et les armes dans la tour réservée aux domestiques.

Il s'approcha de la porte ferrée. On frappait toujours, mais moins rudement. Il tendit l'oreille et entendit ces paroles :

— Je vous en prie, ouvrez-nous ! Nous avons des révélations à vous faire.

Que risquait-il ? Ces deux-là voulaient-ils lui prendre la vie ? Il ne craignait plus la mort après tant d'années de souffrance, alors pourquoi ne pas les laisser entrer ? En vérité, les inconnus avaient éveillé sa curiosité. Quelles révélations pourraient-ils lui faire ?

Il saisit la clef posée dans une niche près du dormant – Guyot avait emporté la sienne –, l'inséra dans la serrure et tourna deux tours avant de tirer le battant.

Watson et Holmes ne purent retenir une expression d'horreur en découvrant l'être épouvantable devant eux : un individu d'une grande maigreur, à la peau noircie, aux doigts crochus et incomplets, et au visage abominable, flétri, sans nez, sans oreilles et sans cheveux, les fixant de son œil unique. La Mort en personne. Pire, elle tenait une dague !

Les Anglais restèrent figés telles des statues.

— Voulez-vous entrer ou non ? croassa la monstrueuse gargouille.

Le clerc se ressaisit et franchit la porte en déclarant d'une voix qu'il voulait ferme et indifférente :

— Mon nom est Holmes, Edward Holmes, et mon compagnon se nomme Gower Watson.

L'incube ferma la porte derrière Watson.

— Quant à vous, vous devez être le mari de dame Perrenelle de Groux-Boust.

— Vous savez ça ? fit leur hôte d'une voix grinçante.

— J'ai trié les papiers de l'étude de maître Roussel.

— Il fait trop froid ici pour mon pauvre corps, montons. Mais je ne me suis pas présenté : Hugonin de Guisay, écuyer du roi.

— C'est donc vous, la Mort…

— Oui, maître Holmes. Je suis mort, et ainsi suis-je libre. Enfin, je le crois…

Ils montèrent les marches en silence.

La salle haute de la tour n'était pas grande et son mobilier demeurait des plus simples : un lit en pin fermant entièrement, une seconde couchette à sangles et paillasse, une huche sans décoration, un banc, un fauteuil à accoudoirs et une petite table. Pas de tapis ni de tentures. Edward remarqua les colonnettes de la fenêtre. Celles qu'il avait vues depuis l'impasse. Watson se précipita vers l'âtre pour se réchauffer.

— Prenez place dans mon humble demeure, fit Guisay en se réservant le fauteuil et après avoir posé sa dague. Dès que mon domestique reviendra, il vous servira du cidre au miel, une boisson qu'il prépare admirablement.

Watson tira le banc devant le feu.

— Pourquoi venir chez moi ? ajouta celui qui se disait écuyer.

— Je ne vais pas vous mentir : nous sommes anglais, et feu mon frère était proche du roi Henri V. À Paris, on fait appel à moi pour résoudre ou comprendre certaines affaires difficiles. J'ai quelques capacités pour y parvenir. C'est ainsi que le président du parlement m'a demandé de rechercher des documents dans les archives de maître Roussel. Personne ne voulait s'en charger… depuis votre passage dans l'étude, qui a causé une grande terreur.

— Je peux m'en expliquer…

Holmes leva la main pour signifier que c'était de peu d'importance.

— À cette occasion, je me suis aperçu qu'on s'était intéressé à votre hôtel, mais je n'ai pas cherché à en savoir plus. En revanche, j'ai établi les raisons pour lesquelles on avait tué les domestiques du notaire.

— Ce n'est pas moi !

— Je le sais. Mais le coupable a appris que j'avais deviné ses crimes. Il s'agit d'un individu fort adroit, et il est parvenu à faire croire à la prévôté de Paris que j'avais commis un meurtre. J'ai été arrêté, emprisonné, mais heureusement mes amis sont parvenus à me faire évader. Depuis, il me poursuit et fait assassiner ceux qui m'hébergent. Parlons franc : je suis en fuite, nous sommes blessés, malades, j'ai un bras invalide et nous ne savons plus où nous réfugier. Au nom du Seigneur, je vous demande asile.

Guisay resta silencieux, ses doigts décharnés posés sur les accoudoirs du fauteuil.

Enfin, il prit la parole :

— L'asile ? Sachez donc que je ne suis pas mieux loti que vous. Je vis chez moi, certes, cependant sans titres, car je suis mort, comme je vous l'ai dit. Mais la maison est grande et vous pouvez y séjourner aussi longtemps que vous le souhaitez.

On entendit des bruits de pas dans l'escalier et Watson se leva, main sur la garde de son épée.

— Ce n'est rien, il s'agit de Guyot, fit l'écuyer.

Le jeune garçon entra et resta stupéfait devant les visiteurs.

— Qu'as-tu rapporté de bon ? lui lança jovialement Hugonin. Comme tu le vois, nous avons des invités. J'espère qu'ils pourront dîner et boire dignement.

Le garçon se ressaisit vite – plus rien ne l'étonnait désormais – et frappa d'une main sur sa besace.

— Une gourde de cidre, seigneur, un pain blanc de Gonesse, du boudin et des saucisses, une outre de bouillon de poule et deux gros pâtés de porc et d'oie. J'ai tout dépensé, et il faudra que je ressorte chercher du bois.

— Bien.

Holmes se leva, détacha sa bourse et la remit à Hugonin.

— Voici de quoi payer notre séjour.

L'écuyer prit l'escarcelle et la soupesa.

— C'est beaucoup trop. Je ne veux pas vous démunir.

— Ne vous inquiétez pas, cette monnaie vient de la reine.

— La reine Isabeau ?

— Oui.

Le ton changea et devint plus froid.

— Vous la connaissez donc ?

— Je lui ai rendu service, et elle n'a pas été ingrate. C'est elle qui m'a fait évader.

— Savez-vous quel genre de femme elle est ?

— Je crois. Mais peu m'importent ses mœurs, elle a été loyale envers moi. Je dois aussi vous avouer qu'après avoir terminé mes recherches à l'étude de maître Roussel je lui ai parlé de cette maison et elle m'a paru la connaître. Mais ne m'a rien révélé.

De nouveau, le silence.

— Guyot, va acheter du bois !

Le serviteur partit.

— Effectivement, la reine connaît mon hôtel. Elle y venait souvent quand je l'habitais. Il est temps que je vous conte mon histoire, messires.

38

— J'étais chambellan du roi, et l'un de ses plus proches compagnons, déclara Hugonin de Guisay. Charles avait alors vingt-quatre ans et sa vie venait de basculer, mais je ne m'en étais pas encore rendu compte. On était en janvier. Comme en ce moment. Six mois plus tôt, Sa Majesté était partie avec le ban afin de ramener à la raison le duc de Bretagne. À cause de la chaleur, notre monarque avait été pris d'une crise inexplicable durant laquelle il avait menacé et frappé ses proches de son épée. Avec l'aide de messire de Basqueville, nous l'avons maîtrisé, et si durant les semaines suivantes il avait subi quelques rechutes, le mal semblait s'éloigner et je n'avais plus d'inquiétude.

» Laissez-moi vous parler de celui qu'on appelait Hugonin de Guisay. Je le ferai sans enjolivement. En ce temps-là, j'avais des mœurs corrompues. Disons-le, j'étais un mauvais homme, un débauché et un paillard. La reine me détestait car j'entraînais le roi vers d'infâmes dérèglements en flattant ses mauvais instincts. Mon épouse me haïssait tout autant. Ne parlons même pas de mes domestiques. Par un raffinement de cruauté, qui me révulse aujourd'hui, je les battais souvent, et à ces occasions, je les forçais à se mettre à quatre pattes et à aboyer tels des chiens.

» Il m'a fallu des années de souffrance pour comprendre quel misérable j'avais été, et pourquoi le Seigneur m'avait justement puni.

» Mais revenons à ce mois de janvier. Catherine l'Allemande, une demoiselle d'honneur de la reine, se remariait, et Isabeau de Bavière voulait une fête magnifique dont le clou serait un bal masqué à l'hôtel Saint-Pol. Trois jours avant, je me trouvais dans ma chambre, dans cette maison. Je venais une nouvelle fois de me disputer avec ma femme qui menaçait de retourner chez sa famille. Mais je n'en avais cure, j'avais suffisamment de maîtresses. Mon fauconnier me montrait un nouvel animal qu'il venait de dresser quand on m'annonça l'arrivée du duc d'Orléans.

» Louis était le frère bien-aimé du roi, qui le chérissait fort et affirmait sans cesse sa loyauté et son amour envers lui. Pourtant, des rumeurs circulaient sur la grande proximité entre Orléans et la reine, mais je pensais qu'il s'agissait de calomnies.

» Le duc était accompagné de ses plus proches gentilshommes : Guillaume Martel de Basqueville, Guillaume de Braquemont, Arnault de Barbazan et Jean de Garancières. Cependant, il demanda à me rencontrer seul.

» Après m'avoir parlé de sa lourde charge de régent, durant les périodes où son frère avait des absences, il aborda la raison de sa visite : "Charles m'inquiète. Il demeure trop souvent triste et prostré depuis… cet événement. — Je l'ai remarqué, monseigneur, lui dis-je. — J'avais pensé à un moyen de le distraire à l'occasion de ce bal. Pourquoi ne pas organiser un charivari ? — Ce serait en effet une bonne idée", lui répondis-je avec un brin de perversité.

» J'ignore si vous autres Anglais savez ce que sont les charivaris, s'enquit l'ancien chambellan en ouvrant grand son œil unique, ce qui provoqua une cocasse grimace.

— Ne s'agit-il pas d'un *skimmington* ? Une parade bruyante où les participants se moquent d'un couple mal assorti ?

— C'est un peu cela. Les charivaris sont fréquents quand une veuve épouse un homme plus jeune qu'elle. Mais c'est plus qu'une simple parade. Les participants sont déguisés, et, ne pouvant être reconnus, ils se livrent à toutes sortes de lubricités et de plaisanterie salaces envers la mariée. « J'ai pensé que vous pourriez proposer cette bouffonnerie à Charles, me confia le duc. Avec vos amis, vous vous déguiseriez en satyres ou en sauvages. Cette farce ferait à coup sûr recouvrer à mon frère le goût du rire. — Voilà une excellente idée, monseigneur », lui ai-je répondu.

» À dire vrai, je songeais surtout aux luxures qu'entraînait toujours ce genre de débauche. À aucun moment je ne m'interrogeai sur les raisons pour lesquelles le duc me faisait cette suggestion, car il aurait pu organiser ce charivari lui-même. Quoi qu'il en soit, satisfait de mes réponses, Louis me donna des idées sur le divertissement : pourquoi ne pas se faire passer pour des sauvages que le roi conduirait en laisse et qui, durant le bal, s'évaderaient afin d'effrayer les dames ? La nouvelle épouse serait prise à partie et tous les hommes la tourmenteraient !

» L'idée m'enfiévra. Mais comment ressembler à des sauvages ? Rien de plus simple, me répliqua le duc : vous enduirez des habits de toile avec de la poix et de la résine et vous y collerez des touffes de chanvre et de lin pour figurer du poil.

» Je convainquis aisément Charles et mes amis : le comte de Joigny, Aymard de Poitiers, Yvain de Foix et Ogier de Nantouillet. Le soir du bal, alors que la fête battait son plein, nous apparûmes entravés et menés par

Sa Majesté, masquée et habillée comme nous. Il était le chef des sauvages et nous ses captifs.

» La poix étant fort inflammable, Yvain de Foix avait ordonné que l'on supprime les flambeaux de la salle. L'obscurité nous permettrait d'ailleurs de nous livrer à toutes sortes de privautés sur les dames !

» Notre arrivée eut beaucoup de succès. Nous entrâmes en dansant une sarrasine accompagnée de gestes obscènes et grotesques. Tout le monde riait, se demandant qui étaient ces satyres ! Le roi avait recouvré sa bonne humeur. Pris d'une frénésie diabolique, nous nous mîmes à hurler tels des loups cherchant leurs proies. C'est alors qu'apparut le duc d'Orléans, accompagné de pages et de chevaliers. Il se montra surpris et amusé, comme s'il ignorait qui nous étions ! J'en fus étonné mais je n'eus pas le temps de me poser des questions. "Qui sont ces satyres ?" lança-t-il en riant à gueule bec.

» Intrigué, il s'empara d'une torche pour mieux voir qui se cachait derrière les masques. S'approchant de moi, il abaissa la torche jusqu'aux flocons d'étoupe de mon habit. Je lui hurlai de s'éloigner mais le feu prit et je m'embrasai.

» Je ne me souviens que de ma douleur et des hurlements de l'assistance. Quand je repris conscience, il s'était écoulé deux jours. On m'avait drogué à l'opium afin de soulager mes affreux tourments. Un confesseur près de moi m'apprit ma fin certaine et me demanda de me repentir. Je refusai et le maudis, car mon orgueil était tel que j'avais décidé de ne pas mourir. J'appelai ma femme, et il me révéla qu'elle m'avait quitté, emportant les meubles de la maison et ne me laissant qu'un serviteur et lui-même, chirurgien venu atténuer mes souffrances. Les souvenirs du bal surgirent alors brusquement : je revis l'incendie qui avait gagné toute la salle. Mes amis dévorés par les flammes et dont les corps éclataient sous la cuisson. La fumée qui s'élevait de toutes parts, les cris de la multitude qui cherchait une issue, les hurlements !

» "Le roi ? demandai-je, qu'est devenu le roi ?"

» Il était à mes côtés au moment où la torche du duc avait embrasé mes vêtements. "Il est vif ! me répondit le religieux. La jeune duchesse de Berry a eu la présence d'esprit de l'envelopper dans la queue de sa robe. — Mes amis ? — Messire de Foix a expiré au milieu des flammes, le comte de Joigny et Aymard de Poitiers ont été entièrement consumés. Messire Nantouillet est le seul à en avoir réchappé en se plongeant dans une cuve pleine d'eau."

» La visite du duc me revint alors à l'esprit et, d'un seul coup, je compris l'intrigue : Louis avait manigancé la mort de son frère afin de devenir roi, et j'avais été son instrument. Cette révélation, à moins que ce ne soit l'opium ou la douleur, me fit entrer dans un délire tel que je crus me trouver dans l'au-delà.

Watson et Holmes étaient restés silencieux, écoutant respectueusement ce poignant témoignage.

— Je ne me souviens pas des jours suivants. Quand je repris mes sens, le même religieux se tenait toujours près de moi et me révéla que je me trouvais dans la maladrerie de Saint-Maur. "Mais, je n'ai pas la lèpre, murmurai-je. — Messire, vous envoyer ici était le seul moyen de vous garder en vie. Le père Alixet a accepté de vous soigner et de vous loger, mais vous avez quitté ce monde. — Non… protestai-je, étant inconscient de mon état. — Vous êtes mort, messire, et vos obsèques ont déjà eu lieu. — Je ne veux pas… murmurai-je. — Laissez-moi vous dire ce qui s'est passé dans votre hôtel…"

» Voici donc ce qu'il me rapporta : comme je souffrais atrocement, il m'avait fait absorber plusieurs grains d'opium, trop sans doute, car j'étais tombé dans un état cataleptique. Mon cœur ne battait quasiment plus et ma respiration était devenue indécelable. Fou de terreur à l'idée de m'avoir tué, mon soignant s'apprêtait à chercher des fleurs de digitale chez un apothicaire quand une troupe était entrée dans la cour. Il s'agissait du duc d'Orléans avec ses proches chevaliers.

» D'après les éclats de voix que le religieux avait entendus, le frère du roi ne me voulait aucun bien. Le duc avait appris que je n'étais pas mort. Impulsivement, le religieux me couvrit entièrement du drap du lit, comme il l'aurait fait avec un linceul, et quand deux gentilshommes me découvrirent, alors que l'un d'eux tirait déjà son épée pour me la passer au travers du corps, il lui annonça que j'étais trépassé depuis plusieurs heures.

» Louis d'Orléans arriva et souleva l'étoffe qui me couvrait. En voyant les restes de mon visage, il fut à la fois horrifié et convaincu de ma mort. Ma mise en terre eut lieu le lendemain, m'affirma le religieux.

» Il plaça ensuite un miroir devant mon visage et je crus mourir une nouvelle fois.

Messire de Guisay s'interrompit pour étirer un sourire hideux.

— Je crois avoir épuisé toutes mes vies ! ironisa-t-il. « Vous n'aurez pas trop de temps ici pour vous racheter et prier le Seigneur de vous pardonner », me dit mon sauveur.

» Ce saint homme avait-il deviné quel avait été mon sinistre rôle dans ce mal des ardents ? Heureusement pour lui, je crois que non, car il aurait été encore plus horrifié. Mon enterrement, ou plutôt son simulacre, puisque mon cercueil contenait des pierres, l'avait terrifié. Il m'expliqua que le long de mon convoi funèbre, les Parisiens s'étaient réjouis de ne plus me savoir au nombre des vivants. “Aboie, chien !” hurlaient-ils en jetant de la boue sur ma bière.

» Ainsi, personne ne m'avait regretté, et, dès lors, je ne cherchai plus à lutter contre mon enfermement dans la léproserie. J'y restai trente ans, priant chaque jour le Seigneur et la Vierge Marie de m'accorder leur pardon. Je ne craignais plus de paraître devant eux, et j'attendais ma fin avec sérénité. J'avais été un mauvais homme, mais j'avais exprimé de si sincères remords que Dieu ne pouvait que m'accepter dans son paradis.

» Le père Alixet, le maître de la maladrerie de Saint-Maur, était mon seul compagnon. Chaque jour nous jouions aux échecs en discutant de la vie des saints. Je crois bien que j'avais trouvé la sérénité. J'étais certes hideux et défiguré, mais qui s'en souciait en ce lieu ? J'avais le ventre plein et ne souffrais pas trop du froid. Je pensais finir mes jours dans l'hôpital qui se vidait peu à peu de ses malades. Il ne restait plus que moi quand, l'été dernier, le père Alixet m'annonça que les soixante livres et soixante sols parisis que l'on versait pour ma subsistance n'avaient pas été portés par le commis de maître Roussel.

— J'ai trouvé les documents sur cette rente dans les papiers de maître Roussel, intervint Holmes. Elle était versée par votre femme, qui savait donc que vous étiez vivant.

— En effet, le religieux qui m'avait sauvé avait obtenu cette pension. Le maître m'annonça alors qu'il rejoignait l'abbaye de Saint-Maur, la léproserie étant abandonnée faute de malades. Je pouvais cependant y demeurer si je le souhaitais, et il me promit de me porter un pain de temps en temps. Mais il me conseilla d'aller voir le notaire afin d'obtenir de lui quelques subsides.

» J'ai mis des mois à me décider, mais sans chauffage et sans vivres, je n'avais plus le choix. Je suis finalement venu à Paris au début de cette année et me suis tout de suite présenté chez le notaire. Seulement, sitôt qu'il a vu mon visage, maître Roussel a été terrorisé et frappé d'apoplexie. Craignant d'être accusé, je me suis enfui. J'étais perdu : le froid, la neige, sans logis, je ne savais que faire. Je suis entré dans une demeure abandonnée où j'ai trouvé Guyot. Heureusement, j'avais eu la présence d'esprit de ramasser quelques pièces chez le tabellion, et ce brave garçon m'a procuré de quoi manger et s'est occupé de moi. Mais combien de temps pouvions-nous vivre ainsi comme des miséreux ? J'ai alors songé à mon hôtel, rue Saint-Denis. Inoccupé, il pouvait faire un magnifique refuge. Me rendant sur place, j'appris que maître Roussel était chargé de le vendre. Il en conservait donc les clefs, et, comme il était trépassé, il serait facile de me les procurer. Je dois vous dire qu'en m'enfuyant, après l'apoplexie de maître Roussel, j'avais par mégarde emporté la clef de sa maison. Il suffisait que les domestiques s'absentent pour que je pénètre dans l'étude, la fouille, et mette la main sur le trousseau de mon ancienne demeure. Je demandai donc à Guyot de faire croire aux serviteurs que le prévôt les convoquait. Il alla frapper à leur porte pour leur annoncer cette assignation, et constata qu'elle n'était pas fermée ! Intrigué, je pénétrai, seul, et aperçus immédiatement le corps du concierge à qui on avait percé le ventre. Je devinai que des truands avaient profité de la mort du notaire pour piller la maison.

» La chambre du maître se trouvait dans un grand désordre. Le contenu des sacs de l'étude jonchait le sol, souillé par le sang du cadavre du secrétaire.

— J'ai découvert la pièce dans le même état, observa Holmes.

— Je cherchai le sac renfermant les documents concernant mon hôtel et, l'ayant trouvé, j'en récupérai les clefs. Cependant, avant de partir, je décidai d'emporter la monnaie et les valeurs qui y restaient. Autant que ce soit moi qui en profite !

Watson approuva d'un signe de la tête.

— Avec le trousseau du secrétaire, j'ouvris le bahut et vidai une cassette pleine de monnaies quand je fus interrompu par un bruit de verre brisé venant de la pièce mitoyenne. Saisissant ma dague, j'attendis et vis paraître un homme. Mais quand il m'aperçut, il fut pris de terreur et s'enfuit. Mon visage était décidément un bel épouvantail !

— Comment était ce visiteur ? le coupa Edward.

— Grand et mince, avec un front proéminent et des yeux profondément enfoncés dans un visage blafard.

Holmes échangea un regard entendu avec son ami.

— Je vais vous parler de lui, dit Edward. Mais continuez…

— Rassuré par sa fuite, je me suis rendu dans la pièce par où il était arrivé. Il avait brisé la fenêtre et je le vis traverser le jardin en courant. Jugeant en avoir terminé, je partis à mon tour, retrouvai mon fidèle Guyot et nous nous rendîmes ici où je m'installai.

— Votre récit éclaire de nombreux points obscurs sur la mort de maître Roussel. Laissez-moi vous dire maintenant ce que j'ai trouvé dans l'étude, comment mon enquête a provoqué des représailles qui m'ont conduit en prison, et dans l'état misérable où je suis maintenant.

Edward raconta presque tout. Les trois requêtes qu'il avait reçues : celle de dame Audeloncourt, du régent et de maître Fauquembergue. Ce qu'il avait fait chez le notaire et la découverte du testament royal, sans toutefois dire un mot sur la fille du duc de Berry et les documents remis à la reine, jugeant que cela ne concernait en rien Guisay. Il parla aussi du garde des tapisseries du régent, tué prétendument par un loup, mais en vérité par un créancier. Puis il expliqua les raisons de son arrestation et conclut :

— L'homme que vous avez vu ressemble fort au faux domestique qui m'a éloigné afin d'assassiner dame Audeloncourt en se faisant passer pour moi.

— J'ai du mal à vous suivre, maître Holmes. Pourquoi cet individu s'est-il introduit dans l'étude en passant par la fenêtre, et pour quelle raison vous en veut-il autant ?

— Il n'est pas simplement venu dans la maison de maître Roussel, messire. Il est *revenu* ! C'est lui qui a fouillé l'étude et tué les domestiques, comme il l'avait fait avec ceux du garde des tapisseries du régent. Pourquoi ? Afin de dénicher et de détruire une ou plusieurs reconnaissances de dette ! Seulement, en se battant avec le secrétaire de maître Roussel lors de sa première visite, ce dernier lui a arraché un objet qu'il portait : son cachet, lequel a glissé sous le lit. Notre criminel s'en est aperçu plus tard et il est donc revenu afin de le récupérer, visite inutile puisqu'en vous voyant il s'est enfui. Or ce cachet, c'est moi qui l'ai retrouvé, et en examinant les actes abandonnés sur le sol, il m'a été facile de pressentir ce que recherchait l'assassin.

» Tout cela, notre ennemi l'a également appris. Dès lors, je devais disparaître afin de ne pouvoir l'identifier et l'accuser. Comme il lui était difficile de m'occire, il a assassiné une femme en se faisant passer pour moi. Ainsi, la justice du roi m'aurait envoyé à l'échafaud, et pour être certain de ma fin, il a même tenté de me faire navrer en prison !

Guisay resta silencieux un moment avant de lâcher dans un rire grinçant :

— Et moi qui croyais être maître en fourberie à la cour du roi Charles !

— Mon ami Edward le surnomme le Jules César du crime, observa Watson.

— Un sobriquet justifié ! Cependant, maître Holmes, vous êtes vous-même particulièrement adroit et perspicace pour avoir mis au jour les vilenies de cet individu. Je suis maintenant curieux de savoir comment vous vous êtes évadé…

À nouveau Holmes reprit la parole, narrant l'interrogatoire au Châtelet et relatant comment il s'était défendu dans sa prison. Il laissa ensuite Watson raconter sa fuite de la Bastille et l'attaque des gardes de l'official.

— Le lendemain, nous nous sommes réfugiés chez un homme que j'avais sauvé de la potence…

Il parla alors des loups dressés, et du lien qu'il avait subodoré avec l'attaque du convoi anglais près de Vernon.

— Hélas, je ne m'étais pas trompé, et la famille restée dans la maison de notre hôte a été occise. Mon ennemi et son complice, accompagnés de loups et du louvetier Le Rougeau, nous ont encore retrouvés.

Il rapporta le dernier combat, la nouvelle fuite chez Montgeron, leur départ, et finalement leur arrivée dans cette maison.

— Je vous l'ai dit, vous pouvez demeurer ici aussi longtemps que vous le désirez, maître Holmes, affirma Guisay. Mais je ne possède aucun acte de propriété, et de plus je suis mort…

Il grimaça un sourire qui le rendit particulièrement hideux.

— Le dizainier ignore ma présence, poursuivit-il. Qu'il l'apprenne et je serai chassé, ou pire. J'aurais dû emporter les papiers se trouvant dans le sac de ma maison et les faire maquiller. Hélas, je n'ai pas eu cette présence d'esprit et, quand je suis retourné chez le notaire, la serrure avait été changée !

— Je dispose de vos actes, messire, car j'ai conservé les documents de l'étude qui m'intéressaient. Ils sont chez moi, seulement je n'y ai pas accès. Cependant, si je parviens à prouver mon innocence et à retrouver mes biens, je vous les remettrai et veillerai à ce que vos droits vous soient rendus.

— Voilà une raison supplémentaire pour que je vous aide ! Mais j'entends Guyot revenir. Je vais vous faire visiter les lieux et vous choisirez une pièce où loger. Ensuite, nous dînerons.

Guisay conduisit ses invités dans la partie abandonnée de la maison et leur montra son ancienne chambre, qui contenait encore lit et matelas. C'était la seule pièce meublée du logis principal et ils s'y installèrent. Watson alluma un feu et fit chauffer de l'eau afin de laver leurs blessures. Guyot leur apporta des chainses propres et des onguents, ainsi qu'une lame aiguisée afin qu'ils se rasent la barbe.

Plus tard, revenus dans la salle de la tour occupée par l'ancien chambellan, ils trouvèrent la table dressée.

Durant le repas, ils ne parlèrent plus de leurs malheurs mais uniquement de la cour et de la guerre entre les Armagnacs et les Bourguignons. Guisay était curieux de tout et désirait combler son ignorance. Certes, il connaissait les événements malheureux qui s'étaient déroulés en France depuis trente ans, mais en ignorait les détails. Et Guyot n'avait qu'une vision partielle de ce qui se passait dans le royaume. Holmes se confia sur ses relations avec Isabeau et Watson conta la bataille d'Azincourt.

Pourtant, à la fin de la repue, alors qu'ils avaient épuisé nombre de sujets de conversation et qu'ils terminaient une succulente compote, Hugonin de Guisay revint sur les mésaventures des Anglais :

— Votre ennemi a toujours eu une longueur d'avance sur vous, mes amis.

— Je le reconnais. À ma décharge, depuis une semaine, je m'efforce seulement de survivre, grimaça Edward.

— J'y songeais pendant votre toilette, tout à l'heure…

Il laissa sa phrase en suspens avant de poursuivre :

— … Quand j'étais à la Cour, on vantait mon ingéniosité, ma malfaisante ingéniosité. Voulez-vous le conseil d'un homme pernicieux ?

— Volontiers ! répondit Holmes dans un rire.

— Attirez votre adversaire dans un piège.

39

Le lendemain, nos deux amis avaient repris des forces et surtout espoir. Le bras de Holmes avait sensiblement désenflé. Ils eurent une nouvelle discussion avec Hugonin de Guisay pendant que Guyot sortait pour acheter aux Anglais des vêtements propres et chauds, et de quoi écrire.

Dans l'après-midi, le domestique repartit pour se rendre rue Quincampoix où il fit halte devant l'échoppe de Popin Poitevin. La neige était tombée dans la nuit et les badauds se montraient rares. Dans l'ouvroir, devant une chaufferette, l'artisan insérait une boucle dans une lanière et montrait à deux garçons blonds aux yeux bleus comment s'y prendre.

— L'un de vous est-il Amaury ? s'enquit Guyot.

Le plus âgé des apprentis leva la tête.

— C'est moi.

— J'ai une commission à vous faire.

Amaury s'approcha, imité par Popin et Thomassin, tous trois intrigués.

— *L'Épée de Bois* est un cabaret de cette rue…

Popin fit signe qu'il connaissait.

— Il se trouve à l'angle d'un cul-de-sac. Votre maître vous y attend. Il m'a dit que seul Amaury devait s'y rendre.

— Nous sommes en sécurité, Amaury, déclara Watson après avoir serré l'orphelin dans ses bras, mais on nous recherche.

— Je le sais, messire. Le crieur du Châtelet a déjà fait savoir deux fois que ce serait la mort pour ceux qui aideraient maître Holmes. Des sergents sont passés dans la rue et ont posé des questions sur vous. On a répondu qu'on vous connaissait pas. Ils n'ont aucune idée de l'endroit où vous vous cachez !

— Continuez à être prudents. Maintenant, écoute bien, voici une lettre…

Il lui donna un pli fermé et cacheté avec le scel qu'Edward conservait dans son escarcelle.

— Tu vas la remettre à un homme nommé Enguerrand Chabridel. C'est un individu dangereux, mais on peut lui faire confiance. Il loge dans une maison à l'image de la Madeleine, impasse de la Fosse-aux-Chiens.

— Je connais l'endroit, messire.

— Qu'il porte cette lettre à la damoiselle de Savoisy, à l'hôtel des Grands Ébattements. Dis-lui bien qu'il doit la donner en main propre à la chambellane de la reine, et sans que personne l'apprenne. Tu as bien compris ?

— Oui, messire.

— Répète, pour que j'en sois certain…

Quand Amaury se fut exécuté, Gower poursuivit :

— Tu retourneras tous les jours, matin et après-midi, dans l'impasse de la Fosse-aux-Chiens. Tu pourras y aller avec ton frère. Si vous voyez une étoffe rouge attachée quelque part devant la maison à l'image de la Madeleine, observez les abords, et si rien ne paraît louche, rencontrez Chabridel. Il vous remettra une lettre. Le garçon que tu as vu tout à l'heure viendra également chaque jour à l'échoppe de Popin regarder les ceintures. Quand vous aurez la lettre, vous la lui donnerez.

Amaury répéta, sans rien oublier.

Ces dispositions avaient été longuement mûries par les Anglais et Huguenin de Guisay. En premier lieu, ils avaient discuté de la manière d'attirer les ennemis de Holmes quelque part. Pour éviter que leurs adversaires ne viennent en nombre, le clerc voulait les convaincre qu'il serait seul. Watson avait proposé de faire appel aux frères Poitevin et à Gautier Tassard, mais Edward refusait une bataille qui pourrait mal tourner. N'étant pas des combattants, leurs trois fidèles risquaient de se faire exterminer par les gens de Le Rougeau. Mieux valait que ses ennemis croient l'avoir piégé. S'ils ignoraient la présence de Gower, ce dernier les criblerait plus facilement de flèches.

Restait à trouver un lieu adéquat pour cette sanglante entreprise. Après l'effroyable fin de la famille du cousin de Clément Moreau, Holmes ne voulait plus mettre en danger la vie de quiconque.

C'est Guisay qui leur avait suggéré de monter leur guet-apens hors de Paris.

— Mais où ? avait demandé Gower.

— Si vous n'avez pas peur des morts, je connais un endroit parfait.

Il s'agissait du gibet de Montfaucon. La Grande Justice de Paris, comme on l'appelait.

Situé sur une hauteur à l'extrémité du faubourg Saint-Martin, à côté de la butte Saint-Chaumont, c'était un monument en gros quartiers de pierre bien liés et cimentés, haut de trois toises, long de sept et large de cinq auquel on accédait par une rampe.

Cette imposante construction était surmontée de seize piliers carrés de trente-deux pieds. À moitié de leur hauteur et à leur sommet avaient été scellées de massives poutres de bois qui les traversaient et supportaient des chaînes de six pieds. Contre les piliers étaient dressées de longues échelles destinées à monter le condamné au gibet. Au-dessous s'étendait une cave servant à recevoir les corps des suppliciés quand ils avaient trop pourri ou avaient été dévorés par les oiseaux. On y pénétrait par une porte.

Le gibet faisait peur, tant aux truands qu'aux bourgeois.

Non seulement on pendait sur place, mais on y transportait également les cadavres des pendus de la ville après une exposition de quelques jours sur leur potence. On suspendait aussi les corps de ceux qu'on avait décapités ou fait bouillir. Ils étaient accrochés aux chaînes de fer par les aisselles ou renfermés dans des sacs de treillis ou de cuir.

Aux alentours se trouvaient d'autres Justices, des gibets suppléants quand il n'y avait plus de place ou quand celui de Montfaucon était en travaux. Le plus important était le petit gibet d'outre Saint-Laurent, construit six ans plus tôt pour remplacer la Grande Justice, alors en réparation.

Malgré les craintes que suscitait l'endroit et les effroyables odeurs de putréfaction, beaucoup de gens venaient, surtout la nuit : des sorciers et des magiciens, afin de se procurer des morceaux de cadavres ; des voleurs qui dépouillaient les morts de leurs vêtements, car on pendait les condamnés habillés ; des débauchés, des truands ou des gentilshommes enfiévrés par la mort. Ceux-là venaient faire ripaille et gourgandiner avec les filles.

La proposition de Guisay ne provoqua aucun engouement.

— Pourquoi cet endroit maudit ? objecta Holmes.

— J'ai eu l'occasion de m'y rendre… avant… pour une sorte de sabbat. Je suis monté sur la plate-forme, et j'ai pu observer combien la vue sur Paris était belle. Vous verrez vos ennemis arriver de loin. De surcroît, vous serez en hauteur, et ils auront du mal à vous saisir. Watson pourra se cacher derrière un pilier.

Comme les Anglais ne disaient rien, l'ancien favori du roi ajouta en ricanant :

— L'odeur est très supportable, et avec le froid, tous les cadavres seront gelés. Aux beaux jours, les gibets sont surveillés par des archers chargés d'empêcher qu'on ne vole les corps, mais avec ce temps, il n'y aura personne.

— Il n'y a déjà plus de surveillance depuis des mois à cause des Armagnacs, reconnut Watson.

— Admettons qu'on choisisse Montfaucon, encore faudra-t-il s'y rendre, observa Holmes. Comment sortir de la ville et éviter les loups qui doivent pulluler autour du gibet ?

— La rivière est toujours gelée. Rien de plus facile que de prendre ce chemin, que j'ai déjà utilisé, à partir du port au Foin, là où l'enceinte s'arrête.

— Et les loups ?

— Ils m'ont ignoré, j'ai dû leur faire peur, persifla Hugonin.

— Je n'aurai pas cette chance, remarqua Watson en bombant le torse.

— Nous pourrions faire appel à Montgeron et à Ysengrin, suggéra Edward. S'ils nous accompagnent, ils écarteront les meutes.

— Je n'ai aucune confiance dans Montgeron, observa Gower.

— Moi non plus, mais on ne lui révélera rien, et Robert viendra avec nous. Il me paraît loyal. De surcroît, tous deux pourraient être utiles en cas de bataille.

— La Grande Justice présente un autre avantage, ajouta Guisay.

Et il expliqua ce à quoi il avait songé.

Après avoir convenu de leur plan d'action, Holmes écrivit à Marie de Savoisy une lettre que Watson remit à Amaury. Edward y révélait à Marie qu'il se trouverait à Montfaucon le samedi suivant à minuit. Elle devait, d'une façon ou d'un autre, le faire savoir à ses ennemis, et leur apprendre qu'il y attendrait Watson rendu à Vernon d'où il devait ramener la preuve de son innocence et l'implication d'un important gentilhomme de la cour du régent.

Ils attendirent la réponse deux jours, durant lesquels ils avaient soigné leurs blessures et s'étaient reposés. Leurs morsures s'étaient refermées et Guyot était allé prendre des nouvelles de Gracieux. Dans la cour que Holmes lui avait indiquée, le garçon avait aperçu un homme qui surveillait un molosse rongeant un os en compagnie d'un loup apprivoisé. Il était allé demander à l'individu s'il était bien Robert le Diable et lui avait révélé être envoyé par maître Holmes. « Dites-lui que Gracieux va mieux. Ce chien est d'une incroyable robustesse », avait expliqué Robert, sans poser de questions.

Le jeudi soir, Guyot revint de chez Popin Poitevin avec une lettre close et cachetée du sceau des Savoisy.

Holmes se trouvait dans la chambre de Guisay en compagnie de Watson. Ayant ouvert la missive, le clerc la lut à haute voix.

Marie lui annonçait avoir suivi ses instructions et, indirectement, fait savoir sa présence samedi à Montfaucon à celui qui les pourchassait. En vérité, c'était Isabeau, mise dans la confidence, qui avait révélé à son ennemi que maître Holmes se cacherait à la Grande Justice. La reine, qui se montrait toujours aussi indisposée contre le clerc en public, avait expliqué que « ce faquin » de maître Holmes avait osé envoyer une lettre à sa chambellane pour l'assurer de sa passion. Marie de Savoisy, horrifiée, la lui avait remise afin qu'elle la détruise.

La comédie des deux femmes fit sourire Gower, mais la suite de la lettre de Marie était moins drôle :

Dame Isabeau vous a d'autant plus facilement vilipendé que vous êtes accusé d'un nouveau crime abject. Hier, alors que lady Segrave rendait visite à une amie dans la rue Béthisy, sa litière a été attaquée par des inconnus. Un archer a tué son garde du corps et les porteurs se sont enfuis. La sœur de lord Loveyn était morte quand les sergents du Châtelet, alertés, sont arrivés.

Selon le prévôt venu nous raconter cet infâme meurtre, l'un des porteurs de la litière a entendu cet échange de paroles :

— Joli tir, Watson !

— Tu as la voie libre, Holmes, égorge-la ! Cela servira de leçon à ce porc de Loveyn !

De plus, on a trouvé sur place un chapeau de feutre rond à bec en pointe identique à celui que vous portez, mon ami.

Qui aurait pu imaginer que celui qui vous poursuit se livrerait à une aussi effroyable félonie ? Elle arrive au plus mal car, mardi, notre régent avait fait parvenir une lettre au président du parlement et au prévôt de Paris demandant qu'on vous saisisse au corps, ainsi que messire Watson, mais qu'il ne vous soit causé aucun mal. Il vous interrogerait lui-même, avait-il décidé.

Évidemment, la mort de sa maîtresse va certainement changer son état d'esprit. Même si vos amis jugent invraisemblable que vous vous soyez interpellés par vos noms, et que vous ayez abandonné votre coiffe, vos ennemis font flèche de tout bois.

La reine prie pour que vous parveniez à vous innocenter, et m'a demandé de vous dire qu'elle a ordonné à Chabridel de se mettre à votre service. Si vous avez besoin d'un homme d'armes expérimenté, n'hésitez pas à faire appel à lui.

Votre dévouée, Marie.

Ce crime affreux et sans raison laissa Watson pantois, mais ne surprit point Holmes. Le Jules César du crime était prêt à tout et n'avait certainement pas terminé ses malfaisances.

— Allez-vous faire appel à ce Chabridel ? demanda Guisay.

— Peut-être. J'avoue que l'audace de notre ennemi me glace d'effroi. Je dois prendre d'autres assurances. Que diriez-vous de modifier notre plan ?

Le vendredi, Hugonin entraîna les deux Anglais au dernier étage de la tour, là où il conservait ses armes et ses équipements de chevalier. Il s'agissait d'une pièce sombre, à peine éclairée par une fenêtre ogivale aux verres noircis de crasse, dans laquelle personne ne semblait être entré depuis trente ans. Elle contenait des huches de sapin et sur les murs pendaient écus, baudriers, lances et arbalètes. Sur des portiques étaient accrochés un haubert et des pièces d'armure. La poussière et les toiles d'araignée recouvraient tout.

Watson examina ces équipements sous le regard indifférent de Guisay.

— Ma femme n'a emporté que les armes de valeur, dit-il avec un grand mépris.

Les fers avaient rouillé et les cuirs étaient corrompus, constata Gower, mais tout pouvait être remis en état. Il choisit des chemises de mailles, un corselet, une dague, une barbute et une salade de fer qui convenait à la tête d'Edward. En fouillant les coffres, il découvrit aussi un arc en bon état, mais sans corde, ainsi qu'un brassard de cuir pas trop moisi. Il emporta tout ce matériel et passa la journée à étriller les jaques, à aiguiser les lames, à polir casques et corselet et à remplacer lanières et capitonnage. Il envoya aussi Guyot acheter flèches et cordes rue de la Heaumerie, en lui indiquant à quel artisan s'adresser et en exigeant les meilleures flèches capables de percer du métal.

Le samedi, Gower se rendit rue du Grand-Hurleur. À peine lui eut-on ouvert que Gracieux se précipita sur lui, se dressant sur ses pattes arrière et manquant de peu de le faire tomber. Gower lui flatta le dos et le caressa, heureux de retrouver le molosse bien vif.

— Vous venez le chercher, messire ? s'enquit tristement Robert.

À l'évidence, il s'était attaché à l'animal.

— Non, c'est vous que je viens chercher, avec Ysengrin, répondit Gower alors que le chien tentait de lui sauter dans les bras.

— Allons-nous à Vernon ?

— Non.

— Où donc ? demanda Montgeron, resté à l'écart.

— Ce ne sera pas loin, dans les faubourgs. Nous avons besoin de vous et d'Ysengrin pour éloigner les loups.

— Comment ferez-vous pour quitter la ville ? demanda Montgeron. On va vous arrêter aux portes, et nous avec !

— On ne passera pas par les portes. Vous vous rendrez rue du Cygne ce soir, après la nuit tombée, dans la première impasse qui fait le coin avec la maison des Trois-Rois, rue Saint-Denis. Vous frapperez à la porte au fond du cul-de-sac. Amenez Gracieux et Ysengrin.

Le chien tournait maintenant joyeusement autour de Gower, comme s'il avait compris que la belle vie recommençait.

40

L'obscurité s'étendait et les flocons voltigeaient, sous le vent glacial, quand on frappa à la porte. Watson, casqué d'une barbute, alla ouvrir. Blanchi par la neige, Montgeron entra, son loup dans ses pas.

— Où est Robert ? demanda abruptement Gower en constatant l'absence du comédien.

— Malade, il pouvait pas venir.

— Il allait bien ce matin.

— Ça lui a pris à la relevée, des vomissements…

Watson considéra le dresseur avec une suspicion évidente. Mentait-il ? Mais pourquoi l'aurait-il fait ? Après tout, seul Montgeron comptait. Ou plutôt son loup.

— Attendez ici ! ordonna-t-il.

Il monta dans la chambre de Guisay et annonça à Edward et Hugonin que Robert ne viendrait pas.

— Il faudra surveiller ce maraud, dit seulement Holmes. Partons maintenant, il neige et nous avons une longue route.

Il enfila ses gants épais. Avec ce qu'il portait sous son manteau, il paraissait bedonnant. Ayant posé la salade sur son bonnet de laine, il l'attacha par la lanière de cuir sous son menton, puis entoura visage et oreilles d'une épaisse étoffe.

Watson avait allumé la chandelle d'une lanterne de bois aux faces en corne. Il la donna à son ami et prit son arc, ainsi que deux torches en étoupe de chanvre et graisse de mouton que Guyot avait préparées.

— Vous pouvez compter sur moi, leur dit l'ancien chambellan en guise d'au revoir.

Dehors, tout était désert et silencieux et on n'y voyait guère. La clarté lunaire demeurait faible à cause des nuages qui traversaient le ciel à vive allure.

Pour éviter le Grand Châtelet et la barrière des sergents devant la Grande Boucherie, ils filèrent vers la rue Saint-Martin et gagnèrent la place de Grève, puis la rue des Barres, derrière Saint-Gervais. Ils débouchèrent ainsi sur le port au Foin où s'alignaient des entrepôts vides. Devant eux s'étendait la rivière prise dans les glaces ; de sourds craquements se faisaient entendre dans les profondeurs. La débâcle semblait proche, ce qui était alarmant.

— Allons ! décida Holmes en désignant le cours d'eau gelé.

— Où ça ? s'enquit Montgeron avec réticence.

— Nous allons sortir de Paris en marchant sur l'eau, ricana Gower.

— Pour aller où ?

— Au septentrion, répondit Holmes.

— Corne Diable, avance donc ! gronda Watson en poussant le dresseur.

Guisay leur avait conseillé de ne pas se tenir près de la rive car, quand ils longeraient l'enceinte, les gardes présents sur les tours qui ponctuaient la muraille pourraient les interpeller et, s'ils n'obtempéraient pas, les abattre avec des viretons. Ils devaient donc gagner l'île Notre-Dame et passer ensuite d'île en île. Néanmoins, s'engager au milieu du fleuve n'était guère rassurant.

Ils le firent pourtant. Montgeron restait silencieux et maussade, et son loup paraissait aux aguets.

L'île Notre-Dame était couverte de peupliers aux branches dénudées. Ils la traversèrent sans qu'on les remarque depuis la rive, puis ce fut de nouveau la rivière gelée jusqu'à l'île aux Vaches et enfin l'île Louviers. Après un dernier passage sur la glace, ils retrouvèrent la terre ferme et s'écartèrent du fossé et de l'enceinte.

— Vers où, maintenant ? demanda Montgeron.

— Montfaucon.

— À la Grande Justice ? Pourquoi ?

Holmes fut surpris par le ton du dresseur. N'importe qui aurait frémi à l'idée de se rendre dans cet endroit effroyable, surtout la nuit. Pas Montgeron, qui n'avait rien laissé paraître. Puis il se souvint de ce qu'avait dit Hugonin de Guisay : les truands y allaient souvent avec des garces. Sans doute le maraud l'avait-il déjà fait.

— Je dois y attendre des amis, répondit-il.

— Des amis… Va-t-on se battre ? Je n'ai que mon couteau.

— Vous resterez à l'écart, lui assura Watson. Et si ça tourne mal, vous filerez.

Ce fut vers Saint-Antoine que retentirent les hurlements des loups. Montgeron s'arrêta pour écouter, tandis qu'Ysengrin grognait doucement, oreilles frémissantes et échine dressée.

— Passons par là, décida l'ancien louvetier en désignant un chemin sur leur droite. La bise ne portera pas notre odeur.

— Cela fera un détour, objecta Holmes.

— Perdre du temps est préférable à perdre la vie.

— Que fait-on s'ils s'approchent quand même ? s'inquiéta Watson, qui envisageait de mettre une corde à son arc.

— Prier pour qu'Ysengrin parvienne à les écarter. Allumez les flambeaux. J'en prendrai un. Les loups ont peur du feu.

Leur marche dura deux heures par des chemins bordés de haies gelées. La neige voletait mais ne les gênait pas. Ils atteignirent la Courtille, en face de la porte du Temple, et aperçurent au loin, sur sa butte, la terrible silhouette carrée de Montfaucon.

Le long de leur parcours, la plupart des maisons avaient été brûlées lors d'attaques armagnaques ou par des écorcheurs. Quelques corps oubliés pendaient à des branches. Pourtant, il restait des fermes isolées, solidement fortifiées. Des chiens de garde les humèrent et un concert d'aboiements retentit.

Watson marchait de plus en plus lentement. Sa jambe blessée à Azincourt le faisait souffrir. Holmes avait froid et sentait son nez et ses oreilles geler malgré l'étoffe qui les protégeait.

La pente devint raide à l'approche de la Grande Justice et ils chutèrent plusieurs fois en glissant. Sous la lumière blafarde de la lune et à travers le rideau blanc de la neige, ils distinguaient maintenant les corps suspendus aux chaînes. Le gibet dégorgeait de suppliciés et la Petite Justice, à côté, portait également son lot de cadavres.

Mal à l'aise devant cette légion de suppliciés, dont la plupart les regardaient de leurs orbites vidées par les corbeaux, ils avançaient de plus en plus lentement. La construction, massive comme un château, occupait tout le paysage. Ils s'approchèrent de la rampe enneigée et s'arrêtèrent au pied du bâtiment.

— Montons sur la plate-forme, décida Holmes. (Puis, s'adressant à Montgeron :) Je n'ai plus besoin de vous et vous pouvez partir avec Ysengrin, si vous le souhaitez. Si vous restez, ne faites aucun bruit et dissimulez-vous derrière un des piliers éloignés. Ceux que j'attends ne doivent pas remarquer votre présence.

— Où pourrais-je aller en pleine nuit ? persifla le dresseur. Je suis contraint de rester !

Holmes hocha la tête.

Ils gravirent la pente en s'aidant de leurs dagues qu'ils plantaient dans la glace pour éviter de glisser. Le loup n'avait aucune peine à monter avec ses griffes.

Arrivé en haut, Montgeron s'éloigna au fond du gibet en se faufilant entre les corps. Holmes demeura bien visible sur la plate-forme et Watson se dissimula derrière un poteau. Ayant retiré ses gants, l'archer plaça une corde, enfila des gants plus fins et sortit cinq flèches de la trousse qu'il portait à sa taille.

La ville s'étendait devant eux, on distinguait des tours crénelées et de rares lumières. Holmes avait repéré la porte du Temple, la seule non terrassée[1] avec la porte Saint-Denis de ce côté-ci de Paris. Venant du château des Tournelles, c'est par celle-ci que leurs ennemis arriveraient.

Quelle heure pouvait-il être ? Il n'en avait aucune idée, mais minuit n'avait pas sonné. Une légère bise soufflait, faisant tomber les flocons de biais. Edward leva les yeux au ciel et constata qu'un nuage masquait la lune. Vers Paris, des loups hurlaient et s'interpellaient. Une meute pouvait-elle les avoir repérés ? Si des fauves montaient sur la plate-forme, ils auraient du mal à se défendre, songea-t-il. Et si c'étaient ceux de Le Rougeau ? Il ignorait où se situait le chenil du louvetier mais il paraissait invraisemblable qu'il soit dans Paris même, où le voisinage aurait protesté. Sans doute demeurait-il avec ses fauves dans une ferme fortifiée autour de la capitale. Peut-être dans ce faubourg.

Combien de temps s'écoula-t-il ? Il avait froid et grelottait. Et si les autres ne venaient pas ? Il avait beau

1. Les portes terrassées étaient obstruées par des pierres et de la terre pour en empêcher le passage.

avoir pris toutes ses dispositions, son ennemi était si rusé qu'il pouvait avoir flairé le piège.

Holmes entendit les grincements et les cliquetis du côté de la porte du Temple avant même d'apercevoir la lueur d'une torche. On ouvrait les vantaux et on abaissait le pont-levis. Ses ennemis avaient dû prévenir le capitaine de la porte, puisque lui seul possédait la clef. S'ils s'échappaient, l'interrogatoire de l'officier permettrait de les confondre. Cette idée apaisa Edward tandis qu'il suivait du regard la lueur se rapprochant.

— Ils arrivent ! prévint-il à voix basse.

La malemaisnie avançait à pied, comme il s'en doutait. Il distingua cinq silhouettes, trois casquées, l'une en chaperon écarlate et la dernière avec chapeau rond à large bord et chape bleue. L'un des hommes casqué, en manteau vert foncé, tenait la torche. Deux portaient des arbalètes.

Holmes ne les quittait pas des yeux. La troupe s'arrêta au pied de la rampe. Les arbalétriers ne brandissaient pas leurs armes, aussi le clerc se sentit rassuré. Ils n'allaient pas s'en prendre à lui tout de suite. Ses ennemis voulaient certainement le faire parler, le contraindre à révéler ce qu'il savait sur eux et à nommer ceux à qui il s'était confié.

— Tiens-toi prêt à tirer sur les ballestriers, souffla-il à Gower.

Puis, avec la voix terrorisée d'un homme aux abois, il cria :

— Qui êtes-vous ? Que voulez-vous ?

L'individu au chapeau rond s'avança. Il se tenait légèrement voûté et ne cessait de se balancer doucement de droite à gauche et de gauche à droite, un peu à la manière des lézards.

— Messire Watson est-il arrivé ? s'enquit-il avec douceur.

— Comment savez-vous qu'il doit venir ? demanda Edward sans dissimuler son effroi.

— Il n'est donc pas encore revenu de Vernon. Nous l'attendrons. Voyez-vous, je connais tout de vos méchantes activités. Mais le rouquin aura fait un voyage inutile car il n'aura rien appris à Vernon. À Rouen, il aurait pu découvrir quelques faits révélateurs, mais pas à Vernon.

— C'était vous le colporteur qui aviez prévenu le comte de Salisbury de l'arrivée de troupes armagnaques ?

— C'était moi.

— Avec vos complices (Holmes fit un geste pour désigner la troupe en bas du gibet), vous avez envoyé les loups de maître Le Rougeau sur ces pauvres Anglais que vous avez ensuite achevés.

— Vous avez donc découvert cela ?

— Qui est votre complice ? Celui qui savait que le convoi transporterait cent marcs d'or ?

Un silence s'installa.

— Maître Holmes, en ce mois de janvier, vous vous êtes plusieurs fois mis en travers de ma route et vous m'avez donné quelques petits tracas, déclara enfin l'homme au chapeau rond. J'aurais pu négliger votre acharnement, car sans preuves ni témoins, vous étiez incapable de m'incriminer, même si j'avais commis des imprudences. Mais vous vous êtes un peu trop intéressé à cette affaire à Rouen, et vous nous avez tous mis en danger. Voyez où votre absurde opiniâtreté vous a conduit : au pied d'un gibet sur lequel vous allez finir suspendu par le cou.

Il avait parlé sans élever la voix, avec la sobre précision d'un homme qui pense ce qu'il dit.

— C'est vous qui avez tué maître L'Escot et dame Audeloncourt, ainsi que tous ces pauvres serviteurs ! l'accusa Edward d'un ton craintif.

— Je l'avoue.

L'homme au chapeau rond soupira.

— Je devais une forte somme à maître L'Escot, tout comme mon ami…

Il désigna l'individu à sa droite dont le visage était dissimulé par la cornette d'un chaperon et qui ne disait mot.

— Pire, il me refusait un nouveau prêt nécessaire pour construire le plus bel objet de la création. L'œuvre de ma vie.

— Vous n'aviez pas assez de votre part sur les cent marcs d'or ?

— J'ai fait d'autres dépenses.

— Je reconnais avoir admiré votre travail, maître Murtagh, lança alors Edward.

Un long silence suivit cette déclaration. Surpris d'avoir été nommé, l'astrologue essayait de deviner comment il avait été identifié.

— Votre cachet à la comète ! expliqua Holmes avant que l'autre ait pu poser la question. Vous êtes même revenu pour tenter de le récupérer. Mais un être vous a effrayé…

Murtagh resta silencieux tout en balançant la tête. La révélation du clerc le perturbait.

— Au fait, si vous construisez un nouveau globe, essayez de ne pas commettre la même erreur : le Soleil ne tourne pas autour de la Terre, c'est l'inverse.

Le clerc ne montrait plus sa peur. Il se permettait même de le railler. L'astrologue demeura muet, ravalant son courroux. Ses compagnons le regardaient, attendant qu'il prenne une décision.

— Personne n'est prêt à accepter cette évidence à la cour du duc, laissa-t-il enfin tomber, comme pour se justifier.

Il avait planté ses yeux dans ceux d'Edward, et celui-ci y lut son arrêt de mort. Satisfait d'avoir offensé Murtagh devant ses compagnons, le clerc poursuivit :

— Le Seigneur, qui nous juge tous, a voulu vous punir en laissant le secrétaire de maître Roussel arracher votre cachet. Rien ne vous obligeait à massacrer ces innocents domestiques. Mais votre châtiment n'est pas terminé.

— Le secrétaire ne voulait pas me remettre les documents que je lui demandais et il avait alerté ses compagnons.

— Et dame Audeloncourt ?

— Quel autre moyen avais-je de vous faire emprisonner ?

— Quand le régent saura que vous avez également assassiné sa bien-aimée, il n'y aura plus de place pour vous dans les royaumes de France et d'Angleterre.

— Par Dieu, vous vous trompez souvent, maître Holmes ! Le châtiment, c'est vous qui allez le recevoir, et votre ami Watson quand il arrivera. Sachez donc que si je devais quitter Paris, le duc de Gloucester accueillerait à bras ouverts celui qui connaît tous les secrets de son frère. Mais, assez caqueté, j'ai des questions à vous poser à mon tour. Descendez de votre perchoir et laissez-vous entraver !

— Watson, tire ! cria Edward.

Aucune flèche ne partit et le bruit d'une chute se fit entendre derrière le clerc qui se retourna. Il découvrit Watson etendu et Montgeron, un couteau à la main. Le félon venait de poignarder son ami dans le dos !

— Je le tiens, messire ! Leur traquenard est éventé !

— Bien joué, Montgeron ! félicita une autre voix. Tu auras ta récompense.

— Ainsi, maître Holmes, vous pensiez me tromper ? Sachez donc qu'aucune de vos actions ne m'a échappé !

— Je sais où il se cachait dans Paris, messire ! fanfaronna Montgeron en s'avançant au bord du gibet, et je connais son dernier complice !

— Parfait. Finalement, avec les révélations de ce brave louvetier, je n'ai peut-être pas besoin de vous questionner, maître Holmes. J'ai plutôt envie de vous voir danser la giguedouille là-haut, avec votre ami Watson. J'obtiendrai même une récompense du régent pour avoir fait justice !

La fin inattendue de Gower venait de pétrifier Edward qui parvenait à peine à contrôler son effroi, s'efforçant de se convaincre qu'il lui restait une ultime carte. Il tourna la tête pour regarder son ami trépassé avant de déclarer solennellement :

— Maître Murtagh, si j'étais sûr de vous détruire, j'accepterais volontiers mon sacrifice, comme celui de messire Watson.

À cet instant, Gower se releva d'un bond et se précipita sur Montgeron qu'il fit chuter de la plate-forme.

— Que le diable t'emporte ! hurla Watson.

Puis il détala derrière un pilier en exhortant son ami à se cacher.

Le clerc s'était déjà mis à l'abri et les viretons tirés par les arbalétriers ne touchèrent personne.

Mais derrière son poteau, Gower entendit un grognement : Ysengrin s'approchait de lui, gueule ouverte, décidé à venger son maître.

41

— En haut, vous autres ! Éventrez-moi ces marauds ! hurla l'homme au chaperon.

Le Rougeau, long coutelas de chasse en main, et les deux arbalétriers, qui avaient retendu le câble de leur balestre, s'engagèrent prudemment sur la rampe en s'aidant de leur dague pour grimper.

À droite se situait la porte de la cave où l'on entreposait les ossements. Soudain, le battant s'ouvrit en grinçant et une vision d'horreur apparut : la Mort en personne. Le capuchon de son manteau noir laissait apparaître l'ivoire du crâne. Une orbite était creuse tandis que l'autre brillait comme un rubis. Point de nez ni d'oreilles, aucune lèvre et une bouche édentée.

Mains décharnées en avant, la Camarde émit un rire grinçant et déclara d'une voix caverneuse :

— Venez avec moi ! Rejoignez mes enfants !

Puis elle leva les mains vers le gibet en poussant son horrible ricanement.

Submergé par l'effroi, bouche ouverte et yeux écarquillés, James Murtagh tourna les talons et s'enfuit vers Paris en hurlant, suivi par son compère au chaperon. Cependant, avant que le louvetier et ses sicaires n'aient eu le temps de les imiter, un homme muni d'une arbalète sortit de la cave.

Il tira, atteignant l'un des arbalétriers. Le second riposta maladroitement et rata sa cible. La Mort s'était écartée, comme indifférente à ce combat. Le Rougeau, l'esprit en déroute et fou de terreur devant l'apparition démoniaque, glissa le long de la rampe et détala, mais en direction du couchant, tandis qu'un molosse jaillissait de la cave infernale en aboyant.

Le cœur de Watson battait le tambour. Même s'il lui répugnait de tuer le loup apprivoisé, il se tenait prêt et sa main ne tremblerait pas. L'animal allait bondir quand il entendit un jappement proche. Ysengrin tourna la tête en direction du chien qui arrivait.

— Gracieux ! cria Holmes, sorti de derrière son pilier dès qu'il avait entendu Hugonin de Guisay.

Le chien des Basqueville se précipita sur le loup. Les deux animaux roulèrent dans la neige en se mordillant affectueusement, puis le molosse revint vers Gower et se mit à lui lécher la main, sous le regard méfiant d'Ysengrin.

— Bon chien, bon chien ! répétait Watson, soulagé.

Il récupéra son arc et rejoignit Edward.

En bas du gibet, Chabridel avait dégainé en s'approchant du dernier arbalétrier qui avait lâché sa balestre pour glisser plus rapidement sur la rampe. L'homme de Le Rougeau tenta de sortir son épée, mais n'en eut pas le temps. Le sicaire d'Isabeau n'était pas un guerrier honorable. Ancien valet de chambre engagé dans le métier des armes après avoir assassiné le duc d'Orléans, il avait appris que frapper le premier restait le meilleur moyen pour vaincre. Il enfonça son épée dans la poitrine de son adversaire, sous le regard désapprobateur de messire de Guisay.

— Cela ne se fait pas, murmura Hugonin d'un ton pincé.

— Pourquoi donc ? répliqua Chabridel en essuyant sa lame sur le cadavre.

Il se rendit alors près du premier arbalétrier et lui trancha la gorge.

Déjà, Holmes et Watson descendaient la rampe en s'efforçant de ne pas tomber, précédés par le chien et le loup.

— Je m'occupe de Le Rougeau, essayez de rattraper les autres ! cria Gower. Ils ont filé vers Paris. On se retrouvera devant la porte du Temple !

Sans attendre de réponse, il déguerpit sur la piste du louvetier.

Il était impossible de courir. Le sol gelé, la neige qui le fouettait et l'obscurité qui devenait ténèbres quand un nuage passait devant la lune l'empêchaient d'avancer aussi vite qu'il l'aurait voulu. Certes, Le Rougeau devait éprouver les mêmes difficultés, mais sans doute connaissait-il les environs mieux que lui. De plus, Gower avait encore mal à sa jambe et le coup de couteau de Montgeron commençait à devenir douloureux, même si la lame avait glissé sur le fer de la brigandine.

Il marchait plus ou moins à l'aveugle quand il entendit la neige crisser derrière lui. Le louvetier lui tendait-il un piège ? Il se rapprocha d'un arbre afin de ne pas être pris à revers et attendit, arc bandé et flèche engagée.

C'est alors qu'un loup apparut. Gower reconnut Ysengrin, suivi de Gracieux. Soulagé, il les laissa s'approcher avant de reprendre sa route.

Il avait parcouru une centaine de toises quand retentirent les hurlées d'une meute. Loup et chien se figèrent. La bande de carnassiers se trouvait devant lui sur le chemin qu'avait pris le louvetier, dont il distinguait parfois les pas dans la neige.

Il décida de continuer, comptant sur Ysengrin pour le protéger. Si l'animal avait voulu le meurtrir après la chute de son maître, il avait complètement changé de comportement depuis l'arrivée de Gracieux.

Des haies enneigées bordaient le chemin. Les loups hurlaient toujours et Gower se rapprochait de leurs vociférations quand, soudain, éclata un épouvantable vacarme de grognements furieux et de jurons blasphématoires.

De nouveau, Watson se figea, comprenant qu'un homme venait d'être pris à partie par la meute. Or cet individu ne pouvait être que Le Rougeau. Voyant Ysengrin et Gracieux filer vers le lieu du combat, échines hérissées et mâchoires ouvertes, il décida de les suivre.

Les jurons avaient cessé, remplacés par des gémissements et de sourdes plaintes. Les grognements laissaient place à d'abjects bruits de déglutition.

Au détour du chemin, il découvrit l'épouvantable estourmie : une poignée de loups, babines retroussées, queues rabattues entre leurs pattes arrière, dévoraient les restes d'un être humain. D'après le manteau vert rougi de sang et la forme du casque abandonné dans la neige, Watson sut qu'il s'agissait du louvetier.

Ainsi ce dresseur de fauves, qui avait tant martyrisé les animaux pour les soumettre, était-il finalement tombé sous leurs dents. Le corps démembré bougeait encore sous les morsures. Ysengrin regardait la scène, visiblement désireux de participer à la curée.

Mais un gros loup gris, à coup sûr le chef de meute, leva la tête et montra ses dents rougies en grognant. Ses compères cessèrent leur festin et se tournèrent vers les intrus. Les grondements menaçants reprirent, les babines se retroussèrent.

Ysengrin fit de même et Gracieux l'imita. Les bêtes échangèrent quelques grognements. Puis, constatant que l'homme ne les menaçait pas, la meute reprit son repas.

Watson décida de rejoindre Holmes, songeant au sort du louvetier qui avait gagné son état en dressant des loups par d'épouvantables tourments, et qui avait fini dévoré par ces mêmes créatures. Ceux qui l'avaient navré avaient-ils reconnu un tortionnaire de leur race ?

Il éloigna cette idée absurde. Les loups n'étaient que des animaux. Mais en voyant Ysengrin et Gracieux passer devant lui en se poursuivant joyeusement, il n'éprouva plus la même certitude.

Au gibet, Holmes avait remercié messire de Guisay, Chabridel et Robert – surpris de voir ce dernier – avant d'aller examiner l'état de Montgeron et constater qu'il s'était brisé le crâne sur une pierre.

— Revêtons les manteaux et les coiffes de ces truands, proposa ensuite Edward. À la porte, nous nous ferons passer pour les hommes de Murtagh. Les sentinelles n'ont pas dû les regarder de près.

S'accroupissant devant un arbalétrier, il lui retira sa chape. Robert fit de même avec un autre cadavre et enfila le manteau du mort par-dessus ses vêtements.

— J'ai un laissez-passer de la reine, expliqua Chabridel en déshabillant la troisième victime. C'est en présentant ce papier que nous sommes sortis avec messire de Guisay. Personne ne m'interrogera. Le manteau de ce gueux servira donc à messire Watson. Seulement, si Murtagh et son compère franchissent la porte avant nous, ils auront mis en garde le capitaine contre nous.

— Je doute qu'ils ouvrent la bouche. Ils vont tout faire pour qu'on ne puisse les identifier, répliqua Edward.

Ayant terminé de se vêtir, Robert était allé chercher la lanterne, mais Chabridel l'arrêta.

— Pas de lumière ! Murtagh et son compère nous verraient arriver et pourraient nous tendre un nouveau piège. On y voit suffisamment avec la lune. Et surtout, silence ! Pas un mot ! Les voix portent loin la nuit, encore plus avec la bise.

Edward approuva et prit la tête du groupe, Robert aidant Guisay qui avançait difficilement. Si la neige commençait à couvrir les traces de bottes des fuyards, on les distinguait encore et le clerc repéra celles de l'astrologue dont les pieds étaient plus longs que ceux de son complice. Au premier carrefour, les empreintes se séparèrent, Murtagh ayant filé à droite, en direction de la porte Saint-Martin et des faubourgs.

Ils se consultèrent un instant à voix basse. L'astrologue se sachant identifié avait donc choisi de ne pas revenir à Paris. Sans doute disposait-il d'un refuge qui lui permettrait de gagner Rouen et l'Angleterre. Comment le retrouver ?

— Droinus m'a dit que Le Rougeau gardait ses loups à la Grange-Batelière. Il a pu s'y rendre, suggéra Robert.

— Il y a plusieurs maisons dans ce hameau. Comment découvrir la bonne, et comment franchir l'enceinte qui doit être close ? Mieux vaut abandonner, décida Holmes. Maintenant que nous connaissons ses turpitudes, il sera facile au duc de Bedford de le poursuivre. Occupons-nous plutôt de l'autre canaille.

Ils repartirent vers la porte du Temple.

En s'approchant du talus de l'enceinte, ils remarquèrent que le plateau du pont-levis était encore abaissé. Si les vantaux de la porte étaient fermés, ce n'était pas le cas de la poterne. Une lumière perçait par une meurtrière d'une des tours flanquantes. À coup sûr les sentinelles s'y étaient réfugiées.

Une maison abandonnée se dressait à proximité du pont-levis. Sans toit ni porte, c'était un piètre refuge, mais ils y seraient à l'abri du vent en attendant Watson.

Holmes interrogea Robert sur sa présence. Car s'il avait bien été prévu que Guisay et Chabridel arrivent au gibet les premiers et s'installent dans la cave, le bateleur n'était-il pas censé être malade ?

— Je me préparais à partir avec Droinus quand il m'a frappé par traîtrise sur la nuque. Lorsque j'ai repris conscience, il m'avait attaché sur le grabat et Gracieux était encordé. « Reste tranquille, m'a-t-il dit. Je reviendrai demain te délivrer et on sera riche. » Je lui ai demandé ce qui lui passait par la tête, j'ai supplié qu'il me détache, et il m'a répondu qu'il ne voulait pas prendre le risque que je l'empêche dans son entreprise.

» J'ai compris qu'il préparait une cordelle contre vous et je l'ai imploré de ne pas commettre de félonie envers celui qui l'avait sauvé du bourreau. "Je ne veux plus connaître la misère, avoir toujours froid et rester le ventre vide, m'a-t-il dit. Je suis allé voir Le Rougeau. Il habite à la Grange-Batelière où il garde ses loups dans un enclos. Contre cent livres, je lui ai promis de lui révéler l'endroit où se cachaient les Anglais." J'étouffais de rage et de honte, maître Holmes. Je l'ai injurié, maudit et lui ai craché dessus. Mais il m'a traité de fol, déclarant que c'était une occasion unique d'en finir avec nos malheurs. Le Rougeau lui avait assuré qu'il parlerait à son seigneur et, le lendemain, celui-là avait non seulement accepté mais promis le double de la somme ! Dès lors, la convocation de messire Watson était devenue une occasion inespérée. Immédiatement après sa visite, Droinus est retourné à la Grange-Batelière. Seulement, le seigneur avait appris que vous vous rendriez à la Grande Justice et n'avait plus besoin du traître. Il lui a quand même promis cent livres pour qu'il vous accompagne et intervienne s'il se manigançait un coup fourré.

» Il est alors parti avec Ysengrin. J'étais solidement attaché mais j'avais appris à défaire des liens et je m'en suis débarrassé en une heure. J'ai pris Gracieux avec moi et me suis précipité à l'impasse de la rue du Cygne.

Guisay, qui écoutait en hochant la tête, prit alors la parole :

— J'attendais messire Chabridel et j'ai cru que c'était lui quand on a frappé à la porte. Robert m'a tout raconté, inquiet cependant de ne pas voir mon visage dissimulé derrière un touret. Il m'a fait le récit que vous venez d'entendre et je lui ai révélé ce qu'il devait savoir. Messire Chabridel est arrivé alors et j'ai proposé à Robert de nous accompagner, ce qu'il a accepté. Nous avons franchi la porte du Temple sans difficulté grâce au laissez-passer et nous nous sommes installés tant bien que mal dans la cave, au milieu des ossements. Pour ma part, je n'étais aucunement gêné, mais j'ai senti combien Robert avait peur. Alors, pour le distraire, je lui ai conté des histoires datant de l'époque où je venais au gibet avec des garces, quand j'avais vingt ans.

Tout cela était dit sur un ton guilleret que Holmes n'avait jusqu'à présent jamais perçu chez Guisay. L'expédition semblait avoir transformé la Mort en joyeux drille.

Watson arriva enfin, précédé d'Ysengrin et de Gracieux. Gower raconta ce qui s'était passé et Holmes lui résuma la situation pendant que son ami enfilait le manteau de l'arbalétrier. Tous filèrent ensuite à la porte.

Chabridel annonça avoir un laissez-passer et les gardes ouvrirent. Le capitaine, intrigué par ces allées et venues extravagantes, demanda ce qu'ils manigançaient à minuit dans la banlieue. Le mercenaire lui répondit sèchement qu'il devrait poser la question à la reine Isabeau, tandis que ses compagnons demeuraient têtes baissées sous leur casque ou leur capuchon.

— D'autres vont encore arriver ? s'enquit alors le capitaine de la porte.

— Notre chef est-il revenu ? rétorqua Chabridel.

— Oui, il y a près d'une heure.

— Alors vous pouvez lever le pont-levis. Nous sommes les derniers.

Peu après, ils se retrouvèrent chez Guisay qui proposa d'héberger tout le monde. Guyot alluma un feu, dressa une table et ils soupèrent de bon appétit en parlant d'avenir. Avant le repas, Holmes avait examiné le dos de Gower, mais il ne souffrait que d'une contusion. Sans brigandine, Montgeron l'aurait fait passer à trépas.

— Inutile désormais de vous cacher, messire Guisay, déclara Edward lors de ce souper. Avec les documents de maître Roussel qui se trouvent chez moi, les témoignages de messire Chabridel et de vous-même, messire Guisay, la fuite de Murtagh et les explications que donneront la reine et Marie de Savoisy, notre ennemi devra rendre des comptes dès demain. Après une nuit de sommeil bien nécessaire, j'écrirai des lettres pour le garde de la prévôté, le président du parlement, le chancelier de France et messire Rapine en leur demandant de nous recevoir.

— Pourquoi ne pas avoir questionné le capitaine de la porte, il aurait pu nommer le compère de Murtagh ? interrogea Watson.

— Nous nous serions découverts. Et qui peut savoir comment il aurait réagi ? Mais son témoignage sera également nécessaire.

42

Aux premières lueurs de l'aube, Guyot étant parti acheter du pain et Chabridel ayant filé à l'hôtel de la Reine, Holmes s'installa à la table de Hugonin et entreprit la rédaction de plusieurs missives. Il terminait celle destinée au chancelier Le Clerc quand on frappa à la porte de l'impasse. Watson ouvrit la fenêtre et aperçut un jeune garçon en haillons. Un messager ?

Il descendit et à peine avait-il ouvert que l'enfant jeta une lettre pliée et s'enfuit. L'archer anglais ramassa la missive cachetée. Elle était adressée à maître Holmes. Il monta à l'étage et la remit à son destinataire en racontant l'incident.

Le cachet, formé de chevrons à la bordure engrêlée, était celui des Savoisy. Une lettre de Marie ? Pourquoi ce mystère ?

Edward fit sauter la cire et déplia le quareignon qui contenait un second pli.

Maître Holmes,

Marie de Savoisy est entre mes mains. Elle sera pendue à midi à la colonne astrologique de Dedalus.

Rien de plus. En tremblant, Holmes ouvrit le second pli. Il s'agissait d'un laissez-passer pour pénétrer dans le château des Tournelles, un sauf-conduit à son seul nom, signé de messire de Serquigny, gouverneur du palais.

— Il tient Marie, dit le clerc d'une voix blanche.

Se levant, il tendit la lettre à Watson qui la lut et la passa à Guisay, assis dans son fauteuil devant la cheminée.

— Un piège ! C'est un piège ! gronda Gower. Il escompte que tu te rendes au château où il doit t'attendre. Je viendrai avec toi et Chabridel.

— Chabridel se trouve à l'hôtel de la Reine. Et le laissez-passer ne mentionne que moi.

— Allons voir dame Isabeau. Elle nous fera entrer dans le palais et enverra des renforts !

— Cela prendra du temps. Dieu sait dans quel état est Marie… De plus, notre ennemi est aussi dangereux que Murtagh, on ignore quelles précautions il a pu prendre. Il a certainement anticipé nos réactions…

Les deux Anglais se tournèrent vers Guisay qui avait posé le pli sur ses genoux.

— Ce n'est pas pour rien qu'il vous envoie à Dedalus, observa l'ancien chambellan. Je connais bien ce lieu. Amusant lors d'une fête, il peut provoquer la terreur quand on s'y trouve seul et incapable d'en sortir. Je m'y suis perdu plusieurs fois lorsque Charles y recevait ses amis.

— On sort toujours d'un labyrinthe si on longe un côté sans jamais le lâcher, à main droite ou à main gauche, déclara Holmes sentencieusement.

Guisay émit un grincement de gorge fort désagréable. À l'évidence, il se moquait du clerc.

— Le mage qui a construit ce dédale a tout prévu. Par endroits se dressent des pavillons qu'il faut traverser en grimpant des marches. On trouve aussi toutes sortes de trompe-l'œil et des passages à franchir en sautant. Les règles n'existent pas là-bas. Le seul moyen pour éviter de tourner en rond à l'infini est d'atteindre la colonne astrologique.

— C'est justement là que se trouvera Marie.

— Mais il vous attendra, seul ou avec des serviteurs.

— Je crois bien que nous avons défait tous ses complices.

— Peut-être…

— Il faut que je t'accompagne ! clama Watson.

L'ancien chambellan du roi Charles médita un instant, puis se leva et se dirigea vers la huche.

— Allez-y seul tout de suite, maître Holmes, dit-il. Cependant rien ne vous empêche de prendre auparavant vos précautions. J'ai quelque chose à vous montrer.

Gower avait tenu à accompagner son ami jusqu'à la porte du palais. Avec Gracieux et Robert le Diable, il se rendrait ensuite à l'hôtel des Grands Ébattements, tenterait de rencontrer la reine, et reviendrait avec un autre laissez-passer, espérait-il, pour enfin pénétrer dans l'hôtel des Tournelles et secourir Edward.

Dans le passage voûté, ce dernier montra le document du gouverneur et le sergent de garde le laissa pénétrer sans le questionner. Devant lui, des serviteurs nettoyaient les allées couvertes de neige. Holmes les ignora et se dirigea vers la tour carrée.

Il s'agissait d'une sorte de donjon d'un seul étage, aux étroites fenêtres ogivales à mi-hauteur et doté de clochetons dans les angles. De la construction partait un mur d'enceinte de dix pieds de haut. Au-delà, on apercevait un petit bâtiment au sommet d'une colonne.

Le clerc s'approcha de la porte. Au fronton était gravé ce mot : *Dedalus*. Pas de cordon, de chaîne ou de cloche pour appeler un concierge, mais un simple heurtoir en forme de tête de lion avec, dessous, un trou de serrure. Il poussa le battant, qui s'écarta sans résistance, et pénétra dans une antichambre voûtée, vide, peinte en bleu azur et décorée d'étoiles d'or. L'endroit était glacial. Devant lui, deux portes sans bride, loquet ou loqueton. Impossible de bouger la première, aussi se rendit-il à la seconde qu'il poussa sans difficultés, dévoilant un escalier dans lequel il s'engagea. À peine avait-il gravi deux marches que le battant derrière lui se referma en claquant. Se retournant, Edward ne vit aucune ferrure apparente. Impossible de tirer l'huis. Il haussa les épaules et poursuivit.

Les degrés étaient éclairés par l'une des ouvertures ogivales. En haut, il découvrit une salle avec trois portes sur le même mur, mais aucune fenêtre ou aucun fenestron permettant de découvrir sur quoi elles débouchaient. Au hasard, il poussa la première et se retrouva à l'extérieur.

Sur la gauche, un mur lui masquait la vue. Des marches conduisaient à un passage bordé de vignes dépouillées et enneigées. À une centaine de toises, il aperçut la colonne astrologique et s'efforça de repérer comment y accéder, mais un épais massif de buis masquait la perspective.

Ouvrant son manteau malgré le froid, il glissa la main à l'intérieur et effleura son arme. Rassuré, il descendit et fila vers les buis. Arrivé devant les bosquets, il eut le choix entre droite ou gauche. En prenant à dextre, il pourrait explorer entièrement le labyrinthe, mais le temps lui manquerait. Il devait lui rester deux heures pour trouver Marie avant midi. Il choisit donc senestre. Après de nombreuses courbes, le sentier le conduisit à une tonnelle d'où partaient quatre chemins.

Il entendit alors un gémissement dont l'écho résonna dans toutes les directions. Marie ! Ce ne pouvait être qu'elle ! Edward perdit toute assurance, son cœur se mit à battre de façon insensée. Que faisait-on subir à celle qu'il aimait ?

Dans sa détresse, il leva les yeux et constata qu'il s'était rapproché de la colonne. Une allée de charmilles bordée de palissades hautes de plus d'une toise paraissait y conduire. Il l'emprunta et les râles s'éloignèrent alors qu'il pressait le pas.

Le chemin virait sans cesse quand, dans un coude, il découvrit une huve couleur azur dans la neige. Reconnaissant la coiffe de Marie, il se baissa pour la ramasser et retira aussitôt sa main, poisseuse et rouge de sang.

Submergé par un mélange de peur, de haine et de rage, il eut l'impression que la végétation s'apprêtait à l'ensevelir. Il s'astreignit à respirer à fond à plusieurs reprises, comprenant que son ennemi voulait anéantir son âme et sa raison. Sang Dieu, il n'y parviendra pas ! se promit-il. Recouvrant la maîtrise de lui-même, il abandonna la huve et poursuivit sa route, la gorge serrée.

Il longea de nouveau des buis bien taillés auxquels succéda un petit verger aux branches dénudées et enneigées. Accroché à l'une d'elles, il crut distinguer un épouvantail. Il s'approcha. Il s'agissait d'une robe turquoise en cendal, tissée en damiers ; celle de Marie. S'efforçant de contrôler les battements de son cœur, il s'aperçut que du sang s'écoulait de l'étoffe. Du sang frais.

Mais ces découvertes macabres n'avaient plus d'effet sur lui. Il avait compris qu'il ne s'agissait que d'une représentation ignoble visant à lui faire perdre tout discernement.

De nouveau, des gémissements rauques roulèrent d'écho en écho dans les profondeurs de Dedalus. Il les ignora et s'aperçut que des gouttelettes de sang formaient une piste dans la neige. Même en se persuadant qu'il s'agissait encore d'un infâme artifice, il avait du mal à se maîtriser. Il s'engagea à la suite des traces sanglantes et arriva dans une placette, carrefour de plusieurs chemins.

Alors un choc le fit vaciller et il tomba dans la neige. Il devina qu'un vireton l'avait atteint dans le dos. En rampant, il se réfugia contre une palissade et parvint à retirer son gant droit.

Il entendit alors la neige crisser, puis vit apparaître un chevalier de petite taille en chaperon écarlate et pelisson en peau de loup. Un sourire réjoui sur son visage sombre aux sourcils noirs.

Jean de Serquigny tenait une arbalète à la main.

— Maître Holmes, mon spectacle vous a-t-il plu ?

— Je reconnais que vous avez un sens très sûr du théâtre… haleta Edward, qui avait du mal à respirer.

— Des idées de ce cher Murtagh. Il préparait un amusement demandé par le régent, avec quelques scènes effrayantes pour les dames de la Cour.

Le félon posa délicatement son arbalète contre la haie et dégaina son épée.

— Dommage pour ma filleule, mais elle devenait gênante.

— Vous l'avez donc tuée.

— Non ! Ce n'était que du sang de cochon ! Mais elle se trouve dans une position difficile.

Edward dissimula son soulagement.

— Son père vous jugera, là-haut. Vous vous disiez son ami.

— Son ami ? Quelle farce ! Je ne l'ai jamais été ! Charles de Savoisy était un homme querelleur, écervelé et inconséquent. Il n'avait que les mots honneur, race et gloire à la bouche ! Il s'est aliéné tous ses proches, en particulier le roi et le duc d'Orléans. Je lui conseillais de mettre un frein à ses imprudences mais il n'écoutait personne. Je l'ai pourtant aidé à entrer au service du duc de Bourgogne quand j'étais son chambellan, seulement il a sottement préféré aller se battre à Azincourt au côté des renégats alors que les Anglais nous proposaient une belle et franche alliance. Quand il a été libéré de son emprisonnement en Angleterre, nos désaccords étaient devenus tels que nous ne nous parlions plus, même s'il avait accepté le traité de Troyes. Je gardais une relation avec ma filleule afin de pouvoir l'épouser car, vous l'ignorez peut-être, Charles lui a laissé une fortune prise aux Barbaresques. Or mes propres possessions sont fort maigres et les Anglais bien chiches envers moi. Hélas, depuis la mort de son père et sa rencontre avec vous, Marie restait froide à mes avances. Elle est en train d'en payer le prix et, maintenant que vous allez trépasser, elle n'aura plus d'autre choix que d'être à moi, ou de vous rejoindre.

— Qu'allez-vous faire ? bafouilla Edward.

— Prévenir la garde du palais que je vous ai abattu alors que vous tentiez d'abuser de la damoiselle de Savoisy après l'avoir attirée ici. Soit elle pliera et reconnaîtra la chose, soit elle finira pendue, par vous !

Serquigny émit un rire fort déplaisant.

— Décidément, vous n'êtes qu'un infâme félon ! Vous avez même voulu voler votre propre maître le régent, qui vous comblait pourtant.

— Combler est un bien grand mot pour qualifier sa ladrerie ! En vérité, l'idée de s'approprier le transport d'or est venue de James Murtagh, mais je dois dire qu'elle était bonne. Je n'avais jamais pensé à utiliser les loups de mon garde-chasse Le Rougeau. Et voyez-vous, personne ne m'a suspecté, même pas vous que l'on dit si perspicace !

— Détrompez-vous, pauvre fou, je savais tout, articula Edward. Et quand Marie vous a révélé que je serais à Montfaucon, il s'agissait d'un piège… dans lequel vous êtes tombé.

Un voile d'inquiétude passa sur le visage de Serquigny.

— Vous mentez !

— Comment expliquez-vous la présence de mon ami Watson et des gens de dame Isabeau ? Je savais Montgeron fourbe, et je voulais uniquement que Murtagh avoue ses crimes devant témoins. À l'heure qu'il est, Sa Majesté et messires de Morvilliers et de Morhier connaissent vos forfaits. Vous finirez dans un sac en Seine ou écorché vif dans quelques jours.

— Ribaud puant ! cria Serquigny en s'avançant, sa lame prête à frapper.

Holmes écarta l'ouverture de son manteau, faisant apparaître la petite arbalète à cranequin prêtée par Hugonin de Guisay. Elle était suspendue à son cou et, en tombant, il avait placé un carreau dans la gorge.

Il appuya sur la queue de détente et le trait d'acier partit dans un violent claquement, pénétrant la poitrine du parrain de Marie avec une telle force qu'il ressortit dans son dos presque entièrement.

Un air déconfit apparut sur le visage du félon, puis Serquigny chancela et s'écroula.

Holmes se releva en grimaçant. Le carreau reçu avait tordu l'acier de la brigandine, provoquant une cuisante contusion.

En remettant son gant, il s'approcha du gouverneur du château.

— Où est Marie ? Parlez, pour sauver votre âme.

— Trop tard pour elle… et pour vous, balbutia le félon, la bouche pleine du sang qui l'étouffait.

La réponse fit frissonner Edward qui leva les yeux vers la colonne astrologique. Marie était là. Il en avait la certitude. Le monument paraissait tout proche, mais allait-il en trouver le chemin ? Le plus simple serait de suivre les traces de pas de Serquigny.

Il s'engagea dans la voie par où il était venu quand il entendit un aboiement. Gracieux ? Ce ne pouvait être que lui !

— Gracieux ! Gracieux ! Ici ! appela-t-il.

Les jappements se rapprochèrent et le chien parut, se jetant sur son maître et manquant de le faire tomber. Apparemment, il n'avait eu aucune peine pour trouver son chemin dans le labyrinthe. Cela donna une idée à Edward qui revint vers le mourant, le molosse dans ses pas.

— Renifle-le, mon chien ! Dis-moi d'où il vient !

Gracieux grogna devant l'homme agonisant qui le regardait de ses yeux vitreux. Il le flaira longuement puis fila brusquement dans la direction par où était arrivé Serquigny. Edward le suivit mais constata vite que ce cheminement l'éloignait de la colonne. Le chien se trompait-il ?

Tous deux débouchèrent sur un enclos en forme d'étoile à six branches : cinq chemins possibles, dont trois montraient de confuses empreintes de pas.

Dans les églises de Saint-Antoine et de Sainte-Catherine, none carillonnait.

— Par où, Gracieux ? demanda Edward fébrilement.

Le molosse fila sans hésiter par la voie la plus à droite. Ils longèrent une tonnelle, puis une haute palissade, et la colonne émergea devant eux.

43

Edward se précipita sur la porte, la poussa et découvrit un escalier en limaçon qu'il gravit quatre à quatre. Il criait le nom de Marie, mais seul le bruit de ses pas répondait à ses appels.

Il déboucha dans une minuscule salle ogivale où l'attendait une vision d'horreur. Marie, en robe de dessous verte, truffeaux défaits, pendait par le cou avec une corde attachée à un anneau dans la voûte. Ses pieds reposaient sur une escabelle. Son visage blanc, ses lèvres bleutées, gonflées par la cordelette serrée dans sa bouche, exprimaient sa douleur et son engourdissement dû au froid. Elle était sur le point de perdre conscience. Alors ses pieds auraient glissé du tabouret et elle aurait fini pendue.

Edward tira sa dague, trancha la corde liant les poignets, puis celle de la mâchoire et enfin le nœud coulant. Marie resta figée. Il la prit dans ses bras et la fit descendre du tabouret.

— Je savais… que tu viendrais… parvint-elle à articuler.

Ses mains étaient aussi glaciales que celles d'un cadavre, mais elle ne portait aucune trace de sang.

La minuscule pièce n'était meublée que d'une chaise capitonnée et d'un lutrin. Holmes fit asseoir la jeune femme, retira son propre manteau qu'il lui enfila et lui passa également ses gants.

— Froid… bredouilla-t-elle.

Comment la réchauffer ? Il y avait bien une chauffe-rette à charbon, mais elle était vide.

— Il faut descendre ! décida-t-il. Je vais vous aider. Tenez bon jusqu'à ce que nous arrivions au palais.

Serrée contre lui, elle parvint jusqu'en bas de la colonne où Gracieux leur fit la fête.

— Mon chien, aide-nous à sortir ! supplia fébrilement Edward.

Gracieux remua la queue et se mit à japper. Alors, ils entendirent des appels.

Soulagé, Holmes ne bougea pas tandis que le molosse continuait à aboyer. Les éclats de voix se rapprochèrent, assortis d'un vacarme de craquement et de démolition. Soudain le clerc perçut le timbre de Watson qui hurlait : « Plus vite ! »

— À la colonne ! Je suis à la colonne ! cria Edward.

Après un nouveau fracas, une palissade s'écroula dans un nuage de neige. Apparurent alors une douzaine d'hommes brandissant des haches, avec à leur tête Gower, Chabridel et Robert, cognée en main.

— Ici ! Vite ! hurla Holmes, terrorisé par le teint blafard de Marie. Elle se meurt de froid !

Watson retira sa chape et ordonna aux hommes de la tenir par les extrémités. On y coucha Marie et la troupe repartit en courant vers la sortie du labyrinthe. En chemin, Holmes constata que les haies et les palissades avaient été enfoncées et entaillées à coups d'épée ou de hache. Le bataillon avait avancé tout droit. Il prit aussi conscience que les gens autour de lui portaient des hoquetons aux armes d'Isabeau : mi-partie aux losanges azur de la Bavière et aux fleurs de lys de France.

Arrivés à la tour carrée, ils franchirent les portes closes qui furent brisées sans ménagement. Ils sortirent et découvrirent un attroupement de gentilshommes en houppelande, d'hommes d'armes, de clercs et de religieux en manteau noir. Tous s'interrogeaient sur ce qui se passait. D'autres gardes, aux casaques blasonnées de losanges d'azur, se précipitaient depuis la porte du château.

Un chevalier ventripotent s'avança vers Edward et Gower, l'air mauvais.

— Qu'arrive-t-il ? Que faisiez-vous dans le labyrinthe ?

Il avait une curieuse voix affectée, avec un léger zozotement.

— Laissez-nous entrer dans le logis du Roi ! répliqua Holmes, Marie de Savoisy se meurt. Elle a besoin de chaleur !

— Qui faites-vous ? Qui êtes-vous ? lança une autre voix, celle d'un gentilhomme de haute taille, en chaperon vert pomme et grand manteau de laine brune semée de fleurs rouges, qui sortait du palais en se pressant.

Un sergent d'armes d'Isabeau souffla à Holmes :

— Walter de Hungerford est le nouveau prévôt de l'hôtel de monseigneur. Celui qui zozote est messire Lourdin de Saligny.

Edward avait bien sûr reconnu Hungerford et se dirigea vers lui.

— Messire, Dieu soit loué de votre présence ! J'ai été chargé par monseigneur de découvrir qui avait meurtri une troupe d'Anglais venant de Rouen dans le noir dessein de voler l'or qu'elle transportait. J'ai identifié et puni les larrons ; leur chef était messire de Serquigny, gouverneur de ce palais. Il vient de tenter de navrer la chambellane de la reine, sa propre filleule, après avoir déjà assassiné lady Segrave. Il se trouve pour l'heure dans le labyrinthe avec un carreau d'arbalète dans le ventre. J'espère pour lui qu'il sera trépassé quand vous irez le chercher, cela lui évitera les tourments du bourreau. Maintenant, laissez-nous conduire la dame de Savoisy près d'une cheminée. Je vous en prie !

Hungerford resta interdit aux premières paroles du clerc, puis écarquilla les yeux en entendant l'incroyable accusation. Parcourant du regard la foule assemblée, il comprit que si la reine avait envoyé ses gens, Holmes, bien que recherché comme criminel, devait être dans le vrai. Les explications viendraient plus tard.

— Venez ! ordonna-t-il.

Tout le monde fila vers le palais et s'engouffra dans le bâtiment. En chemin, Lourdin de Saligny avait demandé des éclaircissements à Watson qui lui avait révélé la complicité de Murtagh, lequel était en fuite.

Ils traversèrent la salle voûtée en arcs d'ogives et pénétrèrent dans la salle des Écossais, bien chauffée par deux cheminées.

Marie fut installée près d'un foyer et des serviteurs lui apportèrent des boissons chaudes. Tandis qu'elle reprenait des couleurs, Holmes commença à narrer l'histoire complète à Hungerford et à son entourage. Récit que Marie confirma en quelques mots. Chevaliers, clercs, religieux et officiers tombèrent des nues en découvrant la félonie de leur gouverneur et la malfaisance de l'astrologue du régent. Chabridel, lui, était déjà parti avec le sergent afin d'annoncer à la reine que sa chambellane était saine et sauve.

Hungerford demanda alors à Holmes et à Watson de l'accompagner chez messire Fastolf, qu'il fallait informer au plus vite. Ils partirent après qu'Edward eut pris le temps de demander à Robert le Diable de se rendre chez Guisay avec Gracieux, de lui raconter ce qui s'était passé et de le remercier pour le prêt de l'arbalète, qu'il remit au comédien.

Le matin, Guisay avait donc sorti du coffre une arbalète dont l'arbrier ne dépassait pas un pied et demi et dont l'arc d'acier était très court. Le gentilhomme avait également tiré de la huche un petit mécanisme comprenant une tige crénelée et une manivelle.

— J'avais acheté cet engin une semaine avant le sinistre bal et je l'ai retrouvé dans ma salle d'armes. J'ai changé la corde pourrie voilà quelques jours, car je craignais d'en avoir besoin pour me défendre. Laissez-moi vous montrer le fonctionnement de la machine.

Il avait glissé le mécanisme dans l'extrémité de l'arbrier et l'avait coincé à l'aide d'une goupille, puis avait maintenu la corde dans un crochet de la tige crénelée. Après quoi, il avait tourné la manivelle provoquant la tension de l'arc.

— Une fois l'arc bandé, vous pouvez retirer le mécanisme. L'arbalète peut alors être dissimulée sous un manteau tant elle est étroite et légère. Vous n'aurez droit qu'à un seul tir, mais le carreau d'acier peut vous sauver la vie.

L'arme avait séduit Edward qui l'avait manipulée à son tour avant de l'essayer sur une bûche.

Quand le prévôt du régent introduisit ceux que John Fastolf considérait toujours comme des criminels, le gouverneur de la Bastille, bouche bée et yeux roulant de stupéfaction, faillit éclater de rage en constatant qu'ils n'étaient pas enchaînés. Messire Hungerford le calma en lui narrant ce qui venait de se passer au palais, l'intervention des gens d'armes de la reine et la félonie du gouverneur Serquigny. Il laissa ensuite prudemment la parole à Holmes.

Ce récit préliminaire ayant piqué la curiosité du maître de la maison de Lancastre, John Fastolf fut plus à même d'entendre le clerc sans l'interrompre. Edward détailla donc une nouvelle fois les infamies de Murtagh et de Serquigny, puis la façon dont ils l'avaient fait mettre en accusation et leurs tentatives pour le faire disparaître. Apprendre que l'astrologue, qu'il n'aimait guère, était le responsable de tant de vilenies satisfit finalement le gouverneur qui se dérida à la fin du récit. Holmes résuma alors ce qui s'était passé dans le labyrinthe.

— Si je comprends bien, vous venez de résoudre à la fois l'affaire de l'attaque de l'or de monseigneur et celles de l'assassinat du maître de sa garde-robe, du notaire Roussel et de la sœur de lord Loveyn… Cependant, ce que je ne comprends pas, c'est la raison pour laquelle la reine ne m'a rien dit, si elle vous savait innocent.

— Elle ne savait rien, messire, elle me faisait seulement confiance.

Fastolf digéra la réponse et le reproche implicite qu'elle impliquait. Il avait sottement écouté les accusations de Serquigny et s'était montré un des plus virulents procureurs contre Holmes, chargeant lord Loveyn de faire durement punir le clerc. Néanmoins, il ne voulait rien révéler de son embarras, aussi ce fut d'un ton bourru qu'il s'adressa à Gower :

— Quant à vous, maître Watson, je reste fort contrarié que vous ayez menacé et attaché mon secrétaire !

— C'était pour une bonne cause, messire. Imaginons que je ne l'aie pas fait : deux serpents auraient agi dans l'ombre du régent. Qui peut deviner les malheurs qu'ils auraient causés ? Jusqu'où serait allée leur félonie ?

— Juste ! laissa tomber le gouverneur, après un instant de réflexion.

Un grand sourire éclaira alors sa face couperosée par la bonne chère.

— Maître Holmes, je vais en aviser monseigneur. Il vous recevra certainement pour vous entendre en personne. En attendant, préparez un mémoire résumant ce que vous avez fait.

— Messire, je m'y attache dès ce soir, mais pour l'heure je n'ai plus de maison. Je désire rentrer chez moi et retrouver ma mesnie.

John Fastolf dodelina de la tête avant de dire au prévôt du duc :

— Messire Hungerford, vous avez agi avec sagacité. Vous pouvez maintenant retourner au palais où vous devez avoir fort à faire…

Le prévôt comprit que le maître de la maison de Lancastre voulait demeurer en tête à tête avec Holmes et Watson. Cela lui convenait d'autant plus qu'il ne tenait nullement à s'impliquer dans cette inquiétante affaire. Il s'abîma dans une révérence, salua le clerc et l'archer et se retira.

Après son départ, le capitaine de Paris afficha une expression maussade et se gratta la gorge, cherchant ses mots.

— Maître Holmes, j'avais chargé lord Loveyn de perquisitionner chez vous. Il m'a fait porter ce qui avait de la valeur, en particulier votre cassette, des vêtements et l'orfèvrerie… mon secrétaire en a fait l'inventaire. Tout se trouve ici et vous sera rendu. Lord Loveyn a également examiné vos papiers et découvert des documents venant du notaire Roussel…

— En effet, lorsque j'ai étudié les papiers de l'étude, j'ai trouvé préférable de conserver par-devers moi certaines reconnaissances de dette. J'avais compris que le voleur et l'assassin, en l'occurrence maître Murtagh, avait tué pour les récupérer. Je craignais qu'il n'envisage de revenir afin de subtiliser d'autres papiers, dont les actes vous concernant, ainsi que messire de Clamecy. J'avais également jugé inutile que les notaires du Châtelet chargés de la succession en prennent connaissance. Une fois l'affaire terminée, je vous les aurais rendus.

L'air renfrogné de messire Fastolf disparut subitement et un joyeux sourire le remplaça.

— Je garderai donc ces documents ! décida-t-il. Et j'en ferai part à messire de Clamecy.

Holmes hocha la tête en signe d'adhésion. Le gouverneur appela alors d'une voix de stentor :

— Frère Cadfael !

Puis, s'adressant à Edward :

— Au fait, vous n'avez pas révélé grand-chose sur cet homme défiguré qu'on a pris pour la Mort et qui vous a hébergé.

— Son passé lui appartient, messire. Sachez que la reine le connaissait, et que, voilà trente ans, il était l'ami du roi. Si vous le souhaitez, vous pourrez le rencontrer.

— Nous verrons, mais je ne suis pas certain de le désirer, puisque maître Roussel est mort de peur en le regardant…

Il éclata d'un rire tonitruant alors qu'entrait le moine secrétaire. Ce dernier écarquilla les yeux en découvrant son tortionnaire.

— Pas d'inquiétude, frère Cadfael ! Messire Watson est revenu à de meilleurs sentiments… Vous allez écrire des lettres à messires de Morvilliers, Le Clerc et Morhier. Dans celles-ci, vous proclamerez, en mon nom, l'innocence de maître Holmes et annoncerez qu'il a percé à jour des félons qui seront poursuivis avec sévérité.

Il se frotta l'oreille et ajouta à l'intention d'Edward :

— Voulez-vous loger ici en attendant que lord Loveyn vous rende les clefs de votre maison ?

— Je vous remercie de votre généreuse proposition, messire, mais celui qui m'a hébergé serait fâché que je l'abandonne. Lord Loveyn pourra me faire porter mes clefs chez lui, à la maison des Trois-Rois, rue Saint-Denis, juste après Saint-Leu-Saint-Gilles.

— Avez-vous entendu, frère Cadfael ?

— Oui, messire.

Le grand maître de la maison de Lancastre s'approcha alors d'Edward en ouvrant largement ses bras.

— Maître Holmes, laissez-moi vous accoler avec sincérité. Soyez assuré que j'aurai désormais autant confiance en vous que la reine de France.

Se tournant vers Watson, le gentilhomme fit de même, ce qui amena quelques larmes aux yeux de l'ancien archer d'Azincourt.

— Vous êtes des braves, ajouta-t-il, et j'espère sous peu vous avoir à ma table et vous entendre raconter vos exploits !

Sur ces paroles, ils se séparèrent. Le gouverneur donna des ordres pour qu'on attelle un chariot à des mules afin que ses hôtes puissent rentrer sans peine rue Saint-Denis.

Le véhicule fit une halte à l'hôpital Sainte-Catherine où Watson alla rassurer dame Bonacieux et lui annoncer son prochain retour chez elle. Holmes poursuivit jusqu'à la maison des Trois-Rois.

Messire Guisay, informé par Robert, avait fait préparer un plantureux dîner. Lors de ce repas, qui se tint dès l'arrivée de Gower accompagné de Constance, Edward assura l'ancien chambellan de Charles VI qu'il pourrait rester chez lui. Dès son retour dans la maison de la rue du Coq, il préparerait les documents notariaux lui en donnant la propriété. Resterait à Hugonin de Guisay à se forger une nouvelle identité.

Le chien et le loup ne furent pas les moins satisfaits du festin dont ils dévorèrent les restes.

Lord Loveyn se présenta en fin d'après-midi avec quelques gentilshommes. Holmes les reçut dans la grande salle, vide de meubles, mais dans laquelle Guyot et Robert avaient installé deux bancs. Le clerc s'excusa de l'état des lieux, expliquant qu'il s'agissait d'une maison abandonnée depuis trente ans. Hugonin de Guisay ne se montra point.

Le maître des requêtes à la chancellerie parut plus qu'embarrassé, mais Holmes lui fit grâce de reproches, lui racontant de vive voix ce que lord Loveyn avait déjà entendu sous une forme abrégée, car le frère d'Eliva Segrave était allé trouver messire Fastolf dès qu'il avait reçu sa lettre.

— Lequel est l'assassin de ma sœur : Murtagh ou Serquigny ? demanda-t-il, les poings si serrés que ses jointures étaient blanches.

— Je l'ignore, messire, peut-être les deux. Si Serquigny survit, il le dira sous la géhenne. Quant à Murtagh, il faudra le saisir et l'interroger.

— Ce chien de Serquigny est trépassé, je l'ai appris au palais tout à l'heure. Quant à Murtagh, je n'aurai de cesse que je ne le pourchasse.

Lord Loveyn lui remit alors les clefs de la maison de la Corne-de-Cerf, assurant Holmes et Watson n'avoir rien dérangé et promettant que tout ce qu'il avait pris serait rendu dès le lendemain.

Dès son départ, les deux Anglais décidèrent de revenir chez eux, après avoir promis à Guisay et à Robert de les inviter sous peu. Edward fila chez les frères Poitevin afin d'informer ses serviteurs et Watson et Constance se rendirent à l'hôpital Sainte-Catherine chercher les servantes.

En revenant rue du Coq, le repas se préparait dans la cuisine quand des visiteurs se présentèrent : il s'agissait du lieutenant civil, Germain Rapine, avec son écuyer et deux hommes d'escorte.

Tous restèrent dîner et Edward et Gower durent une nouvelle fois narrer leurs aventures. Mais la curiosité n'était pas la seule cause de la visite de Rapine. Il avait été convoqué chez le prévôt dès que celui-ci avait reçu la missive de messire Fastolf. Simon Morhier souhaitait que messire Watson et maître Holmes s'expriment dans une audience au Châtelet, le lendemain, audience qui les réhabiliterait formellement. Craignant que les Anglais ne refusent de s'y rendre, il avait demandé à Rapine d'intercéder.

Edward accepta, à condition que le lieutenant criminel soit présent et formule des excuses, ce à quoi le lieutenant civil s'engagea, ajoutant que Lestrade regrettait fort son attitude.

Le lendemain, alors que le clerc venait de terminer le mémoire destiné au régent et qu'il se préparait pour l'audience se tenant à haute none, Guyot de Champdivers et Marie de Savoisy firent leur apparition pour annoncer que la reine souhaitait la venue de maître Holmes au plus vite.

Edward promit de se rendre à son hôtel dès l'audience du Châtelet terminée. La chambellane paraissait entièrement remise de ses souffrances, et Champdivers raconta avoir entendu dire au palais des Tournelles, où il avait laissé traîner une oreille, que le régent serait de retour dimanche. Maître Holmes recevrait sous peu une convocation.

— Quant à Moriarty, ajouta-t-il, des avis de saisie au corps ont été envoyés en Normandie et en Angleterre.

— Moriarty ? s'enquit Edward, intrigué.

— Oui, James Murtagh est gallois et le régent préfère l'appeler de son nom anglais : James Moriarty.

VRAI ET FAUX

Si j'ai imaginé la survie d'Hugonin de Guisay, lequel en vérité est mort de ses brûlures après le bal des Ardents, je n'ai rien inventé sur le froid extraordinaire qui a régné sur Paris durant les mois de janvier et février 1423, provoquant la présence de loups dans la capitale. Le Bourgeois de Paris parle à plusieurs reprises de ces féroces animaux dans son *Journal*[1] :

> « En ce temps étaient les loups si affamés qu'ils déterraient à leurs pattes les corps des gens qu'on enterrait aux villages et aux champs ; car partout où on allait, on trouvait des morts aux champs aux villes de la grand pauvreté qu'ils souffraient par la maudite guerre qui toujours croissait de mal en pire. »
>
> « Les loups si affamés qu'ils entraient de nuit ès bonnes villes et faisaient moult et divers dommages, et souvent passaient la rivière de Seine et plusieurs autres à nu ; et aux cimetières qui étaient aux champs, aussitôt que l'on avait enterré les corps, ils venaient par nuit et les dévoraient et les mangeaient. »

1. Pour les ouvrages cités en italique, le lecteur pourra se référer à la bibliographie page 473.

« En ce temps, venaient à Paris les loups toutes les nuits, et en prenait-on souvent trois ou quatre à une fois, et étaient portés pendus par les pieds de derrière. »

« Venaient les loups dedans Paris par la rivière et prenaient les chiens, et si mangèrent un enfant de nuit en la place aux Chats, derrière les Innocents. »

« Furent les loups si enragés de manger chair d'homme, de femme ou d'enfant que en la dernière semaine de septembre étranglèrent et mangèrent quatorze personnes, que grands que petits, entre Montmartre et la porte Saint-Antoine, que dedans les vignes que dedans les marais. »

Sur le froid et le gel du mois de janvier 1423, les chroniqueurs ont rapporté :

« Le mois de janvier fit le plus âpre froid que homme eût vu faire ; car il gela si terriblement, que en moins de trois jours, le vin aigre, le verjus gelait dedans les caves et celliers, et pendaient les glaçons aux voûtes des caves ; et fut la rivière de Seine, qui grande était, toute prise, et les puis gelés en moins d'un jour, et dura celle âpre gelée dix-huit jours entiers. »

« Et si avait tant neigé avant que cette âpre gelée commença..., il faisait si très froid que personne ne faisait quelque labour et est qu'elle fut si forte qu'elle dura en glaçons, en cours, en rues, près de fontaines, jusques près de la Notre Dame, en mars. Et vrai est que les coqs et gelines avaient les crêtes [gelées] jusques à la teste. »

De la fin du mois de décembre 1422 et durant le mois de janvier, Philippe de Morvilliers et Simon de Champluisant furent délégués en qualité de commissaires pour faire jurer les Parisiens d'« être bons et loyaux au duc de

Bedford, frère de feu Henry roi d'Angleterre, régent de France, de lui obéir en tout et par tout, et de nuire de tout leur pouvoir à Charles qui se disait roi de France et à tous ses alliés et complices. Les uns de bon cœur le firent, les autres de très mauvaise volonté ».

Fauquembergue rapporte les difficultés d'attributions apparues en janvier au sujet des legs et dons de Charles VI à ses serviteurs et officiers. Mais j'ai imaginé la perte de la liste jointe au testament. Cependant Michel de Lallier, en fuite, était bien l'exécuteur testamentaire.

Dedalus, le labyrinthe de l'hôtel des Tournelles, a subsisté jusqu'à la destruction du château, qui se situait approximativement à l'emplacement de la place des Vosges.

La prise du pont de Meulan par les Armagnacs eut lieu en janvier et le duc de Bedford rassembla une armée afin de les déloger. Monstrelet[1], dans ses *Chroniques*, raconte :

> « Ensuivant la prise de Meulan des susdites (armagnacs), le duc de Bedford, qui se disait régent en France, assembla grand nombre de combattants, tant Anglais, Normands, comme Picards, à tout lesquels il alla mettre le siège devant ledit pont de Meulan, et là fit dresser contre les portes et murailles grands engins pour icelles confondre et abattre. Et en ce continua par grande diligence. Et fut là à siège depuis l'entrée de janvier jusques au mois de mars ensuivant, que lesdits assiégés commencèrent à traiter. »

1. Écuyer puis chevalier bourguignon.

La forteresse fut délivrée en mars par Jean de Luxembourg, un de des meilleurs capitaines de Bedford.

En 1430, Jeanne d'Arc défendait Compiègne que tentaient de prendre les Bourguignons. Au cours d'une sortie, des vassaux de Jean de Luxembourg la firent prisonnière et la livrèrent à leur maître qui la vendit aux Anglais pour la somme de dix mille livres.

BIBLIOGRAPHIE

BATTIFOL, *Le Châtelet de Paris vers 1400*, *Revue historique*, t. 61, 1896, page 226.

BLAIZE, Ange, *Des monts-de-piété et des banques de prêt sur nantissement en France, en Angleterre, en Belgique, en Italie, en Allemagne*..., Pagnerre, 1856.

BOVE, Boris, « Les palais royaux à Paris au Moyen Âge (XIe-XVe siècles) », dans M.-F. Auzepy et J. Cornette (dir.), *Palais et pouvoir, de Constantinople à Versailles*, Presses universitaires de Vincennes, 2003.

BROSSAYS DU PERRAY, Joseph Marie, *Remarques historiques sur la Bastille*, 1789.

CHAMPION, Pierre, *La Vie de Paris au Moyen Âge*, Calmann-Lévy, 1934.

CHARTIER, Jean, *Chronique de Charles VII, roi de France*, t. 1, 1858.

DESCIMON, Robert, « Les auxiliaires de justice du Châtelet de Paris », in *Entre justice et justiciables : les auxiliaires de la justice du Moyen Âge au XXe siècle*, Claire Dolan Presses Université Laval, 2005.

FAVIER, Jean, *Paris au XVe siècle*, Hachette, 1974.

—, *Les Contribuables parisiens à la fin de la guerre de Cent Ans*, Droz, 1970.

FAUQUEMBERGUE, Clément de, *Journal, 1417-1435*.

FENIN, Pierre de, *Mémoires comprenant le récit des événements qui se sont passés en France et en Bourgogne sous les règnes de Charles VI et Charles VII (1407-1427).*

Gautier Dalché, Patrick, *Avant Behaim : les globes terrestres au xve siècle*, Médiévales, 58 | 2010, 43-61.

Gauvard, Claude, *De Grace especial : crime, État et société en France à la fin du Moyen Âge*, Publications de la Sorbonne, 1991.

Gonzalez, Élisabeth, *Un prince en son hôtel : les serviteurs des ducs d'Orléans au xve siècle*, Publications de la Sorbonne, 2004.

Hamon, Étienne et Weiss, Valentine, *La Demeure médiévale à Paris*, Archives nationales, 2012.

Lorentz, Philippe et Sandron, Dany, *Atlas de Paris au Moyen Âge*, Parigramme, 2006.

Monstrelet, Enguerrand de, *Chroniques, 1409-1444*.

Schnerb, Bertrand, *Armagnacs et Bourguignons : la maudite guerre*, Tempus, 2009.

Journal d'un bourgeois de Paris, 1405-1449.

REMERCIEMENTS

Sans les pertinentes remarques et les talentueuses suggestions de Valentin Baillehache, mon éditeur aux éditions 10/18, et de Marianne Fernel, ce livre aurait présenté bien des défauts. Mille mercis.

Je dois remercier mon épouse, mes filles et maintenant ma petite-fille Juliette qui restent les plus sévères juges… sans oublier mes lectrices et mes lecteurs auxquels rien n'échappe !

Fin juillet 2016

Vous pouvez joindre l'auteur :
aillon@laposte.net
aillon@orange.fr
http://www.grand-châtelet.net

Du même auteur

Aux éditions Le Grand-Châtelet

La Devineresse

Aux éditions Le Masque

Attentat à Aquae Sextiae
Le Complot des Sarmates
L'Archiprêtre et la Cité des Tours
Nostradamus et le dragon de Raphaël
Le Mystère de la Chambre Bleue
La Conjuration des Importants
L'Exécuteur de la haute justice
L'Énigme du Clos Mazarin
L'Enlèvement de Louis XIV
Le Dernier Secret de Richelieu
La Vie de Louis Fronsac
L'Obscure Mort des ducs
Marius Granet et le trésor du palais comtal
Le Duc d'Otrante et les Compagnons du Soleil

Aux éditions Jean-Claude Lattès

La Conjecture de Fermat
Le Captif au masque de fer
Les Ferrets de la reine
L'Homme aux rubans noirs
Juliette et les Cézanne
Les Rapines du duc de Guise
La Guerre des amoureuses
La ville qui n'aimait pas son roi

Aux éditions Flammarion

Le Secret de l'enclos du Temple
La Malédiction de la Galigaï
Dans les griffes de la Ligue

Rome, 1202
La Bête des Saints-Innocents
Rouen, 1203
Le Grand Arcane des rois de France
L'Évasion de Richard Cœur de Lion
Béziers, 1209

Aux éditions J'ai Lu

Marseille, 1198
Paris, 1199
Londres, 1200
Montségur, 1201
Récits cruels et sanglants
La Vie de Louis Fronsac

Aux éditions Presses de la Cité

De taille et d'estoc
Férir ou périr
Les Collèges fantômes

Aux éditions 10-18

Une étude en écarlate
Le Chien des Basqueville
La Ville de la peur
Les Exploits d'Edward Holmes
Le Pont de Montereau

Aux éditions Plon

Le Grand Incendie

MIXTE
Papier issu de sources responsables
FSC® C003309

10/18, une marque d'Univers Poche,
est un éditeur qui s'engage pour
la préservation de l'environnement
et qui utilise du papier fabriqué à partir
de bois provenant de forêts gérées
de manière responsable.

Imprimé en France par CPI

N° d'impression : 2054679
Dépôt légal : février 2017
Suite du premier tirage : décembre 2020
X07061/05